二 見 文 庫

今宵の誘惑は気まぐれに

リンゼイ・サンズ／田辺千幸＝訳

What She Wants

by

Lynsay Sands

Published by arrangement with Avon,
an imprint of HarperCollins Publishers
through Japan UNI Agency, Inc., Tokyo

今宵の誘惑は気まぐれに

登　場　人　物　紹　介

ウィラ・イヴレイク	村育ちの娘
ヒュー・デュロンゲット	第五代ヒルクレスト伯爵
リチャード	ヒューの伯父。第四代ヒルクレスト伯爵。故人
イーダ	ウィラの育ての親
ルーカン・ダマニュー	ヒューの幼なじみで親友
ジョリヴェ	ヒューのいとこ
ヴィネケン	リチャードの親友
バルダルフ	ヒューの護衛
ルヴィーナ	ウィラの幼いころの友人
アルスネータ	ルヴィーナの母親。料理人
ガウェイン	アルスネータの甥
ジュリアナ・イヴレイク	ウィラの母親。故人
トーマス	リチャードの息子
トリスタン・ドーランド	ウィラの父親
ガロッド	トリスタンの甥

プロローグ

クレイモーガン、英国
一一九九年　春

森を駆け抜ける彼女を追いかけて木の葉が震えた。子供らしい笑い声が木立に響き、風になぶられた髪は金色の波となって背中に広がる。太陽は彼女にキスを浴びせ、雨に濡《ぬ》れた土はピシャピシャと歌いながら走りゆく彼女の足を包んだ。

ウィラは雨上がりにはだしで走るのが好きだった。とはいえ、イーダか父親に見つかれば大変なことになるのはわかっている。それでも危険を冒すだけの価値はあった。

空き地に走り出たところで、ウィラは不意に足を止めた。笑い声は途切れ、顔に浮かんでいた幸せそうな表情も消えた。なにかおかしい。静かだ。静かすぎる。鳥たちはさえずるのをやめ、木の上でぴくりとも動かない。虫たちさえも鳴くのをやめている。彼女の前を走っていたルヴィーナの気配も消えていた。

ウィラは不安そうに眉間にしわを寄せ、空き地をゆっくりと見まわした。

「ルヴ？」ためらいがちに一歩踏みだしながら呼びかけた。「ルヴ？」

かすかな衣擦《きぬず》れの音が聞こえ、ウィラはそちらに顔を向けた。森から空き地に出たところにある低い崖からなにかが落ちたらしい。巣から転げ落ちたひな鳥のように、布――日光のような金色だった――が宙ではためいた。不吉な音と共に地面に落ちる。

ウィラは落ち着かない様子で唾を飲んだ。地面に広がった華やかな金色の布にゆっくりと視線を向けた。ヒルクレスト卿《きょう》がウィラのためにロンドンから持って帰ってきてくれたドレスだ。ルヴィーナがどうしても着てみたいと言い張ったドレス。

スカートの下から新しい上等の長靴下に包まれた小さな足がのぞいていることに気づいた。動かない。柔らかなスリッパが片方なくなっている。ドレスの生地に埋もれて、片方の手がなにかを懇願するように丸まっている。艶やかな赤みがかった金色の髪が草の上に広がっている。ルヴィーナの首はあらぬほうに曲がり、青白い顔は向こうを向いている。

いまだできあがっていないタペストリーの糸のように、こういった光景が次から次へとウィラに襲いかかってきた。脳が糸を織りあげ、その意味を理解したときには、ウィラはすでに悲鳴をあげていた。

1

　ドアが勢いよく開き、もっと頑丈な材料でできていたなら小屋を破壊していたに違いないと思わせるほどのけたたましい音が響いた。ヒューは馬を降りようとしていたところだったが動きを止め、開いた戸口からこちらを見つめている老女を用心深く眺めた。

　イーダ。相当な年だ。歳月が彼女の背中を曲げ、手や指を節くれ立たせている。過ぎた時間がしわとなって刻まれた顔を粗悪な白いケープのような髪が縁取っている。かつての若さの名残がかろうじて見て取れるのは濃い青色の瞳だけだ。そこには深い知識もたたえられていて、見る者を不安にさせた。

　彼女は人の目のなかに、魂を見る。あらゆる欠点、あらゆる長所がわかる。飲んだワインのあとで未来を見通し、顔のしわで過去を読む。

　さんざん聞かされていたにもかかわらず、老いた魔女の目をのぞきこんだヒューはぞくりとした。あたかも本当に心の内を見られたかのように、全身を衝撃が駆け巡った。丸まった爪先まですべてを見透かされた気がした。彼女は視線だけでヒューをしばしその場に釘付《くぎづ》けにしてから、きびすを返してあばら家に入っていった。ドアは開けたままだ――ついてくるようにということだろう。

彼女の姿が見えなくなると、ヒューはほっと息をつき、隣で馬にまたがっている男に目を向けた。ルーカン・ダマニュー、長年の親友だ。突如として湧き起こったばかげた迷信に対する恐怖心を、彼がなだめてくれればいいのだが。子供のころ信じていた魔女や幽霊が、不意に想像力のたくましくなったヒューの心のなかで生き生きとうごめきだしていたから、冷静さを取り戻せるように、ルーカンが片方の眉を面白そうに吊《つ》りあげて鼻で笑いながらなにか言ってくれることを期待していた。だがあいにく、頼りの友人もまた感受性が鋭かったらしい。ヒューをなだめるどころか、彼自身が不安そうだった。

「きみのことを知っているんだろうか？」ルーカンが尋ねた。

ヒューはぎょっとした。予想もしていなかった質問だった。あばら家を見つめながら考えてみる。「いや、知っているはずがないだろう？」

「そうだな」馬を降りながら、ルーカンはあまり自信なさそうにうなずいた。「知っているはずがない」

ふたりが小屋に入っていくと、老女は火をおこしていた。これ幸いとふたりは小屋のなかを見まわした。

ぼろぼろでいまにも壊れそうに見えた外観とはうらはらに、小屋のなかはきれいに片付いて居心地がよかった。部屋の一方の端に置かれた切りっぱなしの木のテーブルの中央には花を生けた木のボウルが飾られ、もう一方の端には小ぶりの寝台が置かれていた。老女はドアの正面にあたる壁の前で火をおこしている。やがて彼女はテーブルに戻ってくると、三脚ある椅子のひとつにどさりと腰をおろし、ヒューとルーカンにも座れというように手を振った。

ほんの一瞬ためらったものの、ヒューはドアに背を向ける形で彼女の正面の椅子に座った。ルーカンは彼女の隣に腰をおろした。ドアがよく見える位置だから、もしだれかが入ってきてもすぐにわかる。ふたりは老女が訪問の理由を尋ねるのを待ったが、彼女は口を開く代わりにテーブルの中央にあったワインの容器を手に取り、ふたつのマグカップになみなみと注《つ》いだ。ルーカンには目もくれず、カップのひとつをヒューに渡すと、もうひとつを自分の口に運んだ。

ほかにどうすることもできず、ヒューはワインを飲んだ。とたんに後悔した。ワインは苦く、渋かった。不快さが顔に出ないようにかろうじて表情を繕いながら、中身がたっぷり入ったままのカップをテーブルに戻す。いいかげん、ここに来た理由か、もしくは彼が何者なのかを尋ねてくるはずだと思いながら、老女に視線を移した。だが老女はカップの縁から彼を見つめ返しただけだった。さらに沈黙が続き、空気が張りつめたところで、ヒューは口を開いた。「ヒュー・デュロンゲットだ」

「ヒルクレストの五代目の伯爵だね」

老女に言われてヒューはぎくりとした。「わたしの伯父を知って——?」

「死んだ。心臓」

「なんだって?」ヒューは当惑して彼女を見つめた。

「死んだと言ったんだよ。心臓がへたばったんだ」彼女はいらだたしげに繰り返した。

「あんたは彼の肩書と地所を受け継ぐんだね」

「そうだ。わたしは彼の甥《おい》で、ただひとりの跡取りだから」

「ただひとりの?」彼女の冷淡な口調に、ヒューは落ち着きなく座り直した。

「その……そうだ」ヒューは嘘《うそ》をついたが、すべてお見通しだとでもいうような老女のまなざしを受けて、言い直した。「その、伯父のリチャードは財産を遺《のこ》してくれたが——」

「財産?」老女はなにもかもわかっているようだった。

ヒューはワインのカップを手に取り、その苦い味にもかかわらず、やけくそになって飲み始めた。空になったカップを叩《たた》きつけるようにしてテーブルに置くと、肩をそびやかし、顔をしかめて言った。「そうだ。彼女の面倒を見てくれれば、あなたは今後も金を受け取れる」

「彼女?」

「伯父がひどく気にかけていた、ウィラとかいう娘のことだ」ヒューはいらだちを隠そうともせず言った。

「彼女の面倒を見れば金を受け取れる?」

不安がますます大きくなり、ヒューはごくりとつばを飲んだ。老女のゆるぎのない視線は人を落ち着かない気持ちにさせる。本当に魂を見られていると信じてしまいそうだ。もしそれが本当なら、さぞたくさんの欠点が見つかるだろう。そこに長所はあるだろうか? こうしているいまも、嘘をついているのだから。

「あんたと結婚したら、大事にしてもらえないという意味かい?」

ヒューは黙りこんだ。再び目を覚ました怒りに顔が熱くなるのを感じる。伯父の弁護士から初めてこのことを知らされたときに感じたのと同じ怒りだった。ヒューはすべてを相続する。伯爵の肩書、資産、使用人、地所……そして伯父が外で作った娘も。つまり、遺言で妻を贈られたというわけだ。かつて城で働いていた老女に育てられた、田舎者の私生児を。こんなとんでもない事態を、ヒューは想像すらしたことがなかった。貴族であり、偉大な騎士の息子であり、伯爵の跡取りとなるこのわたしが、どこかの田舎娘と結婚しなくてはならないとは！　貴族ですらなく、乳しぼりや、そのほかなんだか知らないが、村娘がするべきことしか学んでいない私生児の田舎娘と。ありえない。だが事実だった。あの日の朝と同じように、ヒューは怒りで体が震えるのを感じた。テーブルの上できつく両手を握りしめる。老女の首を絞めてやりたくてたまらない。歌声が聞こえたのはそのときだった。美しいメロディを奏でるその女性の声は、暑い午後に飲む蜂蜜酒《ミード》のように甘かった。

すべてがスローモーションになったようだった。ヒューの怒り、思考、心臓の鼓動すらも止まった気がした。まわりにあるものすべてが動きを止めた。ルーカンと老女は身動きひとつせず座っている。カップのまわりを飛んでいることをぼんやりと意識していたハエは、カップの縁に止まって、近づいてくる歌声に耳を澄ましているかのようにじっとしていた。

ヒューの背後でドアが開き、薄暗い小屋のなかに午後の光が差しこんだかと思うと、なにかが動いてその光を遮った。歌声が不意に途切れた。

「まあ！　お客さまだったのね」

ヒューはルーカンが息を呑《の》んだことに気づいた。けげんに思いながら、その美しい声のしたほうを振り向く。衝撃にあんぐりと口が開いたのがわかった。

天使。そう、まさに天使だった。天使でなければ金色に輝くはずがないと、女性の形をした光の輪郭を見つめながらヒューは思った。すると彼女はドアから離れ、老女のほうへと移動した。金色の光は単に、日光が彼女の髪に反射していただけだったことにヒューは気づいた。だがその髪の素晴らしいことといったら！　豊かで美しい金色の髪。

いや、ただの金色ではないと、ヒューは心のなかで訂正した。あの髪は金色よりも明るくて、ところどころ赤っぽい筋が入っている。まるで燃えあがった日光を編んだかのようだ。炎のような髪は肩を覆い、腰を過ぎ、膝まで届いていた。こんな髪を見たのは初めてだったし、二度と見ることはないと確信できた。その光景に釘付けになるあまり、彼女が身をかがめて老女の頰に愛情のこもったキスをしたとき、その顔も姿もヒューの視界には入っていなかった。やがて彼女が顔をあげた。青みがかった澄んだ灰色の瞳がこちらに向けられると、ヒューはようやくその淡い色と落ち着いた表情を意識した。官能的な唇に浮かんだ笑みに視線が引きつけられ、思わずごくりと唾を飲む。

「あなたがわたしの婚約者ね」

その言葉にヒューは凍りついた。彼女の美しさに対する感嘆の思いは消え、彼の視線はつぎ当てされた飾り気のないドレスに移った。まるでずた袋を着ているようだ。村娘だ。美しい村娘かもしれないが、彼が血筋もよくわからない女性とは一線を画した貴族であるのと同様、彼女がただの村娘であることは間違いなかった。彼女との結婚はとうてい考えられないが、魅力的な愛人にはなるだろう。

「泥に埋もれていようと、王冠できらめいていようと、金《きん》が金であることに変わりはない」老女が言った。

心の内はお見通しだとでも言うような彼女の台詞《せりふ》に、ヒューは顔をしかめた。その言葉はいまの状況には当てはまらなかったから、ますますいらだった。

ヒューが黙ったままでいると、老女は首を一方に傾けて彼を眺めた。やがて彼女は娘の肩をつかんで言った。「ニンニクがもっと必要だ。旅に備えて」

娘はうなずくと、籠を手に音もなく小屋を出ていった。

「あんたはあの子と結婚する」事実を淡々と告げるような口調だった。

ヒューはさっと振り返ったが、老女が空になったカップを手にしているのを見ると、目を丸くして体を凍りつかせた。彼が飲み干したワインがカップに残したあとを眺めている。そう悟った瞬間、ヒューの背筋を恐怖にも似た戦慄が駆けあがった。彼女はカップに残ったあとのなかに未来を見ると言われている。この不安定な時代に、自分の未来を知りたいとはヒューには思えなかった。だが彼が望もうと望むまいと、老女は彼の未来を見ていた。

「あんたは義務を負う人のために彼女と結婚する。だが彼女はじきにあんたの心をとらえるだろう」

ヒューは鼻で笑ったが、老女は彼には目もくれずカップのなかを見つめている。

「未来は多くの喜びと幸せと大勢の子供に満ちている……あんたが謎を解けば」

「どんな謎だ？」ルーカンが息を弾《はず》ませながら尋ね、ヒューはばかばかしさに冷ややかな笑みを浮かべた。老女に視線を向けられて、ルーカンは身じろぎしながら訊《き》いた。

「それじゃあ、もし彼が謎を解かなかったらどうなる？」

「死が待っている」

老女の目のなかに確信を見て取ったヒューは、ごくりと唾を飲んだ。やがて老女は座り直すと、いらだたしげに手を振った。「もうお帰り。あたしは疲れたし、あんたたちがいるといらいらする」

ふたりは喜んでその言葉に従った。薄暗い小屋から日光のなかに出ると、ほっと息をついた。「で、どうする？」

「また明日、彼女に会いに戻ってくるのか？」

「彼は戻ってくる」

ヒューはさっと振り返り、盗み聞きしていた老女をにらみつけた。腹立たしげに手綱を引いて馬の向きを変えると、拍車をかけて走らせ始める。置いていかれたルーカンはあわてて馬にまたがり、そのあとを追った。

木立までやってくると、ヒューは速度を落とさざるを得なくなった。老女の小屋までは道らしい道がなかったから、見つけるのはなかなかに大変だったのだ。まもなくルーカンが追いついてきて、あの娘と結婚するのかと改めてヒューに尋ねた。

ヒューは顔をしかめた。彼がヴィネケン卿と弁護士といっしょにいた時間は短かった。ウィラという名の私生児と結婚しなければならないことを聞かされると、一気に頭に血がのぼったからだ。ひとしきり吠《ほ》え立て、足音も荒く出てきたあとは、まっすぐヒルクレストへ向かった。その娘と結婚する気はかけらもない。だがどうすれば結婚せずにすむのかがわからなかった。弁護士の話を聞くかぎり、遺産を相続するためには彼女と結婚しなければならないらしい。「したくはないが、ヒルクレストを相続したいなら、選択肢はないらしい」

「だがヒルクレストを相続するのはきみであるべきだ」ルーカンが反論した。「長子相続制法からすれば、あそこはきみのものなんだから。きみに相続権がある。あの娘と結婚しようとしまいと、ヒルクレストはそれを認めざるを得ない」

彼の言葉に、ヒューの気分は上向いた。「そうだな、きみの言うとおりだ」

「そうさ。それで、彼女はどうする?」ルーカンに訊かれて、ヒューは再び肩を落とした。「わからない」

ふたりはそろって黙りこんだ。やがてヒューがのろのろと言った。「今後のことを考えてやらなければいけないだろう。なんといっても親戚なんだからな」

「そうだな」ルーカンはつぶやき、ヒューがそれ以上なにも言わないのがわかると、ためらいがちに切り出した。「彼女を結婚させてやればいいんじゃないか。身を固めさせてやればいい」

ヒューはしばし考えてからゆっくりうなずいた。「そうだな。それがいいだろう。だれか思っている相手がいるかもしれないし」

「そうだな。そうかもしれない」

いくらかほっとしたところで、ヒューは今後のことを考えた。あの老女をどうにかしなければならないことは明らかだ。彼の考えていることが耳に入れば、それを阻止しようとして、彼を困った立場に追いやるだろう。だがそこまでの責任は取れないとヒューは思った。つまるところ彼にできるのは、あの娘が幸せになれるように取り計らうことだけなのだから。老女の望みが彼とあの娘の結婚なのであれば……老女には落胆してもらうほかはない。老女が娘の人生を必要以上に難しいものにしてしまうとしたら、それは残念なことだ。

心地よい声——透き通った天使のような声——が再び聞こえてきた。ヒューは耳に神経を集中させ、少しずつ角度を変えながらどの方角から聞こえてくるのかを確かめると、馬をそちらに向けて進めた。やがて甘い歌声が流れている空き地に出たが、その声の主である娘の姿を見つけることはできなかった。

ヒューはけげんに思いながらじっくりとあたりを見まわし、雑草の茂みのなかに半分隠れている彼女を見つけ出した。老女が命じたようにニンニクを探しているのではなく、雑草と花に埋もれるようにして横たわっている。歌を口ずさみながら、タンポポの花輪を作っていた。ヒューは馬を進めた。彼女が体を起こして座り、歌が途中で途切れると、なぜか残念な気持ちになった。

「ニンニクを探すように言われたはずだろう？　どうして従わない？」ヒューは尋ねた。彼女にぽかんとした顔で見つめられると、ヒューはいらだたしげに言った。「答えるんだ！」

「おばさまはもうニンニクはいらないの。昨日、わたしが取ってきたんですもの」

「もっと必要になったんだろう。そうでなければ、どうしてもっと取ってくるようにきみに命じたりする？」

「おばさまはあなたとふたりきりで話がしたかっただけ」

ヒューはその答えに納得した。空き地を見まわし、眉間にしわを寄せる。「こんなところにひとりでいるのはよくない。だれかに襲われたらどうするんだ？」

「ウォルフィとフェンが守ってくれるわ」

ヒューは眉を吊りあげたが、なにも言わなかった。

彼女はなにかに耳を澄ますように首を傾《かし》げていたが、やがて空の籠を手にして立ちあがった。「帰らなくちゃ。あなたとの話が終わったなら、おばさまはわたしに用があるかもしれない」

「待て」ヒューは身を乗り出して彼女の腕をつかんだが、彼女がけげんそうに振り返ると、なにかに刺されたかのようにあわててその手を離した。自分のその反応にあきれながら、手を差し出す。「送っていこう」

ウィラはためらうことなく、彼の手に自分の手を重ねた。ヒューはつかの間、いとも簡単に自分を信用した彼女をいぶかしく思ったが、婚約者ということになっているのだから当然だろうと考え直した。ぐいっと彼女を引っ張りあげて自分の前に座らせると、手綱を握り直した。充分な距離を置いてルーカンがついてきていることを意識しながら、元来たほうへとゆっくりと馬の向きを変える。

「ウィルフとフィンというのはだれだ？」ヒューは尋ねた。

「ウォルフィとフェンよ」彼女はそう訂正してから、言い添えた。「お友だち」より座り心地のいい体勢を探してもぞもぞと体を動かしている。

ウィラの動きに対して自分の体が見せた自然な反応に歯ぎしりしながら、それでもヒューは決然とした口調を崩さなかった。「そのどちらかとの結婚を考えたことはないのか？」

その質問にウィラは思わず振り向き、金色の髪がヒューの顔をかすめた。ヒューにとっておおいに残念だったことに、彼女の唇から笑いがこぼれた。「まさか！　絶対にありえないわ」

ウィラが心底面白がっていることを知って、ヒューは顔をしかめた。彼女はすぐに前に向き直ったが、あいにく髪がヒューの顔に貼りついたままだった。彼は顔をうしろに引いてその髪を振り払いながら、次になにを訊こうかと考えた。ウォルフィとフェンのことは気にかかったが、いまは彼女と結婚しなくてもすみ、かつ罪悪感を覚えなくてもいい方法でこの問題を解決することのほうが大事だ。

「きみが大切に思っている人間はいるのかな？」

「もちろんよ」

あまりにも簡単に答えが返ってきたので、手綱を握るヒューの手に力がこもった。これほど運がいいとは想像していなかった。彼女が思いを寄せている人間がいるのなら、あとは彼女がその相手と結婚するように手配するだけでいい。その後ふたりにいくらか資産を分けてやれば、問題は解決だ。

「イーダはわたしの母親みたいなものよ」ウィラはあっさりとヒューの希望を打ち砕いた。「あの人は素晴らしい女性よ。特別なの」

ヒューは天を仰いだ。あの老女に特別なところや素晴らしいところがあるとは、とうてい思えない。そのうえ彼女は、ヒューの質問の意味を理解していないことがよくわかった。もっと具体的に尋ねなければならないらしい。わかっているべきだった。そもそも彼女は無教養な農民なのだから。頭が弱くて当然だ。

ウィラは鞍《くら》の上で座り直すと、一度首を振った。金色の髪がまたヒューの髭《ひげ》の伸びた頰にからみついた。蜘蛛《くも》の巣を払うように片手で顔をこすりながら、老女の小屋に行く前に風呂に入っておくべきだったと、ヒューはどこかいらいらしながら考えた。だがあのときはそんな気分になれなかったのだ。相続の条件を聞かされると、ヒューは即座にルーカンを連れ、二日かけてヒルクレストへ向かった。ヒルクレストでは屋敷を見てまわり、いくつか質問をし、自分に遺されたウィラという娘のいる場所を尋ねただけで、またすぐに出発した。イーダのことを聞かされたのはそのときだ。伯父に仕える者たちは、イーダの魔女めいたところに関してはあれこれと警告したが、彼女が庇護《ひご》しているという娘についてはあまり語りたがらなかった。老女についての描写はおおむね正しかったと、いまになればよくわかる。

ヒューは老女を頭のなかから追い出すと、当面の問題に意識を戻した。「大切に思っている人間はいるのかという質問をきみは誤解したらしい。わたしが尋ねたのは、きみが特別な感情を抱いている男性はいるのかということだ」

ウィラは再び振り返ってヒューを見つめた。柔らかい金色の髪が、またもやヒューの顔にからみつく。再びそれを振り払いながら、ヒューはひどくいらだっていた。くすぐったいだけでなく、そのにおいのせいだ。彼女の髪は日光とレモンのにおいがした。レモンのにおいにも日光のにおいにも魅力を感じたことなど一度もないのに、それが彼女の髪から漂ってくると素晴らしいものに感じられた。馬が一歩進むごとに股間に当たる彼女の背中の感触と同じくらい素晴らしい。いったいなんだってわたしは小屋まで送るなどと言ってしまったのだろう、ヒューはうんざりしながら考えた。ふたりで話をするいい機会だと思ったのだ。だが彼女が近くにいると、必要な分別が奪われてしまうことにヒューは気づいていた。

「ごめんなさい。誤解していたみたい」ウィラはヒューの顔が見えるようにさらに大きく体をひねった。だがそうすることで自分の乳房を彼の胸と腕に、さらには尻を硬くなった彼の股間に押しつける形になっていることに、まったく気づいていないようだ。

ヒューはあきらめたようにため息をついた。彼女を鞍に乗せてから硬くなり始めていた股間は、いまやそそり立っている。

「いや。いいんだ」彼女は自分がなにをしているのかわかっているんだろうかと思いながら、ヒューはぶっきらぼうに答えた。「それで……特別な感情を抱いている男はいるのか？」

おおいに安堵《あんど》したことに、ウィラが前方に向き直ったので、ヒューの居心地の悪さはいくらかましになった。だがあいにく、彼女の答えは満足できるものとは言い難かった。

「ええ、もちろん。あなたよ」

「わたし?」ヒューの上半身が股間と同じくらいこわばった。「冗談だろう? 会ったばかりではないか。どうしてわたしに愛情を抱いたりできる?」

「できないわけがあるかしら?」

振り返ったウィラの表情を見れば、ヒューの質問に驚いていることがわかった。ヒューはその答えに戸惑いながらも、どうにかして彼女と少しでも距離を置こうと身じろぎした。彼女がじっと座っていてくれることを、心の底から願った。

「あなたはわたしの夫になる人ですもの」説明などしなくてもこれほど単純な答えはだれでも理解できるはずだと言うような口ぶりだった。「あなたを愛することがわたしの義務ですもの。わたしたちが婚約していることをお父さまから教えられた十五歳のときに、そう言われたの」

ヒューはひどく虐げられている下半身から意識を逸《そ》らし、彼女を見つめた。「十五歳のとき?」

「ええ」ウィラはうなずいた。「お父さまが遺言書を作ったときに。このことはちゃんとわたしに伝えておくべきだと思っていたみたい。あなたのことを教えておけば、わたしが自分の義務を理解する助けになるだろうって」

「なるほど」ヒューは短く答えた。「わたしがその計画を知るべきだとは考えなかったわけだな？　それまでにわたしが結婚していたらどうするつもりだったんだ？」

ウィラが肩をすくめて前方に視線を戻したので、ヒューはおおいにほっとした。

「そのときは、だれかほかの人と結婚するようにお父さまが手筈《てはず》を整えていたでしょうね」

ヒューは鼻先で笑った。彼女との結婚を承諾するような貴族の男を見つけるのは、伯父にとっても難しかっただろう。ヒューはヒルクレストを相続できることに大喜びで、感謝の気持ちから彼女と結婚すると伯父は考えていたに違いない。だがそれは多くを望みすぎというものだ。

多くの貴族の男性と同じく、ヒューも幼いころから同じくらいの身分の女性と結婚することを定められていた。結婚できる年齢になる前に婚約者が死んでしまったのは、不運としか言いようがない。そうでなければ、ヒューはとうの昔に結婚していただろう。同じくらい不運だったのは、ヒューの父親が先祖から受け継いだわずかな財産を増やそうとして失敗し、挙句に失ってしまったあとで彼女が死んだことだった。そういった状況だったから、次の婚約者を探すのは難しかった。だが運命が事態を変えてくれた。ヒューは望んでいたよりはるかに裕福な男になったのだ。女たちは、彼を追いかけるようになるだろう。その不運な〝状況〟のせいで、種馬程度にしか役に立たない男になった彼をあざ笑っていた女たちが、今度は彼を追いかける立場になるのだ。何年ものあいだ、思いやりのかけらもなく投げつけられてきた侮辱の言葉をいまこそお返ししてやろうと思った。処女ではないからと言って、かたっぱしから彼女たちをはねつけてやるつもりだった。そのことを一番よく知っているのは彼なのだから。

ウィラがまた身じろぎしたので、ヒューは小さくため息をついた。彼女は美しい。その香りはうっとりするほどだったし、体を押しつけられると、結婚するつもりがないときには抱くべきではない考えがむくむくと頭のなかに広がるのをどうしようもなかった。ウィラが貴族だったならよかったのにと思ってしまったほどだ。そうすれば彼女と結婚しただろうに。彼女の美しさをより引き立てるシルクのドレスをまとわせ、宝石で飾り立てて、長年彼をあざ笑ってきた貴族たちに見せびらかすのだ。ヒューはしばし空想にふけった。ウィラを国王に紹介し、ダンスをし、同じグラスからワインを飲み、汁気のたっぷりある食べ物を手ずから食べさせてやる。それから彼女を寝室に連れて帰り、まとっていた宝石とシルクをすべて脱がせ、ベッドに横たえて、華奢《きゃしゃ》な爪先から順になめたりかじったりして——

「鞍ってみんなこんなにでこぼこしているものなの？」ウィラの言葉にヒューは白日夢から覚めて我に返った。現実の世界では彼女が楽な体勢になろうとして、まだごそごそと体を動かしていた。「ここになにかとても硬いものが当たっているの」

ヒューはなにかが太腿に触れるのを感じて、視線を落とした。ウィラの手が、その〝とても硬いもの〟を探している。ヒューはあわてて彼女の手をつかんだ。

「あー……鞍はふたりで乗るようにはできていない」ヒューはひどくしゃがれた声で言った。小屋のある空き地がもうすぐそこなのに、まだ満足できる答えを彼女から聞いていないことに気づいた、ヒューは馬を止めた。

「どうしたの？」ヒューが馬から降りると、ウィラは驚いて訊いた。

「鞍の乗り心地が悪いようだから、あとは歩いていこうと思ってね」ヒューは適当なことを言った。ちらりと振り返ると、ルーカンはそれなりの距離を置いたところで辛抱強く待っていた。

「あら」ウィラは曖昧な笑みを浮かべたものの、おとなしくヒューの手を借りて馬から降りた。

ヒューは時間をかけて馬を木に結わえながら、どういうふうに話を持っていこうかと考えた。決して口がうまいほうではない。彼が得意なのは戦闘だ。戦場で雄弁さを必要とされることはまずなかった。あいにく、戦闘技術はここではまったく役に立たない。自分の口下手を承知していたヒューは、単刀直入に話をしようと決めた。もてあそんでいた手綱から手を離し、ウィラに向き直る。「きみには結婚したいと考えている男はいないのか?」

「わたしはあなたと結婚するんでしょう? 違うの?」

ヒューは不安そうな表情を浮かべた彼女から視線を逸らした。「伯父はそう望んだようだが、残念だがわたしはあまりいい考えだとは思わない」

「わたしがいやなの?」ヒューは思わず彼女の顔に目を向け、とたんに後悔した。まるで傷ついた子犬のようだ。罪悪感に襲われて、あわてて顔を背けた。

「きみがいやだというわけではない」ヒューは釈明しようとして、心のなかで自分に問いかけた。それは本当だろう? わたしは彼女を欲しがっている。こうしているいまも、股間は硬くなったままだ。彼はただ、彼女を妻にしたくないだけだった。

「いいえ、あなたはわたしがいやなんだわ」ウィラは悲しそうに言うと、青ざめた顔で一歩あとずさった。

あの素晴らしい金色の髪の下では顔が黄色く見えることを知って、ヒューの罪悪感は怒り始める。ちょうどいまのように。二日前まで、目の前の女性の存在すら知らなかったのだ。守ることのできない約束をしたのは伯父だ。伯父はそれを知っていたからこそ、自分には黙っていたに違いないとヒューは結論づけた。

罪悪感に襲われると、はさらに募った。彼は自分の落ち度を認めることが苦手だった。落ち着きがなくなり、不機嫌になり、最後には怒り始める。ちょうどいまのように。こんなことになったのは自分のせいではない。

いらだちと怒りが心のなかで渦巻き、ヒューはウィラをにらみつけた。「伯父は、わたしの意見も聞かずに、わたしと結婚するなどということをきみに言うべきではなかったんだ」

だがウィラは納得したようにも、機嫌を直したようにも見えなかった。ヒューはきっぱりと告げた。「どう考えても無理だ。わたしは伯爵だ。だがきみはただの私生――」彼女をひどく侮辱していることに気づいてヒューは口をつぐんだが、手遅れだった。ウィラはきびすを返して走りだそうとした。ヒューは彼女の腕をつかんだ。「不用意なことを言った。すまない。だがわたしはきみとは結婚しない。不釣り合いだ。だがきみの面倒は見よう。持参金を用意し、ふさわしい相手を探して――」「その必要はないわ。そんなことをしてくれなくてもいい。あなたになにかしてもらおうとは思わないから。なにひとつ」ウィラは森のなかを走り去った。

ヒューはその場に立ち尽くし、彼女のうしろ姿を見つめていた。ウィラが少しも感謝しなかったことに驚いていた。結婚こそしないものの、持参金を用意し、ふさわしい相手を見つけるという約束はそれほど軽いものではない。にもかかわらず、彼女は即座に拒否しただけでなく、その返答には誇りと怒りが含まれていた。あたかも、抱きしめたくなるようなかわいらしい子猫が爪を立てたみたいに。彼女は人を傷つけるような言葉はひとことも発しなかったが、ヒューはその爪を良心に突き立てられたような気がしていた。援助を断られたという事実を受け入れられなかった。だれの庇護も受けていない女性はか弱い存在だ。彼女との結婚を拒否したとはいえ、伯父のためにもせめて彼女が安心して暮らしていけるように手配するのが自分の務めだという気がしていた。

ヒューはウィラのあとを追おうとしたが、不意に小屋のドアが開いて老女が現れたので、ぴたりと足を止めた。老女は駆けこんできたウィラを小屋に入れると、戸口の真ん中に腕を組んで立ちはだかり、ぎろりとヒューをにらみつけた。心のなかで彼を八つ裂きにしていることは間違いない。やがて彼女は帰れと言わんばかりに顎を突き出すと、荒々しい足取りで小屋のなかへと戻っていき、音を立ててドアを閉めた。

2

「ああ。まあ、うまくいった」ヒューは自嘲気味につぶやいた。首を振りながら、再び馬にまたがる。ルーカンのところに戻るまで、さほど時間はかからなかった。

「けっこう早く片付いたな」屋敷へと並んで馬を歩かせながら、ルーカンは言った。

「ああ」

「たいした騒ぎにもならなかったし」ルーカンはつけ加えたが、ヒューにじろりとにらまれると肩をすくめた。口元に面白そうな笑みが浮かんでいる。「少なくとも、彼女は泣きだしたり、わめいたりはしなかった」

「そうだな」ヒューはため息と共にうなずいた。「そのとおりだ」

ふたりはしばし黙って進んだが、やがてルーカンが切り出した。「さっき思ったんだが、彼女は村娘にしてはちゃんとした話し方をする」

ヒューはそれを聞いて眉間にしわを寄せた。ルーカンに言われるまで気づかなかったが、確かに彼女の話し方はちゃんとしていた。発音も言葉遣いもレディのようだった。だが気にかかったのも一瞬のことで、ヒューは肩をすくめて言った。「そういう訓練を受けていれば、生まれの卑しい田舎娘でもちゃんとした話し方はできるものだ」

「そうだな。だがだれが訓練したんだろう？」

「あの老女ではないな。それは間違いない」ヒューは、ウィラのことも、彼女を冷たく拒絶した形になったこともいまは考えたくなかった。穏やかに話をつけたいと思っていたのだ。彼女を傷つけるつもりは毛頭なかったのに、完全にしくじってしまった。面と向かって彼女を私生児と呼ぶなんて、これほど無礼なことはない。だが彼は、いまさらどうしようもないことをあれこれと考えて思い悩むタイプではなかったから、いくらしくじったにしろ、終わったことは終わったことだと自分に言い聞かせた。どれほど言葉を尽くしたとしても、拒絶されるのは辛《つら》いものだ。父親が財産を失ってからというもの、そのことは身に染みて知らされている。ウィラにそんな思いをさせたことを申し訳なく思ったが、それは自分ではなく伯父のせいだ。

「あいつのせいだ」

「なんだって？」ルーカンが訊いた。

「なんでもない。エールが飲み尽くされてしまう前に、ヒルクレストに帰ろう」

「なんで出たの?」ウィラは不満そうに尋ねた。イーダの肩越しに手元をのぞきこむ。物心がついてからずっと母親代わりだった女性は、ウィラがヒューに拒絶されたことを告げるやいなや、ワインの入ったカップを彼女に差し出した。いまイーダはカップの底に残ったワインのあとを一心に見つめている。ウィラも同じようにカップのなかをのぞきこんだが、なにも読み取ることはできなかった。イーダがどうやっているのかはわからない。けれどイーダはそこに未来を見ることができて、それは常に正しかった。これまでは。

ウィラはヒュー・デュロンゲットと結婚し、彼を愛するようになるのだとイーダは言った。大勢の子供に恵まれ、幸せになると。だがそうはなりそうもない。彼のあんな言葉を聞いたいまは。

イーダは肩をすくめてカップをテーブルに置いた。「同じだよ。あんたは前の伯爵の望みどおり、あの男と結婚する」

ウィラはその言葉を声に出さずに繰り返しながら、考えてみた。ヒュー・デュロンゲットに彼女と結婚するつもりがないことは明らかだったし、彼の気持ちが変わることがあるとは思えない。「ヒューが死んで、だれか別の人が伯爵になってわたしと結婚するという可能性はないの？　わたしが愛するのは別の人で――」

「デュロンゲットがあんたが結婚する伯爵だよ。あの間抜けが」イーダは小声でつぶやいた。ウィラの耳にもその言葉は届いていたが、なにも言わずに聞き流した。いまはヒューに対して寛容な気持ちにはなれない。自分の義務はわかっているものの、あんな傲慢な男を愛せるとは思えなかった。どうしてわたしを見くだしたりするの？　婚約者である以上、わたしが彼を愛するのが義務であるのと同じように、彼にもわたしを愛する義務があるのに。それなのに彼は、深くつやのある声でわたしは彼にふさわしくないと言ったのだ。

イーダが舌を鳴らしたので、ウィラは我に返った。イーダはまたワインのあとを眺めている。

「彼は死なないね。少なくとも結婚するまでは」

ウィラはそれを聞いて体をこわばらせた。「それはどういう意味？　結婚したあとで死ぬということ？　でもおばさまは――」

「いろいろな力が働いているんだよ。どの可能性が現実になるのかはわからない」イーダは穏やかに説明した。「彼はあんたと結婚する。だがどれくらい生きられるのかは、あんた次第だ」

「わたし次第？」

「そう。彼が戻ってきてあんたと結婚することにしたと言ったとき、あんたがすぐにうなずくか、それとも待つか、その結果次第だ」

「待つ？　なにを？」

「彼が地べたに這《は》いつくばるのをだよ」

ウィラは目を丸くした。「ありえない。彼はだれのためであれ、絶対に地べたに這いつくばったりしないわ。プライドがとても高いんですもの」

「這いつくばるよ」イーダはきっぱりと宣言した。「あんたはそれまで彼との結婚を承諾してはいけない。でないと、次の満月までに彼を失うことになる」

「おや、帰ってきたんだね」

長身ですらりとしたヴィネケン卿を見て、ヒューは城の入り口で目を丸くして足を止めた。伯父の友人であり、一番近い隣人でもある。彼もまた自分と同じくらい面食らっていることに気づくと、ヒューは礼儀正しくうなずいてエールの入ったピッチャーが置かれたテーブルに歩み寄った。「飲みますか、ヴィネケン卿？」

「ああ、ぜひとも。ここに着いたとき、使用人から勧められたんだが、きみが帰ってくるまで待っていたんだよ」

ヒューは三つのカップにエールを注いだ。

「小屋に行ったそうだね。ウィラをどう思った？　わたしが最後に見たときは痩せて、顔色も悪かった。きみの伯父さんの死にひどくショックを受けて、悲嘆に暮れていたからね」

それを聞いたヒューの手元が狂い、濃い色のエールが木のテーブルにこぼれた。自分の不器用さを心のなかで罵りながらそれでもエールを注ぎ終えると、ゆっくりと顔をあげ、カップをヴィネケンに差し出した。

「彼女を知っているんですか？」テーブルに置いた三つ目のカップにルーカンが手を伸ばすのを見ながら、ヒューは尋ねた。

「もちろん」ヴィネケンは優しそうな笑みを浮かべた。「生まれたときから、レディ・ウィラを知ってる」

「そうですか」ヒューは唇を結び、彼女と結婚するつもりがないことをこの上品な老人にどう話せばいいだろうと考えた。もちろんヴィネケンはいい気がしないだろう。それが前伯爵の最後の願いだったのだから。ヴィネケンの言葉を彼以上にきちんと聞いていたらしいルーカンがぼそりとつぶやいたときも、ヒューはそのことを考え続けていた。「いま、レディ・ウィラとおっしゃいましたか?」

「そうだ。彼女が貴族だと知らなかったのかね?」ヴィネケンは驚いたようだ。

「ええ。てっきり――」ヒューの視線がルーカンに流れた。

「伯父さんがきみを村娘と結婚させると思っていたのかね?」ヒューが顔を赤らめると、ヴィネケンはあきれたように首を振った。「もっと分別があってもよさそうなものだが」つかの間顔をしかめたが、すぐにいらだちを抑えこむとカップをテーブルに置いた。「それでは、彼女と結婚することに異存はないんだね?」

ヒューはカップを見つめながらテーブルに置いた。「異存があったらどうなるんです?」

「ふむ――」ヴィネケンはヒューが拒絶しようとしているのが自分の娘であるかのように、侮辱を受けたような顔をした。「その場合、きみは長子相続制にのっとって肩書とこの城を受け継ぐが、レディ・ウィラと財産は別の人間に渡ることになる。そうなると……どういうことになるのか……」ヴィネケンは顎に指を当てて首を傾げ、わかりきったことを考えているふりをした。ヒューはぞっとした。

肩書と地所を受け継ぐが、そこを管理するための財産はない? ヒューはめまいを覚えながら、長椅子にぐったりと座りこんだ。一文無しの男に馬だけを与えて、餌を用意しないようなものだ。いまは秋だ。収穫物はすでに市場で売られ、金に変わっている。今朝ヒルクレストに到着したとき、城の住人が冬を越すために必要な食糧を買う前に伯父が死んでしまったことを知らされた。たいした問題だとは思わなかったが、それは金庫のなかの潤沢な資金が自分のものだと考えていたときの話だ。だがウィラと結婚しなければ、あれは自分のものにはならない。

なんということだ！　持参金を用意しようという申し出をウィラがはねつけたのも当然だ。彼女はなにひとつ必要とはしていない。だが自分には彼女が必要だった。ようやくそのことを理解したところでヴィネケンが叫んだので、ヒューは顔をあげた。

「なるほど！　きみのいとこのジョリヴェか」

「噂《うわさ》をすれば！」

三人は、甲高い陽気な声の持ち主を見つめた。すらりとした若者が大広間の入り口に立っている。若者は三人の驚いたようなまなざしを肩をすくめて受け流すと、にやりと笑って両手をあげた。「影とやらだ」

「まったく噂をすればだな」ヒューはうめいた。

「やあ、いとこどの」ジョリヴェは満面の笑みを浮かべ、さっそうと大広間に入ってきた。「愛《いと》しい伯父の訃報を聞いて、哀悼の意を表するために愛馬で飛んできたんだ」三人の前までやってくると、両手を大きく広げてポーズを取った。「そして、こうやってここにいるというわけだ」

「哀悼の意ね」ルーカンはにやついた顔をカップで隠しながら、エールを飲んだ。

ヒューは顔をしかめ、いとこに向かって言った。「ジョリヴェ、座るといい。それとも外で厩番《うまやばん》の少年を追いかけてくるか？　いま仕事の話をしているんだ」

「聞いたよ」ジョリヴェは明るく答えると、自分でエールをカップに注ぎ、いらだっているヒューのすぐ隣に腰をおろした。うっとうしいほど近い。「で？　なんだってぼくの名前が聞こえてきたんだろう？」

「わたしがヒューに――」ヴィネケンが切り出したが、ヒューが強引に遮った。

「わたしの結婚式にだれを招待するべきかを話し合っていたんだ」ヒューはでまかせを言い、ヴィネケンの険しいまなざしは無視した。結婚で大金を手にできる可能性があることをジョリヴェに教えたくなかった。ジョリヴェはしゃれ者で、宮廷で見せびらかすために自分の財力以上の服や宝石を買っている。ウィラと結婚することで夢見た以上の財産が手に入ると知れば、即座に彼女を口説きにかかるだろう。さっきの彼女の傷ついた表情を思い出したヒューは、いまなら甘い言葉に心を揺るがせられるかもしれないと考えた。彼女がヒューとの結婚を拒否する可能性はおおいにあるのだ。伯父がウィラに財産を遺したことをヒューは知らなかったが、彼女はもちろん知っていた。いささか疑わしい生まれにも、持参金のためなら目をつぶる貴族の男たちが大勢いることもわかっているだろう。彼女の容姿はその邪魔にはならない。

「結婚?」ジョリヴェは仰天したようだ。「いったいだれと結婚するんだ?」

「レディ・ウィラだ」ヴィネケンが答えた。

「きみには関係のないことだ」ヒューは冷ややかに告げたが、ジョリヴェはまたそれを無視して訊いた。

「レディ・ウィラ、そのあとは?」

「それを教えることはできない」ヴィネケンが言った。

「それはまた――」ジョリヴェは笑ったが、ヴィネケンは断固として首を振った。

「彼女の身の安全のためだ」ヴィネケンは真面目な顔で告げた。

ヒューはいとこをにらみつけるのをやめ、ヴィネケンに視線を移した。「わたしたちが名前を知るだけで彼女に危険が及ぶんですか? わたしは彼女と結婚しようとしているんですよ。名前を知る権利はあると思いますが」

「その点に異存はないが、わたしも彼女のフルネームは知らないんだ……わたしは彼女の教父なんだがね」

ジョリヴェは再び笑った。「フルネームを知らない？　教父なのに？　なんとも面白い話だ」

ヒューはしばし不愉快そうにいとこをにらんでから、ヴィネケンに尋ねた。「彼女の名前も知らないのに、どうして教父になることを承諾したんです？」

ヴィネケンは笑みを浮かべた。「きみも彼女に会っただろう？　わたしが初めて会ったとき、あの子はまだほんの赤ん坊だった。そのときでさえ、プリンセスのように愛らしくてね。青みがかった灰色の大きな目と見事な金色の髪。リチャードが見せびらかしたんだよ。父親のように誇らしげだった。きみはどうだか知らないが、彼の子供なんだろうとわたしは思った。リチャードが抱きあげてこちらに向けると、あの子はわたしに笑いかけた。指を出したら、その小さな手でつかんで、くすくす笑ったんだ」ヴィネケンはかすかに首を振った。「その一瞬で、わたしはすっかりあの子に心を奪われた」

「あなたの指をつかんで笑ったから、教父になることを承知したんですか？」ジョリヴェがからかうように尋ねると、ヴィネケンは眉間にしわを寄せた。

「そうじゃない。リチャードがわたしに教父になってくれと頼んだのは、もっとあとのことだ。事件……のあとだ」

「事件？」ヒューは尋ねた。

「そうだ。きみの伯父さんは当時クレイモーガンに住んでいた。きみの父親と仲たがいをしてからだ。ウィラは十歳だった。わたしはしばしばクレイモーガンを訪れて、ますますあの子のことをかわいいと思うようになっていた。あの日わたしは宮廷でリチャードと会って、いっしょに戻ってきた。クレイモーガンはわたしの屋敷への道筋の途中にあったから、ひと晩かふた晩、休ませてもらってから旅を続けるつもりだった。だがクレイモーガンに着いてみると、城は大騒ぎだった。リチャードのところの料理人にはウィラと同じ年頃の娘がいて、ふたりはとても仲がよかった。そのふたりの行方がわからなくなっていたんだ。城の外で遊ぶことを禁じられていたのに、こっそりと抜け出したらしい。ふたりがいないことに気づいて、リチャードの兵士たちの半分は捜しに出かけた。残りの半分は城の隅々までふたりを捜した」

「ふたりは無事に見つかって、そのあと伯父はあなたに教父になってくれと頼んだんですね？」ジョリヴェが口をはさんだ。

ヴィネケンが悲しそうに首を振ったのを見て、ヒューは渋面を作った。「見つかったはずですよね。ウィラはここにいるんだから」

「そのとおり。ふたりは見つかった」ヴィネケンはうなずいた。「だが無事ではなかった。ふたりがいなくなったことをイーダがわたしたちに説明し終えたか終えないうちに、兵士たちが戻ってきた。最初にゲートをくぐった兵士は死んだ少女を抱えていて、わたしたちはウィラだと思った。それを見たときのリチャードは脳卒中を起こすのではないかと思ったよ。だが彼らが近づいてくると、それがウィラではなく料理人の娘であることがわかった。ウィラは真っ青になってふたり目の兵士に抱えられていた。わたしはてっきり彼女も死んでいるのかと思ったがそうではなくて、がたがたと体を震わせていたんだ」

「料理人の娘になにがあったんです？」ヒューは好奇心にかられて尋ねた。

「首の骨が折れていた」ヴィネケンは短く答え、彼らがその言葉を充分に理解するのを待ってから続けた。「ウィラによれば、ふたりで追いかけっこをしていたらしい。料理人の娘ルヴィーナはずっと先を走っていたそうだ。ウィラが彼女を追いかけて空き地に出たちょうどそのとき、ルヴィーナが上から落ちてきた。隠れるつもりで崖にのぼろうとして落ちたんだろうとウィラは言った。ひどく取り乱していたよ。ルヴィーナとは姉妹のようだったからね」

つかの間、沈黙が部屋に落ち、やがてヴィネケンが言葉を継いだ。

「リチャードからウィラの教父になってほしいと頼まれたのは、その事件からまもなくのことだった。それまではわたしもきみと同じように、ウィラはリチャードが外で作った子供なのだとずっと考えていたんだが、それが間違いであることを教えてくれたよ。彼女は私生児ではないし、彼の子供でもないとね。ウィラは彼のもとに預けられたんだそうだ。リチャードは命に代えても彼女を守るとそのときに誓った。自分の娘のように愛していたよ。もちろんわたしが彼の頼みを断るはずもない。本当にかわいらしい子だったからね。あの金色の巻き毛と人をとりこにする笑顔ときたら」

　ヴィネケンの唇からかすかな笑い声が漏れた。

「わたしがここを訪れるたびに、ウィラはウォルフィとフェンを追いかけていたよ。鳥を追いまわして遊んでいたりね」遠くを見るようなまなざしでため息をついたあと、彼はまた顔をしかめた。「だが、ほかの子供と遊ぶことはなかった。ほかのだれとも友だちになろうとはしなかった。わたしは――」

「ちょっと待ってください」ヒューは口をはさんだ。「リチャード伯父とウィラはいつクレイモーガンからここに移ってきたんですか？」

「おや、失礼した。その話を飛ばしてしまったかね？」ヴィネケンは舌を鳴らすと、自分にあきれたように首を振った。「殺人事件のあと、リチャードはここのほうがウィラには安全だろうと考えて――」

「殺人？」ジョリヴェが金切り声をあげた。「殺人ってどういうことです？」

ヴィネケンはしばしば話の腰を折られることにうんざりしているようだった。

「言ったじゃないか。料理人の娘だ」

「料理人の娘？　殺人？」ヒューは訊き返した。ヴィネケンがうなずくと、さらに問いただす。「だが、彼女は崖から落ちて首を折ったとあなたは言った」

「確かに。最初はわたしたちもそう思った。だが確かにあの子の首は折れていたが、それは落ちたせいではないという結論に達したのだ。だれかが乱暴につかんだみたいに、あの子の腕には痣《あざ》が残っていた。首の付け根と顎にも痣があった。まるで顔をつかんで、強引にひねったかのように。何者かがあの子の首を意図的に折ったのだとリチャードは考えたし、わたしも同意見だった」

「どうして料理人の娘を殺したりするんです？」まったく理解できないというように、ルーカンが尋ねた。

「犯人はルヴィーナをウィラだと思ったのだ」ヴィネケンは辛抱強く答えた。「料理人の娘の髪も金色だったし、あの日はウィラのドレスを着ていた。間違えるのはおおいにありうることだった」ヴィネケンは肩をすくめた。「とにかく、ルヴィーナの死のあとリチャードは、クレイモーガンではウィラを守れないと考えるようになった」

「だれから守るんです？」ジョリヴェはおおいに興味を引かれていた。「いったいだれがウィラを傷つけようとしていると考えたんですか？」

ヴィネケンは首を振った。「わからない。リチャードはなにも教えてくれなかった。ただ、それは非常に力のある人物で、ウィラは危険にさらされているとしか言わなかった」ヴィネケンはなにかを考えているように黙りこんだが、やがて顔をあげて言った。「ウィラの身を守るために、リチャードは大変な苦労をした。ウィラとイーダをクレイモーガンからここヒルクレストの小屋に連れてきたのだ。それも真夜中に人目を避けて。もっとも信頼が置けて腕の立つ三人の護衛兵がその任務にあたった。料理人のアルスネータは城に連れてこられた。ウィラは死に、リチャードは娘のように愛した子供の思い出がいっぱいに詰まったクレイモーガンにいることが耐えられなくなったんだと、人々には説明した。幸いなことに、あの日ウィラたちを見つけたのは、リチャードがだれよりも信頼していた兵士たちだった。彼らは、だれにも話さないことを誓った」

ヴィネケンは立ちあがると、二、三歩、歩いてから言った。

「リチャードは、この地所でもっとも奥まったところにウィラを住まわせただけじゃなかった。彼自身もここに移ってきたが、ウィラには城への出入りを禁止し、彼もまた最初の五年間はウィラのもとを訪れようとはしなかったんだ」ヴィネケンはいかにも困惑した様子で首を振った。「もちろんウィラはリチャードを恋しがったが、リチャードのほうが辛かったと思う。あの子を本当にかわいがっていたからね。毎日手紙を書いていた。五年間、手紙だけがふたりをつないでいたのだ。手紙とささやかな贈り物を彼が送り、手紙とささやかな贈り物をウィラが送り返してくる。使者が戻ってくると、毎晩質問攻めにしていたよ。何度か目撃したことがあるが、ウィラはなにをしていたのか、元気なのか、その日はなにをして遊んだのか、彼女の一言一句を尋ねていた」ヴィネケンは思い出したのか、力なく微笑《ほほえ》んだ。「わたしがここへ来る途中で小屋に立ち寄ったときにも、あれこれと訊かれた。リチャードはウィラが決して友だちを作ろうとしないことを心配していた。ひどく気にかけていたよ。だが彼は……わたしたちは……どうすればまた友だちを作っても大丈夫だとあの子に納得させられるのか、わからなかった」

「その話はさっきも聞きましたが」ルーカンが言った。「どうしてウィラはルヴィーナが死んだあと、友だちを作ろうとしなかったんですか？」

「わたしたちもわからなかった。イーダに聞かされるまでは。ウィラは、リチャード

とわたしがルヴィーナは殺されたのではないかと話しているのを聞いたらしい。そのあとは、また
だれかが自分と間違えられて殺されるといけないから、友だちを作ろうとしなかったそうだ」

ヒューは品がいいとは言えない言葉を小声でつぶやき、ヴィネケンはうなずいた。

「寂しい子供時代だったと思う。彼女のそばにいたのは、老いた魔女、護衛の兵士、リチャード、そしてわたしだけだったから。遊び友だちと言えるのは動物だけだった」

「ウィルフとフィンというのは、伯父が彼女のところに行かせた護衛兵だったんですね。三人目はどうしたんですか？」

ヴィネケンはけげんそうにヒューを見つめた。「なんだって？」

「ウィルフとフィンです。彼女の護衛兵なんでしょう？」

「ああ」ヴィネケンは小さく笑った。「ウォルフィとフェンのことか。違う。あの子の護衛はバルダルフだ」

「護衛兵は三人だって言いましたよね」ジョリヴェが指摘した。

「そうだ。ハウエルとイルバートがいた。だがここに移ってから五年後に、リチャードの執事が死んだ。その仕事を任せられるくらいリチャードが信用していたのはハウ

エルだけだった。ウィラの身に危険が迫っていると思うような出来事はその後なにも起きていなかったから、リチャードはハウエルをここに呼び戻して新しい執事にすることにしたのだ。彼がまたウィラに会うようになったのもそのころだ。それでも会うときには、人目につかないようにしていたがね」

「イルバートはどうしたんです？」ヴィネケンが言葉を切ったのでルーカンが尋ねた。

「一年後に死んだ」三人にいっせいに鋭いまなざしを向けられて、ヴィネケンはあわてて言い添えた。「自然死だ。病気だった。熱病だ。それでウィラの護衛がバルダルフひとりになってしまった。イルバートの代わりにだれかを行かせるべきかどうかリチャードは悩んだんだが、結局そうしないことにした。その必要があまりなさそうだったからね」

「そのバルダルフはいまどこにいるんです？」ルーカンが尋ねた。

「ウィルフとフィンは何者なんです？」ヒューはいらだたしげに訊いた。

「ウォルフィとフェン？」ヴィネケンはヒューの質問に先に答えるようにしたようだ。「いまもこのあたりにいるのかね？　もうとっくにどこかに行ってしまったとばかり思っていた」

「だれなんです？」ヒューはさらに訊いた。

「狼《おおかみ》だよ」

「狼！」三人はそろってぞっとしたように声をあげた。ヴィネケンはわずかに顔をしかめた。

「驚くのももっともだ。わたしも最初に見たときは、同じような声をあげたよ。ウォルフィが罠《わな》にかかったんだ……いやフェンだったかな？　よく覚えていない。まあ、いい。とにかくどちらかが猟師のかけた罠にかかった。ウィラが見つけたとき、その狼は自分の足を嚙《か》み切ろうとしているところだった。ウィラはどうやったものか罠をはずし、傷の手当てをし、その狼と連れ合いに餌をやった。狼のつがいは生涯連れ添うのだよ。だから、連れ合いが近くにいることをウィラは知っていたのだ。怪我《けが》をした狼はひどく弱っていてまったく動けない状態だったから、すっかりよくなるまでウィラが面倒を見てやった。すると怪我が治ったあとも、二匹の狼はウィラのそばを離れなくなった。狼でも、自分たちが幸運であることはわかるらしい」

ヒューとルーカンは苦々しい顔で視線を交わした。ふたりのどちらもウィラが〝幸運〟であることに気づけなかったのだ。狼でさえ、それくらいの知恵はあったというのに。

しばしの沈黙のあと、ヴィネケンは咳払《せきばら》いをすると背筋を伸ばし、眉を吊りあげて訊いた。「それで、結婚式はいつにするんだね?」

彼らがヒューの答えを待っていることはわかっていたが、頭のなかが少々混乱していた。立ちあがって、あたりを行ったり来たりし始める。すぐにと答えたいところだったが、残念なことにそうはいかないことはわかっていた。ウィラに彼との結婚を承諾させるためには、まずは機嫌を直してもらわなければならない。それにどれくらいの時間がかかるものなのか、ヒューにはまったく見当がつかなかった。栄光の日はなんと短かったことか。ほんの二日前まで、彼は貧乏な騎士だった。それが一転して裕福な伯爵になることを知らされたものの、輝かしき日はほんの数日で終わった。

わたしは、貧しさを理由にわたしを拒絶した女たちと同じような横柄な態度を取ったのではなかったか? ヒューは自己嫌悪に陥った。いまの自分は貧しい伯爵で、それが貧しい騎士よりましだとは思えなかった。それどころか、もっとひどい。貧しい伯爵……。彼は忙しそうに立ち働く使用人たちに目を向け、悪態をついた。

3

「それで？」ヴィネケンが促した。

ヒューは咳払いをすると、長椅子に戻って腰をおろした。ヴィネケンの視線を避けながら、エールのカップを手に取る。「二、三週間後くらいにしようと思います」

「二、三週間後くらい？」ヴィネケンは仰天したように訊き返した。「だがリチャードはできるだけ早くしてほしがっていた。彼は――」

「だめです。問題外だ」

「どうして？」

自分の大失態を打ち明けずにすむもっともらしい言い訳を思いつかなかったので、ヒューが黙ったままでいると、ルーカンがさりげなく割って入った。

「ヒルクレスト伯爵は亡くなったばかりじゃないですか。ヒューもですが、彼女もかわいそうに悲嘆に暮れています。二、三週間くらいの時間は、あったほうがいいんじゃないでしょうか？　少なくともそうすれば、式とその後の祝宴の準備をすることもできますし」

「なるほど」ヒューがおおいに安堵したことに、ヴィネケンは納得したようだった。「それは考えていなかった。確かに、少しくらい遅らせても問題はないかもしれない」

「そうなんです」ヒューはつぶやくように答えると、カップに視線を落として自分が置かれたいまの状況を考えてみた。本当ならいますぐウィラのところに飛んでいって、自分がしでかした過ちをどうにかして挽回《ばんかい》したいところだ。だが彼女の怒りが収まるまでしばらく時間を置いたほうがいいことはわかっていた。どれくらいかかるだろう？　ふた月？　三月？　しかしそんなに長く待つことはできない。

「どう思う、ヒュー？」

現実に引き戻されて、ヒューはけげんそうに顔をあげた。「なにが？」

「それまでレディ・ウィラと老女……えー……イーダを」ルーカンはあわてて言い直した。「城に連れてきておいたらどうだろうとヴィネケン卿が提案されたんだ」

警戒警報がヒューの頭のなかで響きわたった。ウィラがこの城に来れば、彼女とヒューのあいだでなにかあったことに、ヴィネケンもジョリヴェも気づくだろう。それは避けたいところだ。彼女に機嫌を直してもらうチャンスがあれば……いや……こうなった以上、自分から求婚しなければならないだろう。なんてばかだったのだろうと自分を責めるほかはなかった。あわてて城を飛び出したりせず、伯父の遺言の細かいところまできちんと聞いていればよかったのだ。そうすれば、傲慢な態度で彼女を見くだすようなことを言って、事態をややこしくしたりはしなかったものを。

突如として彼女が自分にふさわしく思えてくるとは妙なものだ、とヒューは自嘲交じりに考えた。彼女が変わったわけではないのに、いまでは理想的な妻だという気がしている。必要としている財産を彼女が持っているというだけでなく、貴族の生まれだとヴィネケンから聞いたからでもあった。たったひとことの言葉にどれほど人の考えは左右されることか。老女の言葉が蘇った。〝泥に埋もれていようと、王冠できらめいていようと、金が金であることに変わりはない〟いまいましい魔女め！　彼女の言うとおりだった。城で暮らしていようとあばら家にいようと、ウィラはレディだったのだから、そうと見抜くべきだったのだ。ルーカンが指摘したとおり、彼女の言葉遣いはちゃんとしていた。ずた袋のような服を着てはだしだったにもかかわらず、身のこなしもプライドもレディのものだった。いっしょに馬に乗ったときも背筋がしゃんと伸びていたことを、ヒューはいまになって思い出した。カブの袋のようにゆさゆさと馬に揺られたりせず、優雅に乗りこなしていた。馬の乗り方を教わっていたのだ。

だが自分はそういった手掛かりすべてを見逃して、伯父が外で作った子供だとばかり考えていた。なんてばかだったのだろう。

「ヒュー？」

「なんだ？」ヒューは自分自身に対するいらだちを抑えきれず、そっけなく訊き返したが、ルーカンたちが自分の答えを待っていることを思い出した。「だめです。城に連れてくるわけにはいきません。伯父はここは安全ではないと考えていたんです。結婚式まではいまのままでいてもらったほうがいい」

ヴィネケンは考えこむように唇を結んだが、すぐに首を振った。「そうは思わない。結婚式の準備を始めたとたん、彼女の身は危険にさらされることになると思う。あの小屋よりはここのほうが、彼女を守りやすいのではないだろうか？」

「リチャード伯父はそうは考えませんでした」

「それは、ウィラは死んだとだれもが考えていたときの話だ。だからイーダと共に小屋で暮らさせていたんじゃないか」

ヒューはいらだたしげに肩をすくめ、話を逸らそうとした。「ヴィネケン卿、名前も知らない相手と結婚できるものですか？　婚姻契約書には名前を書かなければならないはずです」

「自分の名前くらい本人が知っているだろう」ルーカンが問いかけるようにヴィネケンを見た。

「いや、知らないと思う。確かにそれが問題になる。そういったことすべてを記した手紙を遺しておくとリチャードは言っていたんだが、まだ見つけていないのでね」

「なくなったんですか?」

「いいや。とにかく、なくなっていないことを願おう。彼の死後、捜してはみたんだが、あまり時間がなかったのだ。宮廷に行って国王に報告しなくてはならなかったし、それに……」ヴィネケンは肩をすくめた。「もう一度捜してみよう。きっと見つかるはずだ」

ヴィネケンが口で言っているほどには自信がなさそうなことにヒューは気づいていた。

「いや、いますぐ捜しに行ってくる。きみは小屋に戻って、結婚式は二週間後に執り行うことをウィラに告げて、それまでどこにいたいかを訊いてくるといいだろう。わたしはここのほうが安全だと思う。本当は結婚式もすぐに行ったほうがいいと思うんだが、まずは彼女の名前やくわしい事情を書いてあるリチャードの手紙を見つけることが先決だ」

ヒューがむっつりと黙りこんでいるのを承諾だと受け取ったヴィネケンは、三人の若者をその場に残し、階段へと歩いていった。

「さてと」ルーカンはヒューの隣に移動して、訊いた。「これからどうするつもりだ？」

ヒューは渋面を作った。「どうすればいい？」

「なんのことだい？」ジョリヴェが口をはさみ、ふたりは彼がいたことを思い出した。ヒューはいとこをにらみつけたが、ふと気づいて背筋を正した。「ジョリヴェ、きみは宮廷にいることが多い。女性がどういうものかはよくわかっているだろう？」

ジョリヴェが片方の眉を吊りあげたので、ヒューは顔をしかめた。

「きみが女好きだとかそういうことを言っているんじゃなくて、女性にはくわしいだろうと言ったんだ」

ジョリヴェは短い笑い声をあげた。「きみはどうあってもぼくを遊び人扱いしたいらしいな」首を振って言葉を継いだ。「それで、いったいどうしてぼくの宮廷での振舞いや女性についての知識を尋ねたりするんだ？」

ヒューはためらったが、しどろもどろになりながら説明した。「その……きみが宮廷で女性を侮辱したと想像してほしい。彼女を……なんというか……えーと……私生児と呼んだと」

ジョリヴェが息を呑んだので、ヒューは言葉を切った。「まさかそんなことを？」

「わたしがそう呼んだと言ったわけじゃない。きみが呼んだと言ったんだ」ヒューは気まずそうに顔を赤らめ、つっけんどんに言い返した。

「ぼくは絶対にそんなことは言わない！」ジョリヴェはきっぱりと告げた。

「もしもそう言ったら、という話だ」

「絶対に言わない」

「いいから！　とにかく、言ったことにするんだ」

ジョリヴェはいらいらした様子で舌を鳴らした。「いいだろう……だが絶対にぼくはそんなことは言わないからな」ヒューがまた口を開きかけたところで、ジョリヴェは言い添えた。ヒューは口をつぐみ、ふたりは視線で火花を散らした。降参したのはヒューのほうだった。

「とにかくだ」ヒューは食いしばった歯の隙間から絞り出すように言った。「きみがそう言ったとする。どうやってその失態を償って、彼女に結婚を承諾させる？」

「不可能だね」

「不可能？」

「そうだ。そいつは無理だ。彼女は絶対にきみを許さない」

「ちくしょう！」ヒューは足を踏み鳴らした。落ち着けというようにルーカンが彼の腕に触れ、にやにやしているジョリヴェの顔をのぞきこんだ。

「だが、試してみることはできるだろう？」

「できる。だが、絶対にうまくいかない」

ヒューがまた体をこわばらせたので、ルーカンが再び尋ねた。「そうか。だがきみならどうする？」

ジョリヴェは芝居がかったため息をつくと、首を傾げ、なにかを考えているような顔でしばし視線を宙に泳がせた。ヒューが彼の喉を絞めてやりたくなったころ、ようやくその顔がぱっと輝いた。勝ち誇ったように指を一本立てて言う。「そうだ！」

「そうだ？　なにがだ？」

「詩さ」ジョリヴェは満足そうに答えた。「彼女の美しさを称《たた》える詩」

「だめだ」

ヒューに即座に否定されて、ジョリヴェは顔をしかめた。「だめ？　ぼくの助けを求めておきながら、即座に否定するのかい？」

「わたしに詩は書けない。一度も習ったことがない」自分が詩を書いているところを想像しただけでぞっとした。

ジョリヴェはうなずいた。「そうだな。きみに詩は書けそうもない。一番信頼している馬より美しいなんて書きかねない」

「そのとおりだ。それのなにが悪い？」

「なんとまあ」ジョリヴェはため息をついたが、再び考えこんだ。

沈黙が続いた。ヒューは初めての白髪が生え始めているような気がした。ジョリヴェが不意に声をあげたときには、驚きのあまり椅子から飛びあがりそうになった。

「そうだ！」

「なにが〝そうだ〟なんだ？」

「花さ」

「花？」ヒューは疑わしそうに繰り返した。いまは秋だ。この時期に見つかるのは雑草くらいのものだ。

「そうさ、花だ。きみが見つけられるもっとも美しい花。それと、ちょっとした贈り物――いや、待て！　いい考えがある！」

「なんだ？」

「宮廷でセシル卿がレディ・ペティを侮辱したんだ。彼女の父親に促されたにもかかわらず、踊るのを断ったんだよ。だがその後、女王陛下に自分の価値を認めてもらうには、レディ・ペティの愛情を勝ち得ることが必要だと気づいた。レディ・ペティは女王陛下の親しい友人だからね。そういうわけでセシル卿は、レディ・ペティを愛の女神であるビーナスに見立てて肖像画を描いたんだ。彼女があんまり美しいので、笑いものにされるのが怖くて踊るのを断ったという手紙を添えてね。もちろん大成功さ。セシル卿の情熱的な求愛にレディ・ペティの怒りはすっかり溶けたというわけだ」

ヒューはゆっくりとうなずいたものの、すぐに首を振った。「わたしに絵は描けない」

ジョリヴェはあきれたように両手をあげた。「詩は書けない！　絵も描けない！　いったいきみはなにができるんだ？」

「わたしは戦士だ」ヒューはうなるように答えた。「戦場で戦う訓練を受けている」

「そいつは素晴らしい。彼女を守れるわけだ。まったく役に立たない能力だ」

そのとおりだと認めざるを得なかった。この状況ではまったく役に立たない。

三人はしばしむっつりと黙りこんでいたが、やがてルーカンが明るい声で言った。

「それが答えかもしれない」

「なんだって？」ふたりが同時に訊いた。

「彼はウィラを守れる」

「彼女を守る？」ジョリヴェはけげんそうに尋ねた。

「もちろんわたしは彼女を守れる」ヒューはむっとしたように言った。「だがそれがなんの役に立つんだ？」

ルーカンはその問いを聞き流し、興奮したまなざしをジョリヴェに向けた。「自分のしたことを申し訳なく思っているという謝罪の手紙を書くんだ。彼女にそれを見せたあと、ヒューはその思いを証明するために、剣を手に馬にまたがって、彼女の小屋の外で待つ。彼女の気持ちが和らぐのを」

「なるほど。まあ、悪くないかもしれないな」ジョリヴェは疑わしそうに言った。

「なにを待つんだ？」ヒューは自信なさげに言った。「どれくらいそこにいなきゃいけない？」

「彼女がきみと話をする気になるまでだ」

ヒューは懸念を隠そうとはしなかった。売春婦以外、ほとんど女性と接したことはないが、もしもウィラが彼の母親と同じようだったなら、自分を私生児と呼び、見くだした態度を取った男を永遠に許さないだろう。だが彼に、別の考えがあるわけでもなかった。

「二時間ですむさ」ルーカンが請け合った。「ここトクレイモーガンを維持していくだけの財産を手に入れるには、それくらいの苦労は必要だ」

「あの人はいったいなにをしているの？」

割れたドアの隙間から外をのぞいていたイーダは、背中を伸ばして振り返った。

「ずっと馬にまたがっている……あんたを守っているんだよ」

「わたしを？　なにから？　雨？」ウィラはいらいらした調子で言うと、行ったり来たりしていた足を止めた。「彼に〝イエス〟って言いに行かなきゃいけないの？　このまま雨に打たれていたら、ひどい風邪をひくわ」

イーダは、そのしわだらけの顔に面白そうな笑みが浮かびかけているのをウィラに気づかれる前に再びドアに向き直り、今朝ここにやってきてからまもなく降りだした雨のなかで馬にまたがっているヒュー・デュロンゲットを眺めた。いかめしい顔ですっと背筋を伸ばし、片手に槍《やり》、もう一方の手に剣を持っている。愛情の証《あかし》として、悪天候と戦っているらしい。髪から滴り、顔を伝い、鎧《よろい》をまとった胸を流れる雨のしずくも、まったく気にしていないようだ。彼も馬もまるで石像のように微動だにしなかった。

びしょ濡れで凍え、みじめな思いをしていることは間違いなかったが、それでも今朝の夜明けからずっと、彼はあそこにいた。ドアをノックする音でふたりが目を覚ましたのが、ちょうど夜明けだったのだ。イーダはベッドから起き出したウィラを手で制すると、自分でドアを開けた。そこに立っていたのは、前日デュロンゲットといっしょにいた男だったが、彼はひとりではなかった。小柄でいくらか軽薄そうな男が小屋のなかをのぞこうとしている。イーダは彼をにらみつけると、視線を遮ろうとしながらデュロンゲットの友人に目を向けた。彼は巻物をイーダに渡そうとしたが、ふと思いついたように彼女か〝娘〟がこれを読めるのか、それともいま自分が声に出して読んだほうがいいかと尋ねた。

突然、ウィラがイーダの隣に現れたかと思うと、驚いている彼の手から巻物を奪い取って言った。「ありがとうございます。わたしは字が読めますから」

仰天している彼の顔の前でイーダがドアを閉めた。ウィラが声に出してその巻物を読んだときには、彼女の美しさを守るという誓いは詩的にすら聞こえた。ウィラがいまにも小屋を飛び出して申し出を受けるのではないかとイーダは思ったが、彼女はただドアを開けて、空き地で馬にまたがる男を眺めただけだった。

イーダがデュロンゲットの様子をろくに確かめる暇もないうちに、ウィラはドアを閉めた。「彼が地べたに這いつくばる前にわたしが申し出を受けたら、間違いなく彼は死ぬのね？」

ウィラはデュロンゲットの拒絶にさほど傷ついていないのかもしれないと思いながら、イーダはうなずいた。普段のウィラはとても感受性の鋭い娘で、人間であれ動物であれ、苦しんでいると考えることさえいやがった。だが、降りしきる雨のなかで馬にまたがるデュロンゲットを見ても、それほど気にしている様子には見えなかった。

夜明けはもう何時間も前のことだ。すでに日がかげり始めているのに、デュロンゲットはまだその場を動こうとしない。時間の経過と共に雨は激しくなっていたが、彼の姿は朝からそのままだった。いま雨は滝のように彼に降り注いでいる。ひどく不快だろうに、表情からはまったくうかがえなかった。

「ばかじゃないかしら！」ウィラはドアのほうへと歩きながら、我慢できないように言った。「風邪をひいて、そのせいで死んでしまうわ」

「そうかもしれないね」イーダは穏やかにうなずいた。「だがあんたが出ていって、彼が地べたに這いつくばる前に申し出を受けたら、間違いなく死ぬんだよ」

ウィラはドアに手をかけたところで動きを止め、いらいらした様子で振り返った。

「もしそうしなかったら？」

「するよ」

イーダの自信に満ちた返答を聞いて、ウィラは渋面を作った。「いつ?」

「ときが来たら」ウィラの顔をいらだちがよぎったのを見てもイーダは驚かなかった

し、それがあっという間に消えて、落ち着いた表情が内心の葛藤を覆い隠したときも

意外だとは思わなかった。ウィラは自分自身と感情をコントロールすることを若くし

て学んでいた。すべてを奪われた少女は、唯一自分に残されたものをコントロールす

ることを覚える。自分自身だ。ウィラはこれまでの短い人生で、失えるものすべてを

失っていた。

母親。父親。友人。家。父親同然だった男性すらも……それも二度まで

も。

最初はこの小屋に越してきた直後、そして二度目は死という冷たい手によって。

なによりウィラは、あまりにも早く子供時代を失っていた。ルヴィーナの死が彼女

から子供の無邪気さを奪い、生き残った者の責任をか細いその肩に負わせていた。

ウィラは、自分の死を望む人間がいることを知りつつ成長した。だれにも危険が及ぶ

ことのないように、近い年頃の友だちは避け、大人と動物だけに囲まれて生きてきた。

そのせいでウィラはある意味、矛盾の塊のような人間になった。あるときはだれより

も素直でありながら、次の瞬間にはこのうえなく頑固になる。自らに課した孤独のせ

いで寂しい思いをしていたが、本来の彼女は楽観的で生きることを楽しめる人間だっ

た。また、ある面では年齢以上に聡明《そうめい》でありながら、別の面では驚くほどナイーブでもある。見た目は優しそうだが、内面は鋼のように硬くて強い。素晴らしい娘だとイーダは考えていた。国王にだってふさわしい。ただの伯爵にはもったいないくらいだ。デュロンゲットもいずれはそのことに気づくと、イーダにはわかっていた。いま彼は確かにウィラに興味を示しているが、突如として態度を変えたのは、財産を相続したのが彼女であることを知ったからだろう。だがそのうちに、ウィラには金や宝石以上の価値があることを理解するはずだ。問題はそれが間に合うかどうかということだった。早く気づいて命が助かるのか、それとも死ぬ間際にどうしようもなくなってから悟るのか。

「もう寝るわ」

ウィラが唐突に言ったので、イーダはほっとした。寝るにはまだ早い時間だが、今日は長い一日だったのだ。風通しの悪い小さな小屋に雨のせいで閉じこめられ、見るものと言えば彫像のように動かない馬上のデュロンゲットだけ。明日は晴れて、神経をすり減らすようなこの退屈さからいくらかでも解放されることを願った。そうでなければ、心優しいウィラはときが来る前に彼の申し出を受けてしまうかもしれない。

まばたきで雨粒を振り払いながら、ヒューはみじめなまなざしを小屋に向けた。窓からこぼれていた蠟燭《ろうそく》の明かりが消えると、思わずため息が漏れた。ルーカンが思いついたことはいろいろあるが、そのなかでもこれは最悪だ。そしてそれに同意することで、わたしはまたも己の愚かさを証明してしまった。女性に関わるといらだつだけだということがよくわかったと、ヒューは思った。これまで女性といっしょにいて安らげたことは一度もない。女性は本当に小さくて華奢だ。そばにいると、不器用な大男になった気がする。まるで壊れ物だらけの小さな部屋でつまずいた巨人のような。

男は違う。男なら挨拶代わりに背中をドンと叩いてやればいい。相手は笑いながら、叩き返してくるだろう。同じようなことを女性にしようものなら、彼女は痛みに悲鳴をあげながら倒れこむに決まっている。それに女性は、エールを飲みながら戦話《いくさばなし》をしたりはしない。いったい男はなにを言えばいいんだ？　女性たちが聞きたがるのは、自分がどれほど美しいかとか、着ているドレスがしゃれているかとか、そういうことばかりだ。

そういうわけで、これまでヒューは女性を避けてきた。女性が近くにいると、自分がまともに口もきけない愚か者になったように感じられて、怒りが湧いてくる。野原で歌っているウィラに出くわしたときのように、とげとげしい態度でそっけない口をきいてしまうのだ。あのときヒューは、彼女がなにをしているのかに関心も持たなかったし、イーダに命じられたとおりニンニクを集めているわけでもないことに気づかず、人食い鬼のように怒鳴りつけただけだった。女性に近づいたばかりに、間抜けのように振舞うことになったのはこれが初めてではない。だからこそ人を雇って、彼と婚姻関係を結んでくれそうな女性たちに宮廷で声をかけてもらったのだ。そっけない口調と態度で女性たちに逃げられるよりは、だれかを介したほうが望みがあると思えた。

あいにく、ヒューの求婚に対する答えはどれも満足できるものとは言えなかった。雇った男が声をかけた〝素直な乙女〟たちは、ヒューがハンサムであることや腕の立つ戦士であることは認めながらも、彼の貧しい財政状況を考えれば結婚は問題外だと全員が答えた。だが彼女たちのほとんどは、婚姻契約を伴わないひそやかな関係であれば考えてもいいようなことをほのめかした。ヒューはたいして関心のなさそうな顔でその答えを聞いていたが、心のなかではなにかがしなびて、死んでいくような気がしていた。予期していたことだとはいえ、自分の価値が富と肩書——正確にはそれがないこと——で定まることを思い知らされると、まるでずらりと並んだ軍勢を前にたったひとりで戦場に立ち尽くしている気がした。自分が小さくて、なにもできない存在のように感じられた。

いま暗闇のなかで雨に打たれながらそのときのことを考えていると、ああいった女性たちから逃れられたのは幸運だったのだという気がしてきた。どこの男が、あんな女性を妻にしたい？　初夜のベッドにこっそり鶏かヤギの血をこぼして純潔を偽り、結婚する前から夫をだますような女たちだ。

それを考えると、新たに手に入れた肩書と手に入るはずだった財産をひけらかしたのは、狭量で子供じみていたと思わざるを得なかった。ウィラを拒絶したことが、ますます恥ずかしく思えてきた。ウィラに対する彼の態度は、あの女性たちが彼をあしらった態度と変わらない。降りしきる雨のなかで凍えながら、いまもこうして馬にまたがっているのはそれが理由だった。朝までもそうしているつもりなのは、ある意味、罪ほろぼしであり、当然の報いだった。いまはただ、ウィラの気持ちがいくらかでも和らいで彼の謝罪を受け入れてくれることを祈るばかりだ……雨と寒さで命を落とす前に。

4

空が白み始めるころ、雨があがった。そのころにはヒューはびしょ濡れであまりにも疲れていたので、もうどうでもよくなっていた。馬にまたがったままうとうとし始めていたとき、どこからか口笛が聞こえた。鞍の上で姿勢を正し、その楽しげな音に耳を澄ます。伴奏するような馬のひづめの音も聞こえてきた。剣を握り直すと空き地の中央へと馬を進め、森から出てきた男と小屋のあいだに立った。

空き地の端で馬を止めた男の顔に突如として浮かんだ警戒の表情を見るかぎり、ヒューの存在はまったく予期していなかったものらしい。それはヒューにとっても同じことだった。その男はヒューより優に二十歳は年上で、農夫のようないでたちではあるもののその身のこなしは兵士以外のなにものでもなかった。よく鍛えられた体つきをしていて、馬も上等だ。男の反応も兵士のそれだった。ショックを受けたのは一瞬で、すぐに男の視線はヒューの武器、馬、そして背後の小屋へと流れた。小屋に変わった様子がないことを見て取ると、男は少し安心したようだったが、その右手が鞍から吊るしている袋のひとつに伸びたことをヒューは見逃さなかった。その袋が剣を隠すのに充分な大きさであることがわかったので、ヒューはさっさと名乗ったほうがいいだろうと考えた。

「バルダルフ？」

「わたしはどなたと話しているのでしょう？」

男が巧みに質問をかわしたことにヒューは気づいた。だがたいしたことではない。隠しきれずに、驚いたような表情が一瞬男の顔をよぎっていた。自分の推測が正しかったことがわかるには充分だ。

「ヒュー・デュロンゲット、クレイモーガン卿でありヒルクレスト伯爵だ」筋肉は悲鳴をあげていたが、ヒューはそう告げながらさらに背筋を伸ばした。新しい肩書を名乗ったのはこれが初めてだったが、そう告げる自分の声が明らかに誇らしげだったので、思わず顔をしかめた。

男は袋から手を離した。お辞儀の代わりにうなずきながら、馬を進めてヒューと並んだ。「はい、バルダルフです。お会いできて光栄です、伯爵。なにか問題でも？」

「まあ、そんなところだ」ヒューは冷ややかに答えた。

とたんに、パニックにも似た表情がバルダルフの顔に浮かんだ。「ここを離れるべきじゃないとわかっていたんです。でもウィラが喪に服すためにどうしても黒い生地が欲しいと言ったものですから。もちろんこの村にはそんなものはないから、おれは――ウィラの身になにかあったんですか？」バルダルフは自分で答えた。「あなたがここにいるということは、彼女は生きているんですよね。でも――」

「彼女は無事だ」ヒューは請け合ったものの、短い答えが必要以上にバルダルフを不安にさせていることに気づいた。「肉体的な傷は負っていないという意味だ」

バルダルフは眉を吊りあげた。「それなら、どんな傷を負ったんです？」

彼女を私生児と呼んで侮辱し、結婚を断られたことを認めたくはなかったが、いずれイーダから、あるいはウィラ本人から彼の耳に入ることは間違いなかった。ここは自分から打ち明けるのが得策だろう。

「最初にここに着いたとき、わたしは彼女と結婚しなければならないことを聞かされて不満だった」

バルダルフはもっともだというようにうなずいた。「それはさぞ驚かれたでしょうね」

「そうだ」ヒューは渋面を作った。「その……驚きのあまりわたしは……レディ・

ウィラと初めて会ったとき、ほめられないような態度を取ってしまったのだ」かなり控えめな表現に、ヒューは心のなかで顔をしかめた。

バルダルフは鋭い男だった。探るようにヒューを見つめたあとで尋ねた。「どんな態度でしょう？」

「彼女を私生児と呼んで結婚を断った」少年が懺悔《ざんげ》をするときのように、言葉がヒューの口からこぼれ出た。バルダルフの目に憤怒が浮かぶのを見て、ヒューの心にあきらめの思いが広がった。結婚や人づきあいより、戦のほうがどれほど簡単なことか。「もちろん謝罪はした」

「当然でしょう！」バルダルフの口調は礼を欠いたものだった。騎士が新しい主人に対する態度とはとうてい言えなかったが、いまは目をつぶるべきだろうとヒューは思った。それどころかバルダルフがにらみつけてきても、黙ってそれを受け止めた。

ややあってからヒューが姿勢を正してにらみ返すと、バルダルフは自分の立場を思い出して目を伏せ、小屋に視線を向けた。咳払いをしたあと、さっきよりははるかに穏やかな口調で尋ねた。「びしょ濡れのようですね。ずいぶん前からここに？」

「昨日の朝からだ」

「なるほど」バルダルフはゆっくりとうなずいた。「あなたのおっしゃるとおり、襲われたわけではないのなら、どうしてそんなに長くここで見張りをしているんです？」

まさにそれこそヒューが雨のなか、幾度となく自分自身に尋ねていたことだった。

「レディ・ウィラにわたしとの結婚を承諾してもらうためだ」

バルダルフはうなずき、敬意のこもった声で訊いた。「小屋の外で馬にまたがっていることでですか？」

「彼女を守ることで、わたしの思いを証明している」ヒューは硬い声で言ったが、自分でもばかげていると思わざるを得なかった。バルダルフの顔に面白そうな表情が浮かんだことに気づいて、あわてて言い添える。「わたしが考えたことではない。彼女の美しさを守るために見張りを続けると誓えば、怒りも和らぐかもしれないとわたしのいとこと友人が——笑っているのか？」

バルダルフは片手で口を押さえると、咳のような音を立て、それから胸を叩いて首を振った。「いえ、違います、伯爵。おれは……その……なにかが喉に引っかかったもので」バルダルフは顔を横に向けると、咳をしたり鼻を鳴らしたりした。

ヒューはいらだたしげにわざとらしく咳払いをすると、バルダルフが落ち着くのを待った。やがて彼の咳が治まって真面目な顔をこちらに向けてきたところで、鋭いまなざしで彼を見つめた。「きみは彼女をよく知っているわけだから、なにかもっと効果的なやり方を思いつかないだろうか？」

バルダルフはまた面白そうな顔になった。歳月が刻んだしわがさらに深くなる。同情しているわけではないことにヒューは気づいた。

「さあ、それはなかなか難しいですね、伯爵。彼女は普通の女性とは違うんです」バルダルフの視線はヒューを通り過ぎ、なにかに気を取られているような口調になった。「贈り物をしてみてもいいかもしれません。ちょっとした装身具とか。わたしの妻はそういうものを喜びます。それでは、失礼するお許しをいただけますか？」

驚いたことにバルダルフは馬を進め、ヒューの返答を待とうともせずに小屋の横手へと去っていった。ヒューは自分には威厳が足りないのだろうかと考えながら、そのうしろ姿をにらみつけた。昨日老女は、女王がただの農夫に接するような態度で彼に接した。そしていま、新たに臣下となる兵士が、彼が話をしている途中にもかかわらずどこかへ行ってしまったのだ。

どうすればウィラを喜ばせられるかということ以外にも、いくつか訊きたいことがあった。最初の夜ヴィネケンから事情を聞いたあと、ヒューはかつての護衛兵ハウエルにあれこれと質問した。だが残念ながら、いまはヒルクレストの執事となっている彼はヴィネケン以上のことを知らないようだった。一部のことについては、自分よりも知らなかった。バルダルフがハウエルの知らないことを知っているとは思えないが、それでも――

ルーカンとジョリヴェの声が聞こえてきたときも、ヒューはバルダルフの姿が消えたあたりをまだ見つめていた。実際にふたりの姿が空き地に現れたのは、それから数分後のことだった。森を抜けてくるあいだも、気配を消すつもりはまったくなかったようだ。ヒューはこわばって痛む体を無視して、濡れた髪をうしろに撫《な》でつけると鞍の上で背筋を伸ばした。険しい顔でふたりの到着を待つ。彼らを剣で切りつけてやろうか、それとも槍で突き刺したほうがいいだろうか。いや、素手で殴りつけてやるのも面白そうだ。そもそも、夜通し苦痛とみじめな思いを味わわされたのは、ふたりのせいなのだから。

「おはよう!」ルーカンが明るい声で挨拶をした。

たっぷりと休養したらしく、いまいましいほど元気そうだと、こちらに近づいてくる友人を見ながらヒューはうんざりしながら考えた。彼が挨拶らしき言葉をうなるような声で返すと、ルーカンは片方の眉を吊りあげ、鞍頭に結びつけてある袋をあわててほどいた。

「きみの朝食を持ってきた」愛嬌《あいきよう》たっぷりに笑いかけながら、袋を差し出す。

ヒューは、腹を減らした犬が骨に飛びつくようにその袋を奪い取った。だが袋を開きながらも、ルーカンとジョリヴェが目と目を見交わしたことは見逃さなかった。ジョリヴェも馬に乗ったまま近づいてきて、ヒューを真ん中にして三人が並ぶ形になった。

「きみがまだここにいるとは思わなかった。ゆうべは雨だったからね」あたかもヒューが知らない事実を告げるかのように、ジョリヴェが言った。ジョリヴェにとって幸いなことに、ヒューはあまりにも空腹だったので無駄話に付き合う気にはなれなかった。そうでなければ、本能のままに彼を馬から叩き落としていたところだ。

ヒューは鋭い目つきで彼をにらむだけにして、袋の中身を探った。

「知っている」

ルーカンは顔をしかめた。「まさか、雨のなかずっとここにいたんじゃないだろうな？　ひと晩じゅう？」

「ほかにどうすればよかったんだ？」ヒューはパンとエールを袋から取り出しながら、とげとげしい声で言った。「きみはあのいまいましい手紙に、わたしの求婚を受け入れてくれるまでずっとここにいると書いたじゃないか。そしてわたしは署名をした。

わたしは約束を守る男だ」

　ルーカンはそれを聞いて渋面を作った。「いや……そうか。あまりいい考えではなかったようだな。すまなかった、ヒュー。それでは彼女はまだ受け入れてくれていないんだな？」

　固いパンを噛んでいるヒューの顔に浮かんだ恐ろしげな表情がその答えだった。

「そうか。だが、雨のなか、ひと晩じゅう自分を守るためにここに立っていたことを知れば、彼女の気持ちも和らぐかもしれない」

「昨日はずっと雨のなかに立っていたのに、彼女の気持ちに変わりはなかった。夜を過ごしたくらいで変わる理由がない」ヒューは不愉快そうに答えると、ルーカンに手渡されたエールを口に運んだ。

「彼女の気持ちを変えさせるように、ジョリヴェとふたりでなにか考えるよ」ヒューが飲んでいたエールでむせたのを見て、ルーカンは言葉を切った。ヒューは彼をにらみつけた。

「きみとジョリヴェにはもうなにもしないでいてもらいたい」

　ルーカンは唇を噛んで、視線を逸らした。「ゆうべここにいるあいだに、きみはなにか別の方法を思いついたのか？」

顔に答えは書いてあったが、それでもヒューは言った。「いいや。彼女はドアの隙間からわたしを見る以上のことはしなかった。私生児と呼んだことをまだ怒っているんだろう。そのうえ、見くだすようなことも言ってしまった」ヒューはため息をついた。「どうやって謝ればいいかがわかればいいのだが……どうしたら彼女が受け入れてくれるのかが」

「花は試したか？」ジョリヴェが口をはさんだ。「女性は花が大好きだと言っただろう？　彼女たちは――」

「あるいは」ヒューが喉の奥でうなるような声をあげ始めたので、ルーカンがジョリヴェを遮った。「あるいは、彼女をよく知っている人間ならどうすればいいかを教えてくれるかもしれない」

ヒューはジョリヴェをにらみつけるのをやめ、ルーカンの言葉にうなずいた。「わたしもそれは考えた。実際、バルダルフに意見を求めてみた」

「バルダルフ？」ルーカンが耳をそばだてた。「昨日はいなかった護衛兵が戻ってきたのか？」

「そうだ。ついさっき。きみたちがやってくる直前だった」

「どこに行っていたのか、訊いたか？」ルーカンが尋ね、ヒューはもうひと口エールを飲んだ。

「ウィラの喪服に使う黒い生地を買いに行っていたらしい」

「バルダルフはなんて言っていた？」ジョリヴェが好奇心にかられて尋ねた。

「彼女は普通の女性とは違うと言っていた」ヒューはむっつりと答えた。「自分の妻は贈り物やちょっとした装身具が好きだとも」

ヒューが食べているあいだ、ふたりは黙りこんでいたが、やがてルーカンが小屋に視線を向けながら言った。「あの老女なら、役に立つ助言をしてくれるんじゃないかという気がする」

それを聞いてヒューは腹のなかをかきまわされる気がしたが、よくよく考えてみるともっともな意見だった。老女はだれよりもウィラをよく知っている。だが彼女になにかを尋ねるのは気が進まなかった。彼女は初めからヒューをよく思っていないようだったし、かわいがって育てた娘を侮辱されたとなれば、寛大になれるはずもない。

とはいえ、それ以外にいい考えは浮かばなかったから、ヒューは覚悟を決めたものの、いくらかでもそれを先延ばしにしようとして尋ねた。「昨日はなにかわかったのか？」

ほかにどうすることもできず、小屋の外で見張りをするというばかげた提案に同意したものの、ヒューはそのあいだふたりを遊ばせておいたわけではなかった。ハウエルからなにも役立つことを訊き出せなかったので、村に行って情報を集めてくるようルーカンとジョリヴェに頼んだのだ。また村人や農夫や使用人たちからウィラの出生とルヴィーナの死についての話を聞くために、何人かをクレイモーガンに行かせた。なにかを知っている人間がいるはずだ。

「たいしてなにも」ルーカンがすまなそうに答えた。「ずいぶん前の話だし、尋ねたい事柄のほとんどはここで起きたことではなかったからね。クレイモーガンではもう少しなにかわかるかもしれない」

「老女がきっと知っているさ」ジョリヴェが言った。

「うむ」ヒューはため息をつくと、食べかけの食料をジョリヴェに渡してから馬を降りようとした。遅かれ早かれ、イーダと話をしなければならない。そう思うだけで食欲が失《う》せていた。さっさと終わらせれば、落ち着いて食べることができるかもしれない。

一昼夜雨に打たれながら馬の背に座っていたという事実をごまかすことはできなかった。体勢を変えると、脚と背中と尻が文句を言い、ヒューの口から思わずうめき声が漏れた。脚は――初めのうちは痛かったが、日が落ちてまもなくから感覚がなくいていた――体重をかけるとくずおれそうになった。しばらく鞍にしがみついていたが、やがて大丈夫だと確信が持てたところで向きを変え、小屋に向かってぎこちない足取りで歩き始めた。

ノックをする間もなく老女がドアを開けたので、どこからか外をのぞいていて、彼が近づいてくるのがわかったのだろうと思った。魔法かなにかで〝見た〟のだとは考えたくなかった。

「ここでなにをしている？」ヒューが礼儀正しく挨拶をするより先に、老女が言った。

「わたしは――」

「あんたの申し出を受け入れるまで、ウィラを守るんじゃなかったのかい？」

「そうだ。わたしは――」

「それなら、どうしてここでぐずぐずしている？　彼女のそばにいて守っているべきだろう？」

「彼女のそばに？　ここにいないのか？」

「いないよ。しばらく前に出ていった」

「なんだって？」ヒューは大声をあげ、老女の言葉が信じられずに薄暗い小屋のなかに目を凝らした。ウィラはここにいるはずだ。わたしに気づかれることなく、どうやって出ていったというのだろう？　彼女を守っていたはずだったのに！

「そうさ。ああ、でもあの子なら大丈夫だよ」老女はヒューの顔に浮かんだ驚きの色が警戒心に変わるのを見て言った。「バルダルフが気づいて、あとを追っていったからね。だがあの子がバルダルフと動物たちと散歩しているのに、あんなことを誓ったあんたがここでのんびり座っていたなんてサボっているとしか思えないね」

ヒューは悪態をつきながらきびすを返し、馬に向かって駆けだした。体の痛みは忘れていた。

「素敵だわ、バルダルフ。素敵以上だわ」ウィラはバルダルフから渡されたばかりの柔らかな黒い生地に頬をこすりつけた。喪服に仕立てるための生地を彼に探しに行かせたときは、これまで農婦に見せかけるために着ていたものと同じような目の粗い生地を買ってくるのだろうとばかり考えていた。だがいま手にしているのは、上等のシルクだった。真っ黒で、柔らかくて、艶やかだ。

「レディにはシルクがふさわしいですから」バルダルフはぶっきらぼうに応じると、その生地を再び受け取った。乱暴に丸め、鞍に吊るした袋に押しこむ。繊細な生地がぞんざいに扱われるのを見てウィラは顔をしかめたが、なにも言わなかった。

「レディらしい上等な黒のドレスでヒルクレスト卿を感心させなければいけません」

生地を袋に戻し終えたところで、バルダルフはきっぱりと告げた。ふたりは再び歩きだした。

ウィルは悲しげに微笑み、なにも言わずにうなずいた。戸口にいたイーダが振り向いて、バルダルフが戻ってきたと告げたときにはほっとした。着替えを終えて外を眺めてみると、バルダルフとヒューが話をしているところだった。ヒューはこちらに背を向ける格好だったから、こっそりと小屋を抜け出すのはわけのないことだった。バルダルフに小さくうなずいてみせてから小屋の裏へとまわり、森のなかへと入った。バルダルフがあとを追ってくることはわかっていたが、ヒューを連れてくるかもしれないという一抹の不安はあった。彼がひとりでやってきたのを見たときには、胸を撫でおろした。

「どうすればあなたを喜ばせることができるのかと訊かれました」

「そうなの？」

「はい。彼はあなたに許してもらって、結婚したいと考えています」

「なんて答えたの？」

バルダルフは肩をすくめた。「あなたは普通の女性とは違うと。わたしの妻は装身ウィラは小さく笑った。「わたしが彼を許して結婚する前に、彼は地べたに這いつくばらなければいけないってイーダは言うの。そうでなければ、彼は死ぬと」

ウィラはバルダルフの顔に疑念の色を見て取った。「これまでイーダが間違うのを見たことはありませんが、だれに対してであれ、デュロンゲットが地べたに這いつくばったりするとはとても思えない」

「そうなのよ」ウィラは渋い顔をした。「とても誇り高い人ですもの。でもきっとそうするってイーダは言っている。わたしはそれまで待たなければいけない、でないと次の満月を待たずに彼は死ぬことになると」

「なるほど」ウィラがその話を聞いたときと同じくらい、バルダルフは困惑した様子だった。

ふたりは黙って歩を進め、やがて川のほとりまでやってきた。ウィラは座り心地がよさそうな長く伸びた草の上に腰をおろした。バルダルフが馬の世話をしているあいだに、持ってきたバスケットから肉を取り出した。

「ウォルフィとフェンに？」バルダルフは近くの岩に座った。いつもの彼の場所だ。そこからならあたりを見渡すことができたから、万一何者かが襲ってきたときにはすぐにわかる。なにもない平穏な日々が何年も続いてはいたが、バルダルフは決して警戒の手を緩めなかった。実のところ、そのせいで喪服用の生地を探しに行ってもらうように彼を説得するのは大変だった。ウォルフィとフェンがそばにいようといまいと、小屋から決して離れないとウィラが約束して、ようやく彼をその気にさせることができたのだ。

「二匹はどうするんです？」ウィラが肉をふたつに分けるのを見ながら、バルダルフが訊いた。

ウィラは顔をしかめた。それは、リチャードが死んでから幾度となく自分自身に尋ねた問いだ。狼は群れで狩りをする動物だ。ウォルフィとフェンの群れは、ウォルフィが怪我をしたときに二匹を見捨てたのか、あるいは群れそのものが解散したらしかった。フェンだけが連れ合いのそばを離れなかった。一匹では、鹿のような大型の獲物をしとめることはできない。フェンはウサギやそのほかの小さな動物を狙うようになった。一匹狼は、傷ついた連れ合いに与えるどころか、自分のための食糧すら手に入れるのが難しいことを知っていたウィラは、二匹に餌を与えるようになった。最初の数日は小屋のなかでウォルフィの世話をし、空き地の端にフェンのための餌を置いた。初めのうち、フェンの姿を目にすることはなかった。夜に聞こえてくる吠え声とそれに応じようとする弱々しいウォルフィの声、そして朝には餌がなくなっているという事実だけが、フェンの存在を教えていた。

小屋から出たいというそぶりを見せるようになるくらいにウォルフィが回復すると、ウィラは外に出してやった。それでも空き地の端に餌を置くことは続けた。二匹の狼は近くにとどまり、ウォルフィの傷が癒えるまでウィラの餌を食べていた。完全に回復したらどこかに行ってしまうだろうとウィラは考えていたが、二匹はそのままとどまった。二匹は次第にウィラの前に姿を見せるようになり、ある日、まさにいまいるこの場所で彼女が眠りに落ちて目を覚ましてみると、ウォルフィがさほど遠くないところで寝そべり、フェンは川べりで水を飲んでいた。ウィラが身じろぎすると、二匹はあっという間に森に逃げこんだ。だがその後はさらにウィラとの距離が縮まり、そばにいる時間が長くなり、次第に彼女を受け入れるようになっていった。

どれほど愛情深くて、犬のように思えたとしても、二匹が野生動物であることをウィラは決して忘れなかった。そしてそれこそが問題だった。レディ・ヒルクレストになれば、長年彼女をかくまってくれたあの小屋から出ていかなくてはならない。だが狼たちを城に連れていくわけにはいかなかった。大勢の見知らぬ人間に狼たちを近づけることは、どちらにとっても危険だ。そんな事態を招くわけにはいかない。

とはいえ、この数年、狼たちは彼女の人生の一部だったし、彼女を守ってくれもした。ウィラを群れの一員とみなしているのだろうと彼女は考えていた。二匹が城までついてきて、猟師に襲われる危険のある場所で巣を作るかどうかは、彼女にもわからなかった。

「狼を連れていくことはできません」バルダルフが言った。

まったく同じことを考えていたにもかかわらず、そう言われてウィラは苦々しい顔になった。

「さてと、わたしは布をイーダに渡して、馬の面倒を見てやらないと」

バルダルフが立ちあがって馬のほうへと歩きだしたので、ウィラは驚いて彼を見た。今回の旅は例外として、彼はウィラが小屋のなかにいるとき以外、決して彼女のそばを離れなかったからだ。彼女ひとりをここに残して帰ってしまうとは、とても信じられなかった。襲われることが怖いのではなく、彼の奇妙な態度にどう対処していいかわからなかった。

馬にまたがりながらちらりとウィラの背後に向けたバルダルフの視線を見て、彼女は振り返った。そこに馬を駆るデュロンゲットの姿があったのは、意外ではなかった。いずれ彼女がいないことに気づいて、捜しに来るだろうとは思っていた。つまるところ彼は〝彼女を守って〟いるのだから。ただこれほど早いとは想像していなかった。急に不安に襲われたのはそのせいだと、ウィラは自分に言い聞かせた。彼が結婚を申しこんでくるだろうという事実や、自分が〝ノー〟と言わなければならないこと、そうしなければ彼は死ぬということとは関係ない。ウィラは、ノーと言うことが苦手だった。だれかを傷つけたり、落胆させたりするのが嫌いなのだ。だがデュロンゲットにノーと言うのは……それは――

簡単ではない。ウィラは、ヒュー・デュロンゲットが次のヒルクレスト伯爵となり、自分がその妻となることを五年前に聞かされた。風から身を守るマントのようにその未来をまといながら生きてきた。夜にはそのことを思いながら床につき、その温《ぬく》もりに包まれて眠った。彼との未来で夢を彩り、悪夢に対する盾にした。いつしかデュロンゲットはウィラにとっての白馬の騎士になっていた。危害から彼女を守り、子供を授けてくれ、狼がいつまでも鳴き続ける暗く長い夜にはその胸に抱きしめてくれる男性に。

理想を高く持ちすぎてしまっているのかもしれなかった。ウィラの空想のなかの彼は、背が高くて、たくましい体を日光にきらめく銀色の鎧に包み、金色の髪をなびかせながら見事な白馬にまたがっていた。高潔で、優しくて、思いやりがあって――

馬のひづめの音に空想の世界から引き戻されたウィラは、彼をじっと見つめた。現実が空想を上書きする。彼は夜のあいだに兜《かぶと》をはずしていて、風に髪がたなびいていた。想像していたような輝く金髪ではない。金色というよりは茶色に近い色だったが、顔のまわりで揺れるごとに日光が金色の名残を映し出していた。鎧は空想していたよりも色あせ、傷ついていたが、それでも太陽の光が当たるときらめいた。そして彼の顔は……

　ウィラの夢の男性にはずっと顔がなかった。どんな容貌をしているのか、まったく想像できなかった。いまようやくそれがわかって、ウィラは満足していた。はっきりした顔立ちとなめらかな肌をした古典的なハンサムというわけではない。顔はごつごつしていたし、戸外で過ごす時間が長かったせいで日に焼けている。これまでの戦で受けた小さな傷がいくつか残っていた。ひとつは顎のちょうど真ん中にあって、傷というよりはくぼみのようだ。二つ目は右の眉を横切っていた。毛のない白い部分がわずかに見える。三つ目は頬で、頬骨をより際立たせるような場所にあった。どれも醜いものではなく、澄んだ青い瞳とわずかに曲がった鼻、さらには引き締まった唇と合わさることで魅力的な顔を作りあげていた。個性のにじみ出るしっかりした目鼻立ちは、笑うと美しいとさえ思えた。ウィラは彼の顔に満足していた。彼のほかの部分にも。想像していたとおり、彼は背が高くて、筋骨たくましい。乗っているのも白い馬だ。だいたい白いと言ったほうがいいかもしれないけれど。横腹に灰色の染みがあるが、鞍のおかげで隠れている。

ひとことで言えば、ヒュー・デュロンゲットはウィラの夢のなかの白馬の騎士だった。優しくて思いやりもある。ほかの男であれば、望まない結婚を断るのに使用人をよこしていただろう。だが彼は自分で足を運んだ。彼女と結婚したくないと告げるときには、本当に辛そうだった。もちろんそれは、彼女が村の女性が産んだ私生児ではないと知らされる前のことだったが。

ウィラがロマンティストであれば、ヒューが興味を持っているのは彼女との結婚で得られる財産であることに傷ついていたかもしれない。だが彼女は現実を知っていた。結婚とはそういうものだ。片方が財産を、もう片方が肩書を持ち、それを合わせることで地所を維持していく。それが社会のあり方だった。それに、彼女は五年という月日をかけて心の準備をしてきたが、ヒュー・デュロンゲットにとっては、彼女の存在や彼女を花嫁として迎えなければならないという事実が青天の霹靂《へきれき》だったことはよくわかっていた。めだ。ウィラは彼が新しい未来にすんなりと順応できるようにするのが、ウィラの務めだ。ウィラはその務めを果たしたかった。問題はそこだ。〝イエス〟と言いたいのに、彼が地べたに這いつくばるまではそれが言えない。

ウィラはここに残ってと言おうとして、バルダルフを振り返った。だが遅すぎた。彼はすでに馬にまたがり、走り始めていた。デュロンゲットとひとりで対峙《たいじ》しなくてはならない。強くならなければならない。彼のために。

ウィラは再び視線を彼に向けた。馬にまたがる脚の筋肉が収縮する様が見て取れた。唾を飲んだ。だめた。彼が地べたに這いつくばるまで、できるかぎり会わないようにするべきだ。ウィラは心を決めると、立ちあがった。

5

ウィラは森に向かっていまにも駆けだそうとしたところで、それはレディにはふさわしくない行動だと気づいた。そのせいで動きが止まり、逃げる機会を失った。ヒューがもうそこまで来ていて避けられないことを悟ると、再び川に向き直った。腰をおろし、あたかも彼を待っていたかのように落ち着いた態度を装った。だが内心はとても落ち着いているとは言えない。見知らぬ人間が近づいてきたときのウォルフィやフェンのように、全身がぴりぴりしている。近づいてくる馬のひづめの音や、彼が馬を降りるときの革がこすれる音や、近くの木に手綱をくりつけるひそやかな音を痛いほど意識した。やがてなにか判別のつかない、足を引きずって歩くときのような音がした。それが聞こえてくる方向から、手綱を結わえた木のすぐ向こうあたりを歩いているのだろうとは思ったが、なにをしているのかはさっぱりわからない。振り返って確かめる気にもなれなかった。ばかげていると自分でも思ったが、一瞬でも顔を見られたら決心が揺らいでいることを悟られて、彼が強引に求婚してくるような気がした。完全に無視するのが一番いいと思った。背の高い草のあいだを彼が近づいてくるのが聞こえて、ウィラは体をこわばらせた。

彼が隣に腰をおろしたときには、ぎくりとしたり、不安そうに身じろぎしたりしないように、ありったけの意志の力をかき集めた。ふたりはしばらく黙ったままでいた。ウィラはヒューを見るのが怖かったし、ヒューのほうはなにを言えばいいのかわからないらしい。やがてウィラの顔の前に、ひと握りのささやかな花束が突き出された。ウィラはしおれた白い花を見て目をぱちくりさせ、次にヒューの顔を見たが、彼はこちらを見てはいなかった。きまりの悪さに顔を真っ赤にして、ふたりの前を流れる川にひたと視線を据えている。

「あの……」ウィラはそれしか言えなかった。ほかにどうすることもできず、彼の手からその哀れな花束を受け取り、しげしげと眺めた。さっき、彼が森のなかでなにをしていたのかがようやくわかった。彼女のために花を摘んでいたのだ。

「花だ」ヒューが言った。ウィラがなにも言わないので、それがなんなのかわかっていないと思ったらしい。

実のところ、それは花とは言えなかった。雑草だ。それも半分枯れている。だがウィラはそう指摘するつもりはなかった。大切なのは、花を贈ろうと考えたことだ。なんて素敵な考えだろう。ウィラは目の奥がちくちくするのを感じた。彼女のために花を摘んでくれた人はいままでだれもいなかった。

「いいにおいがするから、きみのために摘もうと思った」ヒューの口調はぶっきらぼうだった。彼がこちらを見ていることがわかっていたから、ウィラは首をすくめた。

「女性は花を贈られるのが好きだとジョリヴェが言っていた」彼の口ぶりが言い訳じみたものになってきたことに気づいて、彼に少しでも安心してもらえるようウィラはあわててうなずいた。はっきりとはわからなかったが、ヒューはいくらかほっとしたようだ。こわばっていた体から力が抜けたのか、彼の太腿と腕が不意にウィラに触れた。彼が息を吐いたのがわかった。

「女性と接するのは苦手だ」ヒューは打ち明けた。「宮廷よりも戦場にいる時間のほうが長かった」

ウィラはもう一度うなずき、しおれた花に顔をうずめた。妙な香りだったので鼻にしわが寄った。

「ジョリヴェは宮廷で多くの時間を過ごしている。なにを言えばきみに喜んでもらえるかがわかっているんだ……少なくともきみの護衛兵を喜ばせる言葉は知っている。

ジョリヴェは女性より男性のほうが好きだから」

最後の言葉を聞いてウィラはさっと顔をあげた。ヒューはまた川の向こうを眺めていたが、小さく鼻をひくつかせたのがわかった。

「これはなんのにおいだ？」ヒューの視線が不意にあたりをさまよい、ウィラが置いた肉の山の上で止まった。当惑の表情が浮かんだのは、ほんの一瞬だった。「そうか、きみの狼たちのためだな。てっきり——」ヒューがいきなり姿勢を正したので、ウィラは体を硬くした。ヒューはそのまま立ちあがり、彼女にも立つように促した。「行こう。きみを小屋まで連れて帰る」

「小屋に？」ウィラは彼に連れられて急ぎ足で歩きながら、訊き返した。ヒューは彼女を馬に乗せた。

「そうだ。わたしはしなくてはならないことがある——」ヒューは手綱を握り、眉間にしわを寄せた。「だがきみを守ると誓ったから——」首を振って言葉を継いだ。「しばらくはバルダルフに代わってもらうが、するべきことを終えたらすぐに戻ってくる」ウィラが不安がっていると思ったのか、ヒューはきっぱりと言った。そして彼もひらりと馬にまたがると、小屋に向かって馬を走らせ始めた。

ウィラは黙って馬に揺られていた。ヒューがいきなり帰ろうと言いだしたことにも、彼のそばにいると自分の体が妙な反応を示すことにも、同じくらい当惑していた。彼のなかに溶けてしまいたいという、妙な思いが湧いてくる。彼に包みこまれたいと全身の筋肉が叫んでいるようだ。そうせずにいられたのは、意志の力のたまものだった。自分の前で手綱を握る彼の手を見ていると、息が苦しくなった。しっかりと手綱を握っていて、時折、彼女の乳房の下に偶然その手が当たる。そのたびごとにウィラの心は激しく動揺した。空き地に着いて、彼が鞍からおろしてくれたときにはおおいに安堵した。彼はすぐに帰ろうとはせず、ウィラと共に小屋まで歩いていき、ドアを開けた。イーダはテーブルに新しい黒い生地を広げていたし、バルダルフは火のそばで剣を研いでいた。ふたりが入っていくと、どちらも驚いて顔をあげた。ヒューはウィラをテーブルの前に座らせ、彼女から目を離さないようにとバルダルフに命じると、入ってきたときと同じようにあっという間に出ていったので、ふたりはますます呆気《あっけ》に取られた。

三人はヒューのうしろ姿をしばし呆然《ぼうぜん》と眺めていたが、ちょうどそのとき雨が屋根を叩き始めた。それが合図だったかのように、バルダルフは肩をすくめて剣を研ぐ作業に戻った。イーダはまた寸法を測っている。ウィラは愛情のこもったまなざしでふたりを順に眺めていたが、やがて立ちあがりイーダを手伝い始めた。

ふたりは寸法を測り終え、生地を裁断した。縫うのも手伝いたいところだったが、ウィラには裁縫の才能がまったくないことがわかっていたので、イーダは彼女を追い払った。なにもすることのないウィラは、小屋のなかをうろうろと歩くだけだった。

雨があがったときには、全員がほっとした。いっしょに散歩に行こうとバルダルフがウィラに声をかけた。ウィラはマントを羽織り、ウォルフィとフェンのための肉を手に取ると、ドアのそばでバルダルフを待った。雨が降ると関節が痛むので、バルダルフの動きはいつもより鈍い。彼がブーツをはきながら顔をしかめるのを見てウィラも辛そうな表情になったが、窓の外に目をやると空き地にヒューが姿を現したのが見えて、ほっと息をついた。

「大丈夫よ、バルダルフ」ルーカンがヒューのあとを追ってくるのを見ながら、ウィラは言った。「ヒューが戻ってきたし、彼はわたしを守るって誓ったから、あなたに面倒をかけることはないわ」

「面倒なんかじゃありません」バルダルフは食いしばった歯の隙間から絞り出すようにして嘘をついたが、ウィラにはよくわかっていた。少しでも痛みが和らぐように、彼には火のそばに座っていてもらおう。ウィラは彼に微笑みかけると、ドアを開けて外に出た。

ヒューは空き地の中央で馬を止めて振り返り、ルーカンが追いついてくるのをいくらかいらいらしながら待った。この二時間、雨のなかを歩きまわり、泥のなかを這いずりまわって捕らえた獲物が、鞍に吊るした袋のなかに入っている。一刻も早くウィラに見せたくてたまらなかった。

「なにかわかったのか？」ルーカンが追いつくやいなや、ヒューは尋ねた。「クレイモーガンに行かせた者たちはまだ戻っていないはずだが」

「まだだ」ルーカンはうなずいた。「早くても今夜になるだろう。それより早ければ、ちゃんと話が訊けたのかどうか疑わしいところだ」

ヒューはうなずいてから、片方の眉を吊りあげた。「それなら、どうしてここに来たんだ？」

ルーカンは鞍に吊るしていた袋をはずし、ヒューに差し出した。「きみに食べるものを届けたくてね。今朝はちゃんと食べなかっただろう？」

「ありがとう」ヒューは袋を受け取ると、待ちきれないように開いた。たったいままで自分がひどく空腹であることに気づいていなかった。ローストした肉のにおいがたちのぼり、ヒューは思わず卒倒しそうになった。

「それに、どうすればウィラを喜ばせることができるか、きみは老女に訊く暇がなかっただろう?」ヒューが鶏《とり》のもも肉にかじりついているあいだに、ルーカンが言った。

ヒューは肉を嚙むのをやめて、尋ねた。「きみが訊いてくれたのか?」

「ああ」ルーカンは満足そうだった。「ウィラを喜ばせる一番の方法は、彼女が愛しているものを喜ばせることだそうだ。老女が自分のことを言っていると最初は思ったんだが、そうじゃなかった。狼さ。老女はウィラの心のなかにいる自分の存在を過小評価しているとぼくは思うけれどね。ウィラは老女のことをすごく大切にしているようだから、老女のためになにかをしてやれば、きっとウィラは喜ぶ。だがそれは狼に対しても同じだと思う。きみはなんで笑っているんだ?」

ヒューは首を振ったが、顔から笑みが消えることはなかった。「川岸でウィラと座っていたとき、わたしも同じことを思った」

「同じこと?」

「狼を喜ばせれば、ウィラも喜ぶということだよ。ここにいいものがあるんだ」

ヒューはうれしそうに鞍から吊るした袋を叩いてみせると、再び満足した様子でもも肉にかぶりついた。

「それは――？」ルーカンは言いかけた言葉を呑みこんだ。ヒューの肩越しに見えたなにかに気を取られたらしく、目を細め、唇をゆがめた。「あ……きみは早く……」ルーカンが指さす先に目を向けたヒューは、小屋の向こうの森に入っていくウィラの姿をかろうじてとらえた。ひとりだ。ヒューはまたもや食べかけの食料をルーカンに押しつけると、手綱を取り、彼女のあとを追った。

ルーカンが自分に気づいたことはわかっていた。彼がヒューに教えるだろう。ウィラはヒューがあとを追ってくると確信していた。追ってきてもらわなくては困る。バルダルフにもイーダにも心配をかけたくない。けれどいまはヒューにそばにいてほしくなかった。彼といっしょにいると不安がかきたてられる。そこでウィラは森に入ったとたんに走りだし、最初に目についたのぼりやすそうな木に飛びついた。枝に腰をおろしたちょうどそのとき、すぐ下をヒューが通り過ぎていった。ヒューはあたりをくまなく捜したあと、ウィラが戻っていないかどうかを確かめるため再び小屋に向かおうとするだろう。その前に姿を現さなくてはならないが、それまで三十分くらいはひとりでゆっくりできる時間があるはずだ。

ヒューの姿が見えなくなるのを待って、ウィラは木からおりた。木々のあいだの道なき道を進んでいく。これでヒューを振りきることができたと思ったところで、不意にウォルフィとフェンがどこからともなく現れた。二匹はウィラにはなついていたものの、ほかの人間には決して心を許そうとはしなかった。バルダルフ以外の人間が近くにいるときには、決してウィラのそばに寄ってこない。かといって、遠くに行ってしまうわけではなかった。あたりのやぶに溶けこんで、近づいても大丈夫だと思えるときまでじっと待っている。イーダがいるときですら、姿を見せることはなかった。

ウィラは笑みを浮かべて二匹を出迎えると、並んで歩きながらウォルフィの頭を撫で、フェンの耳のうしろをかいてやった。二匹はお返しとばかりに彼女の脚に体をこすりつけた。

歩きにくく、遠回りの道ではあったが、川のほとりに出るまでさほどかからなかった。ウィラは川に沿って歩き、さっきウォルフィとフェンのために肉を置いた場所までやってきた。思っていたとおり、肉はなくなっている。ウィルは二匹をほめてやってから、小屋を出るときに布にくるんでポケットに突っこんできた別の肉を取り出した。それを均等に分けて地面に置くと、さっきバルダルフが座っていた岩に腰をおろした。

ウォルフィとフェンはウィラが座るのを待ってから、肉を食べ始めた。たいした量ではなく、ほんのおやつ程度だったので、あっという間になくなった。食べ終えた二匹は座りこみ、前脚をなめている。

ウィラは口元に笑みを浮かべながらそんな二匹を眺めていたが、やがて両手を頭のうしろに当てて寝そべった。風が体の上で躍り、髪を優しくくすぐっていく。そののどかさに、この二日間のストレスが消えていくのを感じた。そのとき、ひづめの音が響いてきて、ウィラは体を硬くした。体を起こしてあたりを見まわすと、こちらに向かって馬を走らせているヒューの姿が木々の合間に見えた。

ウォルフィとフェン――ウィラよりもずっと耳がいい――のどちらも、ヒューの登場を教えてくれなかったことが不思議だった。いままで二匹が認めたのは、イーダとバルダルフだけだ。だが二匹は教えてくれなかっただけでなく、いつのまにか彼女ひとりをその場に残してどこかに行ってしまったことを知って、ますます困惑した。

「ここにいたのか」

「ええ」ヒューが馬から降りるのを見て、ウィラは恐る恐る立ちあがった。わざと逃げだしたことに彼がどういう反応を示すのか、ウィラには予想がつかなかった。彼は癇癪《かんしゃく》持ちのようだったし、彼女が指示に従わなかったのを快く思わないこともわかっていた。ひとりで小屋を出るなと命じられたわけではなかったが、そうほのめかされたことは確かだ。

だがヒューは怒ってはいないようだった。鞍からはずした袋を持ってこちらに近づいてくる彼は、どちらかと言えばうれしそうに見える。

「ウォルフィとフェンはどこだ？」

ウィラは目をぱちくりさせた。あまりにも意外な質問だったので、どう答えればいいのかを考えつくまでにしばしの時間が必要だった。

「ええ、あの……その……あの子たちはついさっきまでここにいたの。いまも近くにいるわ」ウィラは漠然とあたりを見まわしたが、その視線をいぶかしげにヒューに向けた。「どうして？」

ヒューはにやりとした。「あいつらにいいものを持ってきた」

「いいもの？」ウィラは好奇心にかられ、ヒューが開いた袋のなかをのぞきこんだ。目に入ったのは、柔らかそうな灰色がかった茶色の毛皮だ。しばらくして暗い袋のなかに目が慣れてくると、長い耳とひげが見えた。「ウサギ？」

「そうだ」

顔をあげてうれしそうに笑っているヒューを見たウィラは、彼の心遣いに思いがけず心を打たれ、再び袋のなかをのぞいた。「なんて親切なんでしょう。わたし――生きてる！」

ヒューは我が意を得たりとばかりにうなずいた。「そうだ。実に難しい仕事だった。狩りをしたことはあったが、生きたまま捕まえたのは初めてだ」

「でも――」ウィラはぞっとしたように彼を見つめた。「どうして生きたまま？」

ヒューはそう訊かれて驚いたらしかった。「もちろん、ウォルフィとフェンは狩りを楽しむに違いないからだ。きみが二匹に与えていた肉を見て、思いついたんだ。あいつらは狩りのスリルが恋しいに違いないとね」

ウィラは首を振った。「ちょっと待って。このかわいそうなウサギをあの子たちに狩らせるつもりなの？」

ウィラが喜んでいないらしいことにようやく気づいたヒューは、顔をしかめて言った。「それが狼の習性だ。狼は狩りをする。獲物を追いかけて、捕まえるんだ」

「それが必要なときにはそうするんでしょうけれど、わたしが餌をやっているの。わたしは――」

「だが、狩りはあいつらの本能だ」ヒューが袋を軽く揺すると、ウサギがなかで暴れた。「きっと獲物を追いかけるスリルを恋しがっているはずだ」

ウィラはそう言われて黙りこみ、狩りをしなくてもよくしてやったのはウォルフィとフェンにとっては余計なことだったのだろうかと考えた。必要に迫られて始めたことだったが、その後も餌をやり続けたのは……彼らが野生動物であることを知りながらペットとして扱っていたのかもしれない。城に移ることになり、二匹を置いていかなければならなくなったいま、それが困った事態を招いている。そのときウサギが袋のなかで激しく暴れ始めたので、ウィラの視線はそちらに向いた。ウサギは鼻をひくつかせ、目をぎょろつかせながら、必死になって内側から袋を蹴っている。

たとえウォルフィとフェンにとっては本能なのだとしても、二匹がかわいそうな小さなウサギを八つ裂きにするところを見るのは耐えられなかった。厩の裏でバルダルフが解体した肉をやることと、彼らが生きたウサギをずたずたにするのを見ることは決して同じではない。

「ウォルフィとフェンを呼んでくれ」ヒューが言うと、ウィラは思わず息を吸いこんだ。

「だめ！」ウィラは叫び、驚いているヒューの手からとっさに袋を奪うと、森のなかへと駆けこんだ。

呆気に取られたような叫び声に続いて悪態が聞こえた。彼がすぐにも馬で追ってくることはわかっていたが、ウィラは気にしなかった。この森のことはよく知っている。

彼をまくのは造作もないことだった

両側にまたウォルフィとフェンが現れたので、ヒューをまいたことがわかった。だがそれは、新たな問題を考えなければならないことを意味していた。二匹がそばにいるときにウサギを放すわけにはいかない。しばらく迷った挙句、ウィラは小屋に向かって足早に歩き始めた。ヒューが待ち構えていることを考えて、小屋そのものではなく厩の裏側を目指した。

ウォルフィとフェンは、ウィラが手にしている袋やその中身にさほど興味を示さなかったので、ウィラはほっとした。空き地に出たところで二匹が森に戻っていくと、ウィラはそのまま厩に向かった。明かりが入るように、扉を開けたままなかに足を踏み入れる。囲いのなかにウサギを放したちょうどそのとき、だれかが戸口に立ち、明かりを遮った。

振り返り、こちらをにらみつけているヒューがそこにいることがわかってもウィラは驚かなかった。

「きみは――」ヒューは言いかけたが、暗さに目が慣れてなかの様子がわかってくると、不意に口をつぐんだ。厩は小屋そのものよりも広かった。手前の半分は左右ふたつずつの馬房になっている。そのうちの三つには馬がいた。ウィラの馬、バルダルフの馬、そして必要に応じて荷馬車を引かせるための馬だ。四番目の馬房には馬が外に出ないようにするためのゲートがなかった。代わりにあったのは椅子とわら布団、そしてバルダルフの私物だ。それを見て取ったヒューの顔に驚いたような表情が浮かび、老兵士の忠誠心の深さを悟るとすぐにそれは尊敬の念に変わった。

ヒューの視線が厩の奥に移り、ウィラは安堵した。本来なら荷馬車を置いておくべき場所だが、いまそこにはいくつもの小さな檻《おり》や囲いが並んでいて、荷馬車は野ざらしになっていた。

ヒューは檻と囲いを見まわしていたが、見くだすようなまなざしを彼に向けているハヤブサに気づくと、その目が細くなった。

「あのハヤブサには片方の羽がない」ウィラが答えずにいると、ヒューはさらに厩の奥へと入っていった。ほかの檻をじっとのぞきこむ。「このツグミは片脚しかない」

ヒューはひとつの檻から次の檻へとゆっくり視線を移動させていった。ウィラもいっしょになって、彼の見たものを眺めた。そこは動物でいっぱいだった。なかには自然のなかで生き抜くために欠かせない体の一部が欠けているものがいる。ウィラが彼らを手元に置いているのは、自然に放せば生きていけないことがわかっていたからだ。だが怪我や病気からの回復途中で、世話を必要としている動物たちもいた。自分で生きていけるようになるのを待って、ウィラは彼らを自然に帰していた。

ヒューに視線を戻すと、その顔にはおののいたような表情が浮かんでいた。狼たちの餌にすべく生きたウサギを持ってきたのは、ウィラを喜ばせるためには最悪の行為だったことに気づいたのだろう。

「花を贈ってくれたほうがうれしかったわ」ウィラが優しく言うと、ヒューは彼女に目を向けた。

ヒューはなすすべもなくウィラを見つめていたが、やがていらだち交じりにうなると彼女の腕をつかみ、自分のほうに引き寄せて唇を重ねた。驚きのあまり、ウィラはヒューの腕のなかで体を凍りつかせた。そのあいだにヒューは強く唇を押しつけ、舌で彼女の唇を開かせようとした。気がつけばウィラは彼の息を吸っていた。そのにおいと味にめまいがした。彼の舌で口の内側を愛撫《あいぶ》されると、彼女のなかのなにかに火がついた。初めての経験だった。あたかも体の内側から燃えあがったような、熱が一気に全身を駆け巡ったかのような。

その熱さから逃げたいと思うべきなのに、実際はその反対だった。気がつけばウィラは、もっと味わいたい、もっと近づきたいと切望していた。その肌の内側に潜りこもうとでもするように、彼に体を押しつける。ヒューの手が胸のほうへと移動してくるのを感じたときは、彼が自分を押しのけようとしているのだと思い、思わず抗議の声をあげていた。だが彼はウィラを押しのけようとしていたのではなかった。その手はウィラの乳房を包んでいた。ウィラは再びうめいたが、今度は紛れもなく歓《よろこ》びの声だった。全身を駆け巡る熱はいつしか、うずくような興奮とひとつになっていた。

ヒューの唇が不意に離れ、喉へと移動した。ヒューがうめくように彼女の名前を口にするのが聞こえると、ウィラは自分でも理解できないうちに、いつしか下半身をくねらせながら彼の股間に押しつけていた。ヒューは驚きながらも、さも満足そうな反応を見せた。充分に情熱的だったキスはさらに激しさを増し、ヒューは不意に前方に足を進めたかと思うと彼女をうしろの壁に押しつけた。ウィラの脚のあいだに膝を入れ、うしろに反り返るようにして鎖帷子《くさりかたびら》のなかで腰を動かしている。

ウィラは驚いてヒューを見つめていたが、やがて彼はあきらめて彼女の両腕をつかんだ。興奮のあまり、乱暴にも思えるほど強くウィラを引き寄せると、再び熱烈にキスをする。ウィラは息も絶え絶えで、なにも考えられなくなっていた……うなるような声で彼がこう言うまでは。「結婚してくれ」

その言葉は喜びとなってウィラの胸を貫き、一気に彼女を現実に引き戻した。顔を伏せ、ぼうっとしている頭をはっきりさせようとしたが、ヒューが再び彼女の乳房に手を当てて答えを促すように握ってきたので、またも頭に霞《かすみ》がかかった。胸のふくらみを覆う日に焼けた彼の手を見ていると、息が苦しくなった。

「わたし――」ヒューが手を離し、農婦のようなワンピースの胸元をいきなりぐいっと引きおろしたので、ウィラは息を呑んだ。乳房が無防備に外気にさらされる。白い肌の上で硬くなった乳首がいつもより黒ずんで見えた。ヒューの手が再び乳房を包んだ。今度はややざらざらした彼の手が直接肌に当たっている。ウィラはその官能的な光景を見ていられずに目を閉じ、顔をのけぞらせた。彼の愛撫に息遣いが荒くなる。

「結婚してくれ」いつしか彼の手は唇に替わっていて、その言葉はウィラの肌に直接当たった。ヒューは母親の乳房に吸いつく赤ん坊のように、ウィラの乳首を口に含んだ。ウィラの反応は母親のそれではなかった。悲鳴をあげながら体をのけぞらせる。ヒューが顔を離すと、今度は抗議の悲鳴をあげた。

「やめないで」ウィラは両手で彼の顔をはさみ、胸元に押し戻そうとした。ヒューはそれに抗《あらが》い、ウィラが彼の顔に視線を向けるのを待って繰り返した。

「結婚してくれ」

ヒューの腕のなかでウィラの動きが止まった。

「結婚してくれれば、何度でもこういうことができる」軽くウィラの体を揺さぶる。

「結婚してくれ」

ウィラは彼を見つめた。頭のなかは荒れ狂っている。〝ええ。すぐに。いますぐに〟と叫びたがっている彼女がいた。この快感を終わらせずにすむなら、なんだってする。結婚の誓いを交わして、これから続く長い歳月のあいだにこの快感を幾度となく味わえるのなら。問題はそこだった。イーダの言うことが正しいのなら、これからの歳月は長くは続かない。彼が地べたに這いつくばる前に結婚を承諾してしまえば、ひと月もしないうちに彼は命を落とすのだ。

「ウィラ？」

ヒューは再びウィラを揺すった。ウィラは唇を噛んで答えた。「地べたに這いつくばる気にはなれないわよね？」

「なんだって？」

ヒューが突然の言葉に呆然としているあいだに、ウィラは彼の体と壁のあいだからすり抜けた。なにも言わずに彼に背を向け、急いで厩から出ていった。

6

ヒューはいくらかでも居心地のいい体勢を取ろうとして、鞍の上で身じろぎした。どんどんそれが難しくなっていく。しばらく前から尻に痛みを感じていて、鞍ずれだろうかとふと考えた。だがすぐにそれを打ち消した。これまで数えきれないほどの時間を鞍の上で過ごしている。若かったときに一、二度辛い思いをしたことがあるとはいえ、尻の皮膚も歳月と共に厚くなっている。いまになって鞍ずれをするとは考えにくかった。だが確かに痛みがある。それでもいまはどうすることもできなかったから、いくらかでも楽になるように鞍の上で体重を移し替えながら、ほかのことを考えるしかなかった。

まず頭に浮かんだのは雨だ。こうしているいまも、しとしとと降り続いているからだろう。それでもこの二日間、ほぼひっきりなしに降り続いていた大雨よりはましだ。まばら顔をのけぞらせ、いつかこの雨はやむのだろうかと考えながら夜空を見あげた。

たきして雨を振り払い、大きな黒い雨雲とその背後の明るくなりつつある星のない空を眺める。夜明けが近い。一時間もしないうちに日がのぼるだろう。

またなんの進展もなく一昼夜が過ぎたと、ヒューはげんなりしながら考えた。だが再び同じ一日が始まろうとしていることに気づき、ため息と共に鞍の上で背筋を伸ばしながら洟《はな》をすった。ぎょっとしてもう一度試しに洟をすってみると、ずるずるという音がしたので思わずうめきたくなった。なんてこった！　風邪をひきかけている。彼女を手に入れるための苦難には終わりがないんだろうか？

ウィラ。頭のなかでその名前を呼ぶと、愛らしい彼女の顔が突如として目の前に浮かんだ。彼女と過ごす時間が長くなればなるほど、ますます美しく思えてくる。妙な話だった。いつもなら、女性に対する興味は時間と共に薄れていく。だがウィラは別だ。彼女は刻々と魅力を増していくようだ。その頑固さすら、彼女を手に入れるための克服すべき課題だと思えた。いまウィラがヒューを拒絶しているのは、まさにその頑固さゆえにすぎないと彼は考えていた。キスをしたときのあの情熱。彼に体をすり寄せ、初めて日光を浴びた薔薇《ばら》のように彼を受け入れた。彼の愛撫に体を震わせ、やめないでと懇願した。ウィラは確かに反応していた。彼を求めていた。それなのになぜか、彼と結婚することを拒否している。ヒューにはその理由がわからなかった。だが女性や彼女たちの理屈を理解できたことは、これまでも一度もない。

左のほうの暗がりからうなり声が聞こえて、ヒューは茂みに目を凝らした。なにも見えなかったが、そのうなり声がウィラの狼たちが発したものであることは間違いない。

素晴らしいじゃないかと、ヒューはうんざりしながら思った。ウィラの狼が襲ってきて、自分の身を守るために彼らを殺したりすれば、彼女は二度と口をきいてくれないだろう。

ウィラはぎくりとして目を覚まし、真っ暗な闇を見つめた。この不安はどこから来るのだろうと考えながら、しばらくそのまま横たわっていたが、やがて外が静まりかえっていることに気づいた。不自然なほどに。夜行性動物があたりを嗅ぎまわったり、争ったり、互いを呼んだりする音が聞こえない。屋根を叩く雨音すら聞こえなかった。雨はあがったらしい。

ウィラは闇のなかに目を凝らした。火は消えている。小さな小屋に忍びこむ冷気から判断するに、数時間前には消えたようだ。ウィラはわら布団にかけた毛皮の下で丸まりながら、どうして目を覚ましたのだろうといぶかった。どこからかうなり声が聞こえて、体を硬くした。それが初めて聞こえたものではないと直感で悟った。おそらくその声が彼女を眠りから引きずり出したのだろう。

「あれはなんだい？」

イーダが押し殺した声で言い、ウィラは体を起こした。「多分――」

突如として外から聞こえてきた耳障りな物音に、ウィラの言葉が途切れた。うなり声、怒号、馬のいななきとひづめを踏み鳴らす音。ウィラとイーダは寝床から飛び起きた。ウィラがまずドアに手をかけ、小屋の外に飛び出す。そこでなにが起きているのか、予想すらできなかったから、目にしたもののあまりの衝撃にウィラはドアのすぐ外で凍りついた。

小屋のなかがインクを流したような闇だったせいで、月明かりに照らされた空き地は驚くほど明るく見えた。ヒュー・デュロンゲットが馬から降りている。大声で怒鳴りながら、知らない男と剣で戦っている。ウォルフィとフェンが、隙あらば飛びかかろうとしているのか、うなりながらふたりのまわりをまわっている。

ウィラが口笛を吹いて狼たちを呼び戻そうとしたまさにそのとき、ヒューが狼の一匹に足を取られ、うしろ向きによろめいた。地面に倒れ、鎖帷子が派手な音を立てる。見知らぬ男が振りあげた剣に月明かりがきらめいたその瞬間、ウォルフィとフェンが一体となって男に飛びかかった。どちらも顔と首を狙っていた。鎧に覆われていない唯一の場所だ。混乱は一瞬だった。男は地面に倒れ、喉を鳴らすような音も同時に消えた。

「ウォルフィ！　フェン！」ウィラは二匹を止めようとして駆け寄ったが、泥に足を取られた。男の傍らに膝をつく。男の胸に足をかけ、首に深々と歯を突き立ててうなり続けているウォルフィと、顔を狙ったあと地面におり立ったフェンにはさまれる形だった。ウィラはうめきながら、二匹の首筋を順につかんだ。危険な行為だとわかっていた。飼い犬ですら、血への欲望にかられているときは主人に歯をむくことがある。狼は家畜ではないし、彼らに主人はいない。だが二匹がウィラに向かってくることはなかった。どちらもすぐに落ち着いて、ウィラに引っ張られるとおとなしく獲物から離れた。恐ろしげなうなり声は喉の奥から聞こえるわずかな音に変わった。だが手遅れだった。男は死んでいた。喉と肩から流れる血がすでに地面に血だまりを作っている。ウォルフィとフェンは見事に自分たちのすべきことを遂行していた。

ウィラはむごたらしい光景から目を逸らし、ヒューの姿を捜した。彼はひどい転び方をしていた。重たい鎖帷子に邪魔をされて、ようやく泥のなかで腹ばいになったところだ。四つん這いになり、めまいがしているのか頭を振っている。そして心配そうにウィラのほうを眺めたかと思うと、泥のなかを這いながら彼女に近づいてきた。

「大丈夫か？」

ウィラはヒューを見つめた。声はしわがれ、息遣いが荒い。風邪をひいていることは間違いなかった。そのうえ頭から出血している。ウィラは狼から手を離すと、彼の前に膝をつき両手でその顔をはさんだ。顔を伝う血の出所が見えるように、頭の向きを変える。「怪我をしているわ。転んだときに頭を打ったのね」

「なんでもない」ヒューはぶっきらぼうに言うとウィラの手を振りほどき、傍らでうつぶせに倒れている男の顔をのぞきこんだ。「こいつはだれだ？」

「知らないわ。知っていると思った？」

ヒューは渋面を作ると、さらに男ににじり寄った。特徴を見定めようとしているのか、しげしげと顔を眺める。

「知っている人？」ウィラは嚙み裂かれた男の顔に無理やり視線を向けた。この顔を判別するのは難しいだろう。

「いや」身元がわかるようなものをなにも見つけられなかったらしく、ヒューはぺたりと座りこんだ。「一度も見たことがないと思う」

ふたりはずたずたになった男の顔を月明かりの下でしばらく眺めていたが、やがてウィラは尋ねた。「なにがあったの？　彼が襲ってきたの？」

「そうだ。雨がようやくあがった直後だった。数分の沈黙のあと、狼のどちらかがうなるのが聞こえた。わたしにうなっているのかと思ったが、警告してくれていたらしい。次の瞬間、この男が――」ヒューは倒れている男を頭で示した。「――森から飛び出してきた。剣を振りかざして、まっすぐわたしに向かってきたんだ。馬から降りて、最初の一撃をかわすのがやっとだった」

ヒューは腹立たしげに額を撫でた。立ちあがろうとしたが、ウィラにぐっと手を引っ張られてバランスを崩し、驚いたように悪態をつきながら再び地面に膝をついた。

「なにをする？」

「まだ立ってはいけないわ。しばらくおとなしくしていないと」ウィラはきっぱりと告げた。さらにもう一度引っ張られてヒューは前のめりになり、ウィラの膝の上に顔から倒れこんだ。「頭の怪我は怖いのよ。イーダに傷を見てもらって、あなたの目を調べるまではおとなしくしてなければいけないわ」

「なんのために目を調べるんだ？」ウィラの太腿に顔を押しつけられたヒューの声はくぐもっていたが、いらだっていることはよくわかった。

「よくわからないの」ウィラはこめかみの傷がよく見えるように、ヒューの顔を自分の腹のほうに向けた。「でもイーダは目を調べることで、傷の深さがわかるのよ。あなたはひどく頭を打ったんだから」

「わたしは大丈夫だ」ヒューは繰り返したが、ウィラの膝の上から動こうとはしなかった。それどころかそのまま仰向《あおむ》けになって、彼女の顔を見あげた。この状況を利用できるかもしれないという考えが浮かんだのは、そのときだった。手紙で謝ってもだめだったし、彼女を守るという誓いも、しおれた花や生きたウサギを贈って彼女を喜ばせるというせっぱつまったアイディアも効果はなかった。厩で彼女のなかの欲望に火をつけても、結婚を承諾させることはできなかった。だが今夜の出来事と、彼女の顔に浮かんだ心配そうな表情を考えれば、これは素晴らしいチャンスだという気がした。そんな卑怯《ひきょう》な手を使おうとする自分を恥ずかしく思うべきなのだろうが、ふたつの城とそこにいる使用人と兵士たちのことを思えば、そんなささいなことに気を留めている暇はない。

そんな思いに背中を押され、ヒューはいきなり片方の手を傷ついた頭に当てた。固く目を閉じ、痛みに苦しんでいるようにうめき声をあげる。そうしておいて、指のあいだからこっそりウィラの顔を盗み見た。そこに浮かんでいる不安そうな表情に勇気が湧いた。

「怪我がひどいのね！」ウィラは声をあげ、彼に顔を寄せた。はらりと髪が落ち、ふたりと世界のあいだをカーテンのように仕切った。

ヒューは死にかけている男が浮かべる雄々しい笑みに見えることを願いながら表情を取り繕い、弱々しく手をぱたりとおろした。「いや、大丈夫だ」息も絶え絶えの震える声になっていることを誇りたいくらいの気分だった。こんな能力が必要だったことはいままでなかったから、自分が優れた役者であることを知る機会はなかったのだ。

ウィラは間違いなく信じている。彼女は恐怖におののきながら顔をあげ、せっぱつまったように小屋を眺めると、いかにも心配そうな声で言った。「イーダはどこなの？　イーダならどうすればいいかわかっているのに。彼女を呼んでくるわ」

「だめだ！」自分の声があまりにしっかりしていたのでヒューは思わず顔をしかめた。ウィラに結婚を承諾させる最大のチャンスをイーダに邪魔させるわけにはいかない。

「だめだ」いくらか弱々しい声で繰り返した。「お願いだ。わたしを泥のなか、ひとりで死なせないでくれ」

「ああ、ヒュー」ウィラはぞっとして息を呑んだ。彼を守ろうとでもするように、抱きかかえる腕に力がこもった。「そんなことを言ってはいけないわ。あなたは死んだりしない。イーダは――」

「しーっ」ヒューはウィラの唇に指を当てた。「そんなに悲しまないでいい。きみのような美しい女性のために死ぬのは名誉だ。初めてきみと会ったときにあんなひどい態度を取った罰を、いまわたしは受けているんだ。リチャード伯父の死がショックだったとはいえ、わたしの態度は許されるものではない。悲しみのあまり、あんな態度を取ってしまったんだ」

我ながら見事だ、とヒューは思った。完璧だ！　ウィラが心を打たれたのがわかった。さらに彼に顔を寄せ、頰をそっと指で撫でながらささやくように言う。

「ああ、かわいそうなヒュー」

ヒューはこれまで出会った女性たちが彼に見せた無邪気そうな表情を真似《まね》て、ぱちぱちと何度かまばたきをした。だが期待したような効果はなかった。ウィラは少しも心を動かされた様子はなく、それどころかうっすらと眉間にしわを寄せて、いくらか体を引いた。

「目になにか入ったの？」

「いや」ヒューはウィラの髪をつかんで引き戻し、どうするべきだろうと考えた。結局、このまま突き進むことに決めた。「なんでもない。ただ――」

「ただ？」

「きみに頼みたいことが――いや、懇願したいことがある。人生最後のこの瞬間にきみに懇願したい。わたしの騎士道にもとる行いを許してほしいんだ。頼むから許すと言ってくれ」

「もちろんよ」ウィラは答えた。「でも大丈夫だから。あなたは死なないわ。イーダが言っていたの――」

「彼女はなにもかもわかっているわけじゃない」ヒューはいらだたしげに遮ったが、怒りを無理やり抑えこんで偽善的な笑みを浮かべると、弱々しく持ちあげた手で哀れっぽく顔を覆った。「悲しいかな、だれにも未来は見えない。わたしに未来を見通せることができていたなら、今夜はこんな結果にはならなかっただろう。いまごろはきみと結婚して、初夜の床で抱き合っていたかもしれない」

ヒューはまた指のあいだからウィラの様子を確かめ、彼女が悲嘆に暮れているのを見てうれしくなった。顔から手を離し、もう一度雄々しげな笑みを浮かべる。「悲しまなくていい。わたしは死ぬことは怖くない。長い眠りにつくだけだ。少なくとも、きみと結婚している夢を見ることができる。もしも……」

ウィラが顔を寄せた。「もしも?」

ヒューは切望の表情を作ろうとした。「死にかけている男の最後の願いだと思って、わたしの妻になると言ってもらえないだろうか？」

「ずいぶんと大げさな男だねえ」

ウィラがさっと顔をあげたので、ふたりを囲っていた髪のカーテンが開き、彼らを見おろすように立っているイーダとバルダルフの姿が見えるようになった。ふたりとも胸の前で腕を組み、見るからに面白そうな表情を浮かべている。さっきの台詞は、イーダがいつものような軽蔑交じりの口調で言ったものだった。邪魔をした彼女の首を絞めてやりたいと思いながらヒューはにらみつけた。ウィラは間違いなく承諾していただろうに。

「ああ、よかった。ここにいたのね、イーダ。ヒューは頭に怪我をしたの。すぐに手当てをしてあげて」

「そのようだね」イーダはいささかも心を動かされた様子はなかった。「あたしが手当てできるように彼を立たせておくれ。年寄りは、寝間着で泥のなかに膝をついたりできないんだよ」

「でも――」ウィラは言いかけたが、ヒューが体を起こしてよろめきながら立ちあがろうとしたので口をつぐんだ。実際に、彼はふらついた。だがそれは頭の怪我のせいではない。鎖帷子は泥のなかを這いずりまわるようにはできていないのだ。幸い、バルダルフはヒューに手が貸せないほど腰が曲がってはいなかった。ヒューが立ちあがるやいなや、ウィラも立って彼を支えようとするかのように腕に手を添えた。だがヒューは心のなかで悪態をつくのに忙しかったので、そのことに気づかなかった。一分。あと一分あれば、ウィラに結婚を承諾させられたものを。

「あんたが着替えているあいだに、彼の傷を見ておくよ」イーダはウィラに言った。それを聞いたヒューは、ウィラが薄い綿の寝間着一枚という格好であることに初めて気づいた。濡れて泥だらけの寝間着。何度も洗濯したせいで透けて見えるほど擦り切れた布が、胸と腰を愛らしく覆っている。なんてこった！　いままで気づかなかったなんて、実際頭がどうかしていたに違いない、小屋に戻っていくウィラを見ながらヒューは心のなかでつぶやいた。

彼女を捕まえて馬に乗せ、城に連れ帰りたい。ヒューの頭のなかにあるのはそれだけだった。だがそんなことをしても、彼女に結婚を承諾させることはできないだろう。伯父が生きてさえいれば、ことははるかに簡単だっただろうに。ウィラの保護者であるリチャードに、ヒューと結婚するように命じてもらえばそれですんだのだ。だがいまとなっては、苗字も父親もわからないウィラにそれを命じることができるのはジョン国王だけだ。宮廷に赴いて、国王にそうしてもらおうかと一瞬考えたが、すぐにその考えを追い払った。ウィラをひとりで残していくわけにはいかない。今夜の出来事でそれがよくわかった。幼いルヴィーナが命を落とした〝事故〟から十年がたったいまも、何者かがウィラの命を狙っているのだ。

ウィラが小屋の扉を開けるとなかから蠟燭の明かりが漏れて、薄い寝間着が透けて見えた。ヒューはその眺めをおおいに楽しんでいたが、イーダに腹をつつかれて我に返った。

「あんたの頭が見えるように屈《かが》むんだよ」ヒューににらまれても少しも動じることなく、イーダが命じた。「そんなにむっつりするのはおよし。望むものを手に入れたんだから」

「なにをだ?」言われたとおりに屈みながら、ヒューは不機嫌そうに訊き返した。

「あの子はあんたとの結婚を承諾したんだよ」

「え?」ヒューは驚いて背筋を伸ばした。

「荷造りするようにあの子がバルダルフに命じたのを聞いていなかったのかい?」あきれたようにイーダが言った。

実際、ヒューは聞いていなかった。小屋に向かって歩きだす前にウィラがなにか言っていたようなぼんやりとした記憶はあるが、寝間着姿の彼女を眺めることに夢中でまったく気に留めていなかった。

「城に移るための荷造りを始めるようにバルダルフに言ったんだよ。あの子はあんたと結婚する」イーダはそう告げると、ヒューの腹をつついた。

「あれはそういう意味なんでしょうか？」つつかれたヒューが思わず前かがみになるのを見ながら、バルダルフが言った。「でもどうして急に？」

「わかりきったことだ」ヒューは彼をねめつけ、つっけんどんに言った。バルダルフは、いったいヒューのどこがいいのだろう不思議がっているように、頭をかいている。ずいぶんと無礼な態度だ。「今夜、わたしが彼女の命を救ったことに感謝しているんだ」

バルダルフの顔は疑わしげだった。「その頭の怪我は思ったよりも深刻らしいですね、伯爵。脳みそが揺さぶられたらしい」ヒューが体を硬くしたのもかまわず、バルダルフは言葉を継いだ。「そもそも、あなたを助けたのはウォルフィとフェンのようにおれには思える。それに、危険にさらされているのが彼女の命だとどうしてすぐにわかったんです？　あの男が襲ったのはあなただ。彼女ではなくて」

ヒューはじれったそうに息を吐いた。「あの男がわたしを襲ったのは、わたしが彼と小屋とのあいだにいたからだ」

「なるほど」バルダルフは納得していないようだ。「長年なにも起きていなかったのに、どうして突然また彼女の命が狙われるようになったんでしょう?」

「わたしに彼女と結婚してもらいたくないんだろう。ただの村娘であるあいだは問題ないが、わたしの妻になると何者かにとっては脅威となるのかもしれない」

「なるほど。その答えの唯一の問題点は、ウィラは今夜何者かに襲われる前はあなたの妻になることを承諾していなかったということですね」バルダルフは冷ややかに指摘した。「あなたがやってきて、求婚を承諾するまでは彼女を守るなどと誓う前は、だれもが彼女は死んだと思っていたはずです」

「彼女が襲われたのはわたしの責任だとでも言いたいのか?」ヒューは呆然として彼を見つめた。

「伯爵とイーダとウィラとわたしは、十年近くここで暮らしてきた。そのあいだ一度も襲われたことはありません……今夜までは。そう考えると、襲われたのは——」

「わたしのせいだと?」ヒューはあんぐりと口を開けた。バルダルフの推論に戸惑いながらも、一理あると渋々認めるまでさほど時間はかからなかった。「確かに、わたしがいるせいで彼女は襲われたのかもしれない。だがこれでよかったのだとわたしは思う。これまではウィラの命が本当に危険にさらされているのかどうかはわからなかった。だがこれではっきりしたのだから、警備を強化できる」

「確かに」バルダルフはうなるようにつぶやき、イーダはヒューの頭を自分と同じ高さにさげさせるために、もう一度腹をつついた。バルダルフはイーダに尋ねた。

「ウィラは、彼と結婚しても安全なんですか？」

「安全？」ヒューは憤然と答えた。「わたしは決して女性を傷つけたりはしない」

「その点については疑っていません」バルダルフが請け合った。「ウィラはとても寛大な子です。イーダの予知がなければ、昨日のうちにあなたと結婚していたでしょう」

「あれは予知ではない」イーダは、ヒューには邪悪としか思えない笑みを浮かべて言った。「彼がワインを飲んだあとに答えが見えたんだ。ウィラのために彼が地べたに這いつくばるまで結婚してはいけない。そうでないと次の満月までに死ぬとね」

ヒューは鼻で笑った。自分が女性のために地べたに這いつくばるなどと、天地がひっくり返ってもありえない。

「彼は這った」イーダは満足そうに言った。

「そんなことはしていない！」ヒューは驚いて背筋を伸ばしたが、イーダに再びつつかれて、うめきながらまた前かがみになった。

「いいや、這ったよ」イーダは彼の頭を軽く叩きながら、機嫌よく告げた。「この目で見たからね。泥のなかをウィラに向かって這っていた」確かにウィラに近づこうとして泥のなかを這ったことをヒューは思いだした。それはつまり、そのあと瀕死《ひんし》のふりをして彼女に言ったあのばかげた台詞はまったくの無意味だったということだ。二日二晩、雨のなかで座っていたことも。彼が言ったことやしたことは、なにひとつウィラに結婚を承諾させる役には立っていなかった。イーダの予知を聞かされたウィラは、拒絶することで彼の命を救っていると考えていたのだ。

ヒューはぶつぶつと文句を言っていたが、とにかく泥のなかを這ったこと、そしてウィラが結婚を承諾したことに思い至った。勝ったのだ。ウィラは彼と結婚し、バルダルフとイーダと共に城へと移る。

そう気づいて笑顔になりかけたところで、老女は意地悪く彼に笑いかけた。「あんたが這うことはわかっていたよ。あたしは決して間違わないからね」

「くそ」ヒューはつぶやき、金と肩書を放棄して、いますぐ命からがら逃げだすべきだろうかと初めて考えた。

7

「ヒュー」

肩を叩かれて目を覚ましたヒューは、ぎくりとして危うく鞍から落ちるところだった。ぎりぎりのところで体勢を立て直すと、頭をはっきりさせようとして首を振り、隣にいる男にかすむ目を向けた。

「ルーカン」もう一度首を振ったものの、頭はまだぼうっとしている。太陽の位置を見るかぎり、それほど眠っていたわけではないようだ。ほんの数分というところだろう。耐えられなくなってまぶたを閉じたときと同じ位置にある。まったく。わたしは、こんなばかげたことを続けられるほど若くないようだ。ヒューは疲労困憊《こんぱい》だった。

「あれはどういうことだ？」

ヒューはルーカンが示した空き地の中央の死体に目をやり、渋面を作った。「夜が明ける少し前、剣を手に森から飛び出してきた」

ルーカンはそれを聞いて片方の眉を吊りあげた。「喉の傷は剣でできたものには見えないが。顔の傷も」

「そうだ。ウィラの狼がやったんだ」

ルーカンは口笛を吹くと、再び死体を見やった。

ヒューもそちらに目を向け、落ち着かない様子でもぞもぞと体を動かしながら尋ねた。「なにか食べるものか飲むものを持ってきてくれたか？　喉がからからだ」

「ああ、もちろんだ」ルーカンは鞍から袋をはずし、ヒューに渡した。ヒューがエールを取り出していると、ルーカンは再び死んだ男を見つめながら言った。「これはチャンスかもしれないぞ。あの男を殺したのがきみだということにすれば、ウィラは感謝の思いからきみと結婚する気になるかもしれない」

ヒューはエールの容器を傾け、ごくごくと飲みながら首を振った。とりあえず渇きが癒えたところで答えた。「その必要はない。彼女は結婚に同意した。荷造りをしているところだ。いまもまだ」

「まだ？」ルーカンは笑いながら訊き返した。

「そうだ。夜明けからずっと荷造りをしている」

ルーカンはそれを聞いて目をむいた。「それだけの荷物があるはずないだろう！

あんな小さな小屋なのに」

「そうなんだ」ヒューはうんざりしたように答えた。「だが厩とウィラの動物園がある」

「動物園？」

「訊かないでくれ」ヒューは顔をしかめて言ったが、実際、ルーカンが尋ねる必要はなかった。まさにそのとき、荷物が山積みになった馬車を引いたバルダルフが厩の裏から現れたからだ。曲がった椅子、動物の檻、バスケット、判別のつかない品物など、がらくたがうずたかく積まれている。

ウィラが続いた。ろくにふたりを見ようともせず、小屋へと入っていく。バルダルフは後部がドアからほんの五十センチのところに来るように馬車を止めると、彼女のあとを追って小屋に入った。まもなく現れたふたりは、すでに山積みになっている荷馬車にさらにバスケットや袋をのせ始めた。

ルーカンは目を丸くしてその様子を眺めている。「小屋はこれからなのか？」

「そういうことだ」ふたりが再び小屋に姿を消すのを見ながら、ヒューはあきらめたように答えた。「ウィラはまず小屋に取りかかったんだが、すぐにそっちはイーダに任せて、厩を片付けているバルダルフを手伝い始めたんだ」

ウィラとバルダルフが再びバスケットや袋を手に小屋から出てきて荷馬車に積んでいくのを、ふたりは無言で眺めた。

「手伝うべきじゃないのか？」ウィラたちがまた小屋に戻ったところで、ルーカンが切り出した。

ヒューは首を振った。「さっきそう言ってみた。だがここでおとなしくしていろと言われたよ。自分たちでやりたいんだそうだ」

「そうか」ルーカンは、ウィラとイーダとバルダルフが忙しく働いているというのに、ぼんやり座っているのがどうにも居心地悪そうだ。「それで、あの男はどうするつもりだ？」

ヒューは、空き地に置かれたままの死体を見つめているルーカンの視線をたどった。

「村に運ぼうかと思っている。彼が何者なのか、知っている人間がいるかもしれない」

「ひどい有様だぞ」ルーカンは疑わしそうに言った。「たとえ彼を知っていたとしても、見分けがつくとは思えない」

「確かに」ヒューはうなずいてから肩をすくめた。「まあ、やってみても害はない」

「そうだな。仲間はいなかったんだな？」

「ああ。少なくともわたしはそう思っている。この男が襲ってきたあとでだれかが森のなかをうろついていたら、狼たちがあとを追っていたはずだ」

ヒューは、さらなるがらくたを手に小屋から出てきたウィラとバルダルフに目を向けた。

「バルダルフ！」

バルダルフは手にしていた荷物を置くと、馬上にいるふたりの前に立った。馬にまたがるのがひどく辛いことがわかっていたので、ヒューは馬を降りたくなかった。問題は頭の怪我ではない。傷を押したりつついたりしたあとイーダが宣言したとおり、それはたいした怪我ではなかった。痛んでいるのは尻だ。しばらく前から意識していた痛みが、時間と共にひどくなっていた。座っているだけでも辛かったが、鞍の乗り降りがとんでもなく痛い。うめき声をあげないように舌を噛んでいなければならないほどだった。鞍ずれなのだろうと渋々認める気になっていたが、それがなんであれ、恐ろしく痛かった。

「なんでしょう？」

ヒューは痛む尻からバルダルフに意識を戻し、しかめ面に見えるかもしれないと思いながらかろうじて笑みを浮かべた。「荷馬車にあの男を乗せる空間はあるか？」

バルダルフは死体と荷馬車を交互に見て答えた。「無理です。ですが厩からわたしの馬を連れてきます。馬の背に乗せて、手と足を腹の下で結んでおけば落ちることはないでしょう」

その作業はバルダルフに任せたいところだったが、自分ですべきだろうとヒューは渋々考えた。結局、馬から降りなくてはならないようだ。「馬を連れてきてくれ。わたしがやろう」

バルダルフはうなずき、厩のほうへと歩いていった。ヒューは彼の姿が見えなくなるのを待って、大きく息を吸うと歯を食いしばりながら脚をあげ、鞍をまたいで馬を降りた。とたんに焼けつくような痛みが尻に走り、思わずうめき声が口から漏れた。幸いなことに、ルーカンは気づかなかったようだ。

ヒューは体を動かすのが怖くて、その場に彫像のように立ち尽くした。じっと立っているのはそうしたいからだというふりをしながら、クレイモーガンに行かせた男たちが戻ってきたというルーカンの話を聞く。男たちは城にいるすべての人間と周辺の人々に話を聞いたが、だれもなにも知らなかったらしい。

バルダルフが馬とロープを持って戻ってきたので、ヒューは動かざるを得なくなった。一歩足を踏み出すごとに、尻の痛みがひどくなる。動くほどに痛みが増すようだ。座っているのは不快だったが、ずきずきする痛みは無視することができた。だが体を動かしたときの痛みは耐え難かった。

ルーカンの助けもあって、死体を馬に乗せて縛りつけるのは造作もないことだった。そして再び馬にまたがるという難局に立ち向かうときがやってきた。ただ体を動かすよりも痛みが激しいことは、これまでの経験からわかっている。ヒューは覚悟を決めると、いま一度奥歯を嚙みしめ、ひらりと馬にまたがった。だが今回はうなり声が漏れるのをどうすることもできず、あわてて悪態をついたように装った。

「どうかしたのか？」ルーカンがいぶかしげに訊いた。

「なんでもない。ちょっと指を……」鞍ずれができていると認めるのはあまりに恥ずかしかったので、ヒューは曖昧に答え、手綱を揺すってみせた。

「伯爵？」

バルダルフが再び傍らに立っていた。「なんだ？」

「荷物を積み終えました」

ヒューは荷馬車に目を向けた。イーダが座席の片側に辛抱強く座っている。ウィラの姿がなかった。「ウィラは――」

「ウィラはいま自分の馬を取りに行っています」バルダルフが答えた。

「なんてこった……」

呆気に取られたようなルーカンの言葉に、ヒューは眉を吊りあげ、彼の視線の先をたどった。馬にまたがったウィラが厩から出てきたところだった。目を引く眺めだ。長い金色の髪が肩のまわりにふわりと流れている。すっと背筋を伸ばし、しっかりと手綱を握り、脚で馬の背を両側からしっかりとはさんでいた。ルーカンが驚きの声をあげたのは、彼女が馬にまたがっていたからだ。そのうえはいているのが男物のズボンときている。大きすぎる白いブラウスをたなびかせながらゆっくりと馬を止めると、ウィラは鞍から降りて馬の横腹でなにかを確かめ始めた。

ヒューは形のいい彼女の尻を包むズボンを目を丸くして眺めていたが、その顔に浮かんでいたのは感嘆というよりは恐怖の表情だった。女性らしくないその格好を叱りつけ、着替えて横乗りをするように命じるつもりで馬を前進させたが、バルダルフが手綱を握ってそれを止めた。

「クレイモートンから彼女をここに連れてきたときは、安全のために少年の格好をさせていました」バルダルフが言った。

ヒューは彼を見つめた。

「少年のふりをしていましたから、男のように馬に乗るほかはなかった。市場に行くためには、少年として馬に乗らなければならなかったんです。最初のころは、そうすることでしか伯爵には会えなかった」

「最初の五年間、伯爵は彼女に会わなかったと思っていた」ルーカンがぼそりと言った。屈みこんだウィラをひたすら見つめているせいで、馬上のヒューの苦痛にまったく気づいていない。

「ええ、そうでした。実際に顔を合わせて、言葉を交わすことはできませんでしたし、伯爵がそこにいることをウィラは知りませんでしたが、伯爵が彼女を見ることはできたんです。ウィラがゲームを楽しんだり、甘いものを食べたりしているところを見て、元気に過ごしているのをその目で確かめることはできた。初めのころは、それがせいいっぱいでした。もちろん、ウィラが……その……女性らしくなってくると、少年のような格好をさせるのはやめなければなりませんでした。それでも数年後、伯爵のもとを訪れることができるようになってからも、男のような格好をしてその上から体形を隠すようにマントを羽織っていました。馬で出かけるときは、いつも男の格好をしていたんです。だからウィラは、男のような馬の乗り方しか知らないんです」

バルダルフの釈明を聞いてはいたものの、ルーカンをにらむことに気を取られていたヒューは返事をしなかった。ヒューが気分を害していること、そしてまもなく友人の妻になろうとしている女性をいやらしい目つきで見ることの無礼さに気づいたルーカンは、咳払いをすると謝罪の言葉を口にし、再び馬にまたがったウィラから視線を逸らした。

「ヒリーのひづめになにか？」バルダルフが近づいてきたウィラに尋ねた。

ウィラがなにも答えなかったので、ヒューは彼女の格好を苦々しげに見るのをやめて、顔をあげた。ウィラは、イーダが彼の額に巻いた白い布に心配そうな視線を向けている。

「また出血しているわ」ウィラはうろたえたように言った。

「なんでもない」ヒューが応じた。

「なんでもないはずがないでしょう。ほんの一時間前には、いまにも死にそうだって言っていたのに。荷造りはあとにして、まずあなたをヒルクレストに連れていって寝かせるべきだったんだわ」

ルーカンが鋭いまなざしを向けてきたので、ヒューは顔が赤くなるのを感じた。死にかけているとウィラに思わせて結婚を承諾させようとしたことをルーカンには話していなかった。ヒューにもプライドというものがある。

「顔が赤いわ」ウィラは不安そうだ。「あなたが馬から落ちたりしないように、わたしがいっしょに乗ったほうがいいかもしれない。わたしにつかまっていれば、疲れずにすむもの」

ヒューは大丈夫だと言おうとしたが、ウィラはその暇を与えなかった。彼の馬に自分の馬を並べたかと思うと、気づいたときには巧みな身のこなしで乗り移っていた。彼の胸の前で体勢を整え、うしろに手をまわして彼の手をつかみ、自分のウエストを握らせる。

「しっかりつかまって、わたしにもたれていてね」ウィラはそう言うと、手綱を握った。「体力を温存しておいて」

ヒューは、べつに弱っているわけではないし、そんな扱いをする必要はないと言おうとしたが、すぐに開きかけた口を閉じた。確かに弱ってはいない。少なくとも頭は。だがほかの部分もそうだとは言いきれなかった。

彼に寄り添うウィラの感触で気が紛れることは間違いなかった。尻の痛みがどこか遠いもののように感じられるくらい、気が紛れた。股間に押し当てられた彼女の背中や、彼の手の上のほうに当たる乳房の感触に意識が向くと、痛みはどこかに消えていった。

「くそ」ウィラが振り向いて大丈夫かと尋ねるまで、ヒューは自分が声に出してそう言っていたことに気づかなかった。突然の彼女の動きにバランスを崩したヒューはあわててそこにあったものをつかんだが、それはウィラの愛しくも柔らかい胸のふくらみだった。ほんの数センチのところにある彼女の目は、ヒューと同じくらい驚きに丸くなっていた。

「大丈夫？」かわいらしい唇から出てきた声はかすれていた。

「ああ」ヒューはぶっきらぼうに答えた。

「それなら、どこかほかのところにつかまってもらえるかしら？」ウィラは吐息のような声で言った。

ヒューはなにを言われているのかよくわからず目をぱちくりさせたが、やがてウィラが顔を赤らめていることやルーカンが押し殺した声でくすくす笑っていることに気づいた。咳払いをしながらあわてて手を離し、腰に移動させる。もう一度乳房に触れたいという誘惑に負けないように、しっかりとつかまった。ウィラが荷馬車のうしろに馬を進めているあいだに、じろりとルーカンをにらみつける。バルダルフが乗る荷馬車はすでに空き地をあとにしていた。

ヒューはウィラの手から手綱を奪いたくなるのを必死でこらえていた。人になにかを任せるのは得意ではない。かろうじてその衝動は抑えていたものの、頭のなかは様々な思いで乱れていた。ウィラの体は柔らかいのに、そうあるべきところはしっかりしている。レモンと日光のにおいがして、彼の妻になることを承諾してくれた。配下の人間たちをどうやって養っていこうかと気に病む必要はもうない。最悪の事態は乗り越えた……少なくともヒューはそう思っていた。

城壁で見張りをしている男たちのひとりが、彼らの到着を告げていたらしい。ヴィネケン卿とジョリヴェが城への階段の一番上で一行を待っていた。ウィラが階段の一番下に馬をつけると、ヴィネケンは階段を駆けおりてきた。ヒューが気づくまもなく、ウィラは彼の腕の下をすり抜け、地面に降り立っていた。

「おじさま！」ウィラが叫びながら駆けだしていく。

「ウィラ」

ヒューはふたりの再会を顔をしかめて眺めていた。まるで何年も会っていなかったかのようだが、最後に会ったのがほんの一週間ほど前であることをヒューは知っていた。ふたりが互いを大切に思っていることを見せつけられて、どういうわけか苦々しい思いが心に広がる。

「あなたは血のつながった親戚ではなくて、彼女の教父なんだとばかり思っていましたが」ヒューはむっとした様子で言った。彼も馬から降り、抱き合っていたヴィネケンから体を離したウィラの腕を取った。

「そのとおりだ」ヴィネケンは笑って答えた。

「でも教父《ゴッドファーザー》って長くて言いにくいから、子供のころはおじさまのことをゴッドって呼んでいたのよ」ウィラは笑顔になった。「そのせいで、ブレナン神父さまから宗教のことを教わったときにややこしいことになってしまったの」

「わたしを神《ゴッド》だと思いこんだんだよ」ヴィネケンはくすくす笑った。

「そうなの」ウィラはヒューから離れ、再びヴィネケンに抱きついた。「わたしのことを深く愛していると言いながら、ささやかなお願いをどうしてかなえてくれないのか、わたしには理解できなかった」

「どんな願いだい？」馬から降りて近づいてきたルーカンが、好奇心にかられて尋ねた。

「確かにささやかな願いだったよ」ヴィネケンは皮肉っぽく答えた。「彼女に会いに行くたびに、違うことを頼んでくるんだ。お父さまに会えるようにしてくれとか、ほかの子供たちと同じになれるように母親を死から蘇《よみがえ》らせてくれとか。もっと長く遊びたいから、一日を長くしてくれというのもあったな。自分だけのポニーが欲しいと頼まれたこともある。そうだ！　世界じゅうのお菓子が欲しいというのも」

ウィラは鼻にかすかにしわを寄せた。「イーダはお菓子が好きじゃないの」

「それで、彼女の願いのなかにはわたしにはどうすることもできないものがあると説明したんだ。そうしたら彼女は、〝だってできるでしょう？　神《ゴッド》さまなんだから〟って言ったんだよ。そこで初めて、彼女が混乱していることに気づいた。そこでイーダとわたしで、ゴッドファーザーがどういうものかを説明した。代理父や伯父のようなものだとね。ウィラが、それならどうして簡単におじさまと呼んではいけないのかと言うから、わたしはかまわないと答え、それ以来彼女はそう呼んでいるというわけだ」

「なんて素敵な話なんだろう！」

一同は、さっそうと階段をおりてきたジョリヴェに目を向けた。まっすぐウィラに歩み寄ったジョリヴェは彼女を情熱的に抱きすくめてから体を離し、にやりと笑って言った。

「初めまして。まだ正式に紹介されていなかったね。ぼくはヒューのいとこのジョリヴェ。ここにいるのろまがふさわしくないことがわかったときには、ぼくがきみの夫になることになっている。ぼくにそう言ってくれれば、すぐにきみを未亡人にして、代わりにぼくがきみと結婚するよ」

ウィラの夫として二番目の選択肢となっていることをジョリヴェが知っていたとい

う事実に驚愕《きょうがく》するあまり、ウィラの顔に浮かんだおののいたような表情にヒューが気づくのが一瞬遅れた。だがそうと気づいたとたん、いらだちとわずかな恐怖が心に芽生えた。だが幸いにもヒューがばかなことを言いだす前に、ウィラがジョリヴェの鮮やかな紫色の上着の袖に触れながら声をあげた。「なんて素敵な生地なのかしら!」

ジョリヴェは自分の服を見おろした。「いいだろう? きみが着たら、もっと素晴らしいだろうね。その髪を美しく引き立てるだろう。いまきみが着ている服よりずっといい。こんなことを言うのはなんだが、ちゃんとしたレディはそんな貧しい格好でやってくるべきではない。ゴダイヴァ夫人の真似をしたほうがずっとよかった。きみの髪はとても長くて豊かだから、きちんと隠せただろうな」ジョリヴェが膝に届くほどの長さの輝くウィラの髪に触れようとしたので、ヒューがその手をぴしゃりと打った。

「いい加減にしろ、ジョリヴェ。いとこだろうがなんだろうが、これ以上ばかなことを言うと――」

「ゴダイヴァ夫人ってどなた?」ウィラが尋ねた。

「有名な女性の馬の乗り手だよ」ヴィネケンはかすかに頰を赤らめながらあわてて答えると、咳払いをして言葉を継いだ。「服と言えば、きみを驚かせるものがあるんだよ」

「わたしを驚かせるもの？」ウィラは興奮に目を輝かせながら訊き返した。「なにかしら？」

「リチャードが死んだあと、急いで出発したのはそれが理由でもあったのだ。すぐにいなくなってはきみを悲しませるとわかってはいたのだが、ジョン国王だけでなくヒューにもリチャードの死を告げなければならなかった。それに、結婚式にはきみにふさわしい装いをさせたかったからね」ヴィネケンの顔に不意に笑みが浮かんだ。

「新しいドレスを用意したのだ」

「新しいドレス？」

「そうだ。おいで。階段の上の部屋に用意してある。気に入ってもらえるといいんだが」

ヴィネケンはウィラの腕を取って城のなかへといざなおうとしたが、突然足を止めて振り返った。

「そうだ、ヒュー、忘れるところだった。司祭と話をしたが、きみたちふたりの準備ができたらすぐにでも式を執り行えると言っていた」ヒューとウィラを見比べる。

「かまわないだろう？　きみたちは結婚する準備ができているのだろう？」

「はい」ウィラとヒューは声をそろえて言った。

「それはよかった。それでは、だれかに司祭を呼びに行かせてくれないか。遅らせる必要はない。料理人も使用人たちもこの三日間、準備に駆けずりまわっていた。用意はできているはずだ」

「それでは手紙を見つけて、彼女の名前の問題は解決したということですね？」

ヒューはほっとして尋ねたが、ヴィネケンの困ったような顔を見ると再び不安が頭をもたげた。「見つけていないんですか？」

「そうなんだ」ヴィネケンはがっくりと肩を落とした。今朝もう一度リチャードの持ち物を捜していたら、きみがウィラと共に城に向かっているという知らせが届いた。あんまりうれしかったもので、すっかり忘れていた――」

「わたしの名前がどうかしたの？」ウィラがけげんそうに尋ねた。

ヴィネケンは無理に笑みを浮かべ、安心させるようにウィラの手を叩いた。「心配ないよ。必ず手紙を見つけて、結婚式をするから。ヒュー、きみは――なんだい、ウィラ？」ウィラに腕を叩かれて、ヴィネケンが訊いた。

「どうしてその手紙が必要なの？」

「婚姻契約書にきみの名前を書かなければならないからだよ。きみの名前を書いた手紙を遺しておくとリチャードが約束したんだが、まだ見つけられないでいるのだ」ヴィネケンはもう一度ウィラの手を叩きながら説明すると、ヒューに向かって言った。「きみもいっしょに捜してくれないか。彼の部屋はもう何度も捜したから――なんだい、ウィラ？」今度はいささかいらだち交じりの声だった。

「名前なら知っているわ」

「もちろんそうだろうね」ヴィネケンはヒューに向き直り、口を開きかけたが、ウィラの言葉の意味を理解するとその口を閉じ、驚いて彼女を振り返った。「知っている？」

「ええ、もちろんよ、おじさま」

「なんていうんだ？」ヴィネケンが口をきけずにいるようだったので、ヒューが尋ねた。

「ウィラ・イヴレイク」

「イヴレイク」ヒューは笑顔で繰り返した。

「イヴレイク」ヴィネケンはその名を思い出そうとでもしているように、眉間にしわを寄せた。

「これで問題はない？」ウィラは心配そうに尋ねた。「結婚できるかしら？」

ヴィネケンの顔が明るくなった。「もちろんだ！　ヒュー――」

「だれかに司祭を迎えに行かせます」

「よろしい。それから――」

「すべてやっておきますよ、ヴィネケン卿」ヒューは辛抱強く言った。「ウィラを上に連れていって、あなたが用意したドレスを見せてあげてください」

「そうだな」ヴィネケンは満面の笑みを浮かべてウィラの腕を取ると、再び階段へと歩きだした。

8

「ドレスを気に入ってくれるといいんだが。ロンドンに着いた直後に、仕立ててくれる女性を雇ったのだ。部下の男がヒューを見つけ、その後ヒューがロンドンに来るまで数日かかることはわかっていた。まあ、ヒューの到着はわたしが考えていたよりも早かったのだが。リチャードの弁護士と会ったあと、ヒューはすぐにここに向けて出発したが、わたしはこのドレスができあがるまで待たなければならなかった」

ウィラは城に入り、玄関ホールを階段に向かって歩きながら気の毒そうに相槌《あいづち》を打った。これまでの経験から、それだけでいいことはわかっていた。ヴィネケン卿は饒舌《じょうぜつ》だ。

「ちょっとした賭けだったのだよ」ヴィネケンは階段をあがりながら笑い交じりに言った。「きみのサイズがわからなかったからね。幸いなことに、仕立て屋の娘がちょうど同じくらいの体形に見えたから、代役を務めてもらうことにした。そうしたら今度は、どんなデザインにするかと訊かれてね」ヴィネケンは笑いながら廊下を進み、開いたドアから寝室へとウィラをいざなった。「とにかく最新のデザインにしてくれと頼んだんだ。きみに似合うといいんだが」

最後の言葉を口にしながら、ヴィネケンはドレスが置かれたベッドを示した。美しいトリムにたっぷりした袖、ふわりとしたスカートがよく見えるように、両腕の部分を広げて置かれている。

「布の色がきみの目の色とよく似ていると思ってね」ウィラが淡い青灰色のドレスにうっとりとしたまなざしを向けながらゆっくりと近づいていくのを見て、ヴィネケンが言った。

こんなに美しいドレスを見たのは初めてだとウィラは思った。これが自分のものだとはとても信じられない。ベッドの足元で立ち止まり、恐る恐る手を伸ばして生地をそっと指で撫でた。吐息が唇から漏れる。「なんて柔らかいの」

ヴィネケンもすぐに彼女に並んだ。ひどく悲しそうな顔でウィラの肩に手を乗せ、ドレスを見つめる。「わたしが見つけることのできた、一番柔らかい生地だよ。もう二度と粗末な農婦の服を着なくてもいいんだ、ウィラ。その時期は終わった。ヒューはたくましくて、有能な戦士だ。こんなごまかしをしなくても、これからは彼がきみを守ってくれる。リチャードがたくましくなかったとか有能な戦士じゃなかったと言っているわけではないがね」自分の言葉が誤解されかねないと気づいて、ヴィネケンはあわてて言い添えた。「もちろん彼もたくましかった。だが――」

ウィラは彼の唇に指を当てて黙らせた。目にいっぱいの涙をたたえながらも、笑みを浮かべてみせる。「わたしの人生のその時期は終わったの。わたしは結婚して、子供を持って、もう隠れなくてもよくなるの。本当にきれいなドレス。ありがとう、おじさま」

ウィラはあふれんばかりの感謝と幸せな気持ちを伝えたくてヴィネケンに抱きついた。ヴィネケンは咳払いをしてウィラの背中を軽く叩いたが、ウィラが体を離すとあわてて顔を背けてドアのほうへと歩きだした。濡れている頬をぬぐったことを隠すためだろうと、ウィラも素早く自分の涙を拭きながら考えた。

「さあ、きみが支度できるように、わたしは退散するとするよ」ヴィネケンは明るい口調で言った。「風呂の用意をさせて、きみの着替えを手伝うようにイーダに言っておく」

「それはだめ！」ウィラはあわてて言った。「朝から大変だったの。イーダはもう昔のように若くないのよ。休ませてあげて。着替えならひとりでできるから」

「とんでもない。きみはもうレディなんだぞ。だれかほかに着替えを手伝える人間を探そう」ヴィネケンがそう言って小さく笑った。「用意ができたら呼んでくれないか。わたしがきみを下までエスコートするから」

ウィラは笑顔でうなずくと、ヴィネケンが部屋を出てドアを閉めるのを待って、再びベッドを眺めた。美しいドレスをしばらく見つめていたかと思うと、歓声をあげながらその上に飛びこんだ。両手でドレスを抱きしめ、そのままごろりと仰向けになる。なんてきれいなの。なんて美しいの。こんな見事なドレスを見たのは初めて。それがわたしのものだなんて！

こんなことをしていたらドレスにしわが寄るかもしれないと気づいて、ウィラはあわててベッドから体を起こした。ドレスを体に当てて自分を見おろし、どんなふうに見えるかを想像してみる。しばしその美しさと柔らかさにうっとりとした。

花びらのように柔らかな生地に幾度となく頬をこすりつけていると、戸口から不意に咳払いが聞こえ、ためらいがちに彼女を呼ぶ声がした。「ウィ・ウィラ？」

ウィラは驚いてそちらに目を向けた。ウィ・ウィラと呼ばれたのは何年ぶりだろう。最後にそう呼んだのはルヴィーナだった。戸口に立つ老婦人を眺めたが、それがだれであるかに気づくまでしばらくかかった。ルヴィーナの母親だ。そのふたりだけが、ウィラをそう呼んでいた。ほかの使用人たちは〝お嬢さま〟と言ったが、友だちだったルヴィーナはニックネームを使っていて、ウィラはルヴィーナの母親にもそう呼んでほしいと頼んだのだ。

「アルスネータ」ウィラは心に浮かんだ名前を自信なさげに口にした。その女性はルヴィーナの母親のように見える。けれど歳月は残酷だった。赤みがかった金色だった髪はほぼ灰色になり、ところどころにそれらしい輝きが残っているだけだ。笑みをたたえていた美しい顔はやつれ、悲嘆がしわとなって刻まれていた。かつてそうだった女性の干上がった抜け殻のように見えた。それでも彼女が笑みを浮かべると、その印象は大きく変わった。

「覚えていてくださったんですね」驚きとうれしさの入り交じった声だった。笑顔になると以前の美しさが戻ってきたように見えた。

「もちろんよ」ウィラは握りしめていたドレスをベッドにおろすと、衝動的に彼女に近づいて抱きしめた。アルスネータは一瞬体をこわばらせたものの、すぐに彼女を抱き返した。ウィラは体を離して言った。「わたしを育ててくれた人だもの。あなたとイーダが、子供だったわたしの面倒をあのときまで――」ルヴィーナが死んだことを口にしたくなくて、ウィラは唐突に言葉を切ってベッドに視線を向けた。アルスネータの手を取ってドレスを見せる。「ヴィネケン卿が買ってくださったドレスを見た？これを着て結婚するのよ」急いで話題を変えた。

なにも返事がなかったのでちらりと横を見ると、アルスネータは唇を嚙んで悲しみをこらえているようだった。自分の存在が悲しい記憶を蘇らせてしまったことを悟り、ウィラはドレスにそっと触れながら言った。

「ごめんなさい、アルスネータ。わたし――」

「本当にきれいなドレスだこと」アルスネータはあえて明るい口調で言った。「きっとよく似合いますよ」ベッドに近づき、ドレスを手に取る。「ヴィネケン卿から、だれかにあなたの着替えを手伝わせるようにって言われたんです。わたしも祝宴の準備でここのところとても忙しかったのだけれど、全部終わったものですから。見慣れた顔のほうがあなたも気持ちが落ち着くんじゃないかと思ったんです。まあ、なんて柔らかい生地」

バスタブが運びこまれお湯を満たしているあいだも、アルスネータは朗らかに話し続けていた。ウィラの服を脱がせ、風呂に入る手助けをし、炎の前で髪を乾かし、新しいドレスを着せながらも、おしゃべりは止まらない。ウィラがまだ会ってもいない使用人のゴシップ、前年死んだ姉のこと、さらにはその行状のせいで姉の死期が早まったに違いない彼女の息子のこと。ウィラはそのほとんどを聞き流しながら、風呂という贅沢《ぜいたく》を堪能《たんのう》していた。最後に風呂に入ったのは十歳の頃だ。小屋にバスタブはなかったから、夏は川で、冬はたらいに水を入れて体を洗っていた。お湯のなかでゆったりくつろぐのはとても気持ちがよかった。

温かいお風呂、柔らかいドレス、それに世話を焼いてくれ着替えを手伝ってくれる人――まるで天国のようだ。準備が整ったとアルスネータが言ってヴィネケンを呼びに行ったときには、少しがっかりしたほどだった。

「なんと」アルスネータが開けっ放しにしていたドアから一歩入ったところで、ヴィネケンが立ち尽くした。知り合って以来、彼が言葉を失ったのを見たのは初めてだ。驚きにあふれた表情で、ウィラを見つめている。

ウィラは彼に微笑みかけた。自分がとても美しくなった気分だ。「素敵じゃない？」青灰色のドレスのスカート部分を撫でる。甘やかされていた子供時代ですら、これほど美しくて着心地のいいドレスに匹敵するものをもらったことはなかった。

「ああ……」ヴィネケンの眉間にうっすらとしわが寄った。「ヒューもそう思ってくれるといいが。そんなに体にぴったりしているとは思わなかった。仕立て屋の娘はきみと同じサイズだと思ったんだが、間違いだったらしい」

「全然小さくないわ。ちょうどいいサイズよ、おじさま」ウィラは言い、うれしそうに腰のあたりに手を這わせた。

ヴィネケンはどこかうろたえたような顔でその仕草を眺めた。「きみは大人の女性になったのだね。わたしのなかのきみは、ずっとすらりとした少女のままだった。だがしばらく見ないあいだに、すっかり――」彼は言葉を切り、ドレスが優雅な曲線を描いている胸と腰のあたりを示した。

ウィラは恥ずかしそうに笑ったが、片方の長い袖を指さして顔をしかめた。「この袖、少し大きすぎないかしら？」

ヴィネケンは首を振った。「いいや。長く垂れた袖はいまの流行なんだよ」咳払いをして、手を差し出す。「さあ、行こうか。下におりて、式を執り行おう」

ウィラは名残惜しそうにドレスから手を離すと、不安交じりの笑みを浮かべながらヴィネケンの手に自分の手を重ねた。ヴィネケンが彼女を連れて部屋を出た。

「か……かみ……かみ――」

「神さまって言いたいのか」ジョリヴェは冷ややかに言うと、なにがそんなに彼の舌の動きを悪くしているのかを確かめようとルーカンの視線の先をたどった。そこには、ヴィネケンの震える腕につかまって階段をおりてくるウィラの姿があった。「神さまと言いたかったみたいだが、この場合は女神さまのほうがふさわしいな」

それを聞いて階段を振り返ったヒューの口のなかは、とたんにからからになった。農婦のような格好をしていたウィラは愛らしかったが、ヴィネケンが贈ったドレスを着た彼女は言葉にならないほど美しかった。両側からため息が聞こえ、ヒューは彼の左右に立つふたりの男を交互に眺めた。うっとりとウィラを見つめている。自分はなんて幸せ者なんだろうと思わずにはいられなかった。男のほうが好きないとこでさえ、いまにもよだれを垂らしそうだ。

結婚式はチャペルで行われた。ヒルクレストのすべての使用人と兵士たちが仕事の手を止めて見守るなか、ブレナン神父が厳粛な口調で式を執り行った。

式のあとは、全員が大広間に集まり祝宴が始まった。スパイスや焼いた肉のにおいがあたりに満ちている。何皿も続く長い食事だった。ポタージュ、タルト、パン、チーズ、カスタード、マトン、鹿、鰻《うなぎ》、ズグロムシクイ、鳩《はと》のパイ、子豚、レタスの蒸し煮、金粉をちりばめた孔雀《くじやく》、花綱で飾った猪《いのしし》の頭、アーモンドミルクで蒸した牡蠣《かき》、鵞鳥《がちよう》のブドウとガーリックソースがけ、羊の丸焼きのチェリーソース添え、松の実と砂糖を使ったペストリー、小麦で作った粥《フルーメンティ》、スパイス入りホットワイン。手を洗うための薔薇水まで用意されていた。料理人はさぞ大変だったことだろう。準備にごくわずかな時間しかなかったのだからなおさらだ。

祝宴のあいだじゅう、ヒューはぼうっとした状態で過ごしていた。

食べたり飲んだりしている最中も、風邪と睡眠不足の影響がじわじわと襲ってくる。椅子の上でゆらゆら体が揺れ始め、まぶたが重くなってきた。皿に顔を突っこみそうになってはっと目が覚め、このままでは結婚式の夜だというのに、疲労のあまり意識を失ってしまうかもしれないと気づいた。絶対にそんなことはしないと自分に言い聞かせつつ周囲を見まわす。メイン料理が終わったことはわかっていたが、そのあとの添え料理（祝宴を盛りあげるため料理の合間に運ばれる飾りもの）が運ばれてきたかどうかが定かではなかった。最初の料理のあとは大きな鷲《わし》が出てきたし、二番目の料理のあとはマジパンとパン生地で作った聖アンドリューの像だった。そして……いや、まだだ。三番目の添え料理はまだ運ばれてきていないと、ヒューがうんざりしながら考えていたちょうどそのとき、厨房《ちゅうぼう》の扉が開いて、アルスネータが現れた。

彼女に続いて入ってきたのは、高さ二メートルもの城がのった大皿を抱えた十二人の男たちだった。主賓席のヒューとウィラの前に運ばれてきたその城は、ヒルクレストの精巧なレプリカだった。だれもが感嘆の声をあげるくらい、素晴らしい出来ばえだ。マジパンと色をつけたパン生地で作られているようだった。城の上にはヒューとウィラに似た小さな人形までいる。ヒルクレストにはとても腕のいい料理人がいるようだと、ヒューは誇らしげに考えた。アルスネータにうなずいてみせながら、これは食べられるのだろうかとふといぶかった。こういったものは食べられないことが多いのだが、この城はおいしそうに見える。アルスネータと男たちが厨房に一度戻り、その後使用人たちがウェハースと果物とヴァン・ダウスと呼ばれる菓子を運んできたので、その疑問は解消された。

城は食べられないらしい。だがかまわなかった。もう満腹だ。だれもがそう感じているはずだ。ウィラももう食べられないというように手を振っている。再び咳の発作に襲われながら、ヒューはほっとしていた。とてもこれ以上、この場にはいられない。これだけ我慢すれば充分だと思いながら、最後にホットワインで喉を潤した。無理に笑顔を作り、ヴィネケンと話をしているウィラの肩を叩く。

「そろそろ部屋に行かないか？」

「部屋に？」ウィラは驚いて訊き返した。「でもまだ早いわ。わたしは少しも疲れていないのに」

「そうだな。だが今夜はきみに疲れてほしくない」

「どうして？　疲れていなければ、眠れないわ」

「確かに。だが今夜は、わたしたちの初夜だ」ヒューは辛抱強く答えると、意味ありげな顔でウィラを見た。ウィラは初夜の床でなにが行われるのかをまったく知らないのだろうかと、ヒューは一瞬不安になったが、彼女はすぐに納得したような表情を見せた。

「あ、そういうことね――」ウィラは顔を赤らめ、立ちあがってヴィネケンに言った。「ごめんなさい、おじさま。もうお部屋に戻らないと」

「こんなに早く？」ヴィネケンが驚いて訊き返した。

「ええ。夫がわたしと寝たがっているの」

ヴィネケンはぎょっとしてヒューを見た。ひきつったような顔で笑う。「そうだろうとも」

ヒューは顔が熱くなるのを感じながら立ち、待ちきれないようにウィラの腕をつかんだ。「行こう」

「だめだ」ヴィネケンが即座に立ちあがった。「これは競争ではないんだ、ヒュー。ウィラに準備をする時間を与えてやらなければいけない」

ヒューは反論しようとしたが、ウィラが期待に満ちた顔でこちらを見ていることに気づいてがっくりと肩を落とした。自分の無骨さをすでに彼女に知られているとはいえ、これ以上、強調したくはなかった。

「いいでしょう」ヒューは渋々うなずいた。「準備してくるといい」

ウィラはうれしそうにヒューに微笑みかけると、あたりを見まわしてイーダを捜した。だが彼女は見当たらない。つかの間途方に暮れたが、祝宴が始まって間もないころ、村で難産の人がいるので助産婦を手伝ってほしいとイーダが頼まれていたことを思い出した。ひとりで準備しなくてはならないらしい。そう気づくとウィラはうろたえ、逃げだしくなるのをぐっとこらえながら階段に向かった。

自分でも意外だった。こんな恐怖を感じるとは思ってもいなかった。イーダがちゃんと教えてくれていたから、今夜なにが起きるのかは知っていた。おじけづく必要はない。だが、あまり楽しそうなことだとは思えなかった。それどころかぶざまで、不快だろうという気がしたが、実際はきっと楽しいに違いない。そうでなければ、みんなが繰り返しするはずがないのだから。ウィラは自分にそう言い聞かせながら階段をあがった。

確信は持てなかった。

初めてのときは苦痛かもしれないと、イーダから繰り返し聞かされていた。出血と痛みがあり、それが花嫁の純潔を証明するのだとイーダは言った。幸いなことにイーダは、その苦痛を乗り越える手段も用意してくれていた。煎じ薬だ。気持ちを和らげ、苦痛をある程度楽にしてくれるという。

これから待ち受けるものへの恐怖がウィラの胸のなかでむくむくと大きくなってい
たから、夫と夜を共にする部屋に入ってまず取りかかったのがその煎じ薬だったのは当然のことだった。今日小屋を出る前にイーダから渡されたハーブの入った小袋は、テーブルに忘れたりしないように、その紐《ひも》をガードルに引っかけてあった。いまそれを取り出しながら、暖炉のそばの棚に水差しとふたつのカップが置かれていることを確かめた。飲み物を持ってきてもらう必要がないことがわかって、ほっとする。

棚に近づいて、カップをひとつ手に取り、小袋の中身をたっぷりそこに入れた。水差しの中身をその上から注ぎ、においをかいだ。ミードに似ていたが、木の実のにおいが交じっている。カップのなかでくるくる回るハーブを眺めていると、量は足りているのだろうかと不安になった。

飲みすぎないようにとイーダは言ったけれど、適量はどれくらいだろう？　ひとつまみ？　それともひと袋？　つまるところ初夜は一度きりなのだから、このハーブを必要とするのは今夜だけだ。

そうよ、きっとひと袋だわとウィラは考えた。小袋をカップの上で傾け、指でよくかき混ぜた。その指をなめて、顔をしかめる。なんてひどい味。恐ろしくまずかった。これを全部飲まなくてはならないの？　これを飲むくらいなら、ベッドでの苦痛を我慢するほうがましかもしれない。そう考えたところで近づいてくる足音が聞こえ、ウィラはぎくりとした。その足音がドアの外を通り過ぎると、ほっとしてため息がこぼれた。わたしったらものすごく緊張している。緊張するといっそう苦痛がひどくなるとイーダは言っていた。やっぱり気持ちを落ち着ける煎じ薬は必要かもしれない。

ウィラはカップを手にすると、つかの間ためらってから鼻をつまみ、一気に煎じ薬を喉に流しこんだ。ああ、なんてまずい！　ウィラは棚にカップを置くと水差しをつかみ、直接中身を飲み始めた。口のなかの煎じ薬の味を消そうとして、果物の香りがする液体を全部飲み干したものの、完全にその味が消えることはなかった。我慢するほかはないとあきらめたちょうどそのとき、寝室のドアが開いた。

ウィラは棚に空の水差しを戻して振り返った。そこにいた人物を見て、安堵の思いが胸に広がった。「イーダ！　戻ってきたのね！」

「ああ」イーダはドアを閉め、せわしなく部屋に入った。「ぎりぎりだったみたいだね。まだ準備を始めてもいないじゃないか」

「たったいまあがってきたところなの」

「それなら、準備を始めよう。あたしがあげたハーブはどこだい？」

「もう飲んだわ。着替えようとしていたところよ」

イーダの目つきが鋭くなった。「あたしが言ったとおり、飲みすぎなかっただろうね？」

「ええ」ウィラはそれだけ答え、それ以上質問されないようにイーダが手伝いに行っていた出産のことに話題を移した。


ヒューは、自分ほど忍耐強い男はいないと考えていた。妻が部屋を出ていくのを見送ると、数を数え始めた。百まで数えたら、彼女のあとを追うことにしようと決めたのだ。充分に理屈が通っていると思った。脱がなければならない衣類はほんの数枚で、そのあとはベッドに入っていればいい。それほど時間がかかるはずはないではないか。そうだ、花嫁が準備を整えるのに百も数えれば充分だ。

ヒューはゆっくりと数え始めたが、退屈のあまり数え方が速くなっていたらしく気がつけば数十に達していたので、いま一度スピードを落とした。そこへルーカンが新しい地所について質問してきたために、答えているあいだにいくつまで数えていたのか忘れてしまった。

数を忘れた自分にいらだちながら、ヒューは九十から再び始めることにした。最後の十をあわただしく数え終えて、立ちあがる。

ヴィネケンが彼の腕をつかんだ。「もう部屋に行くつもりじゃないだろうね？」

「そろそろ準備ができているころじゃないですか？」ヒューは自信なさげに訊いた。

「まさか！」ヴィネケンはヒューの腕を引っ張って座らせた。「ようやく部屋に着いたかどうかというところだ」

ヒューは苦々しげに階段を眺めた。ヴィネケンの言うとおりかもしれない。ウィラは階段を駆けあがっていったわけではない。なのにわたしは百まであわただしく数えてしまった。きっとウィラは部屋に着いたばかりだろう。ヒューはあくびをかみ殺しながら、いまごろ彼女はなにをしているだろうと想像してみた。風呂に入りたがるだろうか？　いや、そんなはずはない。結婚式の前に風呂に入ったのだから、きっといまこの瞬間にも服を脱いでいるに違いない。

そんなことを考えていると、眠気がいくらか吹き飛んだ。いまごろは、あの美しい青灰色のドレスの紐をほどいているのかもしれない。肩からはらりと脱いだドレスは、柔らかな衣擦れの音と共に足元に落ちただろうか。床の上で山になったその生地をそっとまたいで、シュミーズ一枚の姿で洗面器に歩み寄っているかもしれない。白くて薄いシュミーズ。生地がとても薄いから、暖炉の前に立つと脚が透けて見える。彼女は前かがみになって洗面器の水を両手ですくい、顔を洗う。滴った水は胸を濡らし、柔らかな丸いふくらみに生地が貼りつくだろう。彼女の硬くなった乳首は——

「そう思わないかい、ヒュー？」

「え？」ヒューはまばたきをして空想を追い払うと、戸惑ったようにヴィネケンを見た。「なんですって？」

「料理人は見事な仕事をしたと思わないかい？　リチャードはいつも自慢していた。アルスネータは料理の達人だとね。娘のルヴィーナに料理を教えていたよ——ウィラと遊んでいないときにはね」

「そうですか」ヒューは上の空で返事をすると、我慢できずに訊いた。「もう準備はできたと思いますか？」

「まだだ！」ヴィネケンはつっけんどんに答え、階段のほうを示した。「いいかね、イーダが村から戻ってきてウィラの支度を手伝っている。準備ができたら、彼女が教えに来てくれるさ」

うなり声がヒューの返事だった。彼に言わせれば、イーダはウィラの準備を遅らせるだけだ。いまごろウィラは体を洗い、それ以外にも女性がベッドに入る前にすることを終えているに違いない。薄いシュミーズを脱いで、はだかでシーツの下に潜りこんでいるはずだ。

ヒューは思わず唇をなめた。あとしばらくしたら――もうまもなくであることを願った――あの優美な体をこの腕に抱いて、柔らかな乳首を胸に直接感じることができる。なめらかな背中に手を這わせ、ふっくらと丸みを帯びた尻を撫で、それから膝を使って脚を開かせたら、彼女のなかに入っていく。そして子種を彼女の体の奥深くに植えつけるのだ。きっとすぐにそれが形になって、九か月後には赤ん坊を手にしているかもしれない。

ヒューは目を閉じ、ピンク色をした小さな赤ん坊がウィラの乳房を吸っているところを想像した。だがそのイメージはすぐに変わり、乳首に吸いついているのは自分になっていた。暖炉の火に照らされたウィラの肌は金色に染まり、輝く彼女の髪が重なり合ったふたりの体にからみつく。彼はウィラの尻に手を当てて、深々と腰を突き立て――

「もういい!」

ルーカンと話をしていたヴィネケンが不意に振り返って言った。ヒューは彼の剣幕に驚いて訊き返した。「なにがもういいんです？」

　自分が声に出して言っていたことに気づくと、ヒューはカップをつかんでなみなみ入っていたエールを一気に飲み干した。声に出すつもりはなかったのだが……そうだ、もう充分に待った。ヒューは立ちあがり、きっぱりと告げた。「部屋に行く」

　ヴィネケンに反論する間も、しきたり——床入りの儀式のような——に従うべきだとだれかが言いだす間も与えなかった。そんな話に耳を貸すつもりはかけらもない。寝室というよりは戦場に向かう男のような面持ちで階段まで歩いていくと、足早に駆けあがった。その表情を見れば、邪魔をしようと考える人間はいないだろう。ヒューは床入りの準備はすっかりできていたし、だれがなんと言おうとこれ以上先延ばしにはしないと決めていた。厩でウィラとふたりきりになったあの日から、すでに準備はできていたのだ。あのとき彼を阻んだのは、自分ひとりでは脱げない鎧だった。まったく、いったいなんだってひとりで脱げないような代物を作ったんだ？　そばに従者がいないときはどうすればいい？

　そう考えて、ヒューは顔を歪めた。ヴィネケンがウィラを部屋に行かせたあと、ヒューが真っ先にしたのが従者を呼びに行かせることと、風呂の準備をさせることだった。

鎧をはずすのは、なんて気持ちのいいことか。ヒューは鎧をつけることには慣れていたが、それでも三日と二晩ずっとこの格好だったから、はずしたときにはほっとした。鎖帷子をはずしたところでヒューは従者を出ていかせ、残りの衣類は自分で脱ぎ、風呂もひとりで入ることにした。鞍に座ることがあれほど苦痛だったものの原因を自分の目で見たかったのだが、あいにく場所柄、それは不可能だった。いったいどういうことになっているのかはわからないままだったが、熱い風呂に入るといくらか痛みが和らいだ。痛みに顔をしかめたり、不快そうな表情を作ったりすることこそなかったものの、祝宴の席に長いあいだ座っているのはかなりの苦痛だった。

9

ぼそぼそとした話し声が聞こえ、今夜花嫁と過ごすことになっている寝室に向かって歩くヒューの足取りが遅くなった。一瞬置いて、イーダのしわがれた声だと気づいた。

「怖がることはないよ」イーダが言っている。「あんたが飲んだワインのあとで未来を読んだ。あんたは幸せになる。たくさんの愛と大勢の子供に恵まれて、長生きする。さてとあたしは下に行って、あんたの用意ができたことを新郎に伝えてくるよ」

引きずるような足音がドアに近づいてくるのが聞こえ、ヒューは急いで数歩あとずさった。ドアが開き、イーダが廊下に出てきた。

「いまのは本当なのか?」ヒューは、立ち聞きしていたことを知られるのもかまわず、尋ねた。

イーダは閉じたドアからヒューに顔を向け、眉を吊りあげて訊き返した。「なにが本当だって？」

「あんたが言ったことだ」イーダの予知をわずかでも信用しているようなことを言っている自分にいらだちながら、ヒューは答えた。「わたしたちが幸せになって、たくさんの子供に恵まれて、長生きすると言ったことだ。本当なのか？」

「本当だよ。でもあたしは、あの子はそうなると言ったんだ。あんたにはひとことも触れていないよ」イーダはそっけなく応じると、がっかりしたような彼の表情を見て口調を和らげた。「あんたはすぐにあの子を愛するようになって、たくさんの子供を作るだろう。実のところ、初めての契りで双子ができるよ」

「双子？」ヒューはぎょっとしてイーダを見つめた。

「そう。そしてもしあんたがあの子の出生の謎を解いて、危険を取り除けば、九か月後にその子たちを見られるかもしれないね」

「それができなかったら？」

「死があんたたちのどちらかを待っている」

「どっちを？」

イーダは肩をすくめた。「おそらくあんただろうね。あたしにわかるのは、ふたつの異なる結末があるっていうことだけだ。あんたたちふたりが仲良く、末永く生きるというのがひとつ」

ヒューの肩の力が抜けかけたところで、イーダは言葉を継いだ。「あんたが事態を混乱させさせなければね」

ヒューは体を硬くした。「なにをして混乱させるんだ？」

イーダはまたもや肩をすくめた。「わからない」

「わからない？　訊かなかったのか？」

イーダは怒ったようにヒューを見た。「飲み屋の女主人に命令をくだすようなわけにはいかないんだよ。あたしは見えたものを見るだけだ。あたしが見たのは、崖っぷちにいるあんただ。正しい道を選べば、万事安泰。だが間違ったほうを選べば――」

イーダは肩をすくめた。「死が待っている」

「その危険はどこにあるんだ？　だれがわたしたちを殺そうとする？」イーダはまた肩をすくめただけだったので、ヒューはいらだたしげに一方の足からもう一方へと体重を移し替えた。「なにか役に立つことを知っているはずだ」イーダが神妙な顔で見つめ返しただけだったので、ヒューは目を細めて言った。「彼女の両親がだれなのか、子供だった彼女を殺そうとしたのがだれなのか、あんたは知っているんじゃないのか？」

「それこそが、あんたが解かなければならない謎だよ」イーダはそう言い残すと、ヒューの脇を通り過ぎて廊下を遠ざかっていった。

ヒューはしばらく彼女のうしろ姿を眺めていたが、やがて寝室のドアに向き直った。彼の未来がこの向こうにある。花嫁が与えてくれる無上の喜びに満ちた未来が。それが長く続く未来なのか、それともすぐに終わってしまうものなのかが知りたかった。

イーダの予知を信じてしまっている自分に気づいて、ヒューは首を振った。疲労のあまり、頭がどうかしていたに違いない。彼女に未来が見えるはずがない。だれにも未来は見えない。いくらか気分がよくなったところで、ヒューはドアを開けて寝室に足を踏み入れた。

ドアの外から声が聞こえ、イーダとヒューはなにを話しているのだろうとウィラはいぶかった。声の主がふたりであることはすぐにわかったが、話の内容までは聞き取れない。イーダの指示を無視してハーブを全部入れたのは間違いだったのかもしれないと思い始めていたから、早くしてほしかった。ひどく気分が悪い。イーダにハーブのことを訊かれないように、話を逸らしたことを後悔した。

煎じ薬は確かに気分をほぐしてくれた。問題はくつろぎすぎて、骨がなくなったように感じ始めたことだ。そのうえけだるくて、少し吐き気がした。この部屋がまわっているの？　それとも薬のせいでそう感じている？

座ればましになるかもしれないと思い、ウィラはベッドの上で体を起こした。シーツが落ちて、なにもつけていない腰から上が露《あらわ》になったことにも気づかなかった。寝間着を着ずにベッドに入るのは妙な気がしたが、ヒューがすぐに脱がせるのだから着る必要はないとイーダに言われたのだ。

ベッドの支柱にぐったりともたれ、これで少しは頭がはっきりして、だんだんひどくなる吐き気もましになるかもしれないと思いながら、大きく息をした。シーツが腰のあたりにたまっていることに気づいたのはそのときだ。胸を隠すべきだとわかっていたが、それすら重労働に思えた。ハーブを入れすぎたのだ。

ドアが開き、そして閉じる音がして、ウィラはかろうじて目を開けた。ヒューだ。ドアの前に立ち、彼女を見て呆然としている。ウィラは安堵感に包まれた。彼女をひと目見れば、なにかおかしいことに気づくはずだ。いまは言葉を発するだけの力もなかったから、そう思うとほっとした。話す必要はない。ヒューはすぐに気づいて、イーダを連れてきてくれるだろう。

寝室のドアの向こうにどんな光景が待っているのか、ヒューにはまったく予想がつかなかった。花嫁はシーツにくるまって恥ずかしそうな笑みを浮かべているだろうか。あるいは不安にひきつった笑みかもしれない。それともまったく笑みはなくて、恐怖に顔をしかめているだろうか。処女がどんなふうかなんて、だれにわかる? ヒューにはわからなかった。これまで処女とベッドを共にしたことは一度もない。そういうわけで、美しい乳房も露にセクシーとも言える格好でけだるげにベッドにもたれているウィラの姿は、まったく予期していないものだった。

「ありがとう、リチャード伯父さん」当初は彼女との結婚に抵抗した自分が信じられずにヒューはつぶやいた。頭がどうかしていたに違いない。階下で夢想していたふたつの愛らしいふくらみを見つめていると、様々に想像がふくらんだ。あそこに触れて、キスをして、歯を立てて……

実際にそうできるにもかかわらず、あれこれと想像して時間を無駄にしていることに気づき、ヒューはベッドに近づきながら服を脱ぎ始めた。一歩進むあいだにサーコートを脱いだ。四歩目でチュニックが床に落ちた。ズボンをおろしたところで、不意に足を止めた、まだブーツを脱いでいなかったので、足首に引っかかったのだ。

ヒューはウィラの胸からかろうじて視線を引きはがし、ズボンを元の位置に戻すと、片方のブーツをつかんでぴょんぴょんと不格好に跳ねながら引っ張り始めた。簡単な作業ではなかったがなんとか脱ぐことに成功すると、急いでもう片方のブーツに取りかかった。そちらも脱いだところで、再びズボンをおろす。今度はストンと床に落ちたのでそのまま足を抜いた。

はだかの彼を初めて見た彼女の反応が知りたくて、ウィラの顔を眺めた。その顔の青さとぐったりした表情に、懸念が心をよぎった。彼がウィラの美しい曲線にうっとりしたように、彼女にも鍛え抜いたヒューの肉体に感嘆してほしかったのだ。だが彼が誇らしく思っている股間のたくましさが、彼女を不安にさせるかもしれないとは思ってもみなかった。ちゃんと収まるものかどうか、彼女は恐れているに違いない。どうやって安心させればいいだろうとつかの間途方に暮れたが、ひとつ大きく息を吸うと、シーツを持ちあげて彼女の隣に体を横たえた。「わたしはきみの夫だ。なにも怖がることはない。きみを傷つけたりはしない。きみを守り、きみの望むものと必要なものを与えるのがわたしの義務になったのだから。わたしを信じてくれればいい」

ウィラの手が傷ついた鳥のようにシーツの上で震え、口はなんの言葉を発することもなく開いて閉じた。その瞳は恐怖をたたえている。イーダは彼女をこれほど怖がらせるようなどんなことを言ったのだろうといぶかりながら、ヒューはその恐怖を取り除く魔法の言葉を探した。だが厩で彼女が見せた情熱の一端を思い出し、あのときの欲望をもう一度かきたてることが処女の不安を和らげる一番の方策だろうと思い至った。そこでヒューは笑顔を作り、膝が彼女の尻に当たるまで体を寄せた。

「こんなものはいらない」ヒューはシーツをはいだ。彼女の体に視線が吸い寄せられる。美しかった。なめらかな肌、豊かな曲線。その姿を堪能することに気を取られていると、あえぐような音が聞こえてようやく彼女の顔に視線を戻した。

ウィラはなにか言おうとしているが、ヒューの見事な裸体に圧倒されているようだ。口が開いて閉じ、目は上下左右をさまよっている。恥ずかしさのあまり、男性の象徴に一瞬たりとも視線をとどめておくことができないらしい。ヒューはそんな彼女がいじらしくなって、震えている手を握った。

「いいんだ。見てもかまわない。大胆だなんて思わないから」ウィラが天を仰いだようだった。再び彼に向けた顔は怒っているようにも見える。見間違いだろうとヒューは思ったが、彼女の目のなかにパニックと恐怖を確かに見て取り、顔をしかめた。

「どうしたんだ?」

ヒューは彼女の手を引いて、自分のほうに引き寄せた。だがウィラは自分の体を支えていられないらしく、ぬいぐるみのようにぐったりと彼の胸に倒れこんだ。

「ウィラ?」ヒューは彼女の頭を支えながら、不安げに尋ねた。「具合でも悪いのか? 初夜は先延ばしにしようか?」

　本当はそんなことを言いたくなかったが、ヒューは獣ではない。もしもウィラの具合が悪いのなら、今夜はなにもするべきではないとわかっていた。どうか神さま、彼女の具合が悪くありませんようにと、ヒューは祈った。だが神さまはヒューの祈りに応える気分ではないらしかった。そしてウィラも。えずくような音が彼女の答えだった。

「はい、とだけ言えばいいんだ」ヒューはささやいたが、次の瞬間、彼もまた、胃の中身がこみあげるのを感じた。なんてこった、膝の上に吐かれた!

　ヒューは衝撃のあまり、身動きひとつできなかった。だがウィラの返事は終わってはいなかった。繰り返し激しい吐き気に襲われているらしく、そのたびに体を震わせている。ヒューは自分の胸にもたれかかったままのウィラの頭を見おろした。なにかおかしい。ウィラはただ具合が悪いのではない。ものすごく具合が悪いようだ。

　自分の胃までおかしくなりそうな気がして、ヒューはただじっとウィラを抱きしめたまま、いったいなぜこんなことになったのだろうと必死になって頭を巡らせた。飲みすぎたせいで吐いているわけではない。食事のあいだじゅう、ヒューは彼女から目を離さなかった。ほんの少ししか飲んでいないことはわかっている。それなら食べ物だろうか？　いや、ありえない。ふたりは同じ木皿から、同じものを食べた。だがヒューの胃は問題ない。少なくとも、ウィラが彼の太腿と……ほかのところの上に食べたものを吐くまでは。

それなら、不安のせいで吐き気を催している？　戦の前は必ず、不安のあまり吐いていた戦士を知っている。ウィラも同じなのだろうか？　彼女はそれほどまでに怯えていて、そのせいで食べたものを戻している？　処女が怖がることは聞いていたが、これほどとは想像もしていなかった。それとも――ああ、神さま。わたしの体を見たせいで、こんなことになったのだろうか？　そう考えただけで、ヒューのほうが気分が悪くなった。

身もだえしながら嘔吐《おうと》を繰り返すウィラを見て、ヒューはようやく我に返った。急いで彼女から離れてベッドをおり、自分の体を見おろすと、喉元にこみあげてきた苦いものを飲みくだした。自分の体を拭き始める。これは……はっきり言って最悪だ。ベッドからシーツを引きはがし、自分の体をできるかぎりきれいにしたところでベッドの向こう側にまわり、洗面器をつかんだ。足早に窓に近寄り、水を捨てると、急いでベッドに戻ってウィラの顔の下に洗面器を当てた。

再びベッドに乗り、えずき続けるウィラの肩を支えて背中を撫でる。そうやって数分たったところで、ヒューは絶望的な気分になってきた。これは不安から来る腹痛などではない。絶対になにかおかしい。だれか彼女を助けてくれる人間が必要だ。真っ先に頭に浮かんだのがイーダだった。彼女が魔女と呼ばれているのは、未来を見る能力だけでなく、病を癒す力があるからだ。

ウィラをひとりで残していきたくなかったから、ヒューはベッドに座ったまま大声で怒鳴った。三、四回声をあげたところで、ドアが閉まったままではだれにも聞こえないのだと気づいた。ウィラを置いて、助けを呼びに行かねばならないらしい。ウィラに聞こえているかどうか定かではなかったが、これからなにをするつもりかを説明してから、ヒューは急いで廊下に出た。

当然ながら、この階にはだれもいなかった。全員がまだ階下の大広間にいるらしい。ヒューは自分がはだかであることにもかまわず、階段まで走っていくと、そこから再び大声で叫んだ。幸いなことに、今回は反応があった。音楽や笑い声やざわめきにもかかわらず、彼の声を聞きつけた人間がいた。あるいは、たまたま階段の上を見て彼に気づいたのかもしれない。どちらにせよ、階段の上にはだかで立ち、ありったけの声でわめいている新郎の姿を見て何人かが息を呑んだ。全員が彼に視線を向け、大広間は静まりかえった。

「イーダはどこだ」突如として広がった沈黙のなか、ヒューは叫んだ。「ウィラの具合が悪い」

イーダが即座に立ちあがり、急ぎ足で階段に向かうのを見て、ヒューはすぐにきびすを返し寝室に戻った。ウィラは、ヒューが置いた洗面器の上に力なく頭を垂れている。ヒューはいくらかほっとした。少なくとも彼女は意識があるし、さっきほどぐったりとはしていない。

ヒューは急いで彼女の隣に腰をおろした。顔にかかった髪を払ってやる。「ウィラ？」優しく声をかけると、彼女がうつろなまなざしをこちらに向けたので安堵した。

「きみはひどく吐いていたんだ。なにがあったかわかるか？」

ウィラはかすかにうなずいたように見えた。「煎じ薬」

「煎じ薬？」ヒューは眉間にしわを寄せると、ベッドを離れ、部屋のなかを探した。暖炉の近くに空になった水差しがあった。その横にはカップがふたつと空の小袋。小袋のなかをのぞいたヒューは、さっきまでそこにハーブかなにかが入っていたことをすぐに悟った。ウィラが使ったカップに草の切れ端のようなものが残っているところを見ると、小袋にはかなりの量のハーブが入っていて、彼女はそれをすべて飲んだらしい。

ヒューは悪態をつきながら小袋を放り投げると、急いでベッドに戻った。「ウィラ？」彼女の肩をつかんで揺すった。「ウィラ？　どれくらいの量があったんだ？　あれはなんだ？　きみはなにを飲んだ？」

「飲みすぎた」ウィラは苦しそうに答えると、目を閉じて、がっくりと頭を垂れた。眠りに落ちたのか、それとも気を失ったのか、ヒューは判断がつかなかった。まず彼女を揺さぶり、次に顔を叩いてみたが、なにをしても反応がない。ドアに目をやり、急ぎ足でイーダが入ってくるのを見てほっとしたが、それもヴィネケンとルーカンとジョリヴェがそのうしろにいることに気づくまでだった。ヒューは出ていけと言おうとしたが、その前にヴィネケンがウィラを見て足を止めた。ルーカンとジョリヴェがその背中にぶつかったので、ヴィネケンは危うく顔から倒れこむところだった。

「大丈夫ですか？」ルーカンがその前にかろうじて彼を支えた。

「なんてこった！」ジョリヴェが叫んだが、それがウィラの裸体を見ての言葉なのか、それとも部屋の有様とたちこめる悪臭に対するものなのかはわからなかったし、いまのヒューにはどちらでもいいことだった。イーダを手招きしてウィラを任せ、自分は険しい顔で三人の男に近づく。必要とあらば、実力行使してでも部屋から追い出すつもりだったが、その必要はなかった。男たちは青ざめ、鼻にしわを寄せて、ヒューの汚れた膝をちらちらと見ながら、あとずさりしている。きれいにしたつもりだったが、あのときはウィラの容態のほうが気になってろくに拭けていなかったようだ
「それが新しい流行になると思っているなら、残念だがそれはないな」ジョリヴェはおどけて言ったが、ヒューが怒りに顔を歪めるのを見て、あわててきびすを返して部屋を出ていった。

「廊下で待っている」ルーカンもジョリヴェのすぐあとを追った。

「あ……そうだな」ヴィネケンは心配そうなまなざしをウィラに向けたが、彼女が再びえずき始めると顔を背けた。「なにがあったのか教えてくれ——」ヒューの股間のあたりを示しながら言う。「きみがきれいになったら」

ヴィネケンは部屋を出るとドアを閉めた。

「なにがあった？」イーダの声にヒューが振り返ると、彼女はウィラの様子を確かめているところだった。

「煎じ薬を飲みすぎたと言っていた」

その口調にも、イーダをにらみつける視線にも紛れもなく非難の色があった。イーダはそれを無視して、ウィラのまぶたを裏返し、肌に触れ、口のなかをのぞいている。

「目を覚まさないんだ」我慢できなくなったところで、ヒューは言った。「あんたの煎じ薬を飲みすぎたんだ」

「あの薬は気分をほぐすためのものだよ」イーダは穏やかに応じた。「初夜を緊張せずに迎えられるように」

「なるほどね。確かに効いたようだ。効きすぎだ。くつろぎすぎているじゃないか」

「そうじゃない」イーダは険しい声で言い返した。「くつろいでいるわけじゃない。死にかけているんだ」

「なんだって?」ヒューは仰天した。イーダの視線は彼を通り過ぎ、部屋のなかを移動していたが、やがて暖炉のそばの水差しとカップの上で止まった。イーダがそちらに歩いていくあいだに、ヒューはベッドに座り、ウィラを抱きかかえた。イーダはウィラが使ったカップを手に取って軽くにおいをかいだかと思うと、それを置き、今度は中身がわずかに残っている水差しのにおいをかいだ。とたんに体を硬くして、ヒューに視線を向ける。「あんたはこれを飲んだかい?」

「いいや。なぜだ?」

「これは毒だ」

「なんだって?」ウィラを抱くヒューの腕に力がこもった。「ウィラは、あんたの煎じ薬を飲みすぎたと言った」

「そうだろうね」イーダは空の小袋を手に取った。「そのおかげで助かったんだ。飲みすぎないようにと言ってあったんだけれどね。少量でも気分をほぐすには充分だ。全部飲んだおかげで、あの子は毒を吐くことになった」

「助かるのか？」ウィラの青白い顔を不安そうに見つめながら、ヒューは訊いた。

イーダは返事の代わりに小袋をそこに置くと、空の室内用便器を手に取り、ベッドの脇へと運んだ。

「ウィラを腹ばいにさせて、ベッドから頭が出るようにして支えておくれ」イーダはそう指示しながら、ヒューがさっき床に置いた洗面器を移動させた。ヒューはすぐにウィラを腹ばいにさせると、片手を背中に、もう片方の手を額に当ててベッドから落ちないように支えた。イーダはウィラの頭の下に室内用便器を置き、持っていた小さなバッグから羽根を取り出した。ウィラの口を開けさせ、その羽根を喉の奥へと突っこむ。

「なにを――」ヒューは言いかけたが、ウィラが再び体を震わせ、胃に残っていたものを戻し始めたので、悪態をつきながら彼女を支える手に力をこめた。「もう充分苦しんだんじゃないのか？　頼むから彼女を――」

「この子を死なせたくないのなら、毒を全部吐き出させなきゃいけない」イーダは落ち着いた口調で言った。ウィラの嘔吐が止まるのを待って、再び羽根を喉に突っこむ。なにも吐くものがなくなるまで、同じ動作を繰り返した。ウィラが繰り返し体をひきつらせるのを、ヒューは顔をしかめて見守るほかはなかった。「そろそろいいだろう」イーダが言った。ぐったりしたウィラを見つめる彼女の顔を、愛おしそうな表情がよぎった。だがそれも一瞬で、彼女は唐突に立ちあがって言った。「目が覚めたときには、ものすごく気分が悪いはずだ。もちろんお腹《なか》もすかしているだろうが、なにも食べられないと思うね」

「どうしてこうなることがわからなかったんだ？」ヒューはウィラをそっと仰向けに寝かせながら、いらだちを隠そうともせずに言った。だがイーダはどうということもなさそうに肩をすくめただけだった。

「あたしはすべてを見るわけじゃないからね」

「双子はどうなったんだ？」ウィラにシーツをかけながらヒューが文句を言うと、イーダはにやりと笑った。ヒューは少しも面白いとは思わなかったから、むっとして問いつめた。「なにがおかしいのか、わたしにはわからない。あんたがただのペテン師だということを証明しただけじゃないか。今夜、ウィラは双子を身ごもるとあんたは言った。だがとうていそれは不可能だとわたしには思えるが。違うか?」

「初めて契りを交わしたときに双子を身ごもると言ったんだよ。今夜とは一度も言っていない」

ヒューはそれ以上反論するのをやめた。もうへとへとで言い争う気になれなかった。なにより、彼女と議論しても無駄だということがわかってきた。彼がなにを言おうと、イーダは答えを用意している。だが、女というのはそういうものではないのか?

イーダが部屋を出ていくと、ヒューはウィラに視線を戻した。顔色は悪いままだが、さっきほど土気色ではない。青い顔をしていても、彼女は驚くほど美しかった。ヒューは彼女の顔にかかった髪を払い、花びらのような頰を指で撫でた。なんて愛らしいのだろう。彼女と結婚するのはそれほど悪いことではないかもしれない。たとえ、あの老女と顔を突き合わせなくてはならないとしても。

そんなことを考えていると、ウィラが突然ぱっと目を開けた。不意に体を起こしたかと思うと、またもや彼の膝に吐き、再び意識を失ってベッドに倒れこんだ。

10

ウィラは生きたままあぶられている気分だった。あまりの暑さに眠りから引きずり出された。朦朧としながら体にかけられている毛皮をはいでいく。残りが一枚になったところではっきりと目が覚めたが、目が覚めたことを後悔した。恐ろしく気分が悪い。最悪だ。口のなかはからからで、ひどい味がした。全身が痛んだ。しばらく顔をしかめたままじっと横たわっていたが、やがてうなり声が聞こえ、傍らで動くものを感じてさっと顔をそちらに向けた。

隣にある毛皮の山をしばし呆然と眺めていたが、やがて頭がはっきりしてきた。結婚したのだ。隣の毛皮の山は夫に違いない。ゆうべはふたりの初夜だった。

その後の記憶もすぐに戻ってきた。昨日の結婚式。祝宴。初夜の準備をするために、部屋に戻ったこと。そのあたりから、記憶が少しあやふやだった。イーダから渡されたハーブを部屋に置かれていたミードに入れたことは覚えていた。鼻をつまんで、一煎じ薬を一気に飲み干したことも。そうしたら突然めまいがして、体がだるくなって、ぼんやりと覚えていた。飲みすぎたのだと思った。夫が体を寄せてきたことも、ぼんやりと覚えていた。

ウィラはさっと自分の体を見おろした。イーダが正しければ――ウィラが知るかぎり、間違っていたことは一度もない――ゆうべわたしは双子を身ごもったはずだ。眉間にしわを寄せてお腹を撫でながら、きっとそうなのだろうと考えた。今朝は胃がきりきり痛む。身ごもるとお腹が痛くなるという話は聞いたことがなかったけれど、この痛みと具合の悪さはそれで説明がつく。初夜はずいぶんと激しいものだったに違いない。実のところ、馬に踏まれたような気分だったから、イーダの煎じ薬を飲みすぎてよかったのだろうと考えた。あとからこんなに具合が悪くなるのなら、行為そのものを経験したいとは思えなかった。

ウィラは夫となった男性を起こさないように細心の注意を払いながらベッドからおりた。ヒューは身動きひとつしなかったので、ほっとした。片目で彼の様子をうかがいつつ、忍び足で部屋のなかを歩いて服を探した。昨日着ていた美しいドレスは見当たらない。彼女が持っている唯一のきれいなドレスは。代わりに見つけたのはシーツだった。丸められて部屋の隅に転がっている。初めてのときは出血するとイーダは言っていた。それが純潔を証明するのだと。まさか、そんなに大量に出血したわけでないでしょう？　ウィラは丸められたシーツをぞっとして見つめた。だがそれ以外にヒューがシーツをはがす理由があるだろうか？

ウィラはシーツから顔を背け、彼女の持ち物が入っている小さな収納箱に目を向けた。イーダが作ってくれている喪服はまだできあがっていない。昨日着たドレスが唯一の上等なものだが、それより質が劣るドレスをもう一枚持ってきていた。ウィラはそれを着て、部屋を出た。

城で暮らしていたのは、遠い昔のことだ。彼女の記憶のなかでは、城はいつもざわざわしている騒がしい場所だった。少なくともクレイモーガンはそうだった。だが廊下に出てみると、あたりは妙に静かだったのでウィラは落ち着かない気持ちになった。おぼつかない足と締めつけられるお腹には気づかないふりをして、階段まで歩いた。大広間を見おろしながら、おりていく。ひと目見るだけで、城が不自然に静まりかえっている理由に納得がいった。住人のほとんどが廊下に寝そべっていびきをかいている。祝宴は朝まで続いていたに違いない。目が覚めたときには、ほとんどが二日酔いだろう。午前中はほぼ使いものにならないに違いない。

階段をおりきったところで、テーブルからだれかが立ちあがった。ウィラは満面の笑みを浮かべた。「おはよう、イーダ」

「おはよう」ウィラが抱きすくめると、イーダは彼女の背中を優しく叩いてから探るように顔を見た。「気分はどうだい?」

「ひどいわ」ウィラがうめくように答えると、イーダはうなずいた。

「だろうと思ったよ。おいで。固いパンと新鮮な空気で少しは気分がよくなるよ」

眠っている使用人のあいだを縫うようにして、ウィラを厨房に連れていく。

城のほかの場所は眠りの魔法にかけられているようだったが、厨房はゆっくりとではあるものの活動していた。アルスネータと数人の使用人がパンやペストリーを焼いている。イーダはテーブルの上で冷ましている焼き立てのパンには目もくれず、数日たった古いパンを見つけ出した。それをウィラに渡すと、なにか飲み物を探しに行った。ややあってミードの入ったカップを持って戻ってきたイーダは、ウィラを連れて大広間に戻った。ふたりがいっしょに座れるように、テーブルの空いたスペースまで歩いていく。パンを食べ、ミードを飲むようにとウィラに命じ、彼女がその指示に従う様をじっと眺めていた。

ウィラは空腹ではなかったが、イーダが決して譲らないことはわかっていたから、言われるままパンを食べ、ミードを飲んだ。小さなパンの塊を半分ほど食べたところで、イーダが不意に立ちあがって再び厨房に戻っていった。イーダの姿が見えなくなると、ウィラはあたりを見まわした。城で飼っている犬の一匹がもの欲しそうにこちらを見ていることに気づき、パンを大きくちぎってその犬に差し出した。犬は即座に寄ってきた。ウィラは犬ががつがつパンを食べる様子を眺めていたが、厨房にちらりと目をやり、イーダが戻ってきたことがわかると残りのパンを食べ始めた。イーダはウィラと犬に鋭いまなざしを向けたが、なにも言わず持ってきた小さな袋を差し出した。

「これはなに？」ウィラは袋を受け取りながら訊いた。

「ウォルフィとフェンにだよ。昨日、ここまでついてきたみたいだね。ゆうべ、月に向かって吠えているのが聞こえた。寂しそうな声だった。あんたに会いたがっているんだよ。それに新鮮な空気と散歩はあんたの体にもよさそうだ」

ウィラは不安そうな顔になった。「聞こえなかったわ」

「だろうね。驚きはしないよ。あんたはそれどころじゃなかったからね」

ウィラはうっすらと顔を赤らめ、ミードをひと口飲んで立ちあがった。「捜してくるわ」

「そうおし」

ヒューはうめきながら目を覚ました。ゆうべはほぼひと晩じゅう、妻を心配しどおしだった。ウィラは苦しいのか、毒を吐き終えたあとも何時間も寝返りを繰り返していた。ようやく落ち着いておとなしくなったところで、ヒューも眠りについたのだが、すでに夜明けに近い時間だった。

窓の覆いのまわりから差しこむまばゆい太陽の光が目に入った。ほんの数時間しか眠っていないだろう。完全な寝不足だ。まるで巨大な牛が胸に座っているようだったし、頭は割れそうに痛み、目はちくちくした。

これが結婚生活というものか、ヒューは皮肉っぽく考えた。この調子だと、地べたに這いつくばったにもかかわらず、次の満月までに死ぬというイーダの予言は本当になりそうだ。急に咳が出そうになり、ヒューはあわてて口を押さえた。妻を起こしたくはない。昨夜あれほど苦しんだのだから、弱っているはずだし、ゆっくり休む必要があるだろう。

彼女の様子を確かめようとしたが、毛皮にすっぽりと埋もれていた。ヒューは洟をすすり、横向きになった。尻に走った痛みに思わず顔をしかめ、鞍ずれのことを思い出した。ゆうべ走りまわったり、寝たり起きたりしたことは、尻には決してよくなかったらしい。疲労困憊のうえ、鼻風邪をひき、尻は鞍ずれ。まったくひどい有様だと、ヒューはゆっくりと毛皮をはがしながら思った。毛皮をかけすぎだったかもしれない。とはいえもうすぐ冬だし、夜は冷える。だが一枚ずつ毛皮をはがしていっても、そこに妻の姿はなかった。

ヒューは尻が抗議の声をあげるのもかまわず、かけていた毛皮を脇によけた。ウィラはいない。あれほど苦しんでいたにもかかわらず、起き出して部屋を出ていくだけの体力が彼女に残っていたのが驚きだった。あれだけのことを彼に経験させておきながら、ひとりで部屋を出ていくほどずぶといとは。これまで血も残虐な場面もさんざん見てきた。戦場から無邪気なままで帰ってくることはできない。だが、ゆうべのようなものを見たのは初めてだった。嘔吐する女性よりは、血や内臓のほうがはるかにましだ。

ヒューは悪態をつきながら昨夜着ていた服に手を伸ばした。シーツの上の服を手に取ろうとしたところで、どうしてそこに丸めて置いてあるのかを思い出した。ウィラのドレスとシーツ同様、ひどく汚れている。

汚れた服を放り投げ、尻の痛みに奥歯を嚙みしめながら自分の衣類が入っている収納箱に近づいた。そのなかをかきまわし、ズボンとチュニックを取り出す。ドアへと歩きつつチュニックをかぶり、片足で跳ねながらズボンをはいた。壁に激突するくらいの勢いでドアを開け、廊下に出て階段に向かう。ドアが壁に当たる音は、朝を告げる雄鶏《おんどり》の鳴き声のように大広間で眠っていた者たちを眠りから引きずり出した。ほとんどはその音で目覚め、目覚めなかった者たちも同僚たちがごそごそ動きだす気配に目を開けた。ヒューが階段を下までおりたときには全員が起き出していたが、彼はそれには目もくれなかった。テーブルの前で辛抱強く待っているイーダを見つけると、まっすぐそちらに向かった。

「彼女はどこだ？」イーダの前に立ち、前置きもなしに尋ねた。

「散歩に行ったよ」

「ひとりで？」ヒューの口調には明らかに怒りと恐怖が交じっていた。

「あの子なら大丈夫だよ」イーダは穏やかに応じた。「ウォルフィとフェンがいっしょにいれば、だれといるより安全だ」

その言葉にこめられた非難をヒューは聞き逃さなかった。自分はウィラに毒が盛られるのを防げなかった。彼女を守るのは自分の責任だったのに、守ることができなかった。ヒューは悪態をつきながらイーダに背を向けたが、ふと足を止めて振り返った。「歩いていったのか？　それとも馬で？」

「歩いていったよ。でも出ていってしばらくたつからね。一時間くらいかね」

ヒューはうなずき、足音も荒く城を出た。先に出たウィラを一刻も早く見つけなくてはならない。結婚がまだ完全なものになってもいないのに、何者かが妻を殺そうとしたという。リチャード伯父の懸念と恐れは現実のものになっている。ウィラの命が危険にさらされているというのに、ヒューにはその理由すら見当もついていなかった。

ヒューはきつく唇を結び、厩へと向かった。できるだけ早くウィラを見つけて、城へ連れ戻すのだ。彼女の身が危ない。狼がそばにいようといまいと、イーダが彼女をひとりで外へ行かせたことが信じられなかった。

「伯爵！」

ヒューは足取りを緩め、声のしたほうに顔を向けた。ブレナン神父が急ぎ足で近づいてくるのを見て取ると、出発が遅れることへのいらだちを態度に出さないようにしながら立ちどまった。「おはようございます、神父さま」

ブレナン神父はいくらか息を切らしながら、にっこりと微笑んだ。「おはようございます、伯爵。お会いできてよかった。実は昨日はあまりにせわしなかったので、本来果たすべき義務を果たせなかったのです」

「そうなんですか？」ヒューは礼儀正しく問い返したが、その視線は厩のほうへと向けられていた。従者がそのあたりにいれば、馬の準備をさせることができるものを。

いったいどこにいるんだ？　花嫁とふたりきりになりたかったから、自由にしていていいと昨日の祝宴のときに従者に告げたことを思い出した。昨夜の記憶が再び蘇ってきて、ヒューは顔をしかめた。これほど次から次へと不運に襲われた男がいままでいただろうか？　痛む尻、ひどい風邪、そして毒を盛られ嘔吐する花嫁。

「そうなのです。まずあなたはレディ・ウィラを守るために出発していった。そしてあなたがたふたりがここに到着してからはすべてが大混乱で、わたしはあなたに助言をする時間がなかったのです。その……えー……床を共にすることについて」

「床を共にすること？」その言葉がヒューの関心を引いた。散漫だった意識を神父に向け、うっすらと赤らんでいる顔を見つめる。「床は共にしませんでした。彼女は毒を盛られたんです」

「ええ、そのことはヴィネケン卿から聞きました。それはある意味幸いだったと――いや、幸いじゃない！」ヒューの顔が険しくなったので、神父はあわてて言い直した。「よかったという意味ではないのです。その……なんというかあなたに助言をしていなかったので、それを考えると――」

「神父さま」ヒューはいらだちを隠そうともせずに言った。「あとにしてもらえませんか。ウィラがひとりで出かけたので、わたしは彼女を捜しに行かなくてはならないんです。彼女は――」

「レディ・ウィラなら戻ってきましたよ、伯爵」きびすを返しかけたヒューにブレナン神父が言った。ヒューはさっと振り返った。

「戻った？」

「ええ。そういうわけで、これを持ってきたんです」神父はリボンをかけた巻物を見せた。ヒューがけげんそうに見つめるだけだったので、自分でリボンをほどき、巻物を開いていく。「これは『デ・セクレティス・ミュリエルム』といって、床入りについての教えを――」

「神父さま」ヒューはまたもや神父を遮った。その口調からいらだちは消え、どこか面白がっているような響きがあった。ブレナン神父が善意から言っているのはわかっていたが、花嫁との床入りについて神父に助言を求めたいとは思えない。神父に気まずい思いをさせたくなかったので、ヒューはあえて真面目な表情を作り、彼の肩を叩いた。「わたしはなにも知らないわけじゃありませんよ、神父さま。女性との経験はあります。教えは必要ありません」

「もちろんそうでしょうとも」神父はうなずき、それから首を振った。「だがレディ・ウィラは村の売春婦とは違う。若くて、純潔な花嫁だ。あなたがたの床入りは教会に認められている、神聖なものなのです。どこかの乳しぼり娘を相手にするような、その……乱暴な行為は許されません。わたしの言っていることがわかりますか？」

「それは……」ヒューは急に不安になって、口をつぐんだ。そう言われてみれば、実際の行為を考えたことはなかった。いや、考えてはいたが、それはあくまでも自分側の都合だけだ。寝室にやってきた夫をウィラはどんなふうに迎えるだろうと一瞬考えはしたものの、気がつけば彼女の温もりに包まれることで頭はいっぱいになっていた。彼女の視点からその行為を考えてみたことはなかった。無垢《むく》な処女の視点からは。ウィラは、彼の膝に腰かけて股間に手を伸ばしてくるような宿屋のメイドとは違う。ウィラは……

これまで考えてもみなかったことだったから、ヒューは頭が痛くなった。だがブレナン神父は辛抱強く彼の答えを待っている。なにを訊かれたのだった？　ああ、そうだ！

「ええ、もちろんです。実は、わたしは女性の純潔を奪ったことは一度もありません」

「そうでしょうとも。だからこそ助言が必要なのです」神父は巻物を広げると、ふたりが読めるように向きを変えた。「『デ・セクレティス・ミュリエルム』は、その……えー……婚姻関係を結ぶにあたり、とても役に立つ助言をしてくれています」神父の声が突然裏返ったので、ヒューは巻物から赤らんだ彼の顔に視線を移した。神父はひどく照れていたが、果敢にも言葉を継いだ。「事前に心と体の両方の準備をするようにと書かれています」

「体の準備?」ヒューはけげんそうに繰り返した。心の準備をするのは難しいことではない。すでに充分にできている。だが体の準備について特別な助言が書かれているのであれば、読んでみたいという気になった。風呂に入るのだろうか……ふたりいっしょに。ヒューはつかの間、ウィラの愛らしい乳房を覆う濡れた布地を想像した。乳首が命を吹きこまれたように固くなって、彼を求め――

「そうです。たとえば、腸と膀胱《ぼうこう》を空にしておくことが勧められています」

エロティックな空想は一瞬にして消え、ヒューはうんざりして渋面を作った。教会の考えそうなことだ。

「ほかの細かい教えもあります」ブレナン神父の意味ありげな口調に、ヒューは再び耳をそばだてた。腸を空にするのはどうでもいいが、ほかにもなにかあるらしい。

「どんな細かい教えです?」ヒューはラテン語の巻物を眺めながら尋ねた。答えがすぐに返ってこなかったのでいぶかしく思いながら視線をあげると、神父はいかにも恥ずかしそうに顔を真っ赤にしていた。

「ええ、その――」再び声が裏返り、神父は咳払いをすると、ヒューと視線を合わせないようにしながら言葉を継いだ。「ここにはその……えー……妻の〝下腹部〟を愛撫して……えー……彼女の体を正しく……えー……熱を――」

「熱?」ヒューは驚いて口をはさんだ。

「そうです。女性は男性と違って冷たいのです」

「そうなんですか?」驚いて訊き返す。女性が冷たいと感じたことは一度もない。態度でも、触れたときにも。

「ええ、そうです」ブレナン神父はうなずいた。「一方で、男は熱い」

「本当に?」そう言えば、とヒューは思い出した。毛皮の下で彼の温もりを求めて触れてきた足の冷たさにぎょっとして目を覚ましたことが何度かある。

「そうですとも! 熱さは男性の基本的な特性です。それが……すなわち男性の熱が女性の……興奮を生み、女性は男性と交わることで彼女たちに欠けている必要な熱を手に入れることができるのです」

「そうなんですか?」

「そうです。つまり妻は、夫と交わることで強くなるのです」

「ふむ」ヒューはうなずいたが、神父が手にしている巻物のほうに興味があった。女性を正しい体温にするためには〝下腹部〟に充分な愛撫をしなければならないと書かれている箇所を探す。だが見つけられなかったので、難しい顔で尋ねた。「彼女が正しい体温になったかどうか、どうすればわかるんです？」

「えー……きっと書いてあるはず……」神父は文字を指でたどっていたが、やがてうなずいた。また顔を赤らめている。「ほら、ここです。彼女は〝とりとめのないことをしゃべり始める〟とあります。そうなったときが、実際の――」神父は曖昧に手を振った。「――交わりを行う合図です」

ヒューは神父が示した箇所を読みながらうなずいた。

「ご自分で読まれればいいでしょう。お役に立つことを願っていますよ」

ヒューは上の空でうなずき、神父が立ち去ろうとしたので礼を言った。「ふむ」

「とりとめのないことをしゃべり始める」ヒューは声に出して読んだ。

「おはよう、あなた」

ヒューはぎょっとして顔をあげた。もちろんそこにいたのは、彼の妻だ。それ以外のだれが彼を〝あなた〟と呼ぶだろう？　ヒューは気まずさに顔を赤らめ、あわてて巻物を背中に隠した。「おはよう」

「なにを読んでいたの?」ウィラは好奇心にかられたように、彼の背中をのぞきこもうとした。

「なんでもない」

「なんでもない?」ウィラは小さく笑った。「なんでもないようには見えないわ。なにか書いてある羊皮紙のようだけれど」

「いや、これはブレナン神父から読んでおくようにと渡されたものなんだ。その……なんというか……懺悔についての教会の教えのことで」ヒューはそう言いながら顔をしかめ、嘘をついたことを懺悔しなくてはならないだろうと考えた。だがこんな私的なことに教えが必要だと認めるのは、あまりにも恥ずかしすぎる。

「あら、そう」おおいに安堵したことに、それを聞いてウィラは興味をなくしたらしかった。姿勢を正し、彼に微笑みかける。「それなら、どうぞごゆっくり。ごきげんよう、あなた」

「ああ、きみも」ヒューの視線は、歩き去っていくウィラの揺れる腰に吸い寄せられた。

背中に『デ・セクレティス・ミュリエルム』を隠したままだったことに気づいて、

ヒューは再びその巻物を顔の前に広げた。元どおりに巻いてベルトにはさむつもりだったが、そこに書かれた文字にふと目が留まり、気がつけばまた読み始めていた。

「おはよう、ヒュー」

またもやヒューはぎくりとして顔をあげた。あわてて巻物を背後に隠して振り返ると、そこにいたのはルーカンだった。「ルーカン、おはよう」

「なにを持っているんだ？」ルーカンがけげんそうに尋ねた。

「なんでもない」ヒューはそう答えてから顔をしかめた。みだらなラブレターかなにかのように背後に隠しておきながら、なんでもないという答えは通らないだろう。ヒューは羊皮紙を体の前に持ってくると、元どおりに巻きながら言った。「ブレナン神父が……その……夫婦関係についての助言をくれたんだ」

「そうか。父の神父が、結婚式の前夜に兄に同じものを渡していた。してはいけないことや、してはいけない日のことばかりが書かれていたよ。確か、聖なる日や日曜日や祝日に夫婦関係にふけってはいけないと書いてあったな」ルーカンは首を振った。「妻と床を共にしてはいけない日を全部あげていったら、できるのはひと月に一度になってしまう」ルーカンはヒューと並んで歩きながら、彼の肩に手を乗せた。「ぼくならそんなものは気にしないね。でないと、永遠に子供の顔が見られない。それに頭がどうかなってしまうよ」

うなり声がヒューの返事だった。ルーカンが言っているのはまったく別の巻物なのかもしれないが、そうでなかったときのことを考えて、実際の床入りについて書かれているところだけ読もうと決めた。罪だということを知らずに罪を犯したからといって、煉獄《れんごく》に落ちることはないはずだ。それに、ウィラとひと月に一度しかベッドを共にできないなんてありえない。まだ一度も彼女と床入りをしていないというのに、教会はもう彼を制御しようとしているらしい。

「毒の件については、どうするつもりだ？」ルーカンが尋ねた。

ヒューは眉間にしわを寄せた。「ミードのことは全員に話を聞いて、だれが部屋に置いたのかを突き止める。だがまずは毒見役を探そうと思う。だれかが毒見をしたものしか、ウィラの口には入れさせない」

ルーカンはうなずいた。「料理人とか？」

「いや、だめだ。アルスネータにはそんなことをしている時間がない。だが彼女が信頼している人間でなくてはならないだろうな。そうすればアルスネータも料理に集中できるし、知らない人間を食べ物に近づかせることもない」

ルーカンはいい考えだというようにうなずいた。「アルスネータの甥がここの兵士だとヴィネケン卿が言っていた。ガウェインだ。彼がいいんじゃないだろうか」

「そうだな。そうしよう。ありがとう」

「どういたしまして」ルーカンは片方の眉をあげた。「バルダルフにまた彼女を護衛させるつもりか？」

「ああ。だがほかにも何人か必要だろう。ここでは、ひとりで夜も昼も彼女を見張っているのは無理だ」ヒューは首を振った。ヒルクレストにいるのは全員が伯父の兵士だ。従者を除けば、ヒューの兵士はひとりもいない。だれが信頼できて、腕が立つのか、ヒューにはわからなかった。小屋にいたあいだはバルダルフひとりでもなんとかなったが、城はあそこよりはるかに大きい。「昼間はバルダルフ、夜は彼女の部屋の外にふたりの見張りを立てよう。兵士たちと会って、信頼できる者を探すことにする」

ルーカンは歩きながらうなずいた。「彼女の過去についてはなにかわかったのか？」

「名前はわかった。イヴレイクだ」ヒューは確かにどこかで聞いたことがあると思いながら、その名を口にした。どこで聞いたのか記憶を探ったが、あきらめて首を振った。「彼女の家族についてだれかを調べに行かせようと思う。それからリチャード伯父の部屋に行って、その謎の手紙を自分でも捜してみる」

「ウォルフィとフェンは元気だったかい?」

ウィラはイーダに微笑みかけると、そのしわだらけの頰にキスをしてから彼女の隣に腰をおろした。「元気だったわ。でもお城や村に近すぎるんじゃないかと思うと、心配なの」

二匹は城を取り囲む森の縁にいた。とても安心できる距離ではない。

「デュロンゲットはあんたを見つけたのかい?」

「いいえ。帰ってくるときに会ったわ。わたしを捜していたの?」

「そうだよ」イーダはにやりとした。「あんたがひとりで散歩に出たと聞いて、ずいぶんと動揺していた。あんたを厳しく叱りつけて、二度と同じことをしないように命じるだろうね」

ウィラは驚いてイーダを見つめた。「まさか!」

「本当さ」

ウィラは唇を嚙んだ。「わたしが会ったときには、それほど動揺しているようには見えなかったわ。神父さまからもらった巻物を読んでいた」

「そうかい」ふたりはつかの間それぞれに考えこんだが、やがてイーダはウィラの顔をしげしげと眺めた。「散歩したのはよかったようだね。さっきよりは顔色がよくなっている。気分はどうだい?」

ウィラは小さく肩をすくめ、片手をお腹に当てた。「お腹が少し変だけれど、ゆうべ双子を身ごもったせいね。それ以外は元気よ」

「双子を身ごもった?」イーダは驚いてウィラを見つめた。「あんたはなにも身ごもっていないよ。ゆうべは具合が悪くて、それどころじゃなかったからね」

「具合が悪い?」ウィラは戸惑った顔になった。「いったい――?」

「あんたは毒を盛られたんだよ。覚えていないのかい? ひと晩じゅう、吐きどおしだった。デュロンゲットにできたのは、あんたが胃の中身を吐いているあいだ、体を支えて額に手を当ててるくらいだったよ」

「そんな」ウィラは息を呑んだ。「嘘よ!」

「本当だよ」

「でも、わたしは双子を身ごもるって――」

「最初に契りを交わしたときに、って言ったんだよ。昨夜は違う」

ウィラはそのうれしくない知らせを聞いて、ぐったりと座りこんだ。子供が……子供たちがお腹にいると信じこんでいたのだ。悲しみが胸に広がったが、さっきのイーダの言葉を思い出すと背筋が伸びた。「だれもわたしに毒なんて盛っていないわ。おばさまにもらった煎じ薬を飲みすぎただけ」

「そうだね。でもそのせいで命が助かったんだよ。おかげで吐き気を催して、毒が体に広がる前に吐き出すことができたんだ」

ウィラは眉間にしわを寄せた。「だれかが本当にわたしを殺そうとしたということ？」

「そうだ。ミードに毒が入っていた」

イーダのハーブを混ぜたミードがひどく苦かったことをウィラは思い出した。とても飲みにくかった。気分が悪くなって、胃の中身が喉までこみあげた。けれどそれ以外のことはぼんやりしていて思い出せない。食べたり飲んだりしすぎたことと、イーダのハーブのせいで吐き気がしたのだとばかり考えていた。けれど実際は、またたれかが彼女を殺そうとしたらしい。そう気づいて、気持ちが暗くなった。

ウィラは、死を望むほどに自分を憎んでいる人間がいることを知りつつ成長した。その事実は彼女の人生に大きく影を落とした。愛する人間だけでなく子供時代さえ奪われた。だが彼女にはどうすることもできなかった。いったいだれが、そしてなぜ自分の死を願うのかすらわからない。ウィラがどれほど懇願しようと、リチャードは決してそれを明かそうとはしなかった。彼の顔に浮かぶ気の毒そうな表情を見れば、その人物がだれであるかを知るのはウィラにとってひどく辛いことなのだろうと見当はついた。となれば、それはきっと本当なら彼女を愛しているはずの人間に違いない……たとえば父親とか。リチャードはウィラの父親のことも話題にしようとはしなかったから、その疑念は大きくなる一方だった。

どれもこれも心の痛むことばかりだ。やり過ごすにはそのことを心から追い出すしかない。いまはヒューが夫となったのだから、彼が守ってくれるだろう。ウィラには考えるべき問題がほかにあった。たとえば、ふたりの結婚はまだ完全なものになっていないこととか。来るべき初夜のことを考えて、またもや不安な昼と夜を過ごさなくてはならないのだと気づいた。まったくもう！　てっきりもう処女ではなくなったと考えていたのに——なにも知らないことに変わりはないけれど——結局はまだ無垢なままの花嫁だ。初めての痛みに耐えなければならないのだ。

不安がむくむくと頭をもたげてきたので、ウィラは大きく深呼吸をした。ため息と共に吐き出す。今夜、わたしたちは結婚を完全なものにするのだ。そしてわたしは双子を身ごもり、彼は……運がよければその子たちを見られるだろう。その点に関して、イーダはなにも教えてくれなかった。未来は混沌《こんとん》としているのだとぶっきらぼうに言うだけだ。ヒューは死なないかもしれないし、死ぬかもしれない。とにかく今夜は彼の双子を授かることが重要だとウィラは考えた。最悪の事態に備えて。ウィラは顔をしかめて、またお腹を撫でた。軽い腹痛がまだ残っている。

「床入りしてないのは間違いない？」期待をこめてウィラは尋ねた。

「間違いないよ。あんたはそれどころじゃなかったから」ウィラのがっかりした顔を見て、イーダは面白そうに唇を歪めた。「もししていたら、決して忘れたりはしないよ。次の日に、したかどうかなんて訊いたりはしない」

「どうかしら」ウィラは疑わしそうにつぶやいた。「わたしが知っておかなければならないことはないの？　なにかしなければいけないこととか？」

「言ったはずだよ。なにをすべきかは彼が知っているから、あんたがしなければならないことは教えてくれる。なにが起きるかはもう話しただろう？　あんたがすることは——」

「それなら、わたしがしてはいけないことはある？」

イーダは首を振りかけたが、ウィラががっかりしたような顔をしたのを見て、ふと思いついたように言った。「そういうことなら、あんたがしてはいけないことを教えてあげようかね」

ウィラはぱっと顔を輝かせた。「なに？」

「自分がおしゃべりだってことは知っているよね？　とりとめもないことを、際限なくしゃべり続ける癖があるってことを？」

ウィラは唇を嚙んで、笑いたくなるのをこらえた。ぺらぺらととりとめもなくしゃべり続けて、イーダをいらだたせたことは何度もあった。だがそれは孤独だったせいだ。話ができる相手がほかにいなかったから。そんな自分の一面をまだヒューには見せていない。まだ完全に心を許していないからだろうと思っていた。だがイーダにはそのことは言わず、黙ってうなずいた。

「おしゃべりは……おやめ！」イーダはきっぱりと告げた。「ベッドのなかでとりとめもないことをしゃべる花嫁ほど、男が嫌うものはないんだ。口を閉じておくんだよ。ひとこともしゃべっちゃいけない。そうすれば彼はおおいに喜ぶからね」

「なにもしゃべらないのね」ウィラはそう言って、うなずいた。それならできる。

11

ヒューは再び咳の発作に襲われた。エールに手を伸ばしたが、ジョリヴェに背中を勢いよく叩かれて危うく中身をこぼすところだった。

「具合が悪そうじゃないか、ヒュー」いとこは楽しそうに言った。「まさか、死ぬつもりじゃないだろう？　もしそうなら、ぼくがウィラと結婚できるように段取りしておいてくれるとうれしいな」

「面白い冗談だ」ヒューは肘でジョリヴェの腕を押しのけ、エールで喉を潤した。「また同じことをしたら、死にそうになるのはおまえだからな」言い終えたとたんに、再び激しく咳《せ》きこんだ。ようやく治まったときには、ぜいぜいとあえいでいた。

「本当に体調が悪そうだ」ジョリヴェとは違い、ルーカンの口調は心配そうだった。

だがヒューはあまりに調子が悪くて、返事をする気にすらなれなかった。鼻水は出るし、咳もひどい。咳は激しくなる一方で、息まで苦しくなっていた。少し休むべきかもしれない。

眠ることを考えると、思わずため息が漏れた。最後にひと晩ゆっくり眠ったのはいつだっただろう？

「咳が治まる薬をイーダが作ってくれるかもしれない」ヒューが再び咳の発作に襲われるのを見て、ヴィネケンが言った。

イーダと彼女の煎じ薬のことを思い出し、ヒューは顔をしかめて首を振ると、立ちあがった。「眠ればよくなるはずだ。おやすみ」

返事を待つことなく階段をあがっていく。ウィラはしばらく前に部屋に戻った。ヒューは今夜もまた、彼女が寝支度を整えるまで待った。ふたりは結婚したばかりだが、まだ実際の初夜は迎えていない。ウィラはきっと恥ずかしがるだろう。彼女に気まずい思いをさせたくなかった。今日は長い一日だった。ヒューは、厨房か寝室に近づいたあらゆる人間にじきじきに話を聞いた。残念ながら、毒入りミードを運んだという人間も、だれかが運ぶのを見たという人間もいなかった。

アルスネータの甥ガウェインをウィラの食事の毒見役にし、バルダルフとふたりの若者に彼女の護衛をさせる手筈を整えた。数人の男たちに、イヴレイクという名前を調べに行かせた。家族を捜し出し、周辺を調べ、ウィラとの関連を見つけるようにというのが彼らに与えられた指示で、何者かが彼女の死を望む理由を探ることも任務のうちだった。毒入りミードについての調査よりも、そちらのほうではかばかしい成果を得られることをヒューは願っていた。

伯父の部屋を調べようとも思っていたが、相続した地所に関する様々な用事に時間を取られた。城を維持するというのは、有能な人間を雇って仕事をやらせるだけではすまないことが徐々にわかってきた。答えなければならない疑問があり、くださなければならない決定があり、怒鳴らなければならない人間がいた。いまのところすべて順調だった。ヒューは笑顔で階段をあがり、廊下を進んだ。だが明日は伯父の部屋を調べなければならないだろう。ウィラの過去にまつわる謎をなんとしても解かなければならない。謎が謎のままであるかぎり、ウィラの命は危険にさらされているわけで、ヒューにはそれが我慢できなかった。初めは彼女との結婚を望んでいなかったとはいえ、いまでは自分の妻になったのだから、だれにも奪わせるつもりはない。

昨夜のウィラの状態を思い出すたびに、ヒューはぎりぎりと奥歯を嚙みしめた。真っ青で震えていたウィラ。このまま死んでしまうのだと覚悟した。もし本当に死んでいたら、それは自分のせいにほかならない。ウィラには幸せになる権利があって、それを与えるのは自分だ。もちろん、それにはしばらく待ってもらわなければならないが。ウィラも同じくらい疲労困憊していることはわかっていた。だがふたりとも充分に休息を取ったら、彼女を幸せにするための最初の行動を起こそう。それがわたしの仕事だ。わたしはウィラの夫なのだから。

ヒューは寝室の外で見張りをしている男たちにうなずくと、ドアを開けて部屋に足を踏み入れた。だが一歩入ったところで動きが止まった。消えかかった暖炉の火のかすかな光があるだけで部屋のなかは暗いだろうと思っていたのに、そうではなかった。赤々と燃える炎と部屋じゅうに置かれた十数本の蠟燭のせいで、とても明るい。

無駄なことはしないようにとウィラに言わなければならないようだとヒューは思った。ベッドに目を向けると、そこに妻が姿勢を正して座っていた。シーツは腰のあたりにたまり、薄いシュミーズに包まれた上半身が見えている……。ごく薄いシュミーズだと気づいて、ヒューは動揺した。生地越しに乳輪が透けて見える。背後から物音が聞こえ、ヒューは廊下に立つ男たちのことを思い出し、あわててもう一歩進んでドアを閉めた。

疲れた脳みそを懸命に働かせ、彼女はいったいなにをしているのだろうと考えた。ウィラはとっくに眠っていると思いこんでいたから、どうして起きているのかが理解できない。そこまで考えてようやく、ウィラはヒューが床入りしたがっていると思っているのだと気づいた。よき妻がするように、彼が来るのを起きて待っていたのだ。ヒューの肩から力が抜けた。今夜は彼にその気がないことがわかれば、きっと安心するだろう。

ヒューは彼女に微笑みかけると、部屋じゅうの蠟燭を一本一本吹き消していった。最後の火が消えて、暖炉のほのかな明かりだけになったところで、ベッドに近づき服を脱いでいく。ウィラに見られていると思うと、妙に意識してしまう。普段よりも服を脱ぐ速度がいくらか速くなっていたかもしれない。ウィラの隣に体を横たえると、少しためらってからぶっきらぼうに〝おやすみ〟と告げ、彼女に背を向けた。妻もそうするだろうと思いながら眠る体勢になった。だがベッドが揺れるのが感じられ、ウィラが床を歩く足音が聞こえた。足音はすぐに戻ってきて、再びベッドが揺れた。ウィラが彼のほうに身を寄せてきたかと思うと、閉じたまぶたの向こうが急に明るくなった。ヒューはしばらくじっとしていたが、ウィラがそのまま動こうとしないので、片方の目を開けた。

思ったとおりウィラは彼に覆いかぶさるようにしていた。彼の顔からほんの数センチのところに燭台《しよくだい》を掲げている。火のついた蠟燭を見て、ヒューは顔をしかめた。

「ウィラ？」ヒューは明るく声をかけた。

「はい？」同じくらい明るい声が返ってきた。

「なにをしているんだ？」

「夫が義務を果たすのを待っているのよ。あなたはなにをしているの？」

「なんだって？」

ヒューがいきなり体の向きを変えたので、ウィラはのけぞった。ヒューは彼女がベッドから転げ落ちないように腕をつかむと同時に、振り回している燭台を彼女の手から奪い取った。ウィラを支えたまま体をひねり、ベッド脇の収納箱に燭台を置いてから、彼女に向き直ってにらみつける。

「今夜じゅうに結婚を完全なものにしたいなんて言わないでくれ！」ヒューは叫んだ。

「そんなこと、したいわけないでしょう！」あまりの言葉にヒューが体を凍りつかせていると、ウィラはさらに言った。「初めてのときは痛くて不快だってイーダが教えてくれたの。痛いのがいやなのは当たり前でしょう？　でもしなくちゃいけないことだし、そのことを考えてまた一日辛い思いをするのもいや。丸二日も不安を抱えて過ごせば充分だわ。だから、お願い、いまわたしに双子を身ごもらせてもらえないかしら？」

ヒューはがっくりと肩を落とした。結婚を完全なものにするための行為について、彼女がこれほど不安に思っているとは想像もしていなかった。自分の考えが足りなかったのだと気づいた。処女を相手にすることを思って漠然とした懸念を感じてはいたものの、少なくとも自分はその行為がどういうものかは知っている。だがウィラにとってはすべてが新しく、恐ろしい経験なのだ。不安になって当然だ。大きなあくびに続いて咳をしながら、ヒューはウィラの心配そうな表情を見て取った。さらにまた一日、彼女に不安な思いをさせるのはかわいそうな気がした。疲れてはいるが、なんとか義務を果たせるだろう。

「いいだろう」ヒューはあきらめたように長々とため息をついた。

「まあ、ありがとう、あなた」ウィラはほっとして息を吐くと、そのままベッドに仰向けになりシーツを首まで引きあげた。固く目を閉じ、指が白くなるほど強くシーツを握りしめている。全身が弓の弦のように張りつめていた。

ヒューはぎゅっと唇を結んでそんな彼女を眺めた。まるでこれから首を切られるか、無理やり襲われるとでも思っているようだ。するとウィラはレモンをかじったときのように唇をすぼめた。キスを誘っているつもりらしい。いまはとてもそんなことをするエネルギーはないとみじめな思いで考えながら、ヒューは咳払いをした。

ウィラはパッと目を開けた。なにか訊きたそうだ。

「その……えー……」ウィラが必死になってしがみついているシーツをヒューが指さすと、彼女は驚いたように視線を下に落とした。

「あら！」ウィラは顔を赤らめた。「これは必要ないのね」シーツを脇によけ、少しためらってからベッドをおりた。

「なにを――？」ウィラが寝間着の裾を持って引っ張りあげ始めたので、そこから先の言葉はヒューの舌の上で消えた。

「イーダが全部教えてくれたの」ウィラはそう答えると、さらに寝間着を持ちあげていく。脚が露になり、そして腰、腹……。「彼女の話によれば、これも邪魔みたいだから」頭の上まで引っ張りあげると、するりと腕を抜いた。恥ずかしさのあまり、顔が真っ赤だ。脱いだ寝間着で太腿から胸まで隠していたが、すぐに一方の手を使って髪を体の前に垂らすと、寝間着を床に落とした。髪は体を隠す役割を果たしていると果たしていないとも言えた。肩から乳房、そして脚へと流れているものの、肩の外側や腰の曲線、そして両脚の付け根はむきだしだ。ヒューは思わず目を奪われたが、ウィラは金色の髪を揺らしながら不安そうにベッドに戻った。急いで髪をまとめて体を覆いながら横たわり、また固く目を閉じる。ぎゅっと握った手は体の横に置かれ、一拍の間があってから思い出したらしく、再び唇を丸めて突き出した。

ヒューは笑いたくなったが、柔らかな光のなかで美しい彼女を見つめるうちに不意に喉にできた塊のせいで、声を出すことができなくなっていた。顔から喉、そして胸へと視線を移していく。ほとんどが髪に隠れていたが、茂みからのぞくいたずらっ子のように乳首が顔を出している。ようやくのことで赤茶色の小さな蕾《つぼみ》から視線を移動させ、平らな腹部、さらには太腿の付け根の赤金色の柔らかそうな毛を眺めた。

大丈夫だ、できる。ヒューは心のなかでつぶやいた。疲労はどこかに消え、股間が硬くなり始めていた。形のいい脚からふっくらした小さな爪先へと視線を這わせながら、しばし期待に胸を躍らせた。やがてヒューはウィラと向き合うように、体を横向きにした。片手で頭を支えながら、身を乗り出して唇を重ねる。ウィラは緊張で体をこわばらせていて、唇も固く閉じられたままだった。だがヒューは小屋近くの厩で交わした情熱的なキスを思い出し、あせってはいけないと自分に言い聞かせた。

自分の唇でウィラの唇をそっと愛撫する。一度、二度、そしてもう一度。それからすぼめた唇を舌でくすぐった。なにも変化がなかったので、首に鼻をこすりつけた。ウィラの体からいくらか力が抜け、敏感な肌をくすぐられて声に出さずに笑った。ヒューは顔をあげ、ウィラがもう口をすぼめていないことを確かめた。再びキスをし、ふっくらした彼女の下唇を舌でなぞる。彼女の緊張がゆっくりとほどけてゆき、唇が開いて彼を迎え入れた。すんなりとことが運んだことにほっとしながら、ヒューは顔を斜めにしてキスを深めた。

　ウィラの不安が消えたと思うまでしばらくキスを続けたあと、片方の胸を覆っていた長い髪をどけて、そのふくらみをそっと手で包んだ。ウィラはわずかに体を硬くしただけだったので、ヒューは乳房を撫で、手のひらで感触を確かめ、それから親指と人差し指で乳首をつまんだ。固くなった彼の皮膚に当たる、彼女の柔らかな肌が心地いい。ウィラがキスを返してきた。いい兆しだと受け止めたヒューは、頭のなかで例の教えを思い出しながら愛撫を続けた。あらかじめ体と心の準備をしておくというのはいまさら不可能だが、それは問題ないだろうと彼は思った。いまどうしても用を足したいわけではない。それ以外の点については……

〝その……えー……妻の〝下腹部〟を愛撫して……えー……彼女の体を正しく……えー……熱を――そうです。女性は男性と違って冷たいのです……〟

　ブレナン神父の言葉が頭のなかで響いた。

〝彼女が正しい体温になったかどうか、どうすればわかるんです？〟ヒューがそう尋ねると、神父はこう答えたのだ。

〝彼女はとりとめのないことをしゃべり始めるとあります。そうなったときが、実際の……交わりを行う合図です〟

『デ・セクレティス・ミュリエルム』を読み通す時間はなかったが、神父の言葉が正しいことは確かめてあった。キスをやめ、親指で乳首を撫でてから、口をそこへ移動させる。ウィラは冷たくはなかったが、口をふさがれているわけでもないのに、とりとめのないことをしゃべってはいない。それどころか、まったく声を出していないことに気づいて、ヒューは顔を曇らせた。厩では快感に小さくあえいでいたというのに。あのときのように、彼に抱きついてもいなかった。両手は——握りしめたまま——体の横にあった。

ヒューは当惑し、彼女の体勢が問題なのだろうかとふと考えた。厩ではふたりは立っていた。横たわった姿勢では興奮しないのかもしれない。立たせてみようかとも思ったが、すぐに考え直した。教えにはそんな記述はなにもなかった。とりとめのないことをしゃべりだすまで、下半身を愛撫するようにと書かれていただけだ。やはりそのとおりにするべきだろう。ヒューは胸へのキスを続けながら、腹部へと手をおろしていき、指の下でそこの筋肉が震えるのを感じてほっとした。それはいい兆しだろう？　さらに脚のあいだの柔らかい毛の奥へと手を滑らせ、中心部を探り当てた。そこが温かく潤っていることを知って、思わず目を閉じる。間違いなくいい兆しだ。

ヒューは耳に神経を集中させた。

ウィラはなにもしゃべらない。だがいま始めたばかりだと、ヒューは自分を励ました。必ずなにか言うはずだ。あとは正しく愛撫を続けるだけだ。

太陽の光のキスで一気に開く薔薇の蕾のように、ウィラの頭は爆発寸前だった。ヒューのせいで頭がどうにかなりそうだ。

なにもしゃべってはいけないというイーダの指示は、役に立たなかった。動きたくて、うめきたくて、身をよじらせたくて、叫びたくてたまらない。そのすべてを必死にこらえていた。動いてはいけないとは言われなかった。だが、すべきことは彼が教えてくれるはずなのに、彼はなにも言わない。間違ったことをしたくはなかった。いい妻になりたかった。なにより体をのけぞらせたり、身をよじったりすれば、うめき声が出てしまうことがわかっていた。

ヒューの手が脚のあいだに滑りこむと、ウィラは目を閉じ、その感覚に抗おうとして爪が手のひらに食いこむくらい強く握りしめた。ああこれは……こんなの……ああ、神さま。ヒューを抱きしめたかった。彼の顔をつかんで、もう一度キスをしたかった。彼の愛撫に身をゆだねて、そして――

ヒューが顔をあげたので、濡れた乳首にひんやりした空気が当たった。ウィラは目を開き、彼女を見つめているヒューに向かって穏やかに微笑もうとしたが、実際は渋面に近かったかもしれない。ヒューのまなざしに当惑を見て取り、笑顔を作ろうとさらに試みる。彼がもう一方の乳房に顔を寄せたときにはほっとした。

ああ、どうしてなにも言ってはいけないの？　イーダは言っていた。〝ベッドのなかでとりとめもないことをしゃべる花嫁ほど、男が嫌うものはないんだ。口を閉じておくんだよ。ひとこともしゃべっちゃいけない。そうすれば彼はおおいに喜ぶからね〟

けれど、口を閉じておくのがこんなにも辛いなんて！

ヒューがまた顔をあげたので、ウィラは再び歪んだ笑みを浮かべた。途方に暮れたような表情がヒューの顔をよぎったかと思うと、今度はまじまじと彼女を見つめている。やがて彼は愛撫するのをやめ、一本の指を彼女のなかへと差し入れた。ウィラは唇の内側を噛んで、悲鳴をこらえた。顔は歪み、彼の手を払いのけまいとすると全身に力がこもった。快感どころか痛いばかりだ。

おおいにほっとしたことにヒューは小さく首を振ると、手を引いた。やっとだわと、ウィラは思った。やっと始めてくれる。いまの望みはそれだけだった。イーダが言っていたとおり、いまにも彼が体を重ねてくる。とてもこれ以上、耐えられそうになかった。だがすぐに、ヒューは体を重ねようとしているわけではないことがわかった。確かに体を下にずらしてはいる。けれど——

「ああ！」彼の頭が両脚のあいだにおりていき、湿ったベルベットのようなものがそこに触れると、せいいっぱいこらえたにもかかわらず、思わず声が漏れた。これまで経験したことのない快感が全身を走り抜けた。次々に襲ってくる波に体が翻弄されるようだ。するとヒューが顔をあげ、期待に満ちた表情で訊いた。

「なにか言ったか？」

「いいえ」ヴィラは荒い息をつきながら嘘を言った。今度は彼女の顔に期待が浮かぶ。

「わたしになにか言ってほしいの？」

ヒューは一瞬ためらったが、再び眉間にしわを寄せると、当惑したように首を振ってまた脚のあいだに戻っていった。ヴィラはがっかりしたが、ヒューが敏感な箇所への刺激を再開すると唇を噛みしめた。限界が近づいていた。快感がどんどん高まっていき、いまにも声が出てしまいそうだ。もう耐えられない——ヒューが口での愛撫を続けながら、彼女のなかに指を差し入れると、ヴィラは息を呑み、身じろぎしたくなるのを必死にこらえた。もう……これ以上は……とても……。しっかりと口を閉じ、奥歯を嚙みしめていたにもかかわらず、快感の波がはじけると耐えきれずにあえぎ声が漏れた。聞かれていないことを祈りながらその声を押し殺したが、ヒューが再び期待に満ちたまなざしを向けてきた。

「なにか聞こえた気がするんだが」

ウィラは躍起になって首を振った。馬のように鼻息が荒くなっている。おしゃべりするよりも、こんな鼻息のほうが魅力的なの？　だが彼の位置からは見えないのかもしれない。

「そうか」ヒューは明らかになにか悩んでいることがあるらしく、頭をかいた。やがてその目に決意の色が浮かんだかと思うと、またもやウィラの脚のあいだに顔をうずめた。

彼が愛撫を再開すると、ウィラの目に涙が浮かんだ。あんまりだわ！　これはまさに地獄の責め苦よ！

きっとそうなのだとウィラは不意に理解した。わたしはあのときの毒で死んで、地獄に落ちたに違いない。動くことも声を出すことも禁じられ、耐え難いほどの快感に永遠にいたぶられるのだ。ああ、なんてひどい悪魔！

まともに頭が働いたのはそこまでだった。その後は感覚だけに支配された。悪魔の手下としか思えない男性の愛撫に体が反応している。なにかしなければ、高まる一方の快感のせいできっと死んでしまうと思えた。目からは涙があふれ、心臓は激しく打ち、声や動きをこらえる体はぶるぶると震えている。このままでは間違いなく死ぬ。そのとき、ハリケーンのような快感の大波にさらわれる直前、親切な悪魔が頭のなかでささやいた。ウィラはその言葉どおりに、ヒューの頭を太腿で思いっきり締めつけて耳をふさぐと、体を起こして声のかぎりに叫んだ。それは見事な叫び声だった。必死になって押し殺していたうめき声やうなり声やあえぎ声やため息と、耐えていたあらゆる体の反応がひとつになって、純粋な快感の悲鳴としてほとばしった。これほど満足したことはこれまでなかった。体を貫いた快感そのものと同じくらいの満足感だった。満足しきったせいで、彼女の脚にはさまれたヒューが、そこから逃れようとして必死に手足をばたつかせていることにすぐには気づかなかった。

ウィラはぐったりとシーツに倒れこみ、脚の力を抜くと、ぼんやりとベッドの覆いを眺めた。快感に酔ったかのようだ。これが地獄なら、喜んで落ちよう。

ヒューは空気を求めてぜいぜいあえいでいたが、やがてそれは激しい咳の発作に変わった。ウィラは力が強かった。両脚で頭をはさまれると、どうやってもはずせなかった。咳が治まったところで、今度こそと思いながら彼女の顔に目を向けた。あんなふうに脚を閉じるのはいい兆しで、きっととりとめのないことをしゃべりだしているに違いないと思っていた。だがウィラは退屈しきっているように見える。最初からずっとそうだったかのようにじっと横たわり、ベッドの覆いを見つめていた。もう緊張すらしていない。退屈のあまり、恐怖まで忘れてしまったらしい。完全な失敗だった。

落胆したヒューはぺたりと座りこんで、自分の股間を見つめた。もちろんそこは退屈などしていない。ウィラを歓ばせようとしているあいだに、どんどん硬くたくましくなっていた。彼女は温かくて、柔らかかった。彼女を見つめているだけで喜びが心に湧いてくるし、彼女に触れ、キスをすると、これまで経験したことのない興奮を感じた。教えに書かれていたように彼女の体温をあげることはできなかったが。ただの失敗ではない。どうしようもない最悪の失敗だ。

「いまから双子を身ごもらせてくれるの？」

ヒューはさっと顔をあげた。酔っているかのような、陶然とした声だ。だがその姿はぐったりとして、退屈そうに見える。自分の耳がおかしくなっているのかもしれない。さっきかなりの力で頭をはさまれたせいだろうか。片方の耳に指をつっこんで、ぐりぐりとかきまわし、もう一方の耳も同じようにした。

「あなた？」

ヒューは耳をいじるのをやめ、表情のない彼女の顔を見た。「そうしてほしいのか？」

「ええ」

ヒューは、男の熱が女性のなかに興奮を生み、ひとつになることで力を与えるのだと『デ・セクレティス・ミュリエルム』に書いてあったことを思い出した。少なくとも、彼女を傷つけることはないだろう。だが、彼自身の熱と力を注ぎこむことでしかウィラを興奮させられないとしたら、彼の面目は丸つぶれだ。さらに、彼女の高まりに対してなにもできなかったらどうしようという思いもあった。再び疲労が忍び寄ってきている。

ヒューは肩をすくめ、ウィラに体を重ねた。

12

ウィラはゆっくりと目を覚ました。疲労がマントのように彼女を覆っていて、全身の筋肉が痛む。ひどい気分だった。目を覚ますのはいい考えではなかったようだ。もう少し眠る必要があるらしい。そう決めたことに満足して、ウィラは再び目を閉じ、眠りに戻ろうとした。

ベッドの反対側からうめき声が聞こえ、再び眠りから引き戻されたウィラは顔をしかめた。聞いたことのある声だ。さっきもあの声で起こされたのだろうか。礼儀に欠けているとしか思えなかった。ゆうべは彼の咳のせいで、ほとんど眠れなかったのだ。ヒューが自分の上で眠ってしまったことを思い出すと、いらだちが募った。

何時間にも思えるほど快感で彼女をいたぶったあと、ヒューはイーダが言っていたとおり、彼女に覆いかぶさり、彼女を深々と貫いた。少しも痛くはなかった。たいして痛くなかったと言うべきだろうか。少しうずいた程度で、予期していたような激痛ではなかった。それから彼は、それもイーダの言葉どおり、腰を動かし始めた。初めのうちは興味を引かれただけだったが、やがてその動きにさっきまでの快感が少しずつ蘇ってきた。彼を抱きしめて、さらに駆り立てたくなる。こらえようとして両手を強く握ったところで、ヒューは声をあげ、彼女のなかに精を放った。行為を終えるなりがっくりと彼女の上に倒れこみ、そのままぴくりとも動かなくなった。

初めのうちウィラは、ヒューはただ回復を待っているだけで、そのうちまた彼が火をつけた快感をなだめてくれるものだとばかり思っていた。だがやがていびきでしかありえない音が聞こえてきて、彼女に覆いかぶさったまま眠っていることに気づいた。あの甘美な苦痛はもう味わわせてもらえないらしい。

いらだちと落胆を感じながら、ウィラはヒューを押しのけたが、彼が目を覚ますことはなかった。ウィラは彼に背を向けて眠ろうとしたものの、繰り返される咳でほとんど眠れなかった。夜のあいだ、ウィラの感情は大きく揺れ動いた。彼が激しい咳をすると、心配がいらだちを上回るが、そうしているあいだも彼は眠っていて自分は眠れないことを思い出して、またすぐにいらだちが戻ってくる。

いまウィラは疲れて不機嫌だったから、彼のうなり声に起こされたことにむっとしていた。

再びうめき声が聞こえて、にらみつけようとしてそちらに顔を向けると、ヒューが体を起こして座ろうとしているところだった。その顔に浮かんでいるのは、苦悶《くもん》だ。心配が怒りに取って代わった。

「どうしたの？　どこか痛いの？」ウィラはベッドの上で向きを変え、彼の顔がよく見えるように座った。

ヒューはシーツをつかんでベッドをおりると、こちらに向き直りながら急いで腰に巻いた。「どこも痛くない。わたしは大丈夫だ」

ヒューは立ちあがるときに声こそあげなかったものの、顔がすっと青ざめたのがわかったし、ウィラはばかではない。心配そうに眉間にしわを寄せ、彼がぎこちなく一歩ずつ歩くのを見つめた。ベッドからおりるなりシーツで体を隠したが、ゆうべ彼女の前で服を脱ぐときは、少しも恥ずかしがったりはしなかった。彼はなにか隠している。そのなにかのせいで、そろそろとしか歩けなくなっている。

原因を突き止めようと決めたウィラは音を立てないようにベッドをおりると、ヒューの背後にまわり、彼が引きずっているシーツの端を踏んだ。予想もしていなかったウィラの行動に、ヒューは不意をつかれた。握り直す間もなく、指のあいだをシーツがすり抜ける。シーツをあきらめたヒューは、痛む尻を手で隠しながらあわてて振り返った。

「それはなに？」ウィラはベッドにシーツを放り投げながら、かわいらしく尋ねた。

ヒューは用心深いまなざしを彼女に向けた。「なにとはなんだ？」

「あなたのお尻にあるのはなに？」ウィラはそう言うと、すばやく彼の背中にまわり、手をつかんだ。ぎょっとして息を呑む。

「なんだ？」ヒューの口調は明らかに不安そうだった。「どうかしたのか？」

「大きなおできがあるわよ、あなた」ウィラは大きく腫れあがったヒューの尻を見ながら、おののいたように告げた。「いいえ、おできじゃないわ。ひどく膿《う》んでいる。ただのおできじゃない」

ウィラは彼を見あげた。恥ずかしがっているのは明らかで、顔が真っ赤だ。ウィラは姿勢を正して言った。

「ベッドに戻って」

「ベッドに戻る気はない」ウィラが痛む尻をしげしげと眺めるのをやめたところでヒューは背筋を伸ばし、ずたずたになった威厳を取り戻そうとした。

「ヒュー、これは手当てしないとだめよ。ベッドに戻って」ウィラは譲らなかった。

「手当てなどしている暇はない。わたしは忙しいんだ。伯爵なんだから」そう言いながらヒューが胸を張ると、ウィラは口を歪めた。

「あなたはお尻に大きなできものができている伯爵よ。お願いだから手当てさせてちょうだい」ヒューが少しおとなしくなったようだったので、ウィラはさらに言った。「これと同じようなもののせいで、イルバートは死んだのよ」

ヒューはさっと振り返り、恐怖に満ちた顔をウィラに向けた。「なんだって？　イルバート？　小屋できみを護衛していた三人目の男か？」

ウィラは重々しくうなずいた。「ええ。彼もそんなできものがこのあたりに……」ウィラは股間のあたりを示した。「脚の付け根だった。熱が出て、具合が悪くなったの。血に毒がまわっていた。でもそれが熱の原因だって、彼は気づかなかった。イーダに相談したときには、もうできることはほとんどなかったの」

「なんてこった。おできで死ぬ」そのような不名誉な死があることを考えて、ヒューは身震いした。ベッドに戻り、腹ばいになる。「わかった。手当てしてくれ」

ウィラは首を振っただけで、着替え始めた。なぜこれほど時間がかかっているのだろうといぶかったヒューが振り返ったときには、ウィルはドレスを着て、彼の服を集めているところだった。ヒューはけげんそうに尋ねた。

「どこへ行くんだ？　てっきりきみが――」

「イーダを呼びに行くのよ」

「だめだ！」ヒューは体を起こして、四つん這いになった。「あの魔女をわたしの尻に近づけるつもりはないぞ！」

「見てもらわなきゃだめよ」

ウィラは辛抱強く言った。片手を伸ばし、ヒューの尻の腫れている部分をつつく。彼が痛みにうめきながら、崩れるようにしてベッドに腹ばいになるのを見ても驚くことはなかった。おできがこれほど大きくなるまで、だれにも気づかれなかったことのほうが不思議だ。

「いつからこんなことになっていたの？」ウィラの問いにヒューは顔を伏せたままぼそぼそと答えたが、聞き取ることができなかった。「なんて言ったの？」

「始まったのは、小屋できみの護衛をしていたときだ。だが結婚式の前の風呂でよくなっていたんだ。今朝目が覚めるまでは、ほとんど忘れていた。だがいまは最初のころの十倍も痛む」

「お風呂は熱いお湯だったの？」

「ああ。使用人たちがわたしにいい印象を与えようとしたんだと思う」

ウィラはうなずいた。「お湯がおできを柔らかくして、膿《うみ》が出たのね。でもまたたまっているわ」

聞きたくもないことを聞かされて、ヒューはうめき声をあげた。「きみが手当てできないのか？」

ウィラは気の毒そうにヒューを見つめた。無理もないと思った。お尻のおできはかなり恥ずかしいものだし、イーダはどうしてもっと早く見せなかったのだと叱りつけるだろう。「残念だけど、無理よ。もっと早く教えてくれていれば、わたしでもなんとかできたかもしれないけれど、もうわたしの手には負えない。イーダが必要よ」

ウィルはドアのほうへと歩きかけたが、足を止めて床の上のヒューの服を拾いあげ、彼が逃げださないようにそれを持って部屋を出た。どこへ行くにもついてくる三人の男性と共に、長年、人里離れた小屋で暮らしてきたのだ。男というものが、ときに大きな赤ん坊になることはよく知っていた。

ヒューは部屋を出ていく妻を憮然《ぶぜん》とした面持ちで見送った。ウィラが彼の服を持っていったことには気づいていた。彼が逃げないようにするためだろう。そうでもしなければ、逃げだすとでも思ったのだろうか。べつにイーダが怖いわけではない。ただ、たったいまウィラがしたように、イーダに尻を見られるのがいやなだけだ。痛む尻を彼女のいぼだらけの老いた手でつつかれることを想像するだけで、ぞっとした。だが手当てしなければならないのなら、してもらうほかはない。墓石に、〝巨大なおできにより死亡〟などと書かれるのはごめんだ。

ヒューはため息と共に、組んだ腕に顔をうずめた。ひどい愚か者になった気分だ。しばらく自己憐憫《れんびん》に浸っていたが、やがて顔をあげると、おできを自分の目で確かめようとして首をひねった。だがもちろん見えない。どんな姿勢を取ろうと、そのいまいましい代物を視界に収めることはできなかった。

ドアが開き、ヒューは戻ってきた妻と老女を苦々しい顔で見つめた。だがふたりはヒューににらまれても意に介すどころか、彼の顔を見てもいなかった。言葉を交わしながらドアを閉め、ベッドに近づいてくる。ふたりがベッド脇に立ち、イーダが彼の尻の上で体を屈めると、ヒューは再び腕の上で顔を伏せ、自分はここにはいないと思いこもうとした。

冷たい手が尻に触れた。何度も舌を鳴らす音がしたあと、イーダが体を起こしながら言った。「もっと早くあたしに見せるべきだったよ。これは危険だ。まだ血に毒がまわっていなくて、運がよかった」

マットレスが傾《かし》ぐのを感じて顔をあげると、ウィラが縁に腰をおろしていた。慰めるようにヒューの手を握る。ヒューは彼女の気の毒そうな顔を見つめ、それから暖炉に近づいていくイーダを肩越しに眺めた。イーダがなにをしているのかはわからなかったが、知らないほうがいいのだろうと思った。

「ちゃんとした男なら、するべきことはわかっていたはずだけれどね」イーダはそう言いながら、ベッド脇に戻ってきた。

ヒューはぎろりと彼女をにらんでから、再び顔を伏せた。妙な角度で顔をあげていたせいで、首の筋を違えそうだ。だがだからといって、いまいましい老女の説教を聞くつもりはない。彼女の手当てを受けなければならないというだけでも屈辱なのに、説教などとんでもなかった。「いいから、あんたはただ――いいい！」

刺すような痛みが尻に走り、ヒューは思わず悲鳴をあげた。

「伯爵！　いったいなにごとです？」バルダルフの声がした。ヒューの悲鳴を聞いて入ってきたらしいが、ドアが開く音はヒューの耳に入らなかった。彼の問いに答えるだけの余裕もない。痛みにあえぐばかりだ。

「なんでもないのよ、バルダルフ。心配ないわ」ウィラがあわてて言った。「剣をしまってちょうだい」

「ヒューの口からその台詞を聞ければ、安心するんだが」そう言ったのは別の声だ。

ヒューは黙っていられなくなった。

「ルーカン、きみか？」

「そうだ。きみがもう起きたかどうかバルダルフに訊きに来たら、悲鳴が聞こえたんだ」

つかの間、屈辱のあまり痛みが消え、ヒューはうなった。

「なんてこった。いったい尻をどうしたんだ？」ルーカンの声が近くで聞こえたので、おできをよく見ようとしてそばまで寄ってきたのだろうとヒューは考えた。

「あたしが噛んだんだよ！」イーダが辛辣な口調で言った。

「彼女のせいじゃないわ」ウィラが説明した。「ヒューが自分でしたことよ」

「わたしはなにもしていない」ヒューは反論した。「きみがわたしとの結婚に同意してくれるまで何日も馬に座っていたせいで、こうなったんだ！」

「おできが膿んだんだ」イーダが冷ややかに告げた。「だれにも言わずにずっと放っておいたからだよ。ひどく膿んでいるね」

「本当に」バルダルフの声が同意した。「これほど大きいものは初めて見ました。おれのこぶしくらいある」

「ひどいね」ルーカンが言った。

「そうなの。こんなになる前に言ってくれればよかったのに」ウィラが追い打ちをかけた。

「この尻でどうやって座っていたんだろう？」バルダルフが不思議そうに言った。

ヒューはうんざりして答えた。「細心の注意を払ってだ」

「だれかに話していれば、こんなに辛い思いをしなくてもすんだのよ」

「それはそうだが、ぼくは彼を責める気にはなれないね」ルーカンが言った。「こいつは恥ずかしいよ。尻におできなんて」

「膿んだおできよ」ウィラが訂正した。

「それほど恥ずかしいことではない」ヴィネケン卿が慰めるように言った。「兵士であれば、だれでも一度や二度経験することだ」

「ヴィネケン卿！」いったい何人がこの部屋に集まっているのかを確かめようとして、ヒューは顔をあげたが、見えたのはウィラだけだった。「全員がここにいるのか？」

「こいつが治らないままだった男を知っているよ」ジョリヴェの声が聞こえた。「どんどん大きくなっていって、そして――」

「ジョリヴェ！　おまえか？　おまえじゃないと言ってくれ！　おれの尻を見るな！」

「心配しなくていいさ。いい尻だ」

ヒューは喉の奥でうなったが、次の瞬間、イーダに尻をぎゅっとひねられて悲鳴をあげた。

「いったいなにをしているんだ？」彼女がなにをしているのかを確かめようと、ヒューは首を伸ばした。

「膿を絞っているんだよ。毒を出してしまわないとね」

「必要な手当てだ」ヴィネケンがなだめるように言った。「落ち着いて。すぐに終わるから」

「落ち着け？　落ち着けだって？　みんながさっさとここから出ていけば、すぐに落ち着けるだろうが。出ていけ！　全員だ。いますぐ出ていけ！」彼らが部屋を出ていく足音が聞こえたところで、ヒューが再び叫んだ。「待て！　このことをひとことでもしゃべったら――」

「大丈夫よ、あなた」駄々をこねる子供にするように、ウィラが彼の頭を撫でた。「あの人たちを脅す必要なんてないわ。だれに話すというの？　みんなここにいるのに」

ヒューは顔をあげてウィラをにらもうとしたが、彼女はくしゃみをしていてそれどころではなかった。

「さあ、終わった」イーダはそう言うと、無事なほうの側の尻を軽く叩いた。手当てが終わったことの安堵があまりに大きかったので、ヒューは彼女の無礼な仕草は見逃すことにした。立ちあがろうとすると、イーダは彼の尻をぐっと押さえつけた。「どこに行くつもりだい？　今日は寝ているんだよ」

「そうよ」ウィラがうなずいた。

「だが――」

「ちゃんと対処しないと、体じゅうに毒がまわるよ」イーダは厳しい調子で告げた。「膿が全部吸い出されるまでこの湿布を貼って、おとなしく寝ていないとだめだ。一日、二日は腹ばいのままでいるんだよ」

「それに、体を回復させるには眠るのが一番いいのよ」ウィラはそう言うと、またくしゃみをした。「もっと早く言ってくれていれば――」

またもやくしゃみでウィラの言葉が途切れたので、ヒューは険しい顔になった。

「具合が悪いのか？　顔が赤いし、くしゃみをしている」

「大丈夫」だがそう言い終えるやいなや、ウィラは再びくしゃみをした。「でもくしゃみが出るわね」

「それに顔が赤い」ヒューは言い張った。「熱があるんじゃないか？」イーダを見ながら命じる。「熱がないかどうか確かめてくれ」

ウィラはイーダが伸ばした手から逃れようとしたが、間に合わなかった。「確かに、熱があるね」

「そうか」ヒューは突然、元気を取り戻したようだった。「それなら今日はきみもわたしといっしょに寝ているといい。体を回復させるには眠るのが一番いいのだからな」ウィラの言葉を真似して言う。

ウィラは目を細くしてヒューを見た。「あなたといっしょに寝たせいでこうなったのよ。あなたが風邪をうつしたの。あなたのせいで病気になったんだわ！」

ヒューはにやりとして応じた。「妙だな。わたしの風邪は治ったようだ」そう言ったところでくしゃみが出た。「いや、治りかけだ」

「でしょうね。わたしにうつしたんだから！」

「ゆうべ、どうしてもいっしょに寝てくれと言ったのはきみだ」ヒューは面白そうに指摘した。

「だからといって――」

「あんたたち！」イーダがぴしゃりと言った。「ベッドに入るんだよ。ふたりともだ。

いますぐに！」

ウィラは即座に従った。ヒューはすでにベッドの上だったから、イーダが険しい顔で命じているあいだもにやにやしたままだった。「おとなしくしているんだよ。そのほうが早く治る」イーダは荷物をまとめると、首を振りながらドアへと向かった。

「アルスネータになにか食べるものを持ってこさせるよ」

「お腹はすいていないわ」ウィラがふてくされたように言った。

「毒見役のガウェインに運ばせてくれ」ヒューは妻の子供のようなふくれっ面を無視して言った。イーダはうなずいてドアを閉めた。ウィラに向き直ると、彼女はまだヒューをにらみ続けていた。風邪をうつしたことを怒っているのだ。そのうえ、ゆうべの床入りはまずかったと、ヒューは苦々しく考えた。教えに書かれていたとおり、彼女にとりとめのないことをしゃべらせるため、せいいっぱいやったのだがうまくいかなかった。彼女は黙って横たわるだけで、表情のない瞳は無言の非難をたたえていた。そのうえ、彼女の上で眠ってしまうという失態まで犯したのだ。少なくとも、眠ってしまったのだろうとヒューは思っていた。覚えているのは心ゆくまで精を放ったことと、彼女の上にがっくりとくずおれたことだけだった。あまりにも疲労が大きくて、そこから体を動かすことすらできなかった。自分で彼女の上からおりた記憶はまったくなかったが、目が覚めたときには彼女の横で腹ばいになっていた。

ヒューはもう一度、妻を見た。眠っているようだ。ヒューは顔をしかめた。ウィラが体を休めているのはいいことだ。風邪を治すには休息が必要だ。だがそうなると自分はベッドに腹ばいになったまま、することもなければ、話し相手もいないことになる。ぼんやりしながらマットレスを指で叩いていると、ベッドの反対側から鼻を鳴らすような音が聞こえ、ヒューはそちらを見てにやにやした。ウィラはいびきをかいている。こんなに上品で華奢な女性がいびきとは。風邪のせいに違いないと彼は思った。

ヒューは彼女の体に視線を移した。ふたりともシーツをかけてはおらず、ウィラはさっきイーダを呼びに行ったときに着たドレスのままだ。イーダに寝るようにと命じられたとき、脱ごうともせずにベッドに横たわったのだ。ドレスを着たままではくつろげないに違いない。みっともない大きすぎるドレスを眺めながら、新しいものを何枚か買ってやらなければいけないとヒューは考えた。

ウィラは眠りながらうめき声をあげ、落ち着きなく身じろぎした。体を締めつける服のせいで、ゆっくり眠れないのだとヒューは確信した。脱がせてやれば楽になるだろう。ヒューは服に隠された柔らかそうな胸のふくらみを見ながら、唇をなめた。そうだ、脱いだほうが絶対に楽になる。

動くたびに痛む尻には気づかないふりをして、ヒューはウィラににじり寄り、体を横向きにするとドレスの紐をほどき始めた。ウィラはわずかに身をよじるだけで目を覚まさなかったが、それもヒューが本格的にドレスを脱がせようとするまでのことだった。目を開けたウィラはいらだったようになにごとかをつぶやくと、彼の手を払いのけようとした。「なにをしているの？」

「服を脱がせようとしている」

その言葉に、ウィラは完全に目が覚めたらしかった。自信なさげに尋ねる。「またしたいの？」

「いいや。もちろん違う。きみは体を休める必要がある。服を着ていないほうが楽だろうと思ったんだ。座って」ヒューは指示した。

ウィラは体を起こし、ヒューがドレスを頭の上まで引きあげると、おとなしく両手をあげた。

「きみにはもっといいドレスが必要だ。伯爵夫人は宝石をつけて、シルクを着るものだ」

「シルク」ウィラは眠たそうに繰り返し、ヒューはドレスを脇に放った。ウィラは再びベッドに横たわったが、なにも身を隠すものがないことに気づいて顔をしかめた。

「シーツはどこ？」

「床の上だ」

「そう」ウィラは少し考えているようだったが、やがて肩をすくめるとそのまま横向きになった。あまりにだるくて、ベッドをおりてシーツを引っ張りあげる気になれないらしい。風邪がひどかったときは、自分も同じようだったことをヒューは思いだした。イーダが尻に当てた湿布がはずれて落ちていたので、拾って、痛むあたりにのせた。

ウィラがなにかつぶやき、隣でもぞもぞと体を動かした。そちらに目をやると、彼女がまた眠りに落ちたのがわかった。眠りながら咳をし、洟をすすり、ばたりと仰向けになって腕を頭に乗せた。気がつけばヒューはじっと彼女の裸体を眺めていた。彼女がこれほど無防備な姿をさらすことはしばらくないだろう。ゆうべもはだかだったが、緊張して体をこわばらせていた。いま彼女はすっかりくつろいで、柔らかそうだ。呼吸するにつれて、乳房が上下していた。あがって、さがる。あがって、さがる。

ヒューは唇をなめた。彼女の乳房はいかにもおいしそうだ。腕が当たるくらいの位置にまで彼女ににじり寄ったヒューは、ちらりと顔を確かめてから薔薇色の乳首をぺろりとなめた。乳首は即座に反応して硬くなった。だがもちろん、ひとなめでは足りない。ヒューは再び顔を寄せた。

ウィラが胸を突き出すように体を反らしたので、ヒューはにやりとして乳房に吸いついた。心強い反応だ。片手をあばらに沿って移動させ、腹をそっと撫でた。ウィラが体をよじらせる。その手を尻に滑らせて、柔らかい肌を包んだ。ウィラはその手の下で腰を突きあげながら、わけのわからないことをつぶやいた。ゆうべ、さんざん努力したときよりも、ずっと反応が大きい。

「いいぞ」ヒューは乳首を口に含んだまままつぶやいた。ゆうべの彼女は緊張がほぐれていなかった。だがいまは彼の愛撫に反応しているし、とりとめのないことをしゃべってはいないにせよ、なにかをつぶやいている。ヒューは彼女の脚のあいだに手を差し入れて、刺激を加えた。ウィラは息を吞んで、体を反らした。

息を吞んだのがきっかけだった。それが引き金となって咳の発作が始まり、ウィラは目を覚ました。不意に体を起こし、激しい咳に身を震わせる。

ヒューはあわてて乳首から口を離した。脚のあいだに入れていた手を抜き、尻が痛むのもかまわず彼女の背中を撫でる。ひどい発作だった。しばらく息ができなかったほどだ。彼女の背中を撫でながら、ヒューの心のなかは心配とうしろめたさでいっぱいだった。眠っているウィラに彼が触ったりしなければ、咳の発作は起きなかったのだ。ようやく咳が治まると、ウィラはぐったりとベッドに倒れこんだ。

ヒューは急いでベッドをおりると、シーツと毛皮を拾いあげた。ウィラにかけてやり、残りの毛皮は丸めて、彼女が体を起こしていられるように背中に当てた。

ウィラはありがとうとつぶやくように言うと、洟をすすった。ヒューは罪悪感にかられたが、なんでもないような顔を装った。たくましくなっている股間にウィラが気づいていないことを願った。彼女の具合が悪いあいだは、もう決して触れないようにしよう。いや、さっきまでもそのつもりだったのだ。今度こそ本当だ。

13

ウィラの気分は最悪だった。死にかけているに違いないと思えた。夫からうつされた風邪で死ぬのだ。どうしてイーダにはその未来が見えなかったのかしら？

隣で眠っているヒューが、もぞもぞしながらいびきをかいた。彼ははだかでシーツすらかけていないというのに、ウィラは山のような毛皮に埋もれているにもかかわらず、寒くてたまらなかった。

本当に無作法な人と、ウィラはいらだち交じりに考えた。わたしに風邪をうつしておきながら、死んだように眠っている。わたしは咳のせいでろくに眠れないというのに。ウィラの視線が彼のむきだしの尻に落ちた。湿布がはがれて、ベッドの縁に転がっている。ばかなんだから。ちゃんと湿布を貼っておかないと、治るものも治らないでしょう？　ウィラは毛皮を押しのけると、身を乗り出して湿布をつかんだ。叩きつけるようにして彼の尻に貼る。

ヒューの反応は満足できるものだった。ウィラが毛皮の下に潜りこむと同時に、いびきがやんだかと思うと、首をもたげて大声で吠えた。「ぎゃあ！」「悪い夢でも見たの？」ヒューのぼんやりした目に見つめられて、ウィラは無邪気に尋ねた。

ヒューがうめきながら、再び腹ばいになった。ウィラは彼をにらみつけたが、彼が視線を向けてくると無理やり笑顔を作った。ヒューは顔をしかめた。「眠らなきゃだめだ」

「ええ、そうね」ウィラはおとなしく答えた。

「どうして眠らない？」

「眠れないの。具合が悪いし、寒くて」

ヒューは額にしわを寄せてなにか考えているようだったが、やがて片手をウィラの腰にまわし、自分のほうへと引き寄せた。片方の脚をウィラに巻きつけるようにして、彼女をすっぽりと抱きすくめる。首の下まで毛皮を引っ張りあげ、上から腕で押さえた。

「湿布が」ウィラは彼の腕の下でつぶやいた。

「もう乾いているよ」ヒューはあくび交じりに答えた。それからウィラの胸の上で毛皮に頭をこすりつけ、満足そうにため息をついた。

ヒューが自分の体温で温めようとしてくれていることに気づき、ウィラは横たわったままじっとしていた。彼は温かい。寒気がいくらかましになったことに気づいた。ウィラは少しほっとして、彼の顔を見た。また目を閉じているが、寝てはいないようだ。

「ありがとう」ヒューが彼女の様子を確かめようとして片目を開けると、ウィラは恥ずかしそうに微笑んだ。

「礼を言う必要はない。きみはわたしの妻なんだから。きみが寒いときに温めるのはわたしの仕事だ。きみが必要なものを与えるのがわたしの仕事だ。なにか必要なものがあれば、そう言ってくれればいいんだ」ヒューがまた目を閉じると、ウィラは顔をしかめた。いまの言葉でせっかくの行為が台無しだ。しばらくそのままじっとしていたウィラだったが、やがて口を開いた。

「ヒルクレスト卿はあなたの本当の伯父さまなの？」

ヒューは目を開き、どこか驚いたような表情を見せた。「そうだ」

ヒューがまた目を閉じたので、ウィラは彼の腕越しに部屋のなかを見まわした。ここには退屈を紛らわせるようなものはなにもない。ヒューの顔に視線を戻す。「あなたはここやクレイモーガンを訪れたことがあった？　わたしは覚えていないの」

ヒューは再び目を開いたが、その顔にはいらだちが浮かんでいた。「ない」

「どうして？」

ヒューの脚がウィラの脚の上で落ち着きなく動いた。「伯父は客を歓迎しなかった。それどころか、断っていたと言ったほうがいい」

「わたしのせいだわ」ウィラは悲しそうに言った。「きっとわたしを守ろうとしていたのよ。訪問を許していたのは、ヴィネケン卿だけだった」

ヒューが眉間にしわを寄せるのを見て、ウィラは自責の念にかられて顔を背けた。ヒューは彼女の顎をつかんで、自分のほうを向かせた。「きみのせいじゃない。わたしの父と伯父は仲たがいしていたんだ」きっぱりと告げると、ウィラの顎を放してまた目を閉じた。

「どうして？」

ヒューは顔をしかめたが、今度は目を開けようとはせず、こう言っただけだった。

「きみは具合が悪いんだ。休まなきゃだめだ」

「退屈なの。それに、わたしに必要なものを与えるのがあなたの義務なんでしょう？」ウィラは言葉巧みに言った。「知りたいの……あなたがお父さまのところに来られなかったのは、わたしのせいじゃないって確かめたい」

その言葉にヒューの目が開いた。「リチャード伯父はきみの父親なのか？」

ウィラは顔を赤らめた。「いいえ。お父さまは違うって言っていたけれど、わたしは父親だと思っていた。わたしが知っている父親はお父さまだけ」

ヒューはゆっくりうなずいた。「きみのせいじゃない。ふたりが仲たがいしたとき、きみは生まれてもいなかったはずだ。わたしが九歳かそこらのときだった」

「なにがあったの？」

答えてくれないのだろうかとウィラが思い始めたころ、ヒューは辛そうな重苦しいため息と共に語り始めた。「わたしの父は次男だった。リチャード伯父の代わりにクレイモーガンの管理をしていたんだが、そのやり方について意見が対立したそうだ。父は城を出て、騎士として身を立てようと考えた。だがうまくいかなかった。さあ、眠るんだ」

ウィラは簡潔な説明のあと、唐突に命令されて目をぱちくりさせた。ヒューはまた目を閉じている。ウィラはヒューをひとにらみすると、毛皮の下から手を出して彼の腕をつついた。「それからどうしたの？」ヒューが目を開けるのを待って尋ねる。

「それからとは？」

「クレイモーガンを出ていったあとよ」

「言っただろう。父は騎士として名をあげようとして、失敗した」

「どうして？」

ヒューは不機嫌そうに答えた。「父は優れた戦士だった。おそらく当時は一番腕が立ったと思う。だが長年クレイモーガンの管理をしていたせいで、騎士には不相応な贅沢に慣れてしまっていた」

「あなたはどうだったの？」

「どうとは？」

「あなたとあなたの――あなたに兄弟か姉妹はいたの？」そんなことすら訊いていなかった自分にウィラはあきれた。

「いいや。子供はわたしだけだった。母には奇跡の子と呼ばれていたよ。母は何度も身ごもったんだが、無事に生まれて育ったのはわたしだけだった」

ウィラはうなずき、さらに訊いた。「それで、お父さまが騎士として名をあげようとしていたあいだ、あなたとお母さまはどこにいたの？」

「いっしょに旅をしていた」

彼の淡々とした口調にウィラはだまされはしなかった。辛く、孤独な人生だったに違いない。「おふたりはいまどこに？」

「死んだ」抑揚のない声だった。「わたしがまだ子供のころに父が死に、それからまもなく母も死んだ」

「あなたはひとりぼっちだったのね。わたしと同じ」

ヒューは鋭いまなざしを彼女に向けたが、ただうなずいただけだった。「そうだ」

「でももちろん、ジョリヴェとルーカンがいたのよね」ウィラは、夫の顔を一瞬苦々しい表情がよぎったのを見逃さなかった。いとこのことを話題にするたびに、彼はそんな顔をする。

「ああ。ジョリヴェは父の妹の息子だ。母親は女王陛下の女官だったから、ジョリヴェはロンドンで過ごすことが多かったし、大人になってからはたいてい宮廷にいた。彼にとってはいい結果にはならなかったな」ヒューはつぶやくように言った。

「ルーカンは？」ウィラは彼の言葉に笑いたくなるのをこらえながら訊いた。「とてもいいお友だちみたいね」

「そうだ。わたしたちはいっしょに育った。弟のようなものだ。どちらも将来の見通しは明るくなかった。彼は次男で、わたしは次男のひとり息子だったからね。もしもリチャード伯父に子供がいたら……」ヒューは肩をすくめて口をつぐんだ。

「あなたがお父さまのことをよく知らなかったのが残念だわ。わたしと結婚させようとしたことを怒っていたわよね？　でもお父さまはいい人だった」

ヒューは長いあいだ黙ったままだったので、なにも答えてくれないのかとウィラは思ったが、やがて彼は真面目な口調で言った。「ああ、いい人だった。わたしがどこにいてなにをしているのか、伯父は知らないのだとばかり思っていたが、わたしが大人として認められた日、これまで見たこともないほど美しい馬を連れた使者がやってきた。その雄馬が運んできたのは、最上級の鎖帷子と思いもよらないほど素晴らしい剣だった。手紙も添えられていたよ。伯父はわたしの成長を見守ってくれていて、わたしを誇りに思うと書いてあった。これはわたしへの贈り物だと」

ウィラは涙がこみあげるのを感じた。「お父さまらしいわ。とても優しい人だったの。あなたを心から愛していたんでしょうね」

「そうだな」ヒューは落ち着かない様子だったが、やがていかめしい顔で言った。「さあ、眠るんだ」

ヒューは再度目を閉じた。ウィラはなにかもっと尋ねようかと考えた。彼について知りたいことはいっぱいある。だが、知り合ってから今日までのあいだに彼が話したことすべてを合わせたよりも、この数分で話してくれたことのほうが多い。あまり欲張らないほうがいいだろう。答えを聞く機会は必ずまたあるはずだ。なにより、彼女自身も疲れを感じ始めていた。

ヒューの深い息遣いを聞きながら、ウィラはあくびをした。彼は眠ってしまったように見えるけれど、もういびきをかいてはいなかった。彼の寝顔を眺めていると、ウィラのまぶたも重くなってきた。より楽な体勢になるように位置を変え、彼の腕を少し下に移動させた。彼の温もりは気持ちがよかったが、胸の上に置かれた腕はまるで大木がのっているようだったからだ。鼻づまりよりも、腕の重みのせいで息が苦しかった。

ヒューが眠ったままなにごとかつぶやいたかと思うと、ウィラのウエストに巻きつけた手に力がこもった。ウィラの左の胸が自分の胸と合わさるように、さらに彼女を引き寄せる。ウィラは落ち着いた表情の夫の顔を眺めた。眠っている彼は少しも恐ろしくは見えない。こうしていると、かわいらしいと思えるくらいだ。起きているときの彼に魅力がないというわけではないが、どこかいかめしい印象がある。人を寄せつけまいとするような、険しい顔だ。むっつりしていると言ってもいいかもしれない。だが眠っていると、若くてかわいく見えた。

ウィラは微笑みながら彼に体をすり寄せると、目を閉じて眠りが訪れるのを待った。

「わたしは病気なのよ。勝たせてくれてもいいでしょう」ヒューがチェックを告げると、ウィラが文句を言った。

「ふん」ヒューは腹ばいの姿勢のまま、チェスボードを眺めつつ鼻で笑った。「わたしが負けてやらなくても、さんざん勝っているじゃないか。だれにチェスを習ったんだ?」

「おじさまよ」ウィラはチェスの腕前を彼に認められたことがうれしくて、笑いながら答えた。「バルダルフもハウエルもおじさまも打ち負かしてきたわ。わたしは勝つのが好きなの」

「そうみたいだな」ヒューは考えるような顔つきになった。「きみには競争心がある」

ウィラは否定しようと口を開いたが、そのまま閉じた。その言葉を喜べないのはなぜなのか、自分でもわからなかった。女性にとってはあまりほめられた資質ではないからなのか、そう言われてどうにも居心地が悪かった。ウィラは競争心を持つように育てられたわけではない。言われたとおりにするように育てられたのだ。まわりにいる人間が命がけで自分を守り、世話をしてくれることがわかっていたから、ウィラはできるかぎり行儀よく、従順に振舞ってきた。

「きみの子供時代のことを話してくれないか」唐突にヒューが切り出したので、ウィラは驚いて彼を見た。

「子供のころのことは、もうさんざん話したわ」そのとおりだった。静養していたこの三日間という時間を、ふたりは互いを知ることに費やしていた。寝室を訪れるのはイーダとルーカンとガウェインだけだった。イーダは一日二回、ひどい味のする煎じ薬を持ってやってきた。ガウェインが食事を運び、毒見をしたうえでウィラに供した。ルーカンは、ヒューが静養しているあいだも伯爵としての責任を果たせるように、自ら代理人の役を務めてくれた。ハウエルやヒューの意見を求める者のメッセージを運んできて、それに対してヒューがくだした決定を彼らに伝えた。

それ以外の時間をふたりはチェスやサイコロをしたり、話をしたりして過ごした。ウィラは夫に心を許し始めていて、イーダに指摘されたおしゃべり癖が顔をのぞかせるようになっていた。自分に関するありとあらゆることをヒューに話した。一方でヒューの過去のことをしつこいくらいに尋ね、彼の子供時代が自分と同じくらい孤独なものであったことを知って悲しくなった。ヒューに親近感を覚え始めていた。

「全部じゃない」

ウィラは警戒心を募らせながら、顔をあげた。「いいえ、話したわ」

「ヒルクレストから小屋に移ったあとのことはなにもかも話してくれたが、クレイモーガンにいたころのことにはひとことも触れていない」

ウィラはチェスボードを見つめながら、首を振った。「ほんの子供だったもの。覚えていないの」

「そうなのか？」ヒューは彼女の手を取ると、もてあそび始めた。

「そうよ」ウィラはその手を眺めつつ、うなずいた。ヒューが手を口に近づけ、甲にキスをするのを見守る。彼の舌が親指と人差し指のあいだの敏感な箇所をなめた。ぞくぞくする感覚が手から腕へと走り、ウィラの足の爪先が丸まった。

「ルヴィーナのことも？」ヒューは敏感な箇所を再びなめながら尋ねた。

ウィラは唾を飲み、うなずいた。彼の舌が人差し指と中指のあいだへと移動した。彼がひとなめするごとにうずきが遠くまで伝わっていく。両脚のあいだにうずきが届いたところで、ウィラは自分が身じろぎしていることに気づいた。契りを交わした夜とあのときの不可思議な快感の記憶が蘇ってきた。

ヒューが中指を口に含むと、ウィラは声が漏れないように唇を噛んだ。ヒューは指をそっと噛み、軽く吸ってから放した。「ルヴィーナのことを話してくれ」

ウィラは首を振り、その手を握りしめた。ヒューはしばらく無言だった。怒ったのかと思ったが、やがてヒューは膝を立てると顔を近づけ、唇を重ねてきた。ウィラはすぐに口を開いて彼を受け入れ、大好きなキスを誘った。もっともっと欲しくなる。彼に腕を巻きつけ、強く体を押しつけたくて仕方がなかったが、どうするべきかを教えてくれるはずの彼はなにも言ってくれなかったから、両手は体の横に置いたまま、彼の口が与えてくれる歓びと満足だけをひたすら味わった。

ヒューが彼女を押さえつけるようにして覆いかぶさってきたときには、思わずお礼の言葉を口にしてしまいそうになった。彼の体を自分の体で感じたい。なにも身につけていないはだかの体を。だがあいにくこの三日間、ヒューははだかのままだったが、ウィラはそうではなかった。眠るとき以外、服を着ていた。いまもそうだ。彼女の服がふたりの体を隔てていて、ウィラはそれが気に入らなかった。ヒューがドレスの紐に手をかけてきたときには、ほっとした。だが紐をほどき終えないうちに、前触れもなくドアが開いた。

ウィラとヒューは即座に体を離し、だれが入ってきたのかを確かめた。イーダだ。今朝の彼女は来るのが遅かった。それともふたりが目を覚ましたのが早かったのかもしれない。彼女が顔を見せるか、もしくはアルスネータの甥のガウェインが朝食を運んでくるのを、ふたりはチェスをしながら待っていた。

「そんなことをしようっていう気になるくらいだから、だいぶ具合がいいようだね」

イーダはベッドに近づきながら、そっけなく言った。

その皮肉っぽい言葉にウィラが顔を赤らめるのを見て、ヒューは彼女に気まずい思いをさせたイーダをにらみつけた。自分の不満が伝わったことを確認してから、尻を見てもらうために腹ばいになった。冷たい手に尻をつかまれると、顔をしかめたものの、かろうじて身震いはこらえた。イーダが楽しんでいることは間違いなかった。必要以上に長く尻に触っている気がしていた。

「ふむ」ヒューが振り返ると、イーダは体を屈め、治りかけのおできをじっと眺めているところだった。「あんたは治りが速いね、伯爵。ずいぶんいいよ。かなりよくなっている。そろそろ起きてもいいだろう。ただし汗をかいたり、その上に座ったりしてはだめだ。今夜もう一度見て、小さくなるんじゃなくてまた大きくなっているようだったら、腹ばいに戻ってもらうよ」

彼女の厳しい言葉を聞いてヒューは苦々しい顔になったが、ウィラはうれしそうに笑った。彼がよくなっていると聞いて、喜んでいる。もちろんそうあるべきだ。イーダがウィラの側へと歩いていくと、彼女の顔には期待に満ちた表情が浮かんだ。イーダが妻を見ているあいだに、ヒューはベッドをおりてズボンをはき始めた。

「咳はどうだい？」ヒューがズボンの紐を結んでいると、イーダが尋ねた。

「ゆうべはほとんど出なかったわ」ウィラが間髪を容《い》れずに答えた。「起きてからもほんの一度か二度よ」

ヒューは、イーダがウィラの額に手を当てるのを眺めていたが、やがてチュニックを捜し始めた。

「ふむ」イーダが曖昧な言葉を発したので、ヒューは振り向いた。ウィラの胸に耳を当てて、呼吸音を聞いている。まもなく、体を起こしてうなずいた。「いいね、あんたも起きてかまわないよ。危ないところだったね。あんたの狼たちがじりじりと城に近づいてきている。ゆうべは空き地に姿を見せたもんで、警備兵たちはひどく怖がっていたよ」

「まあ！」ウィラは転がるようにしてベッドをおりると、ドアに向かって駆けだした。

「待て」ヒューはあわてて言ったが、イーダの声にかき消された。「靴！」

ウィラはすぐに足を止め、靴を捜し始めた。毎日服を着ていたとはいえ、契りを交わしたあの夜以来、靴は一度もはいていない。すぐに見つからないのも、意外ではなかった。ウィラはざっと部屋を見まわすと、ベッドの向こう側にしゃがみこんだ。

ヒューもそちら側にまわってみると、目の前に彼女の尻があったので驚いて立ち止まった。四つん這いになってベッドの下を捜しているのだ。いつのまにか靴を蹴り入れてしまっていたらしい。やがてウィラは勝ち誇ったように〝あった〟と声をあげると、手に靴を持ってうしろ向きにベッドの下から出てきた。

「あったわ！」イーダに笑いかけ、靴をはき始める。

ヒューはなにか言おうとして口を開いたが、まともやイーダに先を越された。「よろしい。まず厨房に行って、狼たちにあげられるものがないかをアルスネータに訊くんだね。小屋近くの空き地まで狼たちを連れ戻せないかどうか、試したほうがいい」

「そうするわ」ウィラは再びドアに向かって急ぎ足で歩きだした。

「ちょっと待て」ドアを開けたところで、ヒューが呼びかけた。ようやく彼女の視線がヒューに注がれる。ウィラは開いたドアの前で足を止め、驚いたように振り向いた。

「なにかしら、あなた？」

「きみをひとりで行かせるわけにはいかない」ヒューは切り出したが、そこまでしか言えなかった。かわいらしい妻は明るく笑いながら首を振った。

「もちろんひとりでなんて行かないわ。バルダルフを連れていく」ウィラはドアへと駆けだしていき、ヒューがなにか言う間もなく部屋を飛び出していった。

ヒューは悪態をつきながら、彼女のあとを追った。バルダルフひとりに彼女を任せるわけにはいかない。たったひとりの護衛だけで、彼女を城から出すつもりはなかった。

「伯爵！」イーダが呼んだ。

「なんだ？」ヒューがドアの前で立ちどまり、いらいらしながら振り返ると、ベッドの向こうから彼女が投げた布の塊が見事に顔に命中した。その布をつかんで確かめると、見つからなかった彼のチュニックだった。ヒューは礼らしき言葉をつぶやき、また向き直ってドアを開けた。廊下を走りながらチュニックをかぶり、妻とバルダルフのあとを追う。階段でふたりに追いついた。

「ウィラ！」その声は内心のいらだちをはっきりと反映していた。だが彼の不機嫌さも、ウィラにはたいして気にならないようだ。

ウィラは階段をおりながら、振り返って微笑んだ。「起きて、歩きまわれるって素敵じゃない？」

ヒューは渋面を作った。彼の尻がよくなったことも、ウィラの風邪が治ったこともうれしかったが、ふたりしてベッドにふせっていた時間はそれはそれで楽しかったのだ。初めのうちウィラは怒りっぽかった——風邪をひいたことに腹を立てていたらしい——が、そのうちふたりは話をしたり、笑い合ったり、チェスやサイコロをしたりして時間を過ごした。

ヒューがこれほどくつろいだ気分になったのは久しぶりだったうえ、ウィラも彼に慣れてきて普段のおしゃべり癖を見せるようになっていた。ヒューも楽しかった。彼女の話し声は歌のように心地よかったし、彼女の話を聞くのも楽しかった。もちろん、彼女の言っていることをずっと聞いていたわけではない。ときにはただ唇の動きを眺め、音楽のような彼女の声に耳を傾け、彼女にしゃべり続けてもらうために時々相槌を打つだけのこともあった。ふたりきりの時間が終わってしまったことが、残念ですらあったのだ。とりわけ、さっき始めたことを終わらせるだけの時間が欲しかった。いっしょにいても緊張しなくなったいまなら、彼女にとりとめのないことをしゃべらせる自信があった。だが妻は彼と同じ意見ではないらしい。ふたりきりで過ごさなければならなかった寝室から出られるのは、素晴らしいことだと考えているようだ。そう思うと、ヒューはおおいに不満だった。

ウィラとバルダルフが彼を置いて階段をおりていったことに気づいて、ヒューは険しい顔でふたりを追った。「ウィラ、ウィルフとフィンは――」

「ウォルフィとフェンよ」ウィラは笑いながら訂正した。「あの子たちに会うのが待ちきれないわ。三日ぶりだもの。きっとお腹をすかしているわね。どうにかして小屋近くの空き地まであの子たちを連れて帰るようにしないと。あそこのほうがずっと安全だもの」

「そうだな。いや、だめだ。ちゃんとした護衛を――」

「わかっているわ、あなた。バルダルフがいっしょに来てくれる」ウィラは彼女と並んで黙って階段をおりるバルダルフに向かって笑いかけた。

「バルダルフだけではだめだ。少なくとも六人の護衛がいっしょでなければ」

「六人？」ウィラは足を止め、驚いて振り返った。「半ダースもの武装した兵士がわたしのあとをついてきたら、ウォルフィとフェンは絶対に姿を見せてくれないわ！」

「六人だ」この件は絶対に譲らないことを示すようにヒューは胸の前で腕を組んだが、六人で充分だろうかという疑問がふと湧いて、眉間にしわを寄せた。もっと大勢にしたほうがいいかもしれない。そう思ったところで、ウィラの瞳が怒りをたたえていることに気づいた。だがその怒りは、不意に浮かんだ笑みにかき消された。

「わかったわ、あなた」ウィラは向きを変えて、階段をおりていく。「わたしは厨房に行って、アルスネータからなにかもらってくる。わたしたちといっしょに行かせたい五人には、厩で待っていてもらってちょうだい」

ヒューは目を細くしてウィラを見送った。どうも怪しい。彼女はあまりに簡単に、それもうれしそうに同意した。ヒューのこれまでの経験から判断するに、なにか企《たくら》んでいるということだ。小屋では何度かあっさり逃げられたことを思い出し、ヒューは敗北感に肩を落とした。六人の護衛をつけても、彼女を確実に守れるとは思えない。自分がいっしょに行くほかはないだろう。苦々しくそんなことを考えていたヒューだったが、そうすればまたふたりきりの時間が持てることにふと気づいた。何時間か、彼女といっしょに過ごせる。

ヒューは気持ちが上向くのを感じながら、階段をおりた。笑い声が聞こえてそちらに顔を向けると、ウィラとバルダルフが厨房のほうへと歩いていくところだった。バルダルフひとりの護衛で彼女が城を出ていったりしないように手配する必要がなくなったから、彼女の揺れるスカートを存分に眺めることができた。残念だったのは、スカートがあまり揺れていないことだ。生地が粗いうえ、彼女には大きすぎる。そう考えたところで、新しいドレスを買わなければならないことを思い出した。伯爵の妻になったのだから、それなりの装いが必要だ。ヒューはつかの間顔をしかめたが、いとこのことが頭に浮かんだ。あの見栄っ張りも役に立つことがありそうだ。厩に行く前にジョリヴェと話をしようと決めた。

14

遊んでいる子供たちを眺めていたウィラは、近づいてくるひづめの音に振り返った。馬にまたがっていたのは夫だ。

「あなた」ウィラはそう声をかけ、バルダルフはなぜこれほど時間がかかっているのだろうと思いながらヒューの背後の厩に目を向けた。厩で支度をしてくるから外で待っているようにと、バルダルフに言われたのだ。彼が、馬に乗ったヒルクレストの五人の兵士とウィラの馬を連れて現れるものだとばかり思っていた。ところがヒューがひとりでやってきたかと思うと、いきなり身を屈めて彼女の腰をつかんだので驚いた。思わず息を呑んだが、気づいたときには彼の前で馬に乗せられていた。持っていた肉の入った袋が脚に当たった。

「袋は鞍に引っかけるといい」ヒューが言った。手綱を持ち替えて、ウィラをきちんと座らせる。

「バルダルフはどこなの？　どうして――？」ヒューが彼女の手から袋を取って自分で鞍に引っかけたので、言葉が途切れた。

「彼には休みを与えた。わたしがきみといっしょに行く」

「あなたが言っていた六人の兵士はどうなったの？」

「わたしがいれば大丈夫だ」ヒューはそれ以上の質問を遮るように、馬を早足で駆けさせ始めた。

舌を噛む恐れがあったからウィラはおとなしく口を閉じ、城のゲートを出るまで彼の腕につかまっていた。

気持ちのいい日だった。三日も部屋に閉じこめられていたから、なおのことそう感じるのだろう。夫のことを知るのは楽しかったが、四面の壁をただひたすら眺めるだけの時間にはすぐに飽きてしまった。ウィラは戸外で過ごすことに慣れていた。長い散歩をして、川で泳ぎ、ウォルフィとフェンといっしょに川べりでぼんやりと過ごすのが、長年の彼女の暮らし方だった。屋内に閉じこめられるのは、どうも性に合わない。

ヒューの胸にもたれ、新鮮な空気を胸いっぱいに吸いこんだ。顔に当たる太陽の光が気持ちいい。だがやがてお尻になにかが当たることに気づいて、もっと楽な体勢を探した。ヒューの鞍はずいぶんと座り心地が悪い。これはヒルクレスト卿が彼に贈った鞍だろうから、しこりがあるのは古くなっているせいに違いないとウィラは思った。あるいはその鞍はもうだめになってしまって、ヒューがもっと質が落ちるものに買い替えたのか。お父さまは最高級のものを求めたはずだ。この鞍のしこりは最高級にはほど遠い。

そんなことを考えているうち、ヒューが手綱を片手で握り、もう一方の手でウィラを支えていることに彼女は気づいた。手を大きく広げて彼女の腹に当て、しっかりと自分の胸に押しつけている。その必要はないと言おうかと思った。ちゃんと座っているから、落ちる心配はない。だが彼の温もりとそうやって支えてもらう安心感が心地よかったので、黙っていることにした。

かなりの速度で馬を走らせていたせいで、ヒューの手が少しずつ上にずれてきた。乳房の下側に近づいてきたときには、ウィラはいつしか息を止めていた。やがて彼の指が胸のふくらみに触れたときには一気にその息を吐き出したので、乳房をいっそう彼の手に押しつける結果になった。偶然の愛撫に乳首がうずき始め、ウィラは唇を噛んで、背後の硬いものに当たっている腰をもぞもぞと動かした。

ヒューが馬の速度を落としたときには、ウィラは心底がっかりしたが、もうそこは小屋の近くだった。

「どこに行きたい？」ヒューの声はかすれていたので、また風邪がぶり返したのかとウィラは不安になった。

「川に」ウィラは静かに答えた。

「どうして狼たちがそこにいるとわかるんだ？」

「わたしたちについてくるから。お城を出たときから、ずっとついてきているのよ」

ちらりと振り返ると、ヒューの顔に驚きの色が浮かんでいるのがわかったが、彼はなにも言わず川のある方向に馬の向きを変えただけだった。ふたりはまた黙りこんだ。

まもなく森が途切れて川岸に出ると、ヒューは馬の足取りを緩めた。馬が止まるやいなや、ウィラは鞍から降りた。ヒューが手を貸してくれた際にまた偶然に乳房に触れたので、思わず息を呑んだ。彼が馬をつないでいるあいだに、ウィラは水辺まで歩き、アルスネータからもらった袋を開いた。ヒューが隣にやってきたときには、なかにはいっていた肉のかけらをふたつにほぼ分け終えていた。

最後の肉を袋から出すと、ウィラは川の冷たい水で手を洗った。岸辺に座り、ゆっくりと流れる水を眺める。泳ぎたかったのだが、夫の前だと思うと恥ずかしかった。どうばかげているわと、ウィラは思った。彼はもうわたしのはだかを見ているのに。

しようと思いながらちらりとヒューに目を向けると、彼はいつもバルダルフが座っていた岩に腰をおろしていた。

ウィラの視線に気づいて、ヒューは眉を吊りあげた。「なんだ?」

「泳ごうかと思って」ウィラは恥ずかしそうに言った。

ヒューがなにか言いかけるのを見て、きっとだめだと言うのだろうとウィラは思った。なんといっても彼女は風邪が治ったばかりなのだから。だがヒューは口を閉じ、彼女をじっと見つめた。まるでおいしそうな食事を前にした空腹の男のような目だと、ウィラは落ち着かない気持ちで考えた。やがてヒューはにやりと笑った。そのいたずらっぽい笑みに、ウィラの全身に震えが走った。

「いいだろう。泳ぐといい」

急に不安になったウィラは、どうしようかとしばらく考えたが、やがて心を決めるとドレスの紐をほどき始めた。彼に見られていると思うと急に動きがぎこちなくなって、うまく手が動かない。ようやくのことでほどき終えると、イーダが作ってくれたゆったりしたドレスを脱いだ。シュミーズをどうしようかと迷った。バルダルフがいるときは着たまま泳ぐが、ヒューにはもうはだかを見られているし、肌に直接当たる水の感触を思うと心が揺れた。だが残念なことに、ウィラの勇気もこのあたりが限界だった。シュミーズを着たまま靴を脱ぎ、水のなかへと入っていく。手を洗ったときには気持ちいいくらいの冷たさだと感じたが、足を入れてみると思った以上に冷たかった。少しずつ少しずつ、ゆっくりと足を進めていく。背中に痛いほどのヒューの視線を感じていた。

腰まで水につかったところで、それ以上ヒューに見つめられていることに耐えられなくなって、一気に水に潜った。とたんに、あまりの水の冷たさに悲鳴をあげながら飛びあがる。髪をうしろに束ね、冷たさに体を慣らそうとしてその場で何度も跳びはねた。

岸辺からくすくす笑う声がして、ウィラはそちらに顔を向けるとヒューをにらんだ。ヒューはさっきの岩に座ったままだが、ウィラのおかしな動きを見て声をあげて笑っている。

「笑えばいいわ」ウィラは大声で言った。「でもあなたには水に入る勇気がないのね！」

ヒューは笑みを顔に残したまま、首を振った。「わたしは泳がないよ。なにより、きみを守らなくてはいけない」

「あら、立派な言い訳だこと」ウィラは彼に向かって水を飛ばしたが、まったく届かなかった。「風邪をひくのがいやなんだって認めるのね」

ヒューは笑顔のまま首を振ったが、その視線が彼女の胸に落ちたかと思うと動きが止まった。笑みが消える。ウィラは彼の視線をたどって自分の姿を見おろし、シュミーズを脱いだも同然の姿であることに気づいて顔を赤くした。濡れたシュミーズが完全に透けている。あわてて、首まで水につかった。

「わたしも水に入ることにしよう」ヒューは立ちあがろうとした。

「だめ！　動かないで！」せっぱつまったその声の調子に、ヒューは警戒の表情を浮かべて動きを止めた。

「なんだ？」

「ウォルフィとフェンよ」ウィラはささやくように答えたが、ヒューにはちゃんと聞こえた。それとも唇を読んだのかもしれない。ヒューはほっとして岩にもたれた。

「どこにいるんだ？」彼が興味津々といった感じで訊いてきたことにもウィラは驚かなかった。彼はまだ明るいところで狼たちを見ていない。彼がいるときに狼たちが近づいてきたのは初めてだった。

「森から出てくるところよ。あなたの右側」

ヒューはそちらに顔を向け、狼たちが慎重な足取りで近づいてくるのを見守った。

わたしひとりのときはもっと警戒を解いているのに、とウィラは思った。ヒューの存在が彼らを緊張させているのだ。それでも、彼がいるにもかかわらず近づいてきたのは驚きだった。

「どうすればいい？」ヒューが訊いた。怯えている様子はなく、狼たちを怖がらせたくないと思っているようだ。

「なにもしないで。ただじっとして、あの子たちを見ていて。きれいでしょう？」

ヒューは二匹を順に眺めながら、黙ってうなずいた。狼たちも彼を見つめている。用心深いまなざしを彼に向けながら、肉に近づいていた。自分が緊張していると空気がより張りつめるだけだと考えたウィラは、あえて体の力を抜いて水のなかで遊び始めた。少し泳ぎ、少し水に浮かび、やがて飽きたところで水からあがった。ウォルフィとフェンはちょうど食べ終えたところだった。ウィラは静かに二匹に近づくと、まずフェン、次にウォルフィを撫でてやり、それから脱いだドレスと靴に歩み寄った。

「濡れたシュミーズの上にドレスを着たら、風邪をひく」

静かなヒューの言葉を聞いてウィラは振り向いた。「でもこのままじゃお城には帰れないわ」

「そうだな」ヒューは濡れて体に貼りついたシュミーズを眺めながら、なにかを考えているようだった。「小屋に行って、火をおこそう。そこでシュミーズと髪を乾かすといい」

　ウィラはうなずき、狼たちに目を向けたが、もうそこに姿はなかった。肉はきれいになくなっている。

「ずいぶんと素早いうえに、静かだ」ヒューはすでに立ちあがっていた。「どうしてどこかに行ってしまうんだ？」

「遠くへは行かないわ」ウィラはドレスを腕にかけた。「どこか眠る場所を探しているのよ。食べたあとは、必ず眠るの」

　ヒューはうなずき、馬を結わえていた手綱をほどいた。ふたりは小屋までの短い距離を黙って歩いた。

　ウィラが子供時代を過ごした家は、以前とはどこか違って見えた。いつも温かく迎えてくれていたのに、いまはさびれて見捨てられたように見えると、ウィラは小屋に近づきながら考えた。

　ヒューが隣にいないことに気づいてドアの前で足を止め、振り返った。厩として使っていた小さな建物に馬を連れていこうとしているのが見えたので、ウィラはかまわずドアを開けた。なかに入ると、かびくさいにおいがして思わず顔をしかめた。ここを出たのはほんの数日前のことなのに、まるで数か月もたったかのようだ。薄暗い小屋のなかを見まわす。テーブル、そして寝台。残っている家具はそれだけだった。小さな小屋は椅子や絨毯《じゅうたん》や花がないと、ひどく殺風景に見えた。

ウィラは小屋に入ると、この家の中心だったテーブルのざらざらした表面をそっと撫でた。イーダはここに座って新しいドレスを作り、古いドレスを繕った。バルダルフがその向かいに座って彼の鎧を磨いたり、ウィラの靴を作ったりした。ウィラはここで食事をし、教育を受け、このテーブルで大きくなったのだ。

「ここは焼き払うつもりでいた。そうするべきだった」ヒューの言葉に、ウィラは驚いて振り返った。彼は開いたドア口に立ち、顔をしかめて暗い家のなかを見まわしている。やがてその視線がウィラの上で止まった。「ここはきみを悲しませる」

「そうじゃないの」ウィラはあわてて言った。「この小屋のせいじゃない。ただ……」ウィラは力なく肩をすくめ、暗い部屋を見まわした。ここはもうわたしの家ではない。わたしはここも失ったのだ。ウィラはあわててその思いを打ち消した。いまはヒルクレストがわたしの家になったのだ。それでも……

ドアが閉まる音がして、背後に近づいてきたヒューの体温を感じた。彼はまだ濡れているウィラの髪を頬と首から払い、耳の下の敏感な肌に優しくキスをした。

「きみに悲しい思いはさせない」その言葉はまるで自分に命令しているようだった。

ウィラは微笑み、彼がまた首筋にキスをすると快感のうめきを漏らした。自分が声をあげたことに気づいて、ウィラは顔をしかめた。ヒューがさらに首への刺激を加えると、声が出ないように唇を嚙んだ。顔を少し動かせば、唇を重ねられることはわかっている。そうしたかったけれど、してもいいのかどうかがわからない。ヒューが顎に手を添えて彼女の顔の向きを変え、ジレンマを解消してくれたのでほっとした。ヒューが問いかけるように唇を重ねてくると、ウィラは熱烈なキスを返した。

彼のキスはなんて素敵なんだろうとぼんやり考えていたウィラは、シュミーズの襟元に彼の手を感じて体を硬くした。ヒューはシュミーズをそのまま下へと引きおろし、濡れた胸を冷たい空気にさらしたかと思うと、すぐにざらざらした手で温めた。ウィラは固く目を閉じた。イーダの指示どおり、声も出さず、体も動かさずにいることに意識を集中させていたせいで、快感がいくらか損なわれた。じっとしているのはなんて難しいんだろう。乳房を包むヒューの手に力がこもる。親指が乳首を撫でる。その愛撫に身をのけぞらせ、彼に腰を押しつけたくてたまらなかったが、必死になってそれをこらえた。

ヒューはキスを続けながらウィラを自分のほうに向かせ、彼女の背中がテーブルにぶつかるまで前進した。再び、乳房に手を添える。やがて彼は唇を離し、硬くなった乳首に移動させた。ウィラは彼の頭頂部を見おろしながら、その髪に手を這わせたくなるのを我慢して、ひたすらじっとしていた。ウィラがなんの反応も示さないことがわかると、ヒューは顔をあげ、戸惑ったような表情で彼女を見た。

「こうするのは好きか？」ヒューの声は興奮にかすれていた。

ウィラは声は出さなかったが、熱心にうなずいた。ヒューの当惑の色がますます濃くなる。彼はウィラの腰のところで引っかかっていたシュミーズをさらに下へ引っ張って、床に落とした。脚のあいだに手を差し入れ、優しく愛撫する。ウィラは唇を嚙んで、体を硬くした。

「これはどうだ？」ヒューは自信なさげに尋ねた。ウィラがまたもや必死になってうなずくのを見て、わけがわからないといった顔になった。「それならどうして黙っている？　なぜわたしに抱きついたり、触れたりしない？」

ヒューの声にはどこか傷ついたような響きがあったので、ウィラは目を見開いた。

「イーダ」声がしわがれていたので、咳払いをしなくてはならなかった。

「イーダ？」ヒューはわずかにいらだちのこもった声で訊き返した。

ウィラはうなずいた。「男の人はぺらぺらしゃべる女が嫌いだし、わたしがしなくてはいけないことはあなたが教えてくれるってイーダは言ったの」

ヒューの動きが止まった。目には危険な光が浮かんでいる。「結婚式の夜、きみがぴくりとも動かず静かだったのは、イーダにそうしろと言われたからだったのか？」

「ええ」ウィラはうなずき、釈明し始めた。「あんなひどい経験は初めてだったわ。あんなに素晴らしい経験も。叫んだり、手足をばたばたさせたり、あなたを抱きしめたりしたかった――でも、あなたの指示を待たなきゃいけないと思ったから、じっとしていたの。あなたをがっかりさせたくなかったんですもの。どこへ行くの？」

ヒューがうめきながら、唐突に背を向けたので、ウィラは不安そうに尋ねた。ドアに近づき、何度か頭を打ちつけたのがその答えだった。ウィラは唇を嚙み、さらに訊いた。「あなた？　大丈夫？　わたし、なにか間違ったことをしたの？　怒っているの？」

「いいや」ヒューは頭をぶつけるのをやめて、首を振った。それからくすくす笑いながら、ウィラに向き直った。落ち着き払った声で彼女に告げる。「イーダは間違っている」

「イーダが？」ウィラは信じられないというように言った。「本当に？　イーダが間違ったことはないのよ」

「いや、この件に関しては間違っている」ヒューはウィラに近づき、両手で彼女の顔をはさんだ。「わたしはきみの歓ぶ声を聞きたい。そうでなければ、きみが歓んでいることがわからないだろう？　それにわたしの指示を待ったりしなくていいんだ。わたしに触れて、抱きしめてくれればいい。そうしたければ、引っ掻《か》いたっていい」ウィラは驚きのあまり、目をむいた。「わたしはあなたを引っ掻いたりなんてしないわ。絶対にあなたを傷つけたりしない」

　ヒューの瞳がきらりと光った。「それはどうかな」

「あなた？」ヒューがじりじりと近づいてくるので、ウィラはどうしたらいいかわからずうしろにさがった。「まるで、わたしに引っ掻いてほしいみたい」

「男の勲章だからな」ヒューが答えた。ウィラの背中にテーブルが当たり、それ以上後退できなくなった。ざらざらした木の感触に、ウィラはシュミーズを脱がされてはだかであることを思い出した。ヒューが彼女を抱きすくめ、また唇を重ねてきた。今度は問いかけるようなキスではなかった。まるで彼女の唇を貪ろうとでもするようだ。初めは驚きのあまり固まっていたウィラだったが、やがてそろそろと両手を持ちあげ、彼の首に巻きつけた。彼の口のなかに大きくため息をついたかと思うと、キスを返し始める。

彼を抱きしめられるのはなんて素晴らしいんだろう。背中に回した腕に力をこめ、次に髪を手でかきあげ、それから耳を指で撫でた。即座にヒューが反応した。両手でウィラの尻をつかむと、自分のほうに引き寄せながら脚のあいだに膝を入れる。ズボンの粗い生地が中心部に当たり、ウィラは息を呑んだ。片方の腿に硬くなった彼のものが当たるのを感じて、彼の脚が与える刺激にあえぎながらさらに体をすり寄せる。

ヒューはウィラの下半身を自分に押しつけながら、もう一方の手で乳房に触れた。彼が唇を離すと、ウィラは動かないようにその顔をつかんだ。彼が乳房に唇を移動させるつもりであることはわかっていたが、脚のあいだから伝わってくる感覚があまりに強烈すぎて、キスをせずにはいられない。どうしても口のなかに彼の舌を感じていたかった。

ヒューの手が乳房から離れるのがわかってもそれほど気にしなかったウィラだったが、その手が下へとおりていき、両脚のあいだに触れると、キスを中断して頭をのけぞらせた。ヒューが膝を抜くやいなや、少しでも快感が増すように太腿で彼の手をぎゅっとはさんだ。

ウィラは心ゆくまでうめき、あえぎ、声をあげた。ヒューは彼女の歓びの声を聞きたいと言った。だから声を出した。もっと欲しいと懇願した。

「やった！　とりとめのないことをしゃべっているぞ」ヒューはいかにもうれしそうに言ったが、なぜ彼がそれほど喜んでいるのかウィラにはさっぱりわからなかった。やがて彼は快感を与えてくれていた手を引くと、いきなりテーブルの縁に彼女を座らせた。ウィラが失望を感じる間もなく、彼が入ってくる。

ヒューが両手で尻をつかむと、ウィラは悲鳴をあげて体をのけぞらせ、両脚を彼に巻きつけた。彼の肩に爪を立て、腰を突き立てるリズムに合わせるように彼の耳元で呪文のように繰り返す。「お願い、お願い、お願い」ヒューはうめき声をあげながら、さらに強く彼女の尻を自分に引きつけ、こすり合わせるようにして繰り返し彼女を突いた。やがてウィラは体を硬くしたかと思うと、彼の腕のなかで悲鳴をあげながら痙《けい》攣《れん》した。感覚の海に溺れていたウィラは、ヒューもまた声をあげながら達したことにほとんど気づかなかった。

ようやく意識がはっきりすると、ウィラは自分がテーブルに座ったまま夫の胸にぐったりともたれていたことに気づいた。ヒューのうめき声が聞こえ、彼がわずかに体を引いて頭頂部にキスをした。ウィラは顔をあげて彼の目を見つめたが、ついいましがたひどく乱れたことを思い出して、かっと顔が熱くなった。顔を伏せようとしたが、ヒューが顎をつかんで赤くなった頬にキスをした。

「素敵だった」ヒューの言葉はそれだけだった。それだけで充分だった。ヒューはつながったままのウィラをテーブルから抱きあげると、部屋の隅にある寝台に向かって歩いた。一歩ごとに彼のものが自分のなかで動き、硬さを増していくのをウィラは感じた。ヒューは彼女をベッドに座らせると、体を離した。

腰に引っかかったままのズボンを脱いでいるヒューをウィラは黙って眺めていた。またたくましくなっている。だが彼女が見ているあいだにも、そこはいっそう大きさを増していた。あれほど大きなものが自分のなかに入っていたこと、そしてそれがあれほどの快感をもたらしたことが衝撃だった。次にヒューがチュニックを脱ぎ捨てると、彼女の視線は彼の広い胸に移った。ヒューが再び寝台に戻ってくると、ウィラの手が意志を持っているかのように持ちあがり、彼の胸を撫でた。ヒューが腕で自分の体重を支えながら覆いかぶさってきたので、ウィラは目を閉じて、指先に当たる彼の肌の感触を楽しんだ。その手をゆっくりとずらしていき、彼がしてくれたように親指で乳首を撫でてみる。ヒューは笑みを浮かべている。彼女の愛撫を楽しんでいるらしいとわかって、ウィラは両手をさらに下に滑らせ、腹から尻へと移動させた。そのまま自分の腰に押しつけようとしたが、ヒューはどこか困ったような顔でそれに抗った。

「どうしたの？」

「この寝台は小さすぎる。手足を置くスペースがないから、きみを押しつぶしてしまいそうだ」ヒューは少しためらってから、体を横向きにした。徐々に体をずらして仰向けになると、ウィラを自分の上に乗せる。ウィラはどうしていいかわからずしばらくそのままでいたが、やがて体を起こし、彼の上にまたがった。硬くなった彼のものを脚のあいだに感じて顔を赤らめたが、もの珍しそうに両手で彼の胸を撫で始めた。乾いた髪がはらりとその上に落ちる。

ヒューは笑顔でその髪を軽くつかみ、ウィラの顔を引き寄せてキスをした。その拍子に硬いものに敏感な場所がこすれ、ウィラは彼の口のなかにため息をついた。ヒューが髪を離して尻をつかみ、腰が彼女の中心部にこすれるように動かすと、ウィラのキスが激しくなった。その感覚が気に入ったウィラは自分から腰を前後させ始め、ヒューは両手を乳房へと移動させた。ウィラはその快感にうっとりと浸っていたので、腰を大きく動かしすぎてするりと彼のものが自分のなかに入ってしまったときには、がっかりしたほどだった。一瞬ためらってから体を起こし、彼の両手をつかんで自分の胸に当てさせてから、腰を揺すり始めた。初めはぎこちない動きだったが、やがてもっとも快感を得られる体勢と角度を見つけた。

ヒューは片方の手を乳房から腰に移動させ、もっと速く動くように促したが、ウィラは従わなかった。ゆっくりした彼女の動きに、ふたりの興奮はいやでも増していく。ウィラはヒューにキスをしたくてたまらなくなったが、唇が届かない。我慢できなくなった彼女はヒューの手をつかむと、口元に持ってきた。指をなめ、歯を立て、耐えきれずに吸い始める。その刺激にヒューの動きがますます激しくなった。

今回、とりとめのないことを口にしたのはヒューのほうだった。彼が先に体をのけぞらせ、寝台から背中を浮かせるようにして叫び声と共に彼女のなかに放った。ウィラもすぐに続いた。彼の指を嚙みながら、体を弓なりにして絶頂に達する。そしてぐったりとヒューの上に倒れこんだ。すべて使い果たした気分だったし、満足しきっていた。

ヒューが彼女を強く抱き寄せながら、なにごとかつぶやいた。ほめ言葉だったのかもしれないし、愛情を表す言葉だったのかもしれないが、ウィラは疲れきっていて尋ねる気にもなれなかった。体をすり寄せ、洟をすすった。かすかに煙のにおいがして眉間にしわを寄せる。ヒューが火をおこすつもりだったことを思い出した。すっかり忘れていた。もう火をおこす必要はないと思いながら、ウィラは眠りに落ちていった。

15

ヒューは夢を見ていた。濃い霧のなかに立ち、ウィラの名を呼んでいる。どこかにいることはわかっているのに、渦巻く霧のせいで見つけることができない。よろめきながら霧のなかを進み、彼女の名を呼んでは返事をしてくれと懇願した。だが返ってくるのは、悲しげな狼の吠え声だけだった。

ヒューはまばたきしながら目を開き、一瞬、まだ夢を見ているのだろうかと考えた。薄暗い部屋には霧が渦巻き、ウォルフィとフェンの鳴き声がまだ耳の奥に残っている。だがすぐにそれが頭のなかで聞こえているのではなく、実際に二匹が吠えているのだと気づいた。そして部屋のなかの霧は霧ではなく……煙だ……火をおこすことは忘れていたはずなのに。

「火事だ！」ヒューは飛び起き、意図せずにウィラを寝台から床へ落としてしまった。即座に身を乗り出して彼女を捜したが、煙のせいで見えない。「ウィラ？」

「ヒュー？」痛みをこらえているような、混乱しているような声だったが、とりあえず返事はあった。これは夢ではない。ほっとしたのもつかの間、ウィラが咳きこんだ。

「いったいどうしたの？」

「火事だ」ヒューはウィラを踏みつけないように注意しながら寝台をおり、手探りで服を捜した。ズボンらしきものを見つけて手に取り、はこうとしたところでチュニックの袖に足を入れようとしていたことに気づいた。悪態をつきながら、それを頭にかぶった。

「そんなはずないわ。あなたは火をおこすのを忘れていたもの」ウィラは言ったが、最後は咳きこんだ。

痛めている喉を煙が刺激しているのだとヒューにはわかっていた。早く彼女をここから連れ出さなくてはいけない。「起きるんだ、ウィラ。服を着ろ」

ヒューはズボンを見つけてはき、よろめきながらドアのある方向へと進んだ。部屋には煙が充満していて、火元がどこなのかがわからない。ドアを開ければいくらか煙が薄まって、見えるようになるかもしれないと思った。それからウィラの服をいっしょに捜し、逃げればいい。どうしてもということになればはだかのままで連れ出すつもりだったが、できることならそんな状態の彼女をヒルクレストに連れ帰りたくはない。

幸いなことに小屋は小さかったから、ドアを見つけるのはそれほど難しくなかった。ヒューはほっとして息をつき、ドアを押した。開かないことがわかって、背筋がぞくりとした。もう一度押してみる。やはり動かない。ぴくりともしなかった。

ヒューは一歩うしろにさがり、ドアに体当たりした。だめだ。どういうことなのか考えようとしたが、ウィラの咳のほうが気になった。そちらを振り返ったが、煙でなにも見えない。夢のなかと同じで、彼女の姿を見つけることはできなかった。パニックを起こしかけたが、彼も咳きこんだおかげで我に返った。とりあえずドアを離れ、咳が聞こえるほうに歩いていくと、ウィラにつまずいた。

「ウィラ?」しゃがみこみ、そこにあったものをつかんだ。ウィラの尻。四つん這いになっているようだ。はだかではなかった。シュミーズかドレスを着ているようだが、どちらなのかはわからない。だがいまはそれで充分だ。ヒューは彼女の腕をつかんで立たせた。「ここから逃げなければ」

ウィラが咳をしながらうなずいたのがわかった。

「ドアの外からかんぬきをかけられている」

「外にかんぬきはないわ」ようやく咳の発作が治まり、ウィラは弱々しくあえぎながら言った。

「ああ。だがいまはあるんだ」

ウォルフィとフェンが再び声を合わせて吠えた。ウィラが体をこわばらせる。「あの子たち」

「そうだ。彼らの声で目が覚めたんだ」ヒューはテーブルがあるはずの方向へ進み、手がなにかに触れたので安堵した。「いいか、ここにいるんだ。わたしはドアを開けてみる」

「かんぬきがかかっているんでしょう？」

「ああ。なにかがドアをふさいでいる。この家は石や粘土でできているのか？　それとも木の枝と漆喰《しっくい》？」

「木の枝と漆喰よ。作られてから二十年近くになるってバルダルフが言っていたわ。奥の壁は暴風雨のせいで傷んでいるの。早いうちに修理するか、違う小屋を建てなきゃいけないとも言っていた。彼は――」ウィラが再び咳きこんだので、ヒューは軽く背中を叩いてやったあと、ここにいろと命じて奥の壁に向かった。確かにここが木の枝と漆喰で作られていることがわかって、心から安堵した。石と粘土だと、叩き壊すのはずっと難しくなる。それに、ウィラの言葉どおり雨のせいで傷んでいた。触れただけで、ぽろぽろと崩れる。だが熱を帯びていた。

ヒューはウィラの咳の音を頼りにテーブルに戻った。彼女の手をつかみ、自分のズボンのうしろの部分を握らせる。「つかまっているんだ。奥の壁を壊す。放すんじゃないぞ」ヒューはテーブルを持ちあげると、小屋の奥に向かった。テーブルが壁につかえるまで進んでいく。テーブルを置くと、壁を手で探り、柱のありかを確かめた。柱を叩いて時間を無駄にしたくない。ぶつける場所を確認したところで、手を背中にまわしてウィラがそこにいることを確かめた。それから破壊槌の要領で、編んだ木の枝に藁《わら》や牛糞《ぎゆうふん》をかぶせて作った壁にテーブルを思いっきりぶつけた。最初の一撃でテーブルは壁を貫いた。

ヒューは安堵のため息をつきながら、ズボンのうしろをつかんでいるウィラの手を握ると、頭を低くして壁の穴に突進した。燃え盛る小屋から充分に離れたと確信するまで、ヒューは走り続けた。足を止め、振り返ったところで、ウィラのドレスの背中に火がついていることに気づいて悲鳴をあげる。彼女を地面に押し倒し、手とドレスのまだ燃えていない部分を使って火を消そうとした。すべて消し終えたのとほぼ同時に、ウォルフィとフェンが小屋の向こうから駆け寄ってきた。一瞬、二匹が襲ってくるのかとヒューは身構えた。そして……そのとおり二匹はウィラに飛びかかったかと思うと、彼女が無事だったうれしさにぺろぺろと顔をなめ始めた。

　ヒューはウィラを起こして座らせ、燃えている建物を眺めた。小屋はすっかり炎に包まれていた。かやぶきの屋根はあたかも大きな松明《たいまつ》のようだったし、壁はすでに燃え尽きてしまっている。

「あの子たちの鳴き声で目が覚めたのよね？」

　ヒューはウィラに顔を向けてうなずいた。「火がついたとき、狼たちはどこにいたんだろう？」

「食べたあとは、ずっと眠っていたんだと思うわ」ウィラの目つきが鋭くなった。

「火はいつついたの？」

「さあ」ヒューは手を貸してウィラを立たせると、ぐるりと小屋をまわって空き地に向かった。火をつけた人間がだれにせよ、そこにいると思っていたわけではない。もしいたのなら、ウォルフィとフェンが放っておかなかっただろう。だが、なにがドアを開かないようにしていたのかを確かめたかった。

　小屋の表側にまわり、厚板がドアをふさいでいるのを確認した直後、屋根が崩落した。続いて壁が崩れ、狼たちはとたんに逃げだして森のなかへと姿を消した。ウィラの様子をうかがうと、黙って涙を流しているのが見えた。十年間、彼女はここで暮らしたのだと思いながら、ヒューは彼女を抱き寄せた。こんなふうに焼け落ちるのを見るのはさぞ辛いだろう。ふたりはしばらく燃える小屋を見つめていたが、やがてヒューは馬のことを思い出し、ウィラを連れて厩に向かった。馬がそこにいるのを見て安堵する。ウィラをドアのところで待たせておき、なかに入って急いで馬の状態を確かめた。どこも怪我をしていないことがわかると、鞍を乗せて厩から連れ出した。まず自分が乗ってから、ウィラを前に乗せた。

ふたりはどちらも無言だった。ウィラは必要以上にヒューに触れないようにしながら、馬に揺られていた。顔は真っ青で、がたがたと体を震わせている。なによりヒューを心配させたのが、その目になにも映っていないように見えることだった。さっき見た夢を思い出した。煙の充満する小屋のなかに彼女の一部を置いてきてしまった気がしていた。彼女がどこか遠くに行ってしまったようで、ヒューはどうにも気に入らなかった。

ヒューは城の階段のすぐ下まで馬を進め、そっとウィラをおろした。ウィラは途方に暮れたようにその場に立ち尽くしていて、顔が煤《すす》に汚れていることにヒューは初めて気づいた。狼たちがうれしさのあまり彼女の顔をなめていくらかはきれいにしてくれたようだが、まだほとんどがそのままだ。ドレスに火がついたときに、髪の下のほうも焦げていたことを知って、ヒューは心を痛めた。ウエストの少し上あたりで切らなければならないだろう。

「寝室に行って着替えておいで。風呂を用意させて、煙と煤を落とすんだ」ヒューは階段をあがっていくウィラに命じた。「バルダルフを部屋の外で見張らせるから、彼が行くまで部屋を出てはいけない」

ウィラはなにも言わなかったが、うなずいたようにヒューには見えた。彼女が城のなかに入るのを見届けてから厩に馬を進めた。馬から飛びおりて、いっしょに階段をあがりたかった。彼女の体から火事の痕跡を洗い流し、頭のなかから火事のことが消えるまで抱いてやりたかった。だがするべきことがある。ウィラが命を狙われたのはこれが三度目だ。四度目が起きる前に、犯人を捕まえなければならない。

ウィラはだれにも会うことなく、夫婦の寝室にたどり着いた。だが部屋に入ってしまうと、なにをすればいいのかわからなかった。ヒューがなにかしろと言っていたような気がするが、ぼんやりとしか覚えていない。部屋のなかを見まわした。今日は素晴らしい日だった。そして、恐ろしい日だった。今朝ヒューは、想像したこともなかった情熱をウィラに教えてくれた。その数時間後には、もう少しで彼を失うところだった。

もちろんウィラ自身も死にかけたことは確かだが、これまでずっと彼女は命を狙われてきた。新たな一日を迎えられることはそれだけで贈り物だった。だが今日犯人は、もう少しでヒューを殺すところだった。何年も前にルヴィーナを殺したように。ウィラの母は、彼女を産み落とすときに死んだ。イルバートは彼女を護衛しているときに死んだ。自分の子供のように彼女を育ててくれた人は、ほんの数日前に死んだ……

愛した人を失うのはもうたくさんだ。

ウィラはうめきながらベッドの端に腰をおろした。ヒューに対する感情は、いまだに混乱している。まだ会いもしないうちから、彼のことを愛していると思っていた。夫を愛するのが彼女の義務だったからだ。だが数日前までは、彼が死ぬことを考えてもいまのように心が痛むことはなかった。出会う前に彼が命を落としていたなら、きっと残念だと思い、悲しんだだろう。けれど今日もう少しで彼を失うところだったことを思うと、恐怖と体を引き裂かれるような痛みを感じた。ヒューを失うことに耐えられる自信がなかった。もしも彼女を殺そうとしている人間のせいでヒューが死んだら、絶対に耐えられない。

どすんという音がしてウィラは我に返り、この部屋とリチャード・ヒルクレストのものだった主寝室を隔てる壁に目を向けた。彼女が知るかぎり、あの部屋はだれも使っていないはずだ。こもったような物音が聞こえ、ウィラはドアに歩み寄った。ヴィネケン卿が手紙を捜しているのだろうと思った。だがなんであれ、気を紛らわせることができるならそれでよかった。

廊下に出てみると、そこにはだれもいなかった。

バルダルフを行かせると言ったヒューの言葉をぼんやりと思い出した。彼はまだのようだ。廊下はしんとしていて、ウィラの背後で寝室のドアが閉まると暗くなった。廊下に面したほかの部屋のドアがすべて閉まっているせいで、明かりが入らないのだ。まだ早い時間だったが、蠟燭に火を灯《とも》す必要がある。

リチャードの部屋まで半分ほどの距離を進んだところで、ついいましがた階段をあがってきたときには蠟燭の火はついていたはずだと思い至った。そうでなければ、さっきも暗かったはずだ。ウィラは眉間にしわを寄せた。はっきりそうだとは言いきれない。さっきはかなり動揺していた。蠟燭を取りに戻ろうかと思い、夫婦の寝室を振り返った。冷たい風が髪を揺らしたのはそのときだ。靴のなかで爪先が丸まった。蠟燭が消えているのはそれで説明がつくとウィラは考えた。どこかの部屋から風が入ってきて、そのせいで火が消えたのだ。

カチリというかすかな音がして、ウィラは廊下の先に目を向けた。リチャードの部屋のドアが閉まった音に違いない。インクを流したような闇に目を凝らし、だれかいるのかどうかを確かめようとした。「おじさま?」

ウィラは壁伝いにそろそろと足を進め、やがて指先がドアに触れた。そこで立ち止まり、なにも見えない代わりに耳に神経を集中させた。だれかの息遣いを聞いたと思った。再びカチリという音が聞こえ、廊下のさらに奥に目を凝らす。別の部屋のドアが閉まったようだ。しばらく耳を澄ましていたが、聞こえるのは自分の鼓動だけだった。そのときになってようやく、心臓が激しく打っていることに気づいた。まるでなにかに怯えているかのように。

「ばかみたい」ウィラはドアに手を伸ばしながら、自分を叱りつけた。蠟燭を手にしたおじさまがなかにいて、お父さまの手紙を捜しているに違いないわ。ウィラはドアを開けたが、戸口でためらった。不安に満ちたまなざしで部屋のなかを見まわす。ひんやりしていてかび臭かったが、人がいる気配はない。不安が増した。確かにここでなにか物音がしたのだ。

カタンという音がして、ウィラはぎくりとして視線を窓に向けた。よろい戸をおろしている窓にいつもかけてあるタペストリーの片側がはずれているのがわかって、ウィラは小さく笑った。よろい戸が、開いたり閉まったりしている。その隙間から日光と冷たい風が入ってきていた。隣の部屋で聞いた音はこれだったに違いない。なんでもないことにびくびくしていた自分をばからしく感じながら、ウィラはよろい戸を閉めようとして部屋に入った。

「ウィラ！　どこです？　ウィラ！」バルダルフのあわてた声が聞こえてきて、ウィラは鼻にしわを寄せた。ここ最近の出来事で神経質になっているのは彼女だけではないらしい。

「ここよ、バルダルフ！」ウィラは、バタバタと揺れているよろい戸をつかもうと窓に身を乗り出しながら叫んだ。

「いったいここでなにをしているんですか？　おれが行くまで部屋から出るなとヒューが――」不機嫌そうな彼の声がうめき声に変わり、ウィラはドアのほうを振り返った。だれかが急いで部屋を出ていくのが見えた気がした。だがそれも一瞬で、彼女の視線は床にくずおれたバルダルフに吸い寄せられた。

「バルダルフ！」ウィラは彼の傍らに駆け寄った。「バルダルフ？」

ウィラは膝をつき、彼を仰向けにした。心配そうに青い顔を見つめ、額にかかった髪を払いながらつぶやく。

「ああ、バルダルフ」彼は痛みにうめいたが、目を開くことはなかった。

ウィラは唇を噛みながら、片手で彼の頭を持ちあげた。もう一方の手で慎重に後頭部を撫で、殴られたところを探り当てる。腫れて出血していた。

「ウィラ！　やっほー！　おーい？」

「ジョリヴェ？」ウィラは自信なさげに呼んだ。

「ここにいると思ったんだ。さっき、きみがヒューと帰ってきたのを見たんだよ。最新流行のファッションの話をしようと思ってさ。きみがどんなドレスが好きなのかを聞いておかないとね。新しいドレスを作る手伝いをしてくれってヒューに頼まれたから——床の上でふたりしてなにをしているんだ？」寝室の戸口までやってきたジョリヴェは面白そうに尋ねたが、バルダルフに気づくとその表情は心配そうなものに変わり、あわてて彼に近づいて膝をついた。「なんてこった！　バルダルフは大丈夫なのか？」

「だれかが彼の頭を殴ったの。イーダを連れてきてもらえる？」

「もちろんだ」ジョリヴェは持っていた羊皮紙を床に置くと、急いで部屋を出ていった。すぐに彼の叫び声が聞こえてきた。

「火をつけた人間は見なかったんだな?」

ルーカンに訊かれて、ヒューは苦々しい顔をした。厩に馬を入れたヒューは、まずバルダルフを捜した。警戒が必要なことをわからせるために手短に状況を説明し、彼がウィラのもとへ向かうのを確かめてから、今度はルーカンとヴィネケン卿を捜した。この問題を解決するには、冷静に考えることのできる人間が必要だと思ったからだ。ヒューはいま怒りのあまり、まともにものが考えられなくなっていた。

大広間にいるルーカンとヴィネケンを見つけたヒューは、小屋で起きたことをくまなく伝えた。もちろん個人的な事柄は省いたが、火事のことは話した。それからふたりの意見を待った。ヒューの話が終わったあともヴィネケンは黙ったままだったが、ルーカンのほうは犯人をつかまえるための助言どころか、くだらない質問をするばかりだった。

「眠っていたと言っただろう」ヒューは辛抱強く答えた。

「あの小屋で?」ルーカンは片方の眉を吊りあげた。

「そうだ、あの小屋でだ。わたしたちは眠っていた。火をつけた人間は見ていない」

「きみたちはあの小屋で眠っていたんだな?」

「いまそう言っただろうが」

「確かに。だがそいつは妙じゃないか。いったいなんだってわざわざ小屋まで行って、きみの体がはみだしそうな小さな寝台で眠らなきゃいけないんだ？　この城には寝心地のいい大きなベッドがあるっていうのに」

ヒューとウィラが小さな寝台で寝ていた理由は百も承知だとルーカンの顔に書いてある。彼はただヒューをいらだたせようとしているだけだ。その思惑どおり、ヒューが喉の奥でうなり始めたところで、ヴィネケンが口を開いた。

「それはどうでもいいことだ、ルーカン」彼はたしなめるようなまなざしをルーカンに向けてから、言った。「火をつけた人間がだれにせよ、きみたちがあそこにいることをどうやって知ったのかを突き止めるのがなにより重要だと思う」

ヒューはそう言われてぎくりとした。考えてもみなかった。

「放火犯はきみたちを小屋まで尾行したんだろうか？」ルーカンが訊いた。

ヒューはしばし考えてから首を振った。「いや、それはない。もしそうなら、狼たちが気づいている。うなるかなにかしていたはずだ。空き地でわたしたちが襲われたときのように」

「それなら、そいつはずっとあそこにいたわけじゃないということだな？」

ヒューはゆっくりとうなずいた。川までふたりのあとをつけてきた人間がいたとは思えない。もしいたなら、狼たちがなにかの形で教えてくれていたはずだ。

つまり犯人は、狼たちがいなくなってからやってきたことになる。

「きみたちを尾行したのでないなら、犯人はどうやってきみたちがあそこにいることを知ったんだ？　単なる偶然か？」

ヒューは顔をしかめた。そんな偶然は信じない。小屋に行くことをわたしはだれかに話しただろうか？　考えてみたが、話していないことはわかっていた。だがバルダルフは知っていただろう。狼たちを小屋近くの空き地に連れて帰りたいとウィラが言ったとき、バルダルフもふたりのそばにいた。ほかにだれかが近くにいただろうか？

叫び声が聞こえたのはそのときだった。階段に顔を向けると、あわてて駆けおりてくるジョリヴェが見えた。「ヒュー！　イーダ！　イーダはどこだ？」

泡を食っているその姿にヒューは天を仰ぎたくなったが、ジョリヴェがウィラのいる上の階からおりてきたことにすぐに気づいた。そのうえ、イーダを捜している。ヒューは階段へと駆け寄った。「なにごとだ？　ウィラになにかあったのか？」

「違う。バルダルフだ。だれかが彼の頭を殴って――」

「イーダを連れてきてくれ」ヒューはジョリヴェの言葉を遮って命じると、彼の脇をすり抜けて階段をあがった。自分たちの寝室へと向かう。ルーカンとヴィネケンがすぐあとからついてきていることはわかっていた。部屋にだれもいないことを見て取ると、三人は当惑したように戸口で立ち止まった。ヒューは即座にきびすを返し、ふたりを押しのけるようにして廊下に戻りながら妻の名を呼んだ。「ウィラ!」

「ここよ!」

彼女の声がしたほうへと足を進め、伯父の寝室に入ったが、妻の姿を見ただけでは安心できなかった。床に倒れているバルダルフにちらりと目を向け、急いで彼女の隣に駆け寄る。「大丈夫か?」

「ええ。殴られたのはバルダルフなの」ウィラはそう答えるとドアに視線を向けた。安堵の表情が顔に広がる。彼女の視線をたどったヒューは、イーダがルーカンたちを押しのけて部屋に入ってきたことを知った。

「なにがあったんだい?」イーダはバルダルフの横に膝をついて尋ねた。

ヒューがバルダルフの青白い顔を見て眉間にしわを寄せているあいだに、ウィラが説明した。「この部屋で物音がしたから、おじさまが手紙を捜しているんだと思ったの。見に来てみたら、だれもいなかった」ウィラは窓を示した。「タペストリーがはずれて、よろい戸がばたばたしていた。わたしが聞いたのはその音だったの。閉めようとしていたらバルダルフが入ってきた。なにか言いかけて、そうしたらうめき声が聞こえたの。振り返ったら、彼が倒れるところだった。だれかが頭を殴ったのよ」

「その人間を見たか？」ヒューが訊いた。

「わたしは――」

「手紙だ！」

ヴィネケン卿の驚きの声に、ヒューは振り返った。巻物を手にしている。ヒューは彼に近づいた。「どこで見つけたんです？」

「ベッドの上にあった」ヴィネケンは困惑したようなまなざしをヒューに向けた。

「この部屋はくまなく探した――何度も。そのときはここにはなかった」

ヒューはぎゅっと口を結んだが、なにも言わずに巻物を受け取ると、ベルトにはさんだ。ウィラのところに戻り、背後に立つ。ウィラはしゃがんだまま、巻物とヒューの顔を興味深そうに交互に眺めていたが、バルダルフがうめき声をあげると、長年彼女を守ってきた男に視線を戻した。

「バルダルフ？」ウィラが愛情のこもった仕草で彼の頬に触れるのを見て、ヒューは妙な嫉妬を覚えた。彼がそのさもしい感情を押し殺しているあいだに、バルダルフは目を開けて彼女の手を握った。

「ウィラ？」バルダルフは混乱しているようだ。

「そうよ」ウィラは微笑んだ。愛情と優しさのこもったその表情を自分に向けさせることができるなら、称号を捨てても惜しくないと思えるような顔だった。いつかきっとそうさせてみせるとヒューは心に誓った。そのために頭を殴られる必要がなければいいのだが。ヒューが苦々しい顔でそんなことを考えていると、ウィラがバルダルフに尋ねた。「頭はどう？」

「痛む」

「なるほど。それはよかった」イーダが告げた。

バルダルフは疑わしげに彼女を見た。「そうなのか？」

「そうだよ。あんたは生きていて、文句を言えるくらい元気だっていうことだからね」

ヒューは思わず笑いたくなるのをこらえなければならなかった。バルダルフの怒りに満ちた表情を見ても笑いは収まらない。咳払いをしてから、イーダをにらみつけた。

「痛みを楽にできる薬を作ってやってくれるか？」

「そうだね」イーダはうんざりしたようにため息をつくと、立ちあがった。「あんたたちがぼんやり立っているのをやめて彼をベッドに運んでくれたら、あたしもミードを取ってきて、薬を作るよ」ヒューがいぶかしげに片方の眉を吊りあげると、彼女はさらに言った。「薬を飲むと眠くなる。ウィラとあたしがこの部屋を片付けるから、ここのベッドで彼を休ませるといい。手紙が見つかったんだから、あんたたちがこの部屋に移ってはいけない理由はなくなった。伯爵は主寝室で眠るべきだ」

ヒューは部屋を見まわし、イーダの言葉について考えた。そのとおりだ。もうこの部屋を使っていけない理由はない。いままでそうしなかったのは、あれこれ動かす前に手紙を捜したかったからにすぎない。この部屋は、いま自分とウィラが使っている寝室よりずっと広い。ヒューはうなずいた。「そうだな」

「それじゃあ、彼をベッドに寝かせるんだ」イーダはそう命じると、使用人に命令されたことにむっとしているヒューを気に留めることもなく、ハーブを混ぜるためのミードを取りに部屋を出ていった。

リチャード伯父は、ずいぶんと彼女に好き勝手をさせていたようだ。もっと敬意を持って自分に接するように彼女をしつけるのはいまさら無理だろうと考えたヒューは、ウィラをどかせてバルダルフの横にしゃがみこんだ。彼の片方の腕を自分の肩にまわすと、ルーカンが駆け寄ってきて反対の腕を取った。ふたりは両脇から抱えるようにして、バルダルフをベッドに運んだ。

イーダはまもなく戻ってきて、バルダルフに薬を飲ませた。顔をしかめ、悪態をつく彼を見て、やはりイーダの薬を飲まされたヒューは同情を禁じえなかった。とはいえ、薬の効果なのか、あるいはその味のひどさにあきれたせいかはわからないまでも、飲み終わるころにはバルダルフの頬には赤みが差していた。ようやく訊きたかったことを訊ける程度に回復したようだと判断したヒューは、ベッドに近づいた。「殴った人間を見たか？」

バルダルフは申し訳なさそうに首を振った。「いいえ。部屋に入ったときにうしろから殴られたんです。見えたのは、近づいてくる床だけでした。それがだれにせよ、ドアのうしろに隠れていたんでしょう」

ヒューは眉間にしわを寄せ、問題のドアを見た。バルダルフがなにか目撃していることを期待していたのだ。だがもちろん、人生はそれほど簡単ではない。ヒューはうなずいた。「ここで休んでいるといい。犯人はすぐに捕まえる」

ヒューはドアのほうへと歩きだした。ジョリヴェはベッドのそばでためらっているが、ヴィネケンとルーカンがついてきていることはわかっていた。

「あなた？」

ウィラの声にヒューは足を止めた。振り返り、力なく微笑みかける。「なんだ？」

「手紙は?」

ヒューはウエストに手をやり、そこに手紙があることを確かめてほっとした。たったいままで忘れていたのだが、ウィラに言われたとたん、落としたのではないかと心配になったのだ。「大丈夫だ、持っている」

「わたしに読ませてくれるつもりだった?」

驚きが顔に出たことがわかった。「いいや。その必要はない。わたしが処理する」

「わかったわ」

その短い言葉に不満がこもっていることがありありと伝わってきたので、ヒューはいやな予感がした。「なにがわかったんだ?」

「あなたもわたしに秘密を持つつもりだっていうことが」ウィラは静かに言った。「これを読んできみが心を痛める必要は——」

「これはわたしについての手紙よ、あなた。だれが、そしてなぜわたしの死を望むのかが書いてある。わたしには読む権利があると思わない?」

ヒューは躊躇《ちゅうちょ》した。できればウィラには手紙の中身を知らせたくない。少なくとも、彼が先に読むまでは。彼女を傷つけるようなことが書かれていれば、そのあとも。だが彼女の顔を見ているうちに、いま手紙を読ませなければ、あとでみじめな思いをさせられることになるのではないかという疑念が湧いてきた。ひょっとしたらウィラは、ベッドで彼を拒絶するかもしれない。それが女性の強力な武器だ。ヒューは顔をしかめた。確かに強力だ。考えただけですくみあがった。

ヒューは悪態をつきながらウエストから手紙を引っ張り出すと、ウィラに渡した。

16

ウィラは手のなかの手紙を見つめていた。読むのが怖い。夫に目を向けた。ヒューは窓の前に立ち、中庭を見つめている。ヴィネケン卿が身じろぎしたので、ウィラの視線がそちらに流れた。不安と同時にいらだちも感じているようだ。ヒューに渡す前に読みたかったに違いない。なにが書かれているのか、みんな知りたくて仕方がないのだ。だがウィラは不安でもあった。

バルダルフに視線を移す。彼はベッドに座り、だれかが丸めて背中に当てた毛皮にもたれていた。彼がうなずくのを見て、ウィラは心を決め、ベッドの縁に腰かけて巻物を開いた。羊皮紙の状態を見て驚いた。だれかが何度も開いて、読んだことがはっきりわかる。ヒルクレスト卿だとは思えなかった。バルダルフを殴った人間が繰り返し読んだのかもしれない。濡れたような染みと字のにじみがあった。まるでなにか液体が落ちたかのような。涙だろうか？

「大事な娘、ウィラ」ウィラは、ヒューが振り返って自分を見つめていることを意識しながら読んだ。ヒューは彼女が声に出して読むとは思っていなかったのだろうが、それがもっとも公平だという気がした。それに、ひとりひとり順番に読むよりは手っ取り早い。

ウィラは咳払いをすると、続きを読んだ。

まずはおまえを愛していると言っておきたい。おまえがわたしの実の子であっても、これ以上におまえを愛することはできなかっただろう。娘のようにおまえを愛しているからこそ、この悲しい話をしなければならないことが辛くてたまらない。この話をしておまえを傷つけることが怖くて、これまで秘密にしていたわたしをどうか許してほしい。ヒューがその痛みを和らげてくれることを願っている。彼はいい男だよ、ウィラ。わたしは彼の成長を見守ってきた。機会さえ与えれば、ヒューは最高の夫になれるはずだ。

ウィラは読むのをやめて、ヒューの顔をちらりと見た。眉間にしわを寄せているだけで、そこにはなんの感情も表れていない。ウィラは手紙に戻った。

おまえがわたしの娘になることになった悲しい話だが、ウィラ、その謎はおまえの名前に隠されている。わたしがおまえをウィラと名付けたのは、おまえがわたしに託された《ウィルド》からだ。おまえの母親は死ぬ直前、おまえをわたしに託し、守ってほしいと言い残した。ウィラ・イヴレイクというのがおまえの名だとわたしは言ったね。嘘をついたことを許してほしい。本当の名前はあとで教えるが、まずは母親の名前だ。ジュリアナ・イヴレイクといった。美しい女性だった。あらゆる意味で。髪の色を除けば、おまえは母親にそっくりだよ。彼女は栗色《くりいろ》の長い髪をしていた。おまえの燃えるような金色の髪は父親譲りだ。

ジュリアナの両親は、わたしの弟夫妻に彼女を預けた。教育してもらうためだ。クレイモーガンで暮らしていた弟のペレスと妻のモルゴースは、子供の教育にとても長けていると言われていたのだ。ペレスは英国じゅうでもっともすぐれた戦士のひとりであり、モルゴースほど妻としての才覚がある女性はいないと考えられていた。とても評判が高かったから、わたしも自分の息子トーマスをふたりに預けた。ジュリアナとトーマスはそうやって出会った。

ふたりの友情がどんなものだったのか、わたしには具体的なところはわからないが、なにひとつやましいところがなかったことは断言できる。ふたりは兄と妹のように互いを思っていた。トーマスが戦士となるべく、ジュリアナがよき妻となるべく教育を受けていた十年のあいだ、ふたりは親しい友人同士だった。そしてジュリアナが十六歳になって間もなく、結婚する日がやってきた。十年前から決まっていた縁組だった。彼女の婚約者はトリスタン・ドーランドという腕の立つ戦士だった。彼は二十歳近く年上だったから、ジュリアナは——これはトーマスから聞いたのだが——彼が薄汚い老人だったらどうしようと心配していたらしい。いまでもそのことを思い出すと、笑えてくるよ。若者にとっては、二十歳年上の人間は老人に見えるのだろうね。だがトリスタンは老人にはほど遠かった。三十五歳の彼は人生の真っ盛りにいるたくましい男だった。ハンサムで、腕の立つ戦士で、自信に満ちていた。ジュリアナは彼をひと目見たときから恋に落ちたのだと思う。始まりはとても幸先《さいさき》のいいものだった。ふたりはきっとうまくいくとだれもが考えた。わたし以外は。

ウィラは咳払いをし、イーダがバルダルフのために持ってきたミードをジョリヴェがカップに注いで手渡すと、礼を言った。ウィラはひと口、そしてさらにもうひと口飲み——全員が辛抱強く待っていることに気づいて——もう一度咳払いをしてから、さらに読み続けた。

やがて起きるだろうトラブルをわたしが予期していたと言ってもおまえは信じないかもしれないが、わたしにはわかっていたのだ。結婚式のためにトリスタンが到着したとき、わたしはその場にいた。ジュリアナとトーマスは中庭を散歩していて、わたしはなにか用事を言いつけるために息子を捜していた。それがなんだったのかは覚えていないが、それは問題ではない。大事なのは、トリスタン・ドーランドが中庭に姿を現したとき、わたしがほんの数メートル離れたところに立っていたということだ。彼は大勢を引き連れてやってきた。軍旗を翻し、あたかも敵に突撃するときのように、部下たちと共に中庭に姿を見せたのだ。花嫁を早く自分のものにしたくてたまらないのがよくわかった。十年も待ったのだから当然だろう。だれもが動きを止めて、その光景を見守った。わたしもだ。彼がジュリアナに目を留めた瞬間がわかった。わたしのいる場所からでも、彼の目が輝いたのが見て取れた。ひと目で彼女に気づいたということは――ジュリアナは一度も彼を見たことがないと言っていたが――トリスタンはこれまで何度も彼女を見ていたに違いない。だが怒りの黒い雲がその目の輝きを覆ったのがわかって、わたしはジュリアナのほうを見た。不安のあまりジュリアナは、トーマスの手を強く握りしめていた。よくあることだった。ふたりはとても仲がよかったからね。だがトリスタンが険しい顔になったのはそれを見たからだったのだ。トーマスをその場で殴りつけたかったのだと思う。だがもちろんそんなことはできない。トリスタンがふたりに馬を近づけて、鞍から降りると、わたしも歩み寄った。ジュリアナもトリスタンが怒っていることに気づいたのだろう、急いでトーマスとわたしを紹介し、トーマスは彼女の一番の友人であり、兄のような存在だと説明した。トリスタンは納得したようで、その後はトーマスにもわたしにも機嫌よく接した。だが結婚式までの数日間、トリスタンを注意深く見守っていたわたしは、うまく隠してはいるものの彼が嫉妬を感じていることに気づいた。トリスタンはトーマスを嫌っていた。ジュリアナに近づいてほしくないと考えているのがわかった。トラブルにならなければいいがと思っていたわたしの不安は、あいにく現実になってしまった。

初めのうちは、うまくいっていた。結婚式は滞りなく行われ、オーランドに向けて出発したジュリアナとトリスタンはとても幸せそうだった。トーマスは戦士としての訓練を続けるためクレイモーガンに戻り、わたしはヒルクレストに戻った。トーマスに話をするつもりだった。ジュリアナとの関係は気をつけなければいけない、そうでないとトラブルになるかもしれないと警告するつもりだった。もしそうしていたなら、その後の悲劇は避けられたかもしれない。だがわたしはそのころ、クレイモーガンの管理の仕方について弟のペレスと言い争いを繰り返していた。そのためトーマスはしばしばオーランドを訪れていて、そしてトラブルが起きた。

あの日は、空気中になにかが漂っていたとしか思えない。わたしはクレイモーガンに赴き、地所の管理の仕方について、またもやペレスと言い争った。だがあのときは、それまでとは違っていた。わたしは度を越してしまったのだ。言い争いは喧嘩《けんか》となり、最後にペレスはモルゴースとヒューを連れて、戦士として身を立てるべく城を出ていってしまった。わたしのつまらない嫉妬のせいでこれ以上不愉快な思いをするのはたくさんだと言って。

ペレスの言葉が正しかったことを、わたしはヒューに——彼がこの手紙を読んでいるのなら——告白しなければならない。ペレスとの言い争いはすべて、わたしの嫉妬が原因だった。トーマスと引き換えに妻を失っていたわたしは、弟がモルゴースとふたりでつかんだ安らぎと幸せがうらやましかったのだ。ペレスはそう言ってわたしを責めた。当時は否定していたが、いまは正直に言おう。ペレスは正しかった。彼のクレイモーガンの管理の仕方に文句を言ったのは、わたしの浅ましい嫉妬のせいにすぎない。わたしがペレスを追い出したのだ、ヒュー。そのせいでおまえとおまえの母親をみじめな目にあわせてしまった。すまないと思っている。

ウィラは手紙を読むのをやめ、ヒューのほうを見た。彼は向きを変えていたので、こわばった背中しか見えない。どうにかして慰めたいと思ったが、ジョリヴェがまたミードの入ったカップを押しつけてきた。早く続きを聞きたいと思っているのがよくわかったので、急いでミードを飲んでカップを彼に返し、手紙に戻った。

ペレスがヒューとモルゴースを連れてクレイモーガンのゲートを出ていったのとほぼ同時にトーマスが戻ってきた。わたしはペレスとの言い争いのあとで怒ってもいたし、動揺もしていたが、トーマスのほうが激しく動揺していることはすぐにわかった。わたしたちは大広間に行って、話をした。

オーランドではまずいことになっていた。トーマスがジュリアナとトリスタンのもとを訪れていることはわたしも知っていたが、どれほど頻繁に、どれほど長く滞在しているかは気づいていなかった。初めて訪れたときからオーランドの執事長を務めるトリスタンの甥のガロッドと親しくなっていたトーマスは、勧められるまま予定以上に滞在したり、訪れる頻度を高くしたりしていたらしい。トーマスはガロッドを親友だと考えていた。オーランドでの滞在を楽しんでいたが、最後に訪れたとき、ジュリアナの様子がおかしいことに気づいた。夫を愛していることは間違いないが、トーマスがいるとどこか不安そうで落ち着かない様子だったという。ふたりはよくいっしょに散歩をしていた。もちろん外の開けたところだが、ふたりきりで話ができるようにほかの人からは離れたところにいることが多かった。だがジュリアナはそういうことをしなくなった。それどころかトーマスを避けるようになり、夫かガロッドのいるところでしか、トーマスと言葉を交わすことはなくなった。それもひどく緊張した様子なので、トーマスは当惑した。

騎士として認められることになりそのことを報告しに行ったとき、トーマスはようやくジュリアナとふたりきりになることができたので、どうしたのかと尋ねた。そのとき初めてトーマスは自分にとってもジュリアナにとっても、ガロッドが友人と呼べる存在ではないことを知った。ガロッドはトリスタンの嫉妬に気づいていたが、トリスタンを安心させるどころか、逆に彼の不安をあおっていた。トーマスにしばしばオーランドを訪れ、長く滞在することを勧める一方で、その事実を利用してトリスタンの嫉妬をさらに燃え立たせていたのだ。ガロッドのせいでジュリアナの生活は地獄のようだったという。

それを聞いたトーマスは即座にクレイモーガンに戻ってきた。ガロッドがなにをしたかを知ってひどく腹を立てていたが、ジュリアナに近づかないようにして、トリスタンの嫉妬が薄れるのを待つほかできることはなかった。そこでトーマスはリチャード王の十字軍に加わることを決めた。リチャード王と配下の者たちは、七月にベズレーでフィリップ王一行と合流していた。このときは九月で、リチャード王の軍はシチリアのメッシナ郊外にいて、一行はしばらくそこに滞在するという知らせが届いていた。シチリアのウィリアム二世は十字軍のための艦隊を用意すると約束していたのだが、彼は十一月に死去し、継承争いが起きていた。タンクレード・オブ・レッツェはジョーン・オブ・イングランドを自宅監禁し、十字軍のために彼女の財産を没収した。

トーマスは噂が本当かどうかを確かめるためにシチリアに赴くことを決めた。一行が航海に出る前に十字軍に合流したいと考えた。わたしは行かせたくなかったが、彼はすでに一人前の男であり騎士だった。彼を止めることはできない。彼が到着する前に一行が出発することを祈るばかりだった。だが運がトーマスに味方した——いや、結果からすれば敵にまわったのかもしれない。英国軍とフランス軍は双方ともメッシナ郊外で冬を越すことになり、トーマスも彼らといっしょに冬を越した。

それから八か月は平穏に過ぎた。わたしは弟と彼の家族を追い出し、息子は十字軍に加わった。クレイモーガンには新しい執事長を迎えたが、ペレスの代わりは務まらなかった。常に面倒を見ていてやる必要があった。ヒルクレストの執事長はわたしに何年も仕えていたから、さほど指示は必要ない。わたしはクレイモーガンで過ごすことが多くなった。トーマスが十字軍から戻ってこないという知らせを携えた使者が到着したとき、わたしがクレイモーガンにいたのはそういうわけだ。トーマスはアッコにもたどり着けなかった。一行は四月十日にメッシナを出港したのだが、キプロス近辺で二隻が難破し、トーマスはそのうちの一隻に乗っていたのだ。

わたしにとっては痛烈な打撃だったよ、ウィラ。息子を深く愛していたわたしは絶望した。すべてを奪われたように感じていた。わたしはなにもかも失ったのだ。何日もわたしは空を見つめ、なにも考えられずにいた。そんなある日、ぼんやりと大広間の暖炉の火を眺めていると、使用人のひとりが駆けこんできた。馬に乗った女性がひとりで城に近づいているという。貴族の女性が。失意の底にいたわたしを中庭まで行かせるには充分な知らせだった。その女性がジュリアナであることをわたしは見て取った。彼女は身重だったうえ、悲嘆に暮れているようだった。さめざめと泣いていて、わたしを見るなりトーマスはどこにいるのかと訊いた。彼は死んだと答えると、ジュリアナは紙のように白くなって、お腹を押さえてつぶやいた。〝神さま、わたしたちの負けです〟そして馬の上にくずおれた。

わたしは彼女を城のなかに運ばせ、トーマスの部屋に連れていった。ただの失神で、じきに意識を取り戻すだろうと思っていたのだが、間もなく彼女はお腹を押さえ、悲鳴と共に目を覚ました。陣痛が始まっていたのだ。いつからだったのかはわからない。そんな状態で馬に乗るべきではなかった。わたしはイーダを呼びに行かせた。ジュリアナの痛みが落ち着いているときに、なにがあったのかとわたしは尋ねた。荒い息をつきながら彼女はすべてを話してくれた。トーマスがいなくなってトリスタンの嫉妬は和らいだ……彼女が身ごもっていることがわかるまでは。トリスタンは初めはそれを知って喜んだが、ある日突然、変わった。むっつりと不機嫌になり、非難するような目で彼女を見つめ、嫌悪のまなざしで彼女の腹をにらんだ。その変化の背後にもガロッドがいるのではないかとジュリアナは考えたが、どうすることもできなかった。夫の酒量は日々増えていき、それと比例するようにジュリアナの恐怖も大きくなっていった。ある日、彼女のメイドがうろたえた様子でやってきた。ジュリアナが疑っていたとおり、今回の件もやはりガロッドが原因を作っていた。ジュリアナが子供を身ごもった時期とトーマスが最後に訪れた時期が一致することを指摘し、ジュリアナのお腹のなかにいるのはトリスタンの子ではないようなことをほのめかしていたのだ。ガロッドはトリスタンに酒を飲むように勧め、彼の耳にこういった邪悪な嘘を吹きこみ、彼が妻に背を向けるよう仕組んでいた。ジュリアナは、そんなことを信じた夫に激しい憤りを覚えた。だがそれも、メイドが恐る恐るこう尋ねるまでのことだった。

〝それって嘘ですよね、奥さま？〟

トーマスとの純粋な友情が他人にどのように見えていたのか、ジュリアナはそのときになって初めて理解した。夫と直接話をしようと思っていたある日、トリスタンがいつも以上に酒を飲み、ガロッドがまたもや恐ろしいことを彼に吹きこんでいると、ジュリアナはメイドから聞かされた。トーマスの子供を始末してはどうかとトリスタンを唆《そそのか》しているという。〝ほかの男の子供にすべてを相続させたいのか？　父親のよくわからない男の子供を始末する方法ならいくつもある。また身ごもらせればいいことだ〟と。

あまりの知らせにジュリアナが呆然としていると、トリスタンの怒りの声が聞こえてきた。彼が階段をあがってきていることに気づき、ジュリアナはあわてて寝室から逃げだした。隣の部屋に身を潜め、彼が通り過ぎるのを待って、急いで階段をおりた。テーブルについたままだったガロッドはジュリアナを見ると大声をあげたが、彼女がドアを出ても追いかけてはこなかった。おそらくトリスタンを呼びに行ったのだろう。そのあいだにジュリアナは厩に向かい、鞍すらつけずに自分の馬にまたがって中庭を走り出ると、まっすぐクレイモーガンに向かった。トーマスが子供を守ってくれることを願って。

ウィラ、おまえはジュリアナが話し終えた直後に生まれた。イーダはおまえを母親の腕に抱かせると、出血を止めようとした。だがだめだった。ジュリアナはあっという間に弱っていき、やがて抱いていられなくなったので、わたしがおまえを受け取った。おまえは神からの恵みだった。しわだらけで赤い顔をしていても、美しい赤ん坊だった。ジュリアナからおまえを託され、トリスタンから守ってほしいと頼まれたときには、とうてい断れなかった。おまえはわたしの生きる目的になったんだ。ただひとつの目的に。

ウィラが言葉を切ると、とたんにミードを押しつけられた。彼女はそれを断って、洟をすすり、涙をぬぐった。ヴィネケン卿が近づいてきて、ハンカチで涙をぬぐった。

「ありがとう」とウィラが礼を言うと、今度は鼻にハンカチを押し当てられた。

「かんで」ヴィネケンが言った。

ウィラは顔を赤らめたが、ハンカチで鼻をかんだ。ヴィネケンは満足そうにうなずき、まるで子供にするように彼女の鼻をぬぐった。そして再び元の位置に戻り、続けるようにとうなずいてみせた。

おまえが生まれ、ジュリアナが死んでまもなく、トリスタンがガロッドと百人ほどの兵士を引き連れてクレイモーガンの中庭に現れた。わたしはおまえとイーダを寝室に隠し、大広間で彼らと対峙した。トリスタンはひどく怒っていた。妻を返せと言ってきたので、ジュリアナを横たえたままのトーマスの部屋に案内した。出産の際に彼女は命を落とし、子供も死産だったとわたしが告げるまで、ただ眠っているだけだとトリスタンは思ったようだ。あんな状態で馬に乗るべきではなかった、いったいなぜオーランドから必死になって逃げてこなくてはいけなかったのかと——あたかもその理由を知らないような顔で——わたしは尋ねた。彼の答えは苦悶に満ちた叫び声だった。妻とトーマスが死んだときにわたしが味わったものと同じ痛みだ。一瞬、トリスタンを気の毒に感じたほどだが、彼の嫉妬がジュリアナを殺し、トーマスを死に追いやり、おまえの身を危険にさらしたのだ。トリスタンはおまえの死体を見せろとは言わなかった。それどころか、無言のままジュリアナを抱きあげると、部屋を出ていった。来たときよりはるかに年を取ったように見えた。

ガロッドがわたしたちといっしょに階段をあがってきていたことを知ったのは、一行が帰ってからのことだ。だが彼はトーマスの部屋には入ってこなかったから、ほかの部屋をのぞいていたのかもしれないとわたしは不安になった。イーダは見ていないと言ったが、ひょっとしたらわたしの部屋の近くまで行って、おまえの泣き声を聞いたかもしれない。ガロッドに似た男が村の周辺で、さらには城の中庭でも目撃されたという報告を受けて、わたしの不安はいっそう募った。

愛しいウィラ、わたしはほかのすべての人間を失っていた。おまえだけは失わないと心に決めた。おまえの安全が確保できるまでは、トーマスの部屋からは出さないことにした。村から乳母を連れてきて、彼女とイーダにおまえの面倒を見させた。だがある日、ルイス——ヴィネケン卿——が訪ねてきた。おまえも知っているとおり、わたしたちは子供のころからの友人だったし、わたしはおまえを見せびらかしたくて仕方がなかった。そこで、乳母におまえを連れてこさせるようにと使用人のひとりに命じた。乳母はおまえを連れてきて、わたしは存分におまえを見せびらかした。そして乳母がおまえを部屋に連れて帰ったところで、おまえがクレイモーガンにいる理由をルイスに説明しようとしたそのとき、乳母の悲鳴が聞こえた。ルイスとわたしが急いで駆けつけると、乳母はおまえをしっかりと抱きしめ、自分の子供を恐怖にかられた目で見つめていた。おまえをわたしのところに連れてくるあいだ、自分の赤ん坊をおまえのゆりかごに寝かせていたのだ。彼女の子供が死んでいることはひと目でわかった。息ができなかったのか、顔が真っ青だった。

赤ん坊はときにこれといった理由もなく死ぬことがある。まるで息をすることを忘れたかのように。だがその赤ん坊を見つめながら、これがおまえだったかもしれないと考えると、背筋が寒くなった。赤ん坊が死んでいることに気づく前、ガロッドによく似た男が階段をおりていき、あわてた様子で城を出ていくのを見たという話を聞いて、わたしはますます恐ろしくなった。ルイスにはなにも話さず、この件は自分だけの胸に収めておこうとわたしは決めた。乳母の子供はガロッドに窒息死させられたのだという確信があった。おまえだと思ったに違いない。

そのときに国王に報告すべきだったのだろう。だが国王は十字軍の遠征から戻っておらず、そのあいだジョンが国を統治していたし、わたしにはなんの証拠もなかった。ただ怪しんでいただけだった。おまえを取りあげられることが怖かったのもある、父親——そこにいてはおまえの命が危ない——に返すことはないまでも、宮廷で王室の乳母におまえを育てさせることになるかもしれない。いまはなにも言わず、ただおまえの身の安全だけを考えるのが一番いいとわたしは自分を納得させた。

おまえはほんの赤ん坊だった、ウィラ。初めのうちはおまえの存在を秘密にするのは簡単だった。わたしの隣の部屋におまえを連れてきて、決して下の階には行かせないようにした。イーダと乳母が引き続きおまえの面倒を見て、わたしも毎日顔を見に行った。

固形物が食べられるくらいにおまえが大きくなって、寝室を狭苦しく感じるようになったころ、下の階におりてくることを許した。だが使用人たちには、城の外で決しておまえのことを口にしてはいけないと命じた。

数年が過ぎ、いくつもの禁止事項についておまえに説明するべき時期が来ても、わたしはなにも言わなかった。おまえはわたしの指示になんの疑念も抱くことなく従っているのだと思っていた。普通の子供のように屋外で遊びたがっているとは、考えたこともなかった。おまえにはルヴィーナという友だちがいて、それで充分だと思っていたのだ。なんのトラブルも起きることなく時が過ぎ、いつしかわたしの警戒心も緩んでいった。おまえとルヴィーナが——わたしの知らないうちに——城を抜け出して遊べたのはそういうわけだ。ルヴィーナの身に起きたことは、おまえのせいではない。おまえたちは子供で、子供がするようなことをしただけだ。太陽の下で遊んでいて、いったいなにが起きると想像できるだろう？

あれはおまえのせいじゃない。すべてはわたしの責任だ。

一一九九年五月だった。おまえは九歳にもなっておらず、リチャード王は四月に死んで、ジョンが王位についた。ヒルクレスト伯爵であるわたしは戴冠式に出席し、王への忠誠を誓うことになっていた。そのときおまえはすでにルヴィーナとふたりで何度か城を抜け出していたことを、わたしは知らなかった。おまえたちは村の近くには行こうとしなかった。だれかに見られて、それがわたしの耳に入るのを恐れたからだ。だがどこかでだれかに見られていたのだろう。上等な服を着た少女が料理人の娘と森のなかで遊んでいるという噂が広まっていた。戴冠式が終わり、王に忠誠を誓ったわたしはいくつかのほかの用事をすませ、家路についていた。ルイスがいっしょだった。クレイモーガンに戻ってみると、おまえとルヴィーナの行方がわからなくなっていた。

城じゅうが大騒ぎで、わたしはさらにそれに拍車をかけた。おまえが抜け出したことになぜ気づかなかったと怒鳴り、足を踏み鳴らし、命令をくだし、使用人たちに当たり散らした。全員から話を聞いた。ガロッドに似た男が再び目撃されていたことを知ると、血が凍る思いがした。わたしが宮廷に着いたとき、彼もトリスタンといっしょにそこにいたのだ。だが戴冠式が終わってから二日間、彼の姿を見ていなかった。

そしておまえが見つかった。どれほど安堵したことか……おまえのドレスを着たルヴィーナが、真っ青な顔でバルダルフの腕に抱かれているのを見るまでは。ルヴィーナは死んでいた。

ルヴィーナは崖から落ちたのだとおまえが思っていたことは知っている。だが痣が真相を語っていた。あれは事故ではない。ルヴィーナの腕と喉にははっきりと指のあとが残っていた。わたしはおののき、すくみあがり、そして——神よ、許したまえ——失われたのがおまえの命でなかったことを喜んだ。

おまえをイーダとふたりで小屋に住まわせるようにしたのは、辛いことだったと思う。だがあれが、あのときのわたしにできる最善の方法だった。おまえは死んだという話を広め、護衛と共に小屋に行かせ、わたしはおまえと会うことをやめた。おまえに会わないでいることほど、難しいことはなかった。だがわたしが会いに行くことで、トリスタンにおまえの存在を気づかれてしまうかもしれない。おまえのかわいい顔を見られないことが、警戒を怠ったせいでルヴィーナを死に至らしめ、おまえの命を再び危険にさらしたわたしへの罰だった。

おまえがこれを読んでいるいま、おまえを守るというジュリアナとの約束をわたしはもう果たせない。わたしにできるのは、それができるくらい強い人間の手におまえを委ねることだけだ。おまえとヒューを結婚させることにしたのはそれが理由だ。彼は強くて、聡明で、優れた戦士だ。ウィラ、おまえには彼が必要になる。結婚したその瞬間から、おまえの存在は明らかになるからだ。結婚は国王に報告され、おまえは新しい伯爵として国王に忠誠を誓うヒューに同行しなければならない。その知らせはまたたくまに伝わるだろう。トリスタンはおまえが生きていることを知り、おまえの命は再び狙われることになる……実の父親であるトリスタン・ドーランドによって。

トリスタンはいまもおまえがトーマスの子供だと信じているのだろう。一度でもおまえを見ていれば、真実がわかったはずだ。おまえのなかに自分の面影を見ただろう。ほかのすべてはジュリアナにそっくりだが、目と髪だけはおまえはトリスタンによく似ている。トーマスはジュリアナと同じで栗色の髪だった。だが残念ながらトリスタンはおまえがだれに似ているかを見るまで待たず、再び甥を送りこんでくるだろう。そうなったとき、ヒューがおまえを守れることをわたしはただ祈るばかりだ。

おまえの父、リチャード

ウィラは膝の上に置いた巻物を無言で見つめた。身動きひとつせずまわりで立ち尽くす男たちの顔を見る心の準備ができていない。しばし沈黙が続いたあと、ヴィネケンが咳払いをしていった。「これで……事情がわかった」

「そうだな」ルーカンが静かな口調で言うのが聞こえたあと、なにか重たいものが肩に乗るのを感じ、ウィラはぎくりとして顔をあげた。肩に置かれていたのは夫の大きな手だった。さらに視線をあげていき、無言の優しさをたたえたヒューの顔が目に入ると、ウィラは思わず泣きだしそうになってあわてて視線を逸らした。

「そうか」ジョリヴェが芝居がかったため息をついた。「すべてはきみのいとこと父親の仕業だったというわけだ」

ジョリヴェが憤慨した口調で言うのを聞いて、ウィラの気分はふっと軽くなった。顔を歪めて笑い、肩をすくめる。「父がガロッドのしていることを知っていたのならね」

「おやおや」ジョリヴェは哀れむような顔になった。「ウィラ、彼が知らないはずがないだろう？」

ウィラはもう一度肩をすくめ、膝の上の巻物に視線を落とした。いつのまにかくしゃくしゃに握りしめていたことに気づいて、すぐに手を離した。「知らないかもしれないでしょう。ありうることよ」

部屋にいる全員――イーダですら――が気の毒そうに彼女を見ているのが感じられ

た。みんなが彼女のことを愚かだと思っている。そうなのかもしれない。彼女のことを気にかけている親がいるというのは、ただの夢物語なのかもしれない。ウィラは不意に立ちあがると、ドアのほうへと歩きだした。

「どこへ行くんだ？」ヒューが尋ねた。

「少し横になりたいの」ウィラは答え、ヒューがそれ以上なにも言わなかったのでほっとした。だが彼女は自分の部屋には戻らなかった。まずアルスネータに話をしなくてはならない。

アルスネータは厨房にいて、食料品を運んだり、あれこれ命令したりしていた。ウィラはしばらく戸口からその様子を眺めていたが、やがて厨房に足を踏み入れた。

「アルスネータ？」

彼女は驚いて振り返ったが、すぐにその顔に笑みが浮かんだ。「まあまあ。なにか甘いものを探しに来たんですか？」

「いいえ」ウィラはためらったものの、一度大きく息を吸ってから言った。「どうしてわたしの死を望むのかを訊きに来たの」

17

ヒューはたったいま妻が出ていったばかりのドアを見つめていた。彼女の表情が頭から離れない。心配でたまらなかった。実の父親が自分の死を願っていたという事実は、そう簡単に受け入れられるものではない。彼女が傷ついていることがわかっていたから、ヒューも辛かった。彼女に手紙を読ませないようにすることができればよかったのに。こんなふうに彼女を傷つけたくはなかった。

「ヒュー?」ヴィネケン卿の声に我に返った。

「はい?」ヴィネケンがヒューとバルダルフを交互に見たあと、バルダルフに向かって顎をしゃくったので、ヒューは眉を吊りあげた。

ヒューがけげんそうに見つめるばかりだったので、ヴィネケンはいらだたしげに舌を鳴らした。「バルダルフに訊きたいことがあったのではないのか?」

ヒューの困惑は深まるばかりだった。「わたしがですか?」

「小屋のことだよ。彼がだれに話したのか――」

「ああ！」ヒューはベッドに近づき、険しい顔でバルダルフを見おろした。

「ウィラとわたしが小屋に行くことをだれかに話したか？」

「いいえ！」バルダルフはその質問に驚いたようだったが、やがて額にしわを寄せて言った。「いえ、そういうわけでは。確かに話しましたが、でも――」鋭いまなざしをヒューに向ける。「まさか――小屋までだれかがあとをつけたんじゃないんですか？」

「違う。狼たちは警戒している様子もなければ、吠えることもなかった。だれかがついてきていれば、狼たちが気づくはずだ。そうだろう？」

「確かに」バルダルフはゆっくりとうなずいた。「火をつけた人間はあとから来たということですね。つまり、あなたたちが小屋にいることを知っていた」

ヒューは厳しい顔でうなずいた。「だれに話した？」

「ガウェインとアルスネータに」バルダルフは即座に答えた。「正午になってもあなたが現れなかったので、今日は部屋で食事をするのかとガウェインがアルスネータに訊きに行ったんです。彼女もわからなかったので、ふたりはおれのところに来た。そこでおれは、あなたとウィラは小屋に行ったからしばらく戻ってこないだろうと答えたんです」

「ガウェインとアルスネータ」ヒューは考えこんだ。やがて顔をあげてイーダに言った。「ウィラに風呂を用意してやってくれ。なにをするにしろ、まずは煤を洗い流さないと」それを聞いたバルダルフが起きあがろうとしたので、ヒューは押しとどめて言った。「いいから、ここにいろ。わたしがウィラを見ているから。風呂からあがったら、彼女をここによこす。そうすれば、わたしがアルスネータとガウェインに話を聞いているあいだ、おまえが彼女を守れる」

「ぼくがガウェインとアルスネータを連れてこようか？」ルーカンが訊いた。

「いや、まだいい。わたしはしばらくウィラといっしょにいるから。だがそのあいだ、ふたりから目を離さないようにしてもらえるとありがたい」ヒューはルーカンがうなずくのを見届けてから部屋を出た。寝室に向かうあいだも心のなかは乱れていた。ウィラはあの料理人を大切に思っている。それを考えれば、彼女を疑いたくはなかった。早く片付けてしまいたい。ウィラが風呂を終えてベッドに入るのを見届けたら、すぐに話を聞こうと決めた。

　風呂を想像して思わず頬が緩みかけたが、あわててその顔を引き締めた。これは真面目な話だ。今日は長く辛い一日だった。ウィラがそれを乗りきれるように手助けをするのは、夫である自分の義務だ。そして、そのためになにをすればいいのか、わたしにはわかっている。たっぷりの湯で彼女の気分をほぐしてやり、洗うのを手伝ってやろう。いっしょに入ってもいい。そこまで考えたヒューの顔に、またもや笑みが浮かんだ。小屋で妻を抱いてからほんの数時間しかたっていないが、彼女を風呂に入れることを考えただけで一気に気分が上向いた。

寝室のドアを開けて、そこにだれもいないことがわかると、ヒューの顔から笑みは消えた。その場で足を止め、部屋じゅうをぐるりと見まわしたあと、大声で叫んだ。

「ウィラ！」

とたんに、廊下から荒々しい足音が聞こえてきた。振り返ると、ルーカンとジョリヴェとヴィネケンが心配そうな顔で戸口に立っていた。その背後には、イーダに支えられたバルダルフがいる。全員がヒューの声に反応して駆けつけたのだ。

「彼女はどこだ？」ジョリヴェが不安そうに尋ねた。「どこに行った？」

「横になると言っていたのに」バルダルフが言った。

ヒューはいらだちと困惑の交じった表情で首を振ったが、そのとき思い出したことがあった。「ウィラはわたしの問いに答えなかった」

「なんの問いだね？」ヴィネケンが訊いた。

「バルダルフを殴った人間を見たかと訊いたときです。彼女がなにか答えようとしたとき、あなたが手紙を見つけて――アルスネータとガウェイン」ヒューは不意に恐怖に襲われた。「厨房だ」

妻のもとに一刻も早く駆けつけようとするあまり、ヒューは部屋の入り口に立つ男たちを危うく押し倒すところだった。ウィラはバルダルフを殴った人間を見たに違いない。そして、もしそれがアルスネータだったなら、そのことを彼には話さないだろう。彼女の身代わりになって死んだ幼馴染《おさななじみ》ルヴィーナの母親なのだから。彼女の死はウィラの責任ではないとリチャードは手紙に書いていたが、ウィラが彼女の話題を避けるのは、自責の念が大きいからなのだとわかっていた。アルスネータがウィラの死を望んだとしても、おそらくウィラは彼女を責めない。ウィラはきっと彼女に共感する。

「わたし――わたしはそんな――」アルスネータはしどろもどろで言いかけたが、やがて歳月が刻まれた顔を罪悪感に歪ませながら口を閉じた。

「あなたがバルダルフを殴るのを見たのよ」ウィラは言った。「それにあの巻物は玉ねぎのにおいがした。厨房のどこかに隠していたのね？」

アルスネータはがっくりと肩を落とした。

あたりが静かになったことに気づいて、ウィラは厨房のなかを見まわした。使用人たちはひとり残らず作業の手を止めて、ふたりの話に聞き耳を立てている。ウィラはアルスネータの腕をつかむと、厨房の裏の庭へと連れ出した。そこで足を止めて向き合ったときには、アルスネータの目は涙をたたえていた。

「ごめんなさい」ウィラが再び口を開くより先に、アルスネータが切り出した。「あなたを傷つけるつもりはなかったんです。いいえ、最初はそのつもりだった。でもあのときは、ものすごく腹が立っていたんです。わたしはあの日――あなたもルヴィーナもふたりとも死んだって聞かされていました。十年間、ずっとあなたとルヴィーナの死を悲しんでいたんです。あなたたちはいつもいっしょだったから、わたしはあなたのことも自分の娘のように感じていた。あの日わたしは、ふたりの娘を失ったんです」アルスネータはエプロンをもみしだきながら、あたりを行ったり来たりし始めた。

「あなたとルヴィーナを」

「アルスネータ」ウィラは彼女に歩み寄り、優しく腕に触れた。

アルスネータは振り返り、その手を振り払った。「触らないでください。優しくしないでください。わたしにその価値はないんです。それに優しくされたら泣いてしまって、話ができなくなります」

ウィラもまた目にいっぱい涙を浮かべながら、手を引いた。アルスネータは気づいていないようだが、彼女はすでに泣いていた。涙がとめどなく頰を伝っている。「わかったわ」

アルスネータはうなずいた。「あなたに死んでほしかった」

ウィラはたじろいだが、彼女が話を続けられるように口は閉じたままでいた。

「いいえ、そうじゃない」

アルスネータは自分で否定したが、困惑したように首を振った。

「違うんです。最初はそうじゃなかった。あなたが死んだと思っていたときは、ルヴィーナを失ったのと同じくらい悲しかった。それ以上生きていく理由がなくなったんです。一日が一年のように感じられた。人生が果てしなく続くように思えた。自殺を考えたけれど、そんなことをしたら地獄に落ちて、二度とルヴィーナとあなたには会えないと神父さまに言われたんです。やがて旦那さまが体調を崩されました。わたしはほとんど厨房から出ることはありませんでしたが、使用人たちは旦那さまの部屋を訪れる美しい若い女性の噂をするようになりました。だれだろうとは考えましたが、まさかあなただったなんて夢にも思いませんでした。

旦那さまが亡くなっているのを見つけたのはわたしでした。体調を崩されてから、お部屋まで食事を運んでいたんです。あの朝もいつものように朝食を運び、お部屋に入って、ベッドの横の収納箱にトレイを置きました。旦那さまのほうに目を向けて顔を見た瞬間、亡くなられたことがわかりました。顔は灰色で、だらりとしていて、生きている人のものではありませんでした。巻物を握りしめていて、その外側にウィラという名前が書かれているのが見えて、わたしは不思議に思いました。どうして十年前に死んだ子供に宛てた手紙を握りしめたまま死んでいるんだろう？　読まずにはいられませんでした。

読んでも、とても信じられませんでした。旦那さまは、まるであなたが生きているみたいにあなたに話しかけている。でもあなたは死んだんです。旦那さまがそうおっしゃったんですから。やがて、あの日のことを書いているくだりに来ました。あなたの代わりにルヴィーナが死んで、旦那さまはそれを神に感謝したと書いてあった」

アルスネータの苦しみがありありと伝わってきて、ウィラの胸は痛んだ。だがアルスネータは顔をあげると、決然とした口調で言葉を継いだ。

「使用人が部屋に入ってきたので、わたしは手紙を服のなかに隠しました。旦那さまが亡くなったことを彼女に告げ、ヴィネケン卿を呼びに行かせました。それから持ってきたトレイを手にし、部屋を出ました。手紙を持ったまま。そのあとで、数えきれないくらい読みました。何度も何度も。ルヴィーナがあなたの代わりに死んで、旦那さまがそれを喜んだところを読むたびに、わたしは——」

アルスネータは言葉を切り、ひとつ深呼吸をすると、怒りを振り払おうとするかのように首を振った。

「ヴィネケン卿は、新しい伯爵になったことを告げるためにデュロンゲット卿のところへ行かれました。そのあいだに手紙を戻しておくつもりでしたが、どうしても手放せなかった。そのうちにデュロンゲット卿とヴィネケン卿が戻ってこられたんです。わたしは結婚式の準備におおわらわでしたし、少し手が空いたときに手紙を戻しに行こうと思っても、いつもヴィネケン卿が旦那さまの部屋にいて手紙を捜していました。そして、あなたが来たんです」アルスネータは体の横で両手を握りしめた。「あの日、わたしはあなたのお手伝いをするはずじゃありませんでした。若いメイドのひとりがすることになっていたんです。でもわたしは彼女に厨房での仕事を言いつけて、代わりにあなたのところに行きました。やることはたくさんありましたが、どうしても自分の目であなたが生きていることを確かめずにはいられなかった。ひょっとしたらあの手紙は、死ぬ間際の人間が残したただのたわごとだったのかもしれない」

アルスネータは、怒り、嘆き、後悔、そして悲しみの入り交じったまなざしをウィラに向けた。

「あなたはとても美しくなっていた……そして伯爵と結婚しようとしている。わたしの娘は冷たい墓のなかで朽ちているというのに。わたしは――」

言葉が詰まり、ウィラはそれ以上耐えられなくなった。アルスネータに近づき、慰めようとして手を伸ばしたが、彼女はさっとあとずさった。

「あのときわたしはあなたを憎んでいました」アルスネータは打ち明けた。「わたしの娘が死んだのに、あなたは生きている。あなたは美しくて、幸せで、結婚しようとしている。あなたにも娘の隣の墓に眠ってもらおうと思いました。あなたを悼んでいたこの歳月、そこにいるものだとばかり思っていた場所に。あなたの着替えを手伝いながら、この手で首を絞めたくなるのを必死でこらえました。笑みを浮かべ、あなたの美しいドレスや髪や幸運を称えているあいだも、心のなかには真っ黒な思いがじわじわと広がっていました。結婚式のあいだも祝典の前半でもその思いは大きくなる一方で、そのうち耐えられなくなったんです。それで――」アルスネータの声が途切れた。

「ミードと毒を入れたピッチャーをわたしたちの寝室に置いた」アルスネータが言え

なかったことをヒューが言葉にすると、ふたりはぎくりとした。

「あなた！」ウィラは驚いた声をあげたが、かろうじて笑顔を作った。「わたし──」

「自分の部屋にいるはずだっただろう」

彼の険しい口調にウィラはたじろいだ。かなり怒っているようだ。「ええ、でもわたしは──」

「きみがここに来て以来、ずっときみを殺そうとしていた当の人間と話をしている」

ヒューはそう言うと、アルスネータに向き直った。「空き地でわたしを襲ってきた男はだれだ？　おまえの愛人か？」

「空き地の男？」アルスネータは困惑したように訊き返した。「そんな人は──」

「今日、小屋に火をつけたのはだれだ？　おまえの愛人は死んでいるから、それができたのはおまえしかいない。甥を引きこんだのなら話は別だが」

「小屋に火をつけた？」アルスネータはつかの間、おののいたようにヒューを見つめていたが、やがてすっと背筋を伸ばした。「空き地で襲ったことも、小屋に火をつけたことも、わたしはどちらもなにも知りません。結婚式の夜、ミードに毒を入れたのはわたしですが、でも……」彼女はウィラの目を見つめて言った。「あなたが階段をあがっていくのを見た瞬間、後悔したんです」

「だが彼女のあとを追いかけて、ミードを飲まないようにするほどではなかったわけだ」ヒューが吐き捨てるように言った。

アルスネータはそれを無視し、ウィラだけを見つめていた。「あなたのあとを追って、すべて打ち明けようかと思いました。でも怖かったんです。わたしにできるのは、あなたの喉が渇いていなくて、あのミードを飲まないことを祈ることだけでした。どれほど恐ろしい夜を過ごしたことか」

「わたしほどではないだろう」ヒューは苦々しげにつぶやいた。

「眠れませんでした。ようやく寝たと思ったらルヴィーナが夢に現れて、姉妹のように愛した人間を傷つけたと言って、わたしを責めるんです。あなたが助かったときにはほっとしました。わたしの企みが失敗して、本当にうれしかった。それ以降は一度もあなたを傷つけようとはしていません。その気になればできたんです。あなたがここで食べるものはどれもわたしが作っていましたから。わたしがそうしようと思えば、あなたはとっくに死んでいたでしょう」アルスネータは弁解した。

「死んだのはおまえの甥だっただろう。最初に毒を入れられたあと、彼を毒見係にしたのだからな」ヒューは冷ややかに告げた。

アルスネータは嫌悪感も露に手を振った。「ガウェインなんて！　彼にはなんの恩い入れもありません。もしウィラに死んでほしいと思ったなら、彼が死ぬかもしれないことなど少しも気にかけなかったでしょうね。子供のころから厄介な子でしたが、大人になっても少しも変わりません。意気地なしのくせに、欲深い。よくない組み合わせですよ。いつだって楽な道ばかりを探していた。彼から目を離さないほうがいいと思います。一足の靴のために、人を背中から刺すような男です」

ヒューはしばらくなにも言わなかった。「それでは今日小屋に火をつけたのも、空き地の男もおまえとは無関係だと言うんだな？」

「わたしは火などつけていません。小屋もあなたの言う空き地も、行き方すら知りません。そもそも小屋の存在を知らなかったんですから」アルスネータは疑いを晴らすべく、きっぱりと言った。「どちらもわたしは無関係です。ですが毒を入れたのはわたしです。それから手紙を盗んだのと……バルダルフを殴ったのも」

ウィラは尋ねた。「どうしてバルダルフを殴ったの？」

アルスネータは唇を噛んだ。「申し訳ないと思っています。本当に。バルダルフにも謝らなくてはいけませんね。あんなに強く殴るつもりはなかったんです。でも動揺していたものですから。手紙を戻しに行ったら、ようやく部屋にだれもいないことがわかったんです。ヴィネケン卿がまだ探していない場所を見つけようと思いました。

部屋のなかがよく見えるようによろい戸を開けたら、風にあおられてばたんばたんと大きな音を立て始めたんです。あわてて閉めようとしたとき、あなたがヴィネケン卿を呼ぶ声が聞こえました。彼がこの部屋にいると考えたあなたが、いまにも来るだろうと思いました。そこでよろい戸を閉めるのはあきらめ、ベッドの上に手紙を置いて、急いでドアの裏に隠れたんです。あなたが部屋に入ってきて、わたしに気づくことなくよろい戸にまっすぐ近づいたときにはもう大丈夫だと思いました。部屋を出ていこうとしたら、今度はバルダルフがあなたの名前を呼ぶ声が聞こえました。もうだめだと思いました。バルダルフがやってきて、あなたたちは手紙を見つけ、いずれわたしにも気づく」アルスネータは肩をすくめた。「パニックに陥ったわたしは傍らにあったテーブルの上の燭台をつかんで、バルダルフが部屋に入ってきたところで頭を殴りつけ、逃げたんです」

「だれのために手紙を盗んだ？」ヒューが訊いた。

ウィラは驚いてヒューを見たが、彼がやってきたのはアルスネータが手紙についての説明を終えたあとだったのだと気づいた。

「自分で読むためです」

「嘘をつくな！」ヒューは辛辣な口調で言った。「だれのために盗んだ？　ガロッドか？」

アルスネータは姿勢を正した。「わたしは盗んでいません。娘を殺した男のためになんて、盗むわけがないでしょう。自分で読むために持って帰ったんです」

ヒューは半信半疑でアルスネータを見つめている。ウィラにはその理由がわかっていた。「子供のころ、ルヴィーナはわたしといっしょに勉強していたの。そうすれば仲間ができるからってお父さまが許してくれた。それがきっかけでわたしたちは友だちになったのよ」ヒューはけげんそうにウィラを見た。「ルヴィーナは……わたしたちは、厨房でアルスネータからおやつをもらう代わりに、その日習ったことを彼女に教えたわ。アルスネータは字が読めるのよ」

「なるほど」ヒューの肩から力が抜けた。ぐったりした様子で首を撫で、険しい顔でアルスネータを見つめた。「それではおまえは、ガロッドのために手紙を盗んでもいないし、わたしの妻を殺そうともしていないと言うんだな？」

ヒューの声に怒りがこもっているのがわかって、ウィラは顔をしかめた。彼に近づいて腕に手を乗せ、訴えるような顔で彼を見あげる。「アルスネータは動揺していたのよ、あなた。わたしがルヴィーナといっしょに死んだとずっと思っていたのに、手紙を読んで、ルヴィーナがわたしの身代わりになって死んだことを知った。アルスネータは……」ウィラは力なく肩をすくめた。「彼女は悲しみのあまり頭がどうかしていたの。まともに考えられなくなっていた。後悔しているのよ。結局、なにも起きなかったわ。彼女を罰したりは――」

「なにも起きなかった？」ヒューは呆然としてウィラを見つめた。「もう少しできみを殺すところだったんだぞ！　きみはわたしの膝の上で盛大に吐き、次の日まで床入りもできなかった」

ヒューの言葉に――少なくとも最後の二つの言葉に――ウィラは思わず天を仰いだ。

「ええ、あなた、わたしはもう少しで死ぬところだった。でも死ななかったわ。それに――」ウィラはそこで言葉を切り、ヒューに尋ねた。「わたし、あなたの膝の上に吐いたの？」

「そうだ」彼のしかめ面を見れば、それがこのうえなく不愉快な経験だったことがよくわかったので、ウィラは申し訳なさに顔を赤らめた。だがすぐに肩をすくめ、そんなささいなことは脇に置いて言った。「アルスネータは後悔しているの」

ヒューは戸惑ったようにウィラを見つめた。「ウィラ、彼女はきみを――どうしてそんなに簡単に彼女を許せるんだ？」

ウィラはヒューの腕から手をはずし、うつむいた。「ルヴィーナがわたしの代わりに死んだから。あの日、お城を抜け出そうって言ったのはわたしなの。ルヴィーナは、お父さまが戴冠式に行く前にわたしにくれた新しい金色のドレスを着させてくれたら行くって言ったのよ。彼女はわたしの代わりに死んで、わたしは十年以上も罪悪感を背負ってきた。あの日死んだのがわたしだったらよかったのにって思ったことも何度かあったわ」

ヒューは痛いほど強くウィラの手を握った。ウィラは彼の顔を見つめ、悲しげに微笑んだ。「わたしが手紙を読むのを聞いたでしょう？　お父さまは死んだのがわたしじゃなくて、ルヴィーナだったことを喜んだわ。ルヴィーナの母親が同じ理由で辛い思いをするのは当然でしょう？　彼女はずっと、わたしたちはふたりとも死んだと思っていた。わたしたちを悼んでいた。それがある日突然、わたしが生きていて、自分の娘がわたしの身代わりになって死んだことを知った。わたしが結婚して、自分の女主人になることも。わたしの死を願うのも無理のないことじゃないかしら？　たとえほんの一瞬であっても？」

ウィラの手を握るヒューの手から力が抜け、ふっと息を吐いたかと思うと、その手を離した。「残念だが、ウィラ、彼女はきみを殺そうとした。少なくとも、彼女にこのまま厨房で働いてもらうわけにはいかない。その気になれば、わたしたち全員に毒を盛ることができるわけだから。彼女の代わりを見つける必要がある」

ヒューの気持ちが変わらないことはわかっていたから、ウィラは仕方なくうなずいた。

「どうやって彼女を罰するかは改めて考えるが、彼女の行為をなかったことにはできない。きみは危うく死にかけたんだ」ヒューはアルスネータに向き直った。「とりあえずおまえは厨房には入らないように。上の階にもあがってはいけない。ウィラにも、食べ物にも近づくことを禁止する。だが処分を決めるまでは、城にとどまるように」

アルスネータはうなずき、エプロンをはずした。疲れきったようなのろのろとした動きだった。ほんの数秒のあいだに、二十も年を取ったかのようだ。ウィラの胸が痛んだ。アルスネータは出てきたドアから城のなかに戻ろうとしたが、ふと足を止めると、建物の脇へと向かった。厨房に入るなというのがヒューの命令だったから、その言葉に従っているのだ。

アルスネータの姿が見えなくなったところで、ウィラは夫に視線を向け、とたんに後悔した。ヒューはアルスネータではなく彼女を見つめていて、口元はまだ不機嫌そうに歪んでいる。横になると言っておきながら、ウィラが厨房におりてアルスネータと話していたことを思い出したのだろう。

ウィラはため息をつき、彼の説教が始まるのを待った。ヒューが口を開くのを見て身構えたが、そのとき城のドアがさっと開いたので、彼がなにを言おうとしていたにせよ、言葉になることはなかった。

「ああ、彼女を見つけたんだね、よかった」厨房の入り口からルーカンが言った。

「ああ」ヒューは一瞬、躊躇してから告げた。「きみとヴィネケン卿に話がある。すぐに行くから」

ルーカンはうなずいた。「食堂で待っているよ」

ヒューはドアが閉まるのを待ち、ウィラの腕をつかんだかと思うと、ハーブと野菜畑のあいだを抜けて、その奥にあるリンゴの果樹園へと連れていった。だれかに話を聞かれたり、邪魔をされたりすることのない果樹園の奥まで進んだところで足を止め、ウィラを自分と向き合うように立たせると、彼女の鼻の前で指を振り始めた。

「きみは今日、三回もわたしの指示に背いた」

「いいえ、それは違うわ、あなた」ウィラは彼がそれ以上なにか言う前に反論した。

「いや、背いた。城に戻ってきたとき、わたしたちの寝室に行っているようにと言ったはずだ」

「だからそのとおりにしたわ」ウィラは急いで答えた。

「確かに。だがバルダルフが来るまで部屋から出るなとも言ったはずだ」

「出るつもりはなかったの」ウィラは申し訳なさそうに言った。「でもなにか物音が聞こえたから、なんだろうと思ったのよ。それで——」

「部屋を出た。バルダルフを待たずに」

「ええ」ウィラは渋々うなずいた。「それはそうだけれど、でも——」

「それにきみは、伯父の手紙を読んだあと、部屋には戻らずに厨房におりた」

「部屋に戻っていろとあなたに言われたわけじゃないわ」ウィラは憤然として言い返した。「横になると言ったのはわたしよ」

「なるほど。きみはわたしに嘘をついたわけだ。そっちのほうがより悪い！」

ウィラは顔をしかめ、大きく息を吐いた。するとヒューの視線がすっと胸に落ちたのがわかった。彼の顔に浮かんでいた怒りの一部が、異なる種類の熱に変わった気がした。好奇心にかられ、もう一度大きく息を吸い、吐き出してみる。上下する彼女の胸を見つめるヒューの目には、明らかに怒りではない光が浮かんでいた。ウィラは思わず頬が緩むのを感じた。

「あなたが怒るのは当然だわ」ウィラはなだめるような口調で切りだした。「わたしが悪かったの。わたしは——あ！」ウィラは不意に言葉を切り、脚を叩いた。

「どうした？」ヒューが心配そうに尋ねた。

「なにかに嚙まれたみたい」ウィラは嘘をつき、体を屈めてスカートを持ちあげ始めた。

「どこだ？」ヒューは即座にしゃがみこんだ。長いスカートをウィラといっしょになって持ちあげる。

「もう少し上よ、あなた」膝まであげたところでヒューが手を止めたので、ウィラは言った。

ヒューは言われるがままスカートをさらにあげ、白い脚に目を凝らしながら、片手で肌を撫でた。「ここか？」

「もう少し上」ヒューがドレスをたくしあげてさらに上へと手を這わせていくと、ウィラは爪先が反り返るのを感じながら唇を嚙んだ。

「なにも見えないが」ヒューは、ウィラが好きになりつつあるあのいくらかしわがれた声で言い、ウィラ自身も期待に体が震え始めたのがわかった。

「本当に？　確かに刺されたのに」

「さっききみは嚙まれたと言ったぞ」ヒューは顔をあげ、ふたりの目が合った。ウィラの顔を見たヒューの動きが止まった。小さくきらめいていただけの目の光が炎になり、彼の手が再び動きだす。「唇で確かめたほうがよさそうだ」

「ええ、お願い。唇で確かめて」ウィラの声もまたしわがれていた。

ヒューはウィラの顔を見つめたまま、太腿の外側にキスをした。舌を伸ばし、白い肌を味わう。

「よくなったか？」

「ええ。ずっとよくなったわ」ウィラはあえいだ。

「それはよかった」ヒューが唐突に顔を離したので、ウィラはひっくり返らないようにとっさに一歩あとずさった。ヒューは彼女の腕をつかんで支えてやりながら、にやりとした。邪《よこしま》な笑みだとウィラは思った。「きみが自分で言っていたとおりに寝室に戻っていたなら、いまきみが望んでいることを存分に楽しめたんだが。わたしは同じことを期待して寝室に戻ったのに、待っていたのはきみの嘘だった。きみは、いるべきところにいなかった」

ウィラは顔をしかめた。夫を誘惑するという試みは失敗したようだ。彼の関心を逸らそうとするのはあきらめようかとも思ったが、簡単にあきらめてはいけないと自分に言い聞かせ、申し訳なさそうに微笑みかけた。「ごめんなさい、あなた。でもわたしにお説教をする前にひとつ訊いてもいいかしら？」

ヒューはうさんくさそうに目を細くしたが、わずかにうなずいた。ウィラは無邪気な笑顔で尋ねた。

「考えていたのだけれど……あなたがしてくれたことを、わたしがしてもいいのかしら？　もしそうしたら、あなたは喜んでくれるの？」

「わたしがしたこと？」ヒューはけげんそうだ。

「ええ。あなたが……」ウィラはためらい、顔を赤らめた。「ここにキスをしてもいい？」ウィラは彼の股間に手を押し当てた。その刺激に反応してズボンの一部がとたんにふくらんだ。まるで、彼のものが布を突き破って彼女の手に飛びこもうとしているかのようだ。ウィラは彼の顔をよぎる様々な表情を見ながら、期待に満ちた面持ちで待った。彼がいかめしい顔つきになって咳払いをすると——さっきの話題に戻ろうとしているのだろう——ウィラは試しに彼のものを握ってみた。そしてその手を上下に動かした。彼が同じことをしてくれたとき、気持ちがよかったからだ。

うめき声と共に、彼の顔からいかめしさが消えた。ヒューはウィラの肩を押さえようとしたが、彼女はその前に地面に膝をついていた。ヒューは戸惑ったようにウィラを見おろしている。「なにを——」ウィラが手早く彼のベルトをはずし、剣が地面に落ちると、ヒューの言葉は途切れた。ウィラは引き続き、彼のズボンの紐をほどいていく。突然手を押さえられて顔をあげると、ヒューは狂おしいまなざしで彼女を見つめていた。

「だれかに見られる」ヒューは押し殺した声で言った。

ウィラはその手を払いのけ、紐をほどき続けた。「大丈夫よ。あなたはいい場所を選んだわ。ここならだれにも見られない」

ウィラにそう言われ、ヒューはどうしてここに彼女を連れてきたのかを思い出した。気を取り直し、険しい顔つきで告げる。「そんなことでごまかされはしないぞ。きみは――ああ」ウィラが紐をほどき終えてズボンがするりと地面に落ちると、たくましくなった彼のものが現れて楽しげにウィラに挨拶した。どうしていいかわからず、ウィラはつかの間ただ見つめるだけだったが、とにかく試してみることだと心を決めた。まずは片手で握ってみる。ヒューがあえぐように大きく息を吸ったので、これでいいらしいと勇気づけられた。もう一方の手も添える。両手で彼のものを握ると、先端だけが顔をのぞかせている格好になった。ウィラはすぐにそこに唇を寄せた。「ああ！」ヒューはどこか痛いような、それでいて笑っているような声をあげた。

「どうすればいいか教えて」ウィラは訴えるようなまなざしで彼を見た。

ヒューはしばしその目を見つめていたが、やがて白旗をあげ、息を吐いた。「触って、キスをして、なめて、愛撫して、それから口に含んで――」

「全部一度に？」ウィラは呆然として訊き返した。

「そうじゃない。いいから――なにをする！」

ウィラは両手を先端に向かって滑らせるように撫でてみた。彼の罵り声に思わず顔をあげたが、いやがっているわけではないようだ。顔は苦痛に歪んでいるように見えるが、両手はまるで強風に耐えているかのようにリンゴの木の枝を握りしめている。

ウィラは言われたとおりにしてみようと決めたが、彼の指示はずいぶん漠然としていた。どういうふうに触ればいいのか、どの順番ですればいいのかということまで教えてくれればいいのに。まず触って、それからキスをして、そのあとでなめればいいの？　それとも違う順番があるのかしら？　決まった順番はないようだったので、好きなようにやってみることにした。彼が口でしてくれたことがとても好きだったから、まずは同じようにしてみようと思い、彼のものを口に含んだ。しばしためらったあとで根元に向かって口を滑らせていく。頭上から聞こえるうめき声に満足して、さらに熱心に口を動かした。〝なめる〟とヒューが言っていたことを思い出し、口を前後に移動させながら、舌を動かしてみる。夫がうめき、あえぎ、〝ああ〟という声を漏らすのがうれしくてたまらなかった。

数分この動きを続けたところで、ヒューの体がせりあがっていることに気づいた。それとも彼のものが上にずれたのか、口に収めておくためには首を伸ばさなければならなくなっている。ちらりと視線を上に向けてみると、ヒューが実際に木にのぼっていることを知って憤慨した。わたしのやり方が間違っているのなら、そう言って、正しいやり方を教えてくれればいいのに。なにも木にのぼってまで逃げようとしなくったって。

ウィラは口を離し、彼をにらみつけた。「あなた、木にのぼるのはやめてちょうだい。それじゃあわたしが――きゃあ!」ヒューが木から手を離して地面に降り立ったかと思うと、腕をつかまれて持ちあげられたので、ウィラは驚いて声をあげた。気がつけば木に背中を預け、目の前にいるヒューに唇を貪られていた。自分の実験が中断されたことに文句を言うつもりはなかった。彼の手と口が猛スピードで体じゅうを這いまわると、あらゆる感覚が研ぎ澄まされて、感じていたはずの怒りはどこかに消えた。

ヒューがスカートをたくしあげたときには、ウィラは充分すぎるくらい準備ができていた。息を荒らげつつも、ドレスの紐がすでに解かれ、肩からずらされて乳房が露になっていることに気づいて驚いた。いつの間にこんなことになっていたんだろうと、ぼんやりした頭で考える。だがヒューがスカートをウエストの上まで持ちあげ、太腿の内側を軽く撫であげると、そんなことはどうでもよくなった。ヒューは片手でスカートを押さえ、もう一方の手を脚のあいだに差し入れた。彼女が充分に潤っていることを知って、感謝の言葉をつぶやく。ヒューはウィラの太腿の裏側に手をまわすと、そのまま持ちあげ、一気に彼女のなかに入った。ウィラは思わず声をあげた。ヒューは再びキスをしながら一度腰を引き、そしてまた突き立てた。

背中に当たる木は固かったが、ウィラは気づいてもいなかった。熱く体内を満たす彼のものと、そこから生まれる感覚以外はどうでもいい。快感が高まっていくのがわかった。筋肉がぎゅっと縮こまっていき、あの歓喜の瞬間がすぐそこまでやってきているのが感じられる。ヒューが三度腰を突き立てたかと思うと、不意に体をこわばらせ、声をあげた。

ヒューが自分のなかに放つのを感じて、ウィラは彼の肩をつかみながら戸惑っていた。ヒューが彼女を木に押しつけるようにがっくりともたれかかってきたところで、これで終わりであるのを悟った。彼はひとりで達して、わたしは……。これってあまりにも不公平じゃない？　彼の腕を叩いて、どうにかしてと言うべきだろうかと考え始めたところで、ヒューは満足そうなため息をついて、彼女を地面におろした。一歩うしろにさがり、彼女の顔を見つめる。

「きみは満足――いや、していないな」ヒューはウィラのいらだったような顔を見て、自分の質問に自分で答えた。ウィラが乱暴にスカートをおろし、はだけた胸元を元どおりにするのを見て言う。「すまない。あまりに興奮しすぎて――」

ウィラはそれ以上聞くつもりはなかった。不快そうに鼻を鳴らし、ドレスの紐を結びながら彼に背を向けて歩きだした。

「ウィラ！　待ってくれ、わたしは――おっと！」

ちらりと振り返ると、足首にズボンをからませたヒューが泥に顔を突っこんでいるのが見えた。いい気味だわ、ウィラは意地悪く考えると、立ちあがろうとするヒューには目もくれずいっそう足を速めた。彼が追ってくることはわかっていたが、話をするつもりはない。彼だけでなく、いまはだれとも話をしたくない気分だった。こぢんまりした果樹園の端までやってきたウィラは、必死になってズボンを引っ張りあげようとしているヒューを視界の隅で確かめてから、素早く右側に折れた。もうしばらくひとりでいられる時間が欲しくて、さらに果樹園の奥へと進んでいく。

「ウィラ？」

ヒューの声がしたのであわてて木の陰に身を隠し、彼が厨房のドアへと足早に歩いていくのを見守った。歩きながらズボンの紐を結んでいる。彼が厨房のなかに入っていくのを見届けてから、再び果樹園のなかを進み始めた。さっきまでいた場所へとゆっくり歩いていく。ヒューはあそこを探そうとは考えないはずだ。

小枝の折れる音が聞こえたのは、それからほんの数分後のことだった。うなじの毛が逆立った。足を止めてゆっくりと振り返り、木々のあいだに目を凝らす。なにも見えなかったが、急に不安になった。城に戻ったほうがよさそうだと思い、そちらに向かって歩きだそうとしたところで、前方の地面にヒューの剣が置かれているのが見えた。鞘《さや》ごとベルトについたまま、さっき彼女がはずした場所に置いてある。あわててウィラを追っていったヒューが忘れていったのだ。ウィラはいらだちに舌を鳴らすと、持って帰るつもりで剣に向かって歩きだした。

剣まであと数歩というところで、再び小枝が踏みつけられる音がした。近い。さっきよりずっと近い。恐怖が全身を走り抜け、ウィラは振り返る代わりに数メートル先にある木を目指して走った。さっきヒューとふたりで使った木だ。肩越しに振り返ると、だれかが突進してくるのが見えて背筋が冷たくなった。屈みこんでヒューの剣をつかみ、振り返りながら持ちあげようとしたが、その剣は思っていたよりずっと重かったのでバランスを崩してよろめいた。ふらついて木にもたれかかったところで、そこにいるのがガウェインであることを知った。

アルスネータの甥は無言のまま、どこか狂気じみた表情で剣を振りあげた。その剣が自分に向かって振りおろされるのを見て、ウィラは心臓が止まったような気がしたが、次の瞬間叫び声がしたかと思うと、彼女の体は宙を飛んでいた。うつぶせに地面に倒れこんだウィラは即座に仰向けになり、そこで繰り広げられている光景を見て取った。ガウェインが呆然として立ち尽くしている。彼の剣は自分の叔母に深々と突き立てられていた。ウィラを突き飛ばして助けたのはアルスネータだったのだ。

ガウェインはつかの間凍りついたように動きを止めていたが、やがて我に返ると、アルスネータから剣を引き抜いた。彼女が地面にくずおれるのを眺め、そして再びウィラに向き直った。

18

わたしは死ぬのだとウィラは思った。必死になってあたりを見まわしたが、ヒューの剣はうつぶせに倒れているアルスネータの脇に転がっていた。届かない。身を守る術《すべ》はなかった

ウィラはガウェインに視線を戻した。脚を開いて立ち、剣を振りかぶっている。その手に力がこもるのが見えて、ウィラは全身を緊張させた。剣が振りおろされると、ウィラはさっと身を翻して地面に転がった。頭からほんの数センチのところの地面に剣が食いこみ、土と落ち葉が舞いあがる。

ウィラは歯を食いしばり、素早く両手足をつくと、這ってその場から逃げようとした。だがガウェインがドレスの裾を踏んだので、動けなくなった。体を起こし、膝をついた格好でガウェインに向き直る。逃げられないのなら、立ち向かうまでだ。背中に剣を受けて死ぬつもりはなかった。ガウェインが彼女の死を望むのなら、正面から

切りつけてもらおう。彼女の顔が永遠にガウェインのまぶたの裏に焼きつくことを願った。

ガウェインはほんの一瞬ためらった。そしてその一瞬がウィラの命を救った。次の瞬間、怒りの咆哮《ほうこう》があたりにとどろいた。ヒューの声だ。突進してくる男にガウェインが顔を向けたので、安堵のあまりウィラの体から力が抜けた。獣のようなうなり声をあげたのがヒューではないことに気づいたのはそのときだ。驚いたことに、ガウェインと戦っていたのはジョリヴェだった。

ウィラは事態の意外な展開を呆然として眺めていた。剣が打ち合わされる音を凍りついたように聞いていたが、アルスネータのうめく声に我に返った。四つん這いになって彼女に近づく。

「アルスネータ？」ウィラは呼びかけながら、アルスネータの傷を確かめた。心臓をぎゅっとつかまれた気がした。肩を切られている。傷は深かった。助からないと直感したが、それでもどうにかして助けようとした。

「ウィラ？」ウィラが傷口を押さえ始めると、アルスネータが目を開いた。

ウィラは笑顔を作ろうとしたが、ひきつったような笑みになっていることは自分でもわかっていた。「しーっ」ウィラの声はかすれていた。「しゃべらないで。力を残しておいて」

「もういいんです」アルスネータがささやくような声で言った。「わたしは死ぬんです」

「そんなことない、大丈夫――」

「いいえ、もうやめてください。痛いだけです。そんなことをしても無駄です」

ウィラはためらったが、流れ出る血を止めようとするのはあきらめた。どちらにしろ、なんの役にも立っていなかった。両手で懸命に押さえても、血を止めることはできなかったのだ。アルスネータが傷ついていないほうの手を弱々しく持ちあげると、ウィラは強くその手を握った。「助けてくれたのね」

「ええ。お城の横を通って厨房に戻ろうとしていたら、ガウェインがリンゴの果樹園の縁をこそこそと歩いているのが見えたんです。最初は、あなたたちふたりの様子を探ろうとしているのかと思いました。それだけでも許されないことです」アルスネータは苦々しげに言うと、首を振った。「あなたたちがいなくなるのを待ったんです。そのあとで彼を叱ろうと思って」アルスネータは言葉を切り、息を吸った。胸のなかで空気がごろごろと音を立てる。「そうしたらガウェインがあなたに襲いかかるのが見えて、すべての元凶が彼だったことを悟ったんです。彼と悪い友だちのアルドリックでしょう」

「アルドリック？」

「はい。狼に男が殺されたのと同じころに、彼の姿も見えなくなりました。顔がずたずたになっていたからわかりませんでしたが、そういえば体形も髪の色も同じでした。あれはアルドリックに違いありません。彼とガウェインはガロッドに雇われていたんでしょう。でも、あなたを殺させるわけにはいかなかった。あの男はわたしのルヴィーを奪ったんですから」アルスネータは苦しそうにゆっくりと息を吐いた。

「命を救ってくれてありがとう」ウィラは言ったが、アルスネータの犠牲の前にはそんな言葉などなんの意味もないとしか思えなかった。彼女はわたしのために命を投げ出してくれたのだ。かつては愛し、そして憎んだ——たとえほんのつかの間のことだったとしても——人間のために。

「わたしが——」ウィラは口を開いたが、アルスネータにいきなり強い力で手を握られて顔をしかめた。

「いけません。わたしの死にまで責任を感じてはいけません」叱りつけるように言う。

「あなたのせいじゃありません。ルヴィーナの死もあなたのせいじゃないんです。わたしが間違っていました。ショックと、蘇った悲しみのせいで頭がどうかしていたんです」

「でもわたしがあの日、外に出ようなんて思わなければ――」ウィラは悲しげに言った。

「最初に言い出したのはだれでした？　城を抜け出そうと、初めてのときに言い出したのは？」

ウィラは目をしばたたいたが、やがて渋々打ち明けた。「ルヴィーナだったわ」

「そうでしょうね」ウィラの手を握るアルスネータの手から力が抜けた。「だと思いました。あの子のことはよくわかっていますから。あなたが旦那さまの言いつけに逆らうことはめったになかった。でもあの子は……」アルスネータは震えながら息を吐いた。「あの子のせいでもなければ、あなたのせいでもない。運命だったんです。悪いのはあなたの父親であるあの男です」

「ああ、アルスネータ」彼女に見つめられて、ウィラは唇を噛んだ。

「わたしのために泣かないでくださいな。わたしはルヴィーナのところに行くんです。わたしのかわいいルヴィーのところに」弱々しい笑みがアルスネータの顔に浮かんだ。血と共に命が流れだしていき、声が次第にか細くなっていく。「これでいいんです。母親は子供より長く生きるべきじゃない。子供の死を見た母親は心をなくして老いていくだけです」

涙が頬を伝うのを感じて、ウィラは顔を背けるとドレスの袖で頬をぬぐった。

「ウィラ?」

視線を戻すと、アルスネータの顔には不安そうな表情が浮かんでいた。「なに? どうしたの?」

「神さまは――あなたを毒で殺そうとしたことを、神さまは許してくださると思いますか?」

アルスネータの目に恐怖を見て取ったウィラは、急いで言った。「もちろんよ、アルスネータ。あなたはわたしの命を救ってくれた。それで充分に償いができているわ。神さまは許してくださるし、あなたはルヴィーナと会えるのよ」

アルスネータは安堵のため息をついた。目の光が消えかけ、視線が定まらなくなっている。「よかった。あの子が……恋しい。あの子はわたしの……小さなたい……」

「太陽」アルスネータの体から静かに命が消えていき、ウィラはすすり泣きと共に彼女の言葉を引き取って言った。何度も聞いた言葉だった。〝あなたはわたしの小さな太陽よ〟お菓子をもらおうとルヴィーナとふたりで厨房に入っていくと、アルスネータはしばしば彼女を抱きしめてそう言っていた。〝あなたはわたしの小さな太陽よ、

ルヴィー〞

ウィラは冷たくなるまで彼女の手を握りしめていたが、やがて動かなくなった胸の上にその手をそっと置いた。不意に力が抜けて、ぺたりと座りこむ。むこうずねになにか硬いものが当たるのを感じたが、すぐには動けなかった。ようやくのことで体を横にずらしてみると、それはヒューの大きな剣だった。

神さまは武器を与えてくれたのに、ウィラに力がないせいでそれを使えなかった。そしてアルスネータは死んでしまった。剣の柄を握り、先端を土に刺したまま立ててみた。彼女の膝よりも長い。ウィラは剣を杖代《つえ》わりにして立ちあがった。

「まったく！　一番上等のダブレットを台無しにされた」

怒りのこもった言葉が聞こえて振り返ると、ジョリヴェがガウェインを倒したところだった。うつぶせに倒れている毒見係の横に立ち、ダブレットの裂け目をいらだたしげに調べている。やがて彼は顔をあげると肩をすくめ、笑顔でウィラに近づいてきた。「まあ、ダブレットですんでよかった。アルスネータは歩けるかい？　それともだれかを呼んで――なんてこった！」

ジョリヴェはアルスネータの深い傷を見て取ると、その場で凍りついた。彼女の脇に膝をつき、生命の兆候を探したが、すでに息絶えていることは明らかだった。

「ヒュー！」二階からの階段を駆けおりるヒューに、ルーカンが大広間を横切って近づいてきた。ヒューはウィラのあとを追って城に戻ってくると、厨房を抜け、大広間を通って階段を駆けあがったのだった。

ほんの数分前まで、怒っていたのはヒューで責められていたのはウィラだった。ところが立場が逆転してしまった。どれもこれも、ヒューが欲望をコントロールできなかったせいだ。

公平に言えば、きっかけを作ったのはウィラだ。それどころか彼女はわざとヒューの欲望をかきたてた。注意を逸らそうとしたのは間違いない。そしてそれが完璧にうまく運んだ。彼女が膝をついて彼のものを口に含んでいるところを思い出すだけで、欲望が再び頭をもたげるくらいだ。謝るだけでなく、もっと別の方法で彼女の不満を解消してやれるかもしれない。そんなことを考えながら寝室のドアを開けると、そこは空だった。てっきりここに戻っていると思っていたのに。

伯父の寝室をのぞいてそこにもウィラがいないことを確かめたあと、ヒューは再び階段をおり、そこでルーカンと合流した。ルーカンがなにを言おうとしていたにせよ、ヒューは機先を制して訊いた。「妻はどこだ？」

ルーカンは驚いた顔をした。「さっき見たときは、きみといっしょに外にいたじゃないか」

「そうなんだが、彼女は戻ったはずなんだ……戻っていないのか？」ヒューは自信なさげに訊いた。

「ああ。大広間には来なかったし、ヴィネケン卿とぼくはきみたちふたりが外にいるのを見たあと、ずっとここに座っていたんだ」

「まったくもう！」ヒューは怒りの声をあげた。彼女はどうしてこんなにわたしを怒らせるんだ？　イーダや伯父の指示には素直に従うのに、どうしてわたしの言うことにはことごとく逆らう？　初めて会ったときから、彼女はわたしのそばにいたがらなかったり、護衛の目を盗んで逃げだしたり、そんなことばかりだ。

「なにがあったんだ？」ルーカンが尋ねた。

「その……まあ、なんというか……意見の相違があった」ヒューは厨房に向かって歩きだしながら、言葉を濁した。「彼女が離れていったんで、てっきり城のなかに戻ったんだと思っていた。どうやら間違っていたらしい。まだ庭にいるようだ」

「そうか」ルーカンがあとを追ってきた。「どんな意見の相違だ？」

「そいつはきみには――」

「関係のないことか」ルーカンが笑いながら言ったので、ヒューは神経を逆撫でされた気がした。「まあいい。だいたいわかる」

ヒューはうなりながら、厨房のドアを開けた。「勝手に考えていればいいさ」

「いけないか？」ルーカンが面白そうに言ったので、ヒューは顔をしかめた。ルーカンは改めて訊いた。「きみの剣はどうした？」

ヒューは下半身をあわてて見おろしながら、腰のあたりを手で探った。ベルトもなにもなくチュニックだけであることがわかると、厨房の真ん中で足を止め、大声で毒づいた。ルーカンは笑うばかりで、庭に出るドアのほうへとのんびり歩いている。そしてドアを押し開け、お先にどうぞとヒューに身振りで示した。ヒューは、よくもあれほど自信たっぷりににやにや笑えるものだと思いながら、足音も荒く彼の脇を通り抜けた。

ほんの数歩も行かないうちに、ジョリヴェが果樹園から走り出てきた。ヒューはいとこの顔をひと目見ると、あわてて近づいて尋ねた。「どうした？　なにがあった？」

ジョリヴェは息を切らしながらヒューの腕をつかみ、もう一方の手で出てきた方向を示して言った。「ガウェインがウィラを襲った！」

それだけ聞けば充分だった。ヒューは即座に駆けだし、果樹園を目指した。そこで見たものに、一瞬心臓が止まった。まず目に入ったのが、血の海のなかに横たわる女性の姿だ。やがて彼はその女性の顔のまわりに広がっているのが、ウィラの炎を思わせる金色の髪ではなく、白髪交じりの髪であることに気づいた。「アルスネータ」

「そうだ」さっき興奮の最中にヒューがのぼろうとしていた木に力なくもたれながら、ジョリヴェはつぶやいた。

「ウィラはどこだ？　怪我をしたのか？」

「いいや」ジョリヴェは間髪を容れず答えた。「彼女は無事だ。アルスネータがウィラを突き飛ばして、彼女を狙った剣を自分の体で受け止めたんだ。ぼくはかなり離れたところにいたもので、アルスネータは助けられなかったが、ウィラが傷つけられる前にガウェインを倒すことはできた」

「離れたところ？　そもそもどうしてきみはここにいたんだ？」ヒューはうろたえたように訊いた。

ジョリヴェは木から体を起こした。「ぼくが階下におりていったとき、ガウェインは大広間にいた。きみがウィラを捜しにあわてて厨房に入っていくと、ガウェインは気づかれないように中庭に出ていったんだ。彼の態度は――」ジョリヴェは肩をすくめた。「変だった。火事の前にきみの居場所をバルダルフが話したのは、彼とアルスネータだけだと聞いていたから、なんだかおかしいと思った。だからあとをつけたんだ。ぐるりと城をまわって、裏の庭に出た。彼はリンゴの果樹園に入り、きみたちふたりがアルスネータと話をしているのを見ていた。アルスネータがいなくなって、きみがウィラを果樹園の奥に連れていくと、彼はまたあとを追った。するとアルスネータが彼に気づいて、彼を尾行し始めたんだ。そこでぼくは彼女のあとを追ったというわけだ」

「なんてこった、つまりきみたち三人はあの場に――」ヒューはその先の言葉を呑みこみ、恥ずかしさに顔を赤くした。自慢できる時間だったとはとても言えない。妻とのひとときを目撃されなければならないのなら、どうして彼女を歓ばせているときにしてくれなかったのだろう？　なんともつまらないことを考えている自分に気づいて、ヒューは首を振ると、話を続けるようにと身振りでジョリヴェを促した。

ジョリヴェは自分をあざけっているような口調で言った。「ぼくはあそこにはいなかったんだ。少なくとも、なにも見えなかった。アルスネータとガウェインを見張るのに忙しかったしね。でもガウェインのところからはよく見えたと思うよ」

「やつが死んでいてよかった。でなければ、わたしがこの手で殺していたところだ」ヒューは死んだ男の足を蹴りながらつぶやいた。

「どうしてだ？　なにがあった？」ルーカンの言葉にヒューが振り返ると、彼は両手をあげて笑った。「まあいいさ。わかってるよ。ぼくには関係のないことだからね」「ともあれ」ジョリヴェが声をあげ、ヒューは彼に視線を戻した。「きみたちが終わったあと……いや、きみが終わったあと――」ジョリヴェは言い直した。

ヒューは口を引き結んだ。「見えなかったんじゃないのか？」

「ああ、見えなかった。だが、よく聞こえていたからね」ジョリヴェは、ヒューが気まずい思いをしているのを楽しむようににやりとした。「ウィラは城のほうに歩き始めたが、不意に方向を変えて果樹園に入っていった。きみが足首にからまっていたズボンを引っ張りあげて、彼女を追っていったあとは――」ジョリヴェは再びにんまりし、ルーカンはふきだした。

ヒューは顔をしかめたかと思うと、ジョリヴェのシャツをつかんで小柄な体を持ちあげた。「妻はどこだ？」

ヒューが手を離すのを待って、ジョリヴェは咳払いをして答えた。「きみが城に戻ったあと、ウィラはきみたちがそれまでいた場所に向かって歩いていった。ガウェインがそれを追っていき、アルスネータが彼のあとをつけ、ぼくは彼女を尾行した。アルスネータに気づかれないように少し距離を置いていたから、その先でなにが起きているのかはよくわからなかった。だがアルスネータがいきなり走りだしたんで、なにかまずいことが起きたんだと気づいた。ぼくはこっそりついていくのをあきらめて、彼女のあとを追った。追いついたときにはアルスネータはすでに倒れていて、ガウェインがウィラに襲いかかろうとしていた。ぼくは彼と戦って、勝った」ジョリヴェは肩をすくめた。彼女の怪我がどれほどひどいものかに気づいたのはそのあとだった。彼女の脇にしゃがみこんで死んでいることを確かめているあいだに、ウィラはいなくなっていた」

「いなくなった?」ヒューが怒鳴るように訊き返した。「どうしてすぐにそれを言わない?」

「てっきりウィラは城に戻ったとばかり……」ジョリヴェの声が途切れ、彼は眉間にしわを寄せた。「彼女が最初にいなくなったとき、きみだってそう思っただろう?つまり彼女は城に戻っていないということだな?」

「そうだ」ヒューはまわりの木立をゆっくりと見まわした。ウィラの気配がないことを確かめると、来た道を引き返そうとした。

「ぼくたちがここに向かっているあいだに、城に戻ったのかもしれない」ルーカンがヒューに並んだ。

ヒューはうめき声で返事をしたものの、不意に足を止めてきびすを返した。あやうくジョリヴェにぶつかりそうになったが、ひょいとよけ、周辺に視線をさまよわせた。

「わたしの剣はどこだ？」

「ウィラが持っていった」ジョリヴェはそう言ってから、地面に視線を落とした。

「と言うか、重たすぎて持てなかったから、引きずっていった」

ジョリヴェの視線の先の地面に、剣を引きずったあとが残っているのを見てヒューはほっとした。三人はそのあとをたどり始めた。

「ここにいたのか！」果樹園から出たところでヴィネケン卿の声がして、一行は足を止めた。うつむいていた顔を一斉にあげる。三人がそろっていらだちを露にしたので、ヴィネケンは驚いてまばたきをしたが、やがて用心深い口調でヒューとルーカンに向かって言った。「きみたちが無言で厨房を通り抜けるのを見て、なにかあったのかと心配になったのだ」

「ガウェインがアルスネータを殺して、ウィラを襲ったんです」ジョリヴェが説明した。「ぼくはやつを殺さなきゃならなかった」

「きみが？」ヴィネケンは明らかに驚いていた。

「こんなしゃれた格好をしているが、わたしのいとこは昔から剣の扱いは巧みなんです。父のもとで鍛錬しましたから」ヒューは毅然《きぜん》として告げた。実際そのとおりだったが、彼がたったいまウィラの命を救ったのでなかったら、わざわざ擁護しようとは思わなかっただろう。ふたりは幼いころから、なにかにつけやり合ってきた……それが彼らの愛情表現だった。ジョリヴェは粗野な野蛮人だとヒューをあざけり、一方のヒューはちゃらちゃらした格好をする男だと言ってジョリヴェをなじった。ふたりはとても仲がよかった。

「なるほど」ヴィネケンは信じていないようだったが、ヒューはそれ以上この件にかかずらうつもりはなかった。再び地面に視線を向けると、剣のあとをたどりだす。ルーカンとジョリヴェも彼をはさむようにして歩き始めた。

「なにをしているんだ？」城の角を曲がろうとしたところで、ヴィネケンが尋ねた。いつのまにか彼がついてきていたことにヒューは気づいた。

「ウィラを捜しているんです」ルーカンが答えた。

「ウィラを？」ヴィネケンはまたいぶかしげに言った。「それなら顔をあげたほうがいいのではないのか？　そのほうが捜しやすい」

「ウィラはヒューの剣を引きずっているんです」ジョリヴェが説明した。「ぼくたちはそのあとをたどっているんです」

「ウィラがヒューの剣を？　彼女がきみの剣を持っていたのなら、ジョリヴェが彼女を助けたのではなくて、彼女がジョリヴェを助けたのではないのかね？」

「ぼくが彼女を助けたんですよ！」ジョリヴェは不意に足を止めて声を荒らげた。「冗談じゃない！　口には気をつけてください。礼儀というものが――」

突然の大声にヒューが驚いて振り返ったので、ジョリヴェは口をつぐんだ。葛藤の色が浮かんだのもつかの間、いつもの薄笑いに戻ってジョリヴェはつぶやいた。

「えーと、まあ……」

ジョリヴェは地面に視線を戻し、ふたたび剣のあとをたどり始めた。ほかの三人は顔を見合わせたが、すぐに彼のあとを追った。格好のことをからかわれてジョリヴェがかっとするのを見たのは初めてだ。三人はいぶかしげな視線を彼に向けたが、だれもなにも言うことなく、塀に沿って続く剣のあとをたどり続けた。

「ちくしょう！」中庭までやってきたところで剣のあとが不意に途切れると、ヒューは毒づいた。馬車や人の足や馬のひづめに踏みしだかれてしまっている。

「あれはいったいなんだ？」ルーカンが訊いた。彼の視線をたどると、練習場を大勢の兵士や農夫たちが取り囲んでいるのが見えた。

ヒューは険しい顔でその人ごみに向かって歩いた。あれだけの人間の注目を集めているのがなににせよ、ウィラが関わっているという気がした。なにか騒ぎが起こるたびに、その中心には彼女がいるように思える。

ほかの三人がついてきていることを意識しながら、ヒューは増える一方の人ごみをかきわけて進んだ。その円の中心にいるのが予想どおり自分の妻だったことがわかると、足が止まった。ウィラは練習場まで引きずってきた彼の剣で、練習用の的を切りつけている。それ自体はどうということはないが、その的は馬上からの槍の練習用だった。ウィラが剣をふるうごとに、杭《くい》の一方に吊るされた砂袋が揺れている。彼女はそのことにすら気づいていないようだ。もう一方の端に取りつけられた盾を円を描くようにして追いながら、ひたすら切りつけていた。すさまじい怒りにかられているようだ。驚くほどの力を見せている理由はそれしか考えられなかった。

「なにをしているんだろう？」ヴィネケンがつぶやいた。

「見ればわかると思いますが」ヒューは指摘した。

「それはそうだが、いったいなぜ？」

ヒューは答えられなかった。だがそれを突き止めるのが、夫である自分の役目だろうと思った。回る的を切りつける妻のあとを追いながら声をかけた。

「ウィラ？」

うめくような声が返事だった。ほかにはだれも近くにいなかったから、彼の存在に気づいたということなのだろうとヒューは考えた。「なにをしているんだ？」

「剣の練習」

「剣の練習？」ヒューはけげんそうに訊き返した。「なぜだ？」

うなり声が返ってきたのでヒューはぎょっとした。やがてウィラはとげとげしい口調で言った。「わたしのために二度とだれかが命を落としたりしないように。この十年、バルダルフやほかの護衛の人たちに剣の訓練をしてもらっていたら、アルスネータを助けられたかもしれない。それなのに！」ウィラが振りまわす剣の勢いがさらに増した。「わたしはみんなに守ってもらうばかりだった。自分で自分を守ることを学ばなければいけなかったのに！」

ヒューの胸が痛んだ。ウィラはほかの者たちだけでなく、アルスネータが死んだことでも自分を責めている。それが彼女の怒りの理由だった。愛した者たちの死をどうすることもできずにただ眺めていた歳月のあいだに、積み重なってきた怒り。ヒューにはその怒りと痛みがよくわかった。だがどうすればそれを楽にしてやれるのだろう？

ヒューはまず〝夫と妻の役割〟を説くことにした。「それは違う、ウィラ」きっぱりと告げる。「きみを守るのはわたしだ。わたしはきみの夫なんだから。わたしがきみの身の安全を守る」

「果樹園でしたみたいに？」

彼女の言葉がぐさりと胸に突き刺さり、やり方を間違えたことをヒューは悟った。ウィラの言葉は彼の痛いところを突いていた。彼女を守れなかったことをうしろめたく思っていたから、自分が彼女を失望させたことを改めて教えられた気がした。ウィラは最初は毒を盛られ、二度目は危うく火あぶりにされかかり、そして今度はガウェインの剣で命を落とすところだったのだ。

そうやって自分を責めていたヒューは、なにかに頭を殴られてよろめいた。悪態をつきながら振り返り、まわっている砂袋をにらみつける。またもやぶつかりそうになったので素早く脇によけ、急いで妻のあとを追った。

「ウィラ、きみを失望させたことはわかっている――」その言葉がウィラの注意を引いたらしく、彼女は突然足を止めて振り返った。

「え？　いいえ、あなた！　わたしは失望なんてしていないわ」

それが嘘でないことがわかっていたなら、ヒューは安堵しただろう。ウィラの震える手に剣が握られていなかったなら。ヒューは用心深く彼女を見つめ、なにか言おうとして口を開いたが、ウィラのほうが早かった。

「だってあなたは何度もわたしの命を救ってくれたもの。空き地で襲ってきた男の人を殺したわ」

「殺したのは狼たちだ」ヒューは冷静に指摘した。

「狼たちが来るまで、彼の動きを封じたでしょう？　それに毒を盛られたときも、あなたは助けてくれた」

「イーダが助けたんだ。わたしは……きみが吐いたとき頭を支えていただけだ」

「あなたの膝の上にも吐いたのよね」ウィラは譲らなかった。ふたりはそろって顔をしかめたが、彼女はさらに言った。「それに今日もわたしを火のなかから救い出してくれた」

「わたしは――」ヒューは言いかけた口を閉じた。それは事実だ。ようやく役に立つことをしたわけだ。煤で汚れたウィラの顔を見つめ、先端が焼けた髪から焦げたドレスへと視線を移した。そんな有様でも彼女は美しかった。

「あなた」ウィラは剣を地面に落とした。ヒューは真っ二つにされないように、脇に飛びのかなければならなかった。ウィラはまったく気づいていないかのように、愛情に満ちた手つきでヒューの頬に触れた。バルダルフがそうされるのを見て、嫉妬にかられたのと同じ仕草だ。ヒューはなにか温かいものが全身を駆け巡るのを感じた。ウィラの顔には、ヒューが求めてやまなかった表情――彼女がバルダルフに見せる柔らかな表情――が浮かんでいた。「あなたはたくましくて、勇敢な夫よ。わたしを守るためにできるかぎりのことをしてくれるってわかっている。でもあなたがそばにいなくて、わたしが自分で自分を守らなければならないときがきっとあるの」

「そのときは護衛を――」

「護衛に囲まれて残りの人生を過ごすのはごめんだわ。それに、今日はバルダルフがわたしを守ってくれていた。でも燭台で頭を一撃されただけで、それができなくなった。もしあのときアルスネータがわたしを殺すつもりだったら、いまごろわたしは死んでいたかもしれない。あなたはいつもわたしのそばにはいられない。わたしは自分を守る方法を学ばなければならないの」

「彼女の言うとおりだ、ヒュー」

驚いて振り返ると、すぐそこにルーカンが立っていた。ジョリヴェとヴィネケン卿もいる。見守っていた兵士や農夫たちも輪を縮めていた。ヒューはウィラに視線を戻した。しばらく彼女の顔を見つめていたが、やがて負けを認め、彼女の両手に剣を握らせた。

「やらなければならないのなら、正しいやり方を覚えることだ。剣はこうやって持つんだ」ウィラの顔に笑みが浮かび、ヒューはぎゅっと胃をつかまれたような気がした。

「上達しているじゃないか」

練習中のウィラとルーカンを見ながらジョリヴェが言い、ヒューはうなるような声で返事をした。アルスネータがウィラをかばって死んでからひと月がたっていた。その後はなにも事件は起こらず、毎日が決まったことの繰り返しだった。朝起きたウィラはパンを食べ、ミードを飲み、ヒューをせかすようにして練習場へと出かけていく。その後は夕食の時間までそこで過ごすのだ。

ヒューは苦々しい顔になった。この日課が始まったころは、いまよりもっといらだたしい時間が続いていた。最初のうちヒューは、自分が彼女に剣を教えると言って譲らなかった。だが、あれほどもどかしく、腹立たしい思いをしたのは初めてだった。いまだにどうしてあそこまでいらいらしたのか、自分でもわからない。ヒューは戦士の訓練には長けていた。当代一と言われた戦士だった父親の手ほどきを受けていたし、彼自身も忍耐強さを幾度となく証明している。それなのにウィラが相手となるとすぐに頭に血がのぼってしまい、結局ルーカンが代わりに教えることになったのだった。

認めたくはなかったが、交代したことはいい結果を生んでいた。少なくともウィラと彼がぶつかることは少なくなった。ヒューはヒルクレストとクレイモーガンを管理するという日々の仕事に多くの時間を割き、時折こうして足を止めてはウィラがルーカンと、そして最近ではジョリヴェと訓練する様子を眺めた。初めのうちジョリヴェは訓練に関わってはいなかった。ウィラのドレスをそろえてほしいというヒューの要請に応えるのに忙しかったからだ。だが裁縫の得意な数人の女性たちとイーダにあれこれ指示を与えていた数週間が過ぎて、ウィラのタンスの中身が充実してくると、ジョリヴェはほかのことに注意を向ける余裕ができたのでウィラの訓練に加わった。ヒューはルーカンと剣を交えるウィラをジョリヴェと並んで見守っていたが、彼女の腕が衝撃に震えるのを見て顔をしかめた。疲れているようだ。

ヒューは空を見あげた。太陽はまだ高い位置にある。疲れている妻を夕食に連れていくまでには、まだ時間があった。訓練でどれほど疲れていようと、ウィラは彼と共に夕食の席につき、黙って体の痛みに耐えるのが常だった。食べ物や飲み物を口に運ぶときわずかにしかめる顔だけが、筋肉痛を教えていた。

最後のひと口をようやく食べ終えると、ウィラは疲れきった体を寝室へと運んでいく。ヒューはそのあとをついていき、痛む箇所に薬を塗ってやりながら、いろいろなところを愛撫した。それほど疲れていないときには、ウィラも愛撫でその気になって、ふたりは愛を交わした。今夜はそのチャンスがあるだろうかとヒューは考えたが、あまり可能性はなさそうだ。今日はいつにも増して疲れているように見えた。

「ルーカンの訓練はいつもより厳しい」ヒューがつぶやいた。

ジョリヴェは首を振った。「いつもどおりだ。厳しくする必要はないさ。ウィラは日々上達しているからね。まるで剣をふるうために生まれてきたみたいだ。男に生まれるべきだったのかもしれないな」

「頼むよ、ジョリヴェ」ヒューが渋い顔をした。「彼女は男じゃないし、わたしのものだ。もの欲しそうな目で彼女を見るのはやめてくれ。だいたいきみはどうしてここにいるんだ？」

「ぼくも同じ質問を自分にしているところさ。残念ながら、ウィラの衣裳箱を充実させると約束してしまったからね」ジョリヴェは不満そうに唇を結んだ。「同じくらい残念なことに、きみの奥さんはここのところドレスよりも剣のほうに興味があるらしい。全然進まないんだ。仮縫いすらろくにできないんだから。それ以外は、全部ぼくに任せると彼女は言っている」ジョリヴェの顔がぱっと輝いた。「もちろん、ぼくの趣味は最高だし、イーダもほかの女性たちも優れたお針子だ。彼女のタンスの中身は素晴らしいものになるよ。すでに何枚かのドレスはできあがっていて、完成間近なものもたくさんある」

「それならどうして彼女はそれを着ない？」ヒューはいらだたしげに尋ねた。

「訓練で台無しになるからだそうだ」ジョリヴェは残念そうに答えた。

ヒューはうなるほかはなかった。

「ラックランドから返事はあったか？」ジョリヴェが唐突に尋ねた。

「ジョン国王と呼んだほうがいい」ヒューはそう応じてから首を振った。果樹園での事件の翌日、ヒューは国王に手紙を送った。伯父の手紙の内容とウィラの命が数度にわたって狙われたことを書いた。また、できるだけ早い機会に新しいヒルクレスト伯爵としてジョン国王に忠誠を誓いたいと記し、この事態の解決に力を貸してもらいたいと頼んだ。ウィラの父親といとこに今後も彼女の命を狙わせるわけにはいかない。ガウェインから話を聞く前にあいにくジョリヴェが殺してしまったので、彼を雇っていたのがガロッドかドーランド卿であることは証明できない。だが国王に訴えることですべてを終わりにできればいいとヒューは考えていた。

いや、すでに終わりにできたのかもしれない。手紙を送って以来、ウィラが襲われることはなかった。ガウェイン――ガロッドがウィラを殺すために雇ったのだろうとヒューは考えていた――は死んだし、身元のはっきりしない者は中庭に入れないようにゲートに警備兵を配置している。あとは国王が応えてくれることを祈るばかりだった。ヒューの手紙を受け取って、返信するだけの時間は充分にあったはずなのだが。

金属と金属がぶつかる音が響き、ヒューは剣を交えているふたりに視線を戻した。ウィラがルーカンに攻撃を仕かけている。ウィラは積極果敢に攻めていて、ヒューは感心しながらそれを眺めた。ウィラの腕は日々たくましくなり、体はいっそうしなやかになっている。彼女の肌に薬を塗りこむたびに、新しい筋肉が発達していることがわかった。彼の手が撫でるうちに硬くなった筋肉は緩み、やがて別の理由でまた張りつめていく。背中に薬を塗るときはあえて乳房の脇を指でこすり、脚に塗るときには彼女の中心部に目をやることもしばしばだった。そして彼女を仰向けにさせ、両手で胸を包むと彼の――

「もういい！」ヒューは突然叫んだ。「今日はここまでだ」

ウィラとルーカンは驚いて振り返ったが、口を開いたのはウィラだった。「まだよ！　夕食までまだ時間があるわ」

「きみは疲れている」ヒューは断固とした口調で言うと、ウィラの手から剣を取りあげてルーカンに渡した。

「疲れてなんかいないわ」ヒューが腕を取って城に向かって歩きだしたところで、ウィラが言った。

「わたしが疲れている」

「それがわたしになんの関係があるの？」ウィラは彼と並んで階段をあがりながら訊いた。

「よき妻は夫がくつろげるように努めるものだ」ヒューは傲慢な口調で告げた。ウィラに反論する間を与えず、その場で彼女を抱きかかえたかと思うと唇を重ねる。初めは〝黙って。わたしがこの城の王だ〟のキスだったが、やがて〝きみが欲しい。きみを抱きたい……いますぐに〟のキスに変わった。

欲望が目を覚ますと同時に、ウィラの抵抗がやんだ。一日くらい午後の訓練を休んでもたいしたことはないと自分に言い聞かせ、ヒューにキスを返す。

ヒューが再び歩き始めたのを感じたウィラは、両手で彼の頭をつかんで、断固としてキスを中断させまいとした。ようやく彼から顔を離したときには、ふたりはすでに大広間のなかほどにいた。視界が開けたヒューはいっそう足を速めた。二階への階段を小走りに駆けあがり、寝室に入ったところでドアを蹴って閉める。

ウィラは、リチャードのものだった部屋を見まわした。ここが自分たちの寝室になったのだという事実にまだ慣れない。ここに移ってきたのはほんの一週間前だ。ウィラは剣の訓練で忙しかったし、イーダたちは新しいドレスを作ることに追われていたから、リチャードの荷物を片付けてウィラたちのものを運びこむのに、思っていた以上の時間がかかった。ヒューがウィラを床におろし、待ちきれないようにドレスを脱がせ始めると、再び彼に視線を向けた。

ウィラは笑いながら彼の手を叩いた。「あなたったら。ドレスが破けるわ」

ヒューは手を止め、笑みを返した。「素晴らしい考えだ」次の瞬間、ヒューはドレスの襟元をつかむと、一気にウエストまで引き裂いた。ウィラは息を呑み、目を丸くしてヒューを見つめた。

「ジョリヴェがきみのために新しいドレスを何枚か用意している」ヒューは片方の胸に手を伸ばしながら言った。「古いみっともないドレスはもう必要ない」

ヒューの顔が手を追っていき、乳房の真ん中で止まった。ウィラはごくりと唾を飲んだ。なんの問題もないドレスを破いたヒューに怒るべきだとわかっていたが、確かにあのドレスはみっともなかったし、彼の愛撫があまりに素晴らしすぎて、そうするだけのエネルギーをかき集めることができなかった。その代わりに彼の頭を両手ではさみ、顔に引き寄せてキスをした。彼がキスを返し始めたところで、顔から手を離して服を脱がせにかかった。

　まずはベルトだ。吊るしてあった剣が床に落ちてけたたましい音を立てた。次にチュニックを引っ張りあげる。頭から脱がせるときには、キスを中断しなければならなかった。ウィラは喉の奥で笑いながら、彼の胸に両手を這わせた。なんて美しくて、広くて、たくましい胸だろう。自由に触れることは歓びだった。このひと月でウィラは多くのことを学んだが、そのすべてを練習場で教わったわけではない。夫に触れることにためらう必要はないといまではわかっていたし、彼を歓ばせる方法もたくさん知っている。

　片方の手をヒューのズボンの内側に滑りこませ、彼がうめくのを聞いてにっこりした。彼が再び唇を求めてくると、訓練をお休みしたのはいい考えだったわと心のなかでつぶやき、ズボンから手を引き抜いて素早く紐をほどき始めた。ズボンが床に落ちると、唇を重ねたまま満足そうに微笑んだ。

　ウィラがまた股間に手を伸ばすと、ヒューは喉の奥でうめきながら、破けたドレスを肩から引きおろして脱がせ、彼女もはだかにした。そのまま前進してウィラをベッドに押し倒そうとしたが、不意に足を止めたかと思うと、キスを中断して悪態をついた。彼の視線をたどったウィラはくすりと笑った。足元にからみついたズボンが彼の動きを邪魔している。

ヒューは笑っている彼女に向かって片方の眉を吊りあげてから、ベッドに押し倒した。ウィラはブーツとズボンと格闘しているヒューを笑いながら見ていたが、彼が覆いかぶさってくると両手を広げて抱きついた。熱烈にキスを交わす。ヒューの背中と尻を爪で引っ掻いたあと、股間に手を伸ばした。ヒューが首に唇を這わせながら、乳房を撫でる。ウィラのなかで快感が高まっていき、空いているほうの手で彼の髪をつかんで顔をあげさせると、キスを求めた。そしてウィラは不意に体をねじったかと思うと、驚いているヒューをベッドに仰向けにした。するりと身を翻して彼の上に馬乗りになり、勝ち誇ったような笑みを浮かべた。

ウィラがたくましくなった彼のものを自分のなかに収めたちょうどそのとき、ドアをノックする音がした。ふたりは共に体を凍りつかせたが、やがてヒューがいらだちも露に言った。「あとにしろ」

「えーと……ヴィネケン卿だ」ドアの向こうから声がした。

ヒューは天を仰ぎ、ウィラがさらに深く彼を迎え入れると奥歯を嚙みしめた。「なんですか？　待てないんですか？」

「ああ……待てない。国王の使者が着いた」

ヒューは毒づいた。ウィラもいっしょになって悪態をつきたくなったが、黙って彼からおりた。

「すぐに行きます」ヒューはそう言うと、起きあがってウィラにキスをした。手早い、けれど熱烈なキスだった。すぐに立ちあがり、服を着始める。

温かい彼の体が離れたせいでぞくりとしたウィラは毛皮の下に潜りこみ、彼が再びブーツとズボンを身につける様を眺めた。ヒューは屈みこんで彼女にもう一度短いキスをしてから言った。「待っていてくれ。すぐに戻る。それからこの……話し合いの続きをしよう」

ふたりは顔を見合わせて笑い、ヒューはチュニックを手にすると頭からかぶりながら部屋を出ていった。

19

ウィラは毛皮の上で身じろぎし、テントのなかの暗闇に向かって顔をしかめた。用を足したくてたまらない……またしても。ここ最近、頻繁に催すようになっていたのだが、旅を始めるまではたいした問題ではなかった。

ふたりは宮廷に向かっているところだった。国王の使者がなにを言ったのかは知らないが、話を終えて部屋に戻ってきたヒューは、翌日、宮廷に向けて出発すると宣言した。国王に対する忠誠を誓い、ウィラの父親にまつわる問題を今度こそ解決するのだという。それ以来ウィラは落ち着かない気持ちだった。

わたしの父親。トリスタン・ドーランド卿。わたしを殺そうとした男。もしくは、彼の甥がわたしを殺そうとした……おそらくは彼の命令で。

だがいまは当面の問題のほうが重要で、せっぱつまった欲求にウィラは顔をしかめた。その日も、ウィラが用を足すために一行はしばしば休憩を取らなければならなかったのだ。厄介だったし、恥ずかしくもあった。手ごろな茂みを探してヒューと共に木立の奥へと入っていくあいだ、全員に待っていてもらわなければならなかったからだ。いっしょに行くと言ってヒューは譲らなかったから、ますます気まずかった。あれだけ親密なひとときを過ごしているのだからいまさら妙かもしれないが、夫があたりを警戒しているすぐ脇で用を足すのは、どうにも屈辱的だった。

ウィラは体を横向きにして、夫の黒い影を見つめた。朝まで我慢したかったけれど、体が協力してくれそうにない。

こっそり抜け出してひとりで用を足しに行こうかとも思ったが、ヒューが激怒することはわかっていた。なにより、暗い森のなかにひとりで入っていくことを思うとおじけづいた。たとえそうするだけの勇気があったとしても、野営地の中央におこした火のそばには見張りの男がいる。彼に気づかれずに森に入るのは無理だ。

「あなた？」ウィラはそっとヒューを揺すった。ヒューは眠ったまま鼻を鳴らすと、ごろりと彼女に背を向けた。ウィラはもう少し強く彼を揺すった。「あなた？」

ヒューはなにごとかつぶやき、彼女の手を払いのけた。

ウィラは顔をしかめた。せっぱつまってきた。ヒューの腕を叩く。「あなたったら！」

「なに？　なんなんだ？」ヒューはかけていた毛皮といっしょに起きあがった。ウィラは簡易寝台からおりると、手探りでドレスを捜した。「ウィラ？　どうした？」

「服を着ているの。行かないと……」

「行く？」ヒューの声にいらだちが交じった。「どこに？」

「行かないとだめなの……わかるでしょう」ウィラは暗闇のなかで顔をしかめ、捜し当てたドレスを着た。意味ありげに言い添える。「いますぐに」

「また？」うんざりしていることがよくわかる口調だった。その声がウィラのいらだちに火をつけた。わたしだってこんな夜中に行きたいわけじゃない。わたしのせいじゃないのに。ここのところ、どうしてこれほど頻繁に行きたくなるのか、自分でもわからなかった。

「わざわざついてきてくれなくてもいいわ。ひとりでも行けるから。わたしがひとりで行ったら、あなたが怒ると思っただけよ」靴を捜すのはあきらめ、ウィラは不機嫌な様子でテントを出た。

「ウィラ！」テントのなかから悪態と衣擦れの音が聞こえ、ヒューが闇のなかで自分の服を捜しまわっているのがよくわかった。ウィラは、けげんそうな視線を向けてきた見張りの男に恥ずかしげに微笑みかけると、こつこつと足で地面を叩きながら待った。まもなく、ズボンだけを身につけたヒューが飛び出してきた。ウィラを押し倒さんばかりの勢いだったが、彼女の姿を目にして、ヒューはほっとため息をついた。

「てっきりひとりで行ってしまったのだと思った」

　ウィラはうなずくと、先に立って森のほうへと歩きだした。不安がいらだちより大きくなるのに、それほど時間はかからなかったのだ。そのことにもまた戸惑っていた。彼女は人里離れた森のなかにある小屋で育った。こんなところで緊張したり、不安になったりするほうがおかしい。それでもいまウィラは不安を覚えていた。

「どうした？」ウィラが足を止めると、ヒューが押し殺した声で訊いた。

「暗くてよく見えないの」嘘だった。確かに暗いが、よく晴れた夜だったし、星が煌々《こうこう》と輝いている。目は暗さにすぐに慣れ、昼間と同じとはいかないものの、木々や丸太やそのほか足元に落ちているものは黒い影として見えていた。ウィラはただ、ヒューに先に立ってほしかっただけだ。望みどおりヒューはウィラの前に立ち、彼女の手を取って森の奥へと進んでいった。

　それほどもたたないうちに、ヒューは足を止めた。適した場所を見つけたらしい。ウィラは彼が示した暗い場所に目を向け、顔をしかめた。突然、様々なことが脳裏に浮かんだ。たとえば、蛇やツタウルシや虫や夜行性の動物といったものが。

「どうした？」

ウィラは不安を脇に押しやり、ヒューが示した地点へと歩きだした。暗いなかであってもこうして用を足すのは昼間と同じくらい恥ずかしかったし、旅そのもの——これまでほとんど経験はなかった——が自分には向いていないのだろうと思った。まずヒューは、馬にまたがらせてくれなかった。考えてみようともしなかった。彼の妻がズボンをはいて馬にまたがるなどというのは、ありえないことらしい。丸一日横乗りをしてみたが、それでも慣れなかった。甘やかしてほしいとは思わないが、今回の旅はなにからなにまで不快なことばかりだ。

「すんだか？」ヒューが尋ね、ウィラは天を仰いだ。まだだということくらい、わかるはずじゃない？　ウィラの耳にはその音は静かな夜に降る豪雨のように聞こえていた。そう思ったところで、森のなかがしんと静まりかえっていることに不意に気づいた。夜行性の生き物たちが息を潜めている。物音ひとつ聞こえない。それが悪い兆しであることをウィラは知っていた。

急いで用をすませ、立ちあがった。服を整え、ヒューのところに戻っていく。彼の腕に手をからめると、緊張でこわばっていることがわかった。彼の全身が張りつめている。ウィラはあたりを見まわした。なにも変わったところはないように思える。木があって、さらに木があって——そして一本の木が動いた。ウィラはヒューの腕に爪を食いこませたが、彼も気づいていた。ウィラの腕をつかんで、木のうしろに引きずりこむ。ウィラは激しい自分の鼓動を聞きながら、夫の黒い輪郭を見つめ、自分たちがここにいることを気づかれたのかどうかをヒューの物腰から判断しようとした。

緊迫の時間が流れ、やがてウィラはヒューの耳元に口を寄せて言った。「見張りの人を呼ぶ?」

野営地で見張っている男に助けを求めればいいと思ったのだが、ヒューは首を振った。ウィラはそのままじっとしていたが、腕をつかむヒューの手に突然力がこもったときには思わず声を漏らしそうになった。ヒューは彼女を連れてゆっくり森の奥へと進んでいく。やがて彼が再び立ち止まると、ウィラはまた彼の耳に顔を寄せて訊いた。

「どうして見張りの人を呼ばないの?」

「そうするとわたしたちの居所がわかってしまう。あわててきみのあとを追ってきたから、剣を置いてきてしまったんだ」ヒューはそう答え、さらに言った。「やつはわたしたちと野営地のあいだにいる。同じように用を足しに来た部下のひとりかもしれないし、そうじゃないかもしれない。はっきりとはわからないが、剣がないいま危険なことは——」ふたりの頭の上をなにかが勢いよく通り過ぎていき、彼の言葉は唐突に途切れた。ヒューはいきなりウィラの向きを変えると叫んだ。「走れ！」

ウィラは即座に走りだした。枝に顔を打たれ、髪を引っ張られながら、木々のあいだをただひたすら走っていく。野営地の見張りがヒューの叫び声を聞いて駆けつけてくる可能性はあったが、頭の上を矢が飛んでいくなか——さっき音を立てて飛んでいたのは矢だった——それを待つのは得策とは言えない。あの人影がだれにせよ、用を足す場所を探していたのでないことは明らかだ。

ヒューがすぐうしろにいることはわかっていたから、ウィラは脚が動くかぎりの速さで走った。男が放つかもしれない矢の的になるのはヒューだ。彼を失いたくはなかった。

ヒューはぐいっとウィラの腕をつかんで右に方向を変えさせた。ウィラは速度を落とすことなく走り続ける。ルーカンが教えてくれた、体をよじるようにして迫りくる剣をかわす身のこなしで、かろうじて木との衝突を避けた。その拍子に一瞬ヒューの手が離れたが、またすぐに腕をつかまれたので、彼も木をうまく避けたのだろうとウィラは思った。

しばらく走ったところで、さっきほどの強さではないにしろ、ヒューがまたいきなり左方向に彼女を引っ張った。ウィラは今回もよろめくことなく走り続けた。これほど速く、遠くまで走ることができるのは、このひと月の剣の訓練のおかげだとわかっていた。疲れを感じ始めたちょうどそのとき、唐突に木々が途切れた。咄嗟《とっさ》に速度を緩める。いきなりだったために、うしろを走っていたヒューに思いきりかかとを踏まれた。それでも用心してよかったとウィラは胸を撫でおろした。前方の暗がりが崖であることがわかったからだ。ウィラは即座に足を止め、ヒューが彼女の脇を駆け抜けないように両手を広げた。

「なんだ？」ヒューはウィラに抱きつくようにして足を止めた。彼女の横に立ち、その先が崖であることを見て取る。はるか下に水が渦巻いているのがわかると、ヒューの唇から悪態が漏れた。すぐに顔をあげ、身を隠せる場所を探して必死になってあたりを見まわす。木立の外に出ていたから、そこは表情が見て取れるくらい明るかった。標的にされてしまうくらいに。「木立だ」ヒューはようやく口を開いたかと思うと、ウィラの腕をつかんで来たほうへ戻ろうとした。「どこかの木にのぼって、やつに見つからないことを祈ろう」

「もし見つかったら？」その手を引っ張りながらウィラが反論した。「彼の矢の餌食になるだけだわ」

ヒューは足を止め、妻を振り返った。いらだちが沸騰寸前だ。男が木立のなかを近づいてくる音が聞こえる。すぐそこまで迫っている。ウィラがわたしの判断に疑問を呈している時間などない。彼女はどうして素直にわたしの言うことに従わない?

「ウィラ――」

「あなた」ウィラは彼にそれ以上言わせなかった。「彼が最初に探すのが木の上よ。まさかわたしたちがここから飛び降りるとは思わないわ。それに見て」ウィラは両手を広げ、白いシュミーズを示した。「暗いなかで着たから、ドレスだと思っていたのにシュミーズだったの」

頭のなかに警戒音が鳴り響き、ヒューは唾を飲んだ。ウィラの白いシュミーズは暗闇のなかでひときわ目立つ。

「飛び降りましょう」ウィラが促すように言った。「わたしは泳ぐのが得意よ。小屋で暮らすようになってから、夏はいつも泳いでいたの」

ふたりを追ってくる男の足音は危険なほど近づいていたが、それでもヒューはまだ迷っていた。ふたりが逃げきる可能性を考え、彼女が逃げきる可能性を考え、それから自分、さらに再びふたりのことを考えた。そしてようやくうなずくと、ウィラを崖の縁まで連れていった。下をのぞきこんで、やはりやめようかという気になった。恐ろしく高い。飛ぶのは危険だ。だがあいにく、考え直すには手遅れだった。振り返り、ウィラを引き寄せると短いキスをしてから言った。「できるかぎり下流まで泳ぐんだ。野営地に戻れと言うつもりだったが、危険すぎる。やつに遭遇するかもしれない。城の近くまで川をくだって、そこから助けを求めに行くんだ」

暗闇のなかでも、ウィラが眉間にしわを寄せたのがわかった。「あなたは来ないの？　わたしにひとりで行かせるつもり？」

ヒューは苦しそうな表情になった。「ウィラ……わたしは泳がない」

「前にも川でそう言ったわ。でもいまは例外にしてもいいんじゃないかしら？」

「だめだ。きみはわかっていない。わたしは泳がない、、、」

「泳がない？」ウィラはしばし黙りこんだが、やがてその意味を理解すると大きく目を見開いた。「泳げないっていうこと？　泳ぎ方を知らないの？」

ヒューは顔をしかめた。〝泳げない〟と言うよりは〝泳がない〟と言うほうが響きがいい。彼は昔から、詩を書いたり、泳いだりといったつまらないことは最初から放棄して、より重要な剣術に時間を割いてきた。磨きをかけてきたその技はこれまでおおいに役立ってくれた。ウィラと出会うまではの話だが。その技術が必要だとようやく思えるようになったのは、ここ最近のことだ。幸いウィラはそれ以上、彼に泳げないことを認めさせようとはしなかった。

「あなたはどうするの?」

「木にのぼる」

「だめよ!」悲鳴のような声だった。「そんな時間はない。彼はすぐそこまで来ているのよ」

「だからこそきみは行かなきゃいけない。いますぐに」ヒューはさらに崖の縁へとウィラを押しやった。

「あなた、お願いだからわたしといっしょに来て。わたしがあなたを連れて泳ぐから」

ヒューは首を振ろうとしたが、ウィラはその顔を両手ではさんだ。燃えるような瞳で彼を見つめる。

「わたしを信じて。あなたを溺れさせるようなことはしない。愛しているの」

ヒューは全身を凍りつかせた。そんな告白をするには最悪のタイミングだ。それとも最良のタイミングかもしれない。だが彼女にわたしを連れて泳ぐような真似をさせてもいいものだろうか? いま飛びおりなければ、自分に助かるチャンスがないことはわかっていた。ひとりで飛びこんでも、泳げない自分は助からない。だがウィラは……ウィラひとりなら充分に助かる可能性はある。けれど自分がいることでその可能性は格段に低くなってしまう。

「わたしを信じて」ウィラが懇願した。

決断することができずに、ヒューは目を閉じた。あたかも耳元でささやかれたかのように、イーダの言葉が脳裏に響いたのはそのときだった。あたしが見たのは、崖っぷちにいるあんただ。正しい道を選べば、万事安泰。だが間違ったほうを選べば……死が待っている。

衣擦れの音がして目を開けると、ウィラが水のなかで邪魔にならないようにシュミーズを脱いでいるところだった。はだかになった彼女はヒューの前に立ち、手を差し出した。

一瞬迷ったあと、ヒューはその手を取った。そしてふたりは宙に身を躍らせ、川へと落ちていった。

それはまるで、雪のなかに飛びこんだかのようだった。その冷たさにウィラは思わずあえいだが、頭が水につかるとあわてて口を閉じた。一気に体が沈み、衝撃と共に川底にぶつかった。痛みに歯を食いしばりながら、川底を蹴る。ヒューの手は放さなかった。水面に顔が出るとほっとして息をついたが、ヒューは彼女の手を振りほどいて暴れだした。ウィラは大きく息を吸うと、再び水に潜った。ヒューは水に浮く術を知らず、パニックを起こしている。急いで彼に近づき、顎の下に腕をまわした。彼を仰向けにして、頭が水面に出るように自分のほうに引きつける。

「暴れないで」本能的に手足をばたつかせるヒューをしっかりとつかまえながら、ウィラは言った。幸いなことにヒューは本能に逆らい、即座にウィラの指示に従った。ウィラは再びほっと息をついた。大丈夫。わたしにはできる。崖の上に目を向けると、黒い人影が立っているのが見えた。川を眺めているが、ふたりの姿は見えていないようだ。もし見えていたら、弓の狙いをつけているはずだ。それでもウィラは無理に泳ぐのをやめ、流れに身を任せた。

そうやってかなりの距離を下流まで流されたところで、ここまで来れば大丈夫だろうとウィラは判断した。できるかぎり流れに逆らうことなく、大きく弧を描くようにして泳ぎ、最小限の労力で岸にたどり着くつもりだった。それでもヒューを引きずりながら岸に向かって泳ぐのは、簡単なことではなかった。ヒューも足をばたつかせて協力しようとしたが、少しも役には立たなかった。それどころか、動くたびにウィラを蹴るので邪魔なだけだ。やめてくれとよっぽど言おうかと思ったが、考え直した。結いくらかでも逃げる手助けをしていると思わなければ、彼も立つ瀬がないだろう。結婚してからというもの、ヒューが幾度となく彼女を失望させたと感じていることはよくわかっていた。彼の男としてのプライドをこれ以上、傷つけたくはなかった。

「大丈夫か？　疲れたなら、わたしを放してくれ。きみだけでも逃げるんだ」ヒューに言われ、ウィラは不意に疲れていることに気づいた。筋肉が痛み始め、無意識のうちに泳ぐ速度を落としていた。だが夫を放すつもりは毛頭ない。

　ウィラは首をまわし、川岸まで残りはほぼ半分であることを見て取った。もっと進んでいると思ったのにと考えたところで、流れが速くなっていることに気づいた。このあたりは水深が浅いようだ。川底に届くかもしれないと思いながら片足をおろしてみたが、まだそこまで浅くなってはいなかった。ウィラは歯を食いしばり、筋肉を鍛えてくれ、痛みのなかでも体を動かし続けることを教えてくれた数週間の訓練の日々に感謝しながら、再び泳ぎ始めた。練習場で学んだことを試してみる。痛みを無視し、気持ちを逸らすために水をかいた回数を数えた。その方法はうまくいったが、それでも永遠にも思える時間が過ぎてかかとが不意に川底に触れたときには、安堵のあまり泣きたくなった。

　すぐに体を起こしたが、しっかり立つまでに何度か足を取られてふらついた。ウィラの体力が尽きたと考えたらしいヒューが、自分は沈みながら彼女を支えようとしてもがき始めた。やがて彼の足も川底に触れたのか、〝ありがたい〟とつぶやいたかと思うと、立ちあがってウィラの体を支えた。そのあたりの流れは速いうえ、ウィラは疲労困憊していたから、岸にあがるのに彼の手助けが必要だった。

水から出たとたんに、ウィラはがっくりと膝をついた。ヒューは心配そうにその隣にしゃがみこんだ。

「大丈夫か?」ウィラががたがた震えだすと、ヒューは彼女を抱きしめ、少しでも温めようとして肌をこすり始めた。まず腕、それから脚、そして背中と脇を懸命にさすっていく。硬くなっていたウィラの筋肉がほぐれていき、いくらか寒さがましになった。助かった。あの男からも川からも逃げることができた。いま大事なのはそれだけだ。疲れていることも、寒いことも、はだかであることもどうでもいい——

ウィラは不意にヒューから離れると、悲鳴をあげながら背筋を伸ばした。

「どうした?」ヒューは警戒心も露にあわててあたりを見まわした。

「わたし、はだかなのよ!」

それを聞いてヒューはほっとした。彼女をさすっていた手の動きが愛撫するようにゆっくりになり、顔ににやりとした笑みが浮かぶ。「そうだな、はだかだ。わたしは文句を言うつもりはないが」

ウィラは天を仰ぐといらだたしげに舌を鳴らし、よろめく足で立ちあがった。こんな事態になっているのに、まったく男ときたら。生まれたままの姿で野営地に帰らなきゃいけないのは、わたしなのよ！

にやついていたヒューは不安そうに顔をしかめた。「もうしばらく休んだほうがよさそうだ。わたしを助けるために無理をしたからな」

「お互いを助けたのよ」ウィラはきっぱり告げると、野営地があると思われる方向に向けて歩きだした。

「きみが助けてくれたんだ」ヒューはそう訂正したものの、あまり面白くなさそうだった。

「そうじゃない」ウィラは柔らかな肌を引っ掻こうとする枝を払いながら、よろめく足で進んだ。「お互いを助けたの。最初にあなたが助けてくれて、それからわたしが助けた。お互いさまよ」

「わたしがどうやって助けたというんだ？」彼女の前に手を伸ばし、枝を押し開いて道を作りながら、ヒューは驚いて訊いた。

「木立のなかであの男がいることに気づいたし、逃げるときにはわたしの盾になってくれた」

ヒューは鼻を鳴らし、ウィラの歩く邪魔にならないようにさらに別の枝をどけた。

「それは助けたことにはならない。きみはひとりでも逃げられたんだから」

「でもそうじゃなかった。わたしは危険が迫っていることにも気づいていなかったし、ひとりでいたら最後まで気づかなかったと思う。なにも怪しむこともなく、太ったキジみたいに矢で射られるのをじっと待っていたと思うわ」そう言いながら、ウィラは渋面を作った。「わたしのお墓にはこんなふうに書かれるのよ。〝竜の水を抜いているあいだに心臓を射られたウィラ・デュロンゲット、ここに眠る〟お参りに来た人たちはくすくす笑うでしょうね」

ヒューは笑っているようだったが、やがて咳払いをして言った。「えー……その言い方をどこで聞いたんだ？」

「バルダルフよ」ウィラは答えると、立ち止まって足を撫でた。なにか鋭いものを踏んだようだ。痛みが和らぐと、再び歩きだしながら説明した。「いつもそう言っていたの。小さいころは本当に彼が竜の水を抜いているんだと思っていた。なにを、どうやっているのかはさっぱりわからなかったけれど。一度、確かめようと思ったことがあるわ。竜を見てやろうとしたんだけれど、イーダに捕まって、竜はわたしが思っているようなものじゃないって説明してくれた」

「なるほど」ヒューはさらに別の枝を押しのけた。「イーダの説明はあまりうまくなかったようだな」

「どういうこと？」ウィラは憤然として訊き返した。「ちゃんと説明してくれたわ」

「いいや、できていないね。できていたなら、きみはあんな言い方はしなかっただろう」

ウィラは足を止め、腰に手を当てて振り返った。「どうして？」

「きみは、水を抜く竜を持っていないからね」

ウィラはわけがわからないというように目をしばたたいたが、やがてヒューの股間に視線を向け、ぱっと目を見開いた。「まあ」

「そういうことだ」ヒューはひとしきり笑い、ウィラがまたなにかを踏んで足の裏を撫で始めたところで、彼女を抱きあげた。ウィラは抗おうとしたが、ヒューは首を振って言った。「いいから。きみはわたしを川から連れ出してくれた。今度はわたしがきみを野営地に連れ帰る番だ。いいから体を休めるんだ」

ウィラはためらったものの、結局あきらめて彼の胸に頭をもたせかけた。ヒューの腕のなかは温かいし、なにかを踏む恐れもない。どうして文句を言う必要があるだろう？

ヒューが野営地に向かっているあいだ、ふたりは無言だった。ウィラはなにか話したかったのだが、彼女を抱えているヒューにそれ以上、負担をかけたくなかった。やがてまぶたが重くなり始め、ウィラはあくびをした。眠気が忍び寄っていることに気づく間もないうちに、ウィラは眠りに落ちていた。

どれくらい眠っていたのだろう。ウィラが目を開けたとき、ヒューはまだ彼女を抱えたまま歩き続けていた。だが空が明るくなりかけている。朝がそこまで来ていた。

「どれくらい――」言いかけたウィラをヒューが黙らせ、唐突に足取りを緩めた。彼の腕に力がこもったのがわかった。

しばしの沈黙のあと、ウィラは我慢できなくなって小声で尋ねた。「どうしたの？なにか聞いたか、見たかしたの？」

「ああ。だれかが近づいてきていると思う。見張りがわたしの叫び声を聞いたはずだから、捜索隊を出したんだろう」

ヒューは眉間にしわを寄せてウィラを見おろし、それからあたりの茂みに目を向けた。右側にある茂みに歩きかけて、立ち止まる。ウィラをそこに残しておくのは気が進まないが、はだかの彼女を部下たちに見られるのも同じくらいいやなのだろう。

「髪で体を隠すんだ」やがてヒューは言った。ウィラは即座に濡れた髪で胸とお腹を覆おうとしたが、残念なことに以前ほどの長さがない。小屋の火事でかなりの部分が焦げてしまい、ウエストのところでイーダに切ってもらったのだ。そのため腰から下が露になったままだった。そこでヒューは右腕を彼女の尻の下に当てて、胸と胸が合うようにして抱き直した。こうすれば、見えるのは尻の一部だけだ。それでも充分に腹立たしかったが。

「わたしをここに置いて、あなたがドレスを持ってきてくれない？」ウィラは期待をこめて頼んでみたが、ヒューは案の定、首を振った。

「やつは襲撃に失敗した。あきらめないことはわかっている。きみをひとりで残していくわけにはいかない」

ウィラはがっかりして肩を落とした。木立からふたりを呼ぶ声がしてヒューがそれに応じると、ウィラは彼の胸に顔をうずめた。たちまちあたりがざわつき始め、彼らが走りだしたことがわかった。やがて数人が空き地に足を踏み入れたような音がしたかと思うと、不意に静まりかえった。ふたりの姿を見て驚愕して立ち止まったのだろう。彼らの視線が感じられる気がした。爪先まで全身真っ赤になっていることがわかっていたから、夜が明けきっていないことに感謝した。

「なんとまあ！」ルーカンだろうとウィラは思った。その声が合図だったかのように、再びあたりがざわつき始め、彼らが踏みしだく小枝の音が聞こえた。

温かい布がふわりとかけられるのを感じて、ウィラは目を開けた。そちらに顔を向けると、やはりさっきの声はルーカンだったことがわかった。ダブレットを脱いで、彼女の下半身にかけてくれている。お礼を言おうとしたウィラは、ジョリヴェもそこにいてやはりダブレットを脱ごうとしていることに気づいた。ウィラに駆け寄り、上半身にかける。そのすぐうしろには、自分のダブレットを手にしたバルダルフがいた。彼のダブレットは脚を覆った。彼が脇に寄ると、別の男が近づいてきてさらにダブレットをウィラにかけた。

ウィラは驚いて目を凝らした。ウィラの体を隠そうとして、少なくとも六人の男が列を作っている。もうすでに隠すところはないのに。それどころか彼女の上にはダブレットの山ができていて、気がつけば新たな問題が発生していた。ひどく暑い。だが彼らの厚意を断ることなどとてもできなかった。全員が真面目くさった顔をして、服の山に彼女を埋めていく。知らない人が見たら、彼女は死んだのだと思うかもしれない。そういうわけでウィラはひとりひとりに礼を言いながらじっと暑さに耐えていたので、ヒューが再び歩きだしたときにはほっとした。

見張りがヒューの叫び声を聞きつけ、ほかの者たちを起こして、急いでふたりの捜索に出発したのだというルーカンの話をウィラはぼんやりと聞いていた。木に刺さった矢をルーカンが、崖の上の彼女のシュミーズをバルダルフが見つけ、なにがあったのかを推測した一行は川沿いを捜していたらしい。

彼らの話を聞くうちに、ウィラは不意に気づいたことがあった。彼女とふたりきりでいるときと、部下たちに囲まれているときではヒューの話し方が違う。男たちと話すときには、うなるか、うなずくか、もしくはひとこと、ふたことの短い返事をするだけだ。ウィラとふたりのときは、ちゃんとした文章を話すのに。それにいつもより背筋を伸ばして歩き、広く見えるように肩をいからせ、ずっといかめしい顔をしている。

野営地に帰るまでのあいだも、イーダが飛び出してふたりを迎えたときも、ウィラはずっとそのことを考え続けていた。

「大丈夫かい？」テントにウィラを連れていくヒューのあとを追いながら、イーダが訊いた。

「ええ」ウィラはヒューの肩越しに彼女に微笑みかけた。

ヒューがテントに入り、間に合わせの寝台にウィラをおろすと、イーダは手を振ってヒューをどかせた。「ウィラを見せておくれ」

ウィラは、邪魔にならないところに移動したヒューを同情をこめて眺めた。不服そうな表情が浮かんでいて、イーダがしばしば見せる偉そうな態度を我慢ならないと思っていることがよくわかった。

「泳ぐには寒すぎる夜だよ」イーダはウィラの上に山積みになっているダブレットを次々とヒューに渡しながら言った。

ウィラは顔をしかめただけだったが、最後の一枚がなくなったところで安堵のため息をついた。怪我はないかとイーダが彼女の体を調べ始める。「わたしは大丈夫よ」

「あたしが心配しているのはあんたじゃないよ」イーダは上の空で言った。「赤ん坊だ」

「赤ん坊！」ウィラとヒューの声がそろった。ウィラは毛皮の上でさっと体を起こし、ヒューはダブレットが手から落ちるのもかまわず、簡易寝台にどすんと座りこんだ。

「初めての床入りのときに双子を身ごもると言っただろう」イーダはあきれたように言った。

「ええ……そうね。そう言っていた……忘れていたわ」ウィラの視線がヒューに流れ、彼もまた忘れていたことを悟った。彼女と同じくらい驚いている。

「どうやら大丈夫のようだね」イーダは姿勢を正した。「でも、もっと気をつけないといけないよ」

「気をつけさせる」ヒューが断固とした口調で答え、ウィラはとたんに不安になった。自分と彼とでは〝気をつける〟の意味が違うかもしれない。ヒューの表情はまたいかめしくなっている——ここには、それを目にする部下はだれもいないのに。

ウィラは目を開けると、体を起こして座った。大丈夫だとイーダのお墨付きをもらったあと、休むようにとヒューに言われたのだ。ヒューはテントの入り口で男たちになにごとか命令をくだしてから、戻ってきた。ウィラがくつろいだ姿勢になったところでヒューも簡易寝台に潜りこんできて、彼女を自分のほうに引き寄せた。まるでぬいぐるみかなにかのように扱われて、ウィラは少しむっとしたのだが、そうやって守ろうとしてくれるのは優しさなのだと自分に言い聞かせ、いらだちを押し殺した。だがそれも彼がウィラの頭を自分の胸に押しつけて、「眠れ」と命じるまでのことだった。

「眠る」

いまの声は頭のなかで聞こえたものに違いないと思いながら、ウィラは首を振った。脳がなにかいたずらしているのだ。

「眠れ」ヒューがウィラの腕を引っ張って自分のほうに引き戻しながら繰り返した。再び彼女の頭を自分の胸に押しつける。

ウィラはむっとして唇を引き結んだ。疲れていないと言おうとしたが、思い直した。「竜じゃない竜から水を抜きたいの」

「また——」ヒューは言いかけた文句を途中で呑みこみ、胸に乗せたウィラの頭ごと体を起こした。「そうだな。赤ん坊がきみの膀胱を蹴飛ばしているんだろう」

ウィラは顔をしかめながら彼から離れ、ドレスに手を伸ばした。立ちあがり、ヒューがベルトを身につけるのを待つ。

身支度が終わったヒューはウィラの腕を取ってテントを出た。そのまま茂みに向かうのだろうとウィラは思っていたから、ヒューが足を止めて声を張りあげたときには驚いた。「ルーファス、アルビン、ケリック、エニオン！」

四人の護衛が駆け寄ってきた。

「行くぞ」ヒューはそれだけ言うと、ウィラを連れて木立に向かった。四人の男がついてくる。しばらく進んだところでヒューは立ち止まり、振り返った。「ルーファス、おまえはそこに立て。アルビンはこっちだ。エニオン——」

「あなた」ウィラは、一本の木の四方を囲むように男たちを立たせようとしているヒューの言葉を遮った。ぞっとするような疑念にかられていた。

「なんだ?」ヒューは指示を中断させられて、いらだったようだ。

「なにをしているの?」

「護衛を配置している」ヒューはそう答えると、三人目の男に指示を与えた。「エニオンはここだ。ケリックはそっち。どうした、ウィラ?」ウィラがチュニックを引っ張ったので、ヒューは彼女に顔を向けた
「この人たち——どうしてここにいるの?」

「きみを守るために決まっているだろう」

そんなこともわからないのかと言わんばかりのヒューの口ぶりだった。もちろんウィラにはわかっていた。わかっていたが、そうではないことを祈っていたのだ。だがその祈りはむなしく消えた。

「さあ、いいぞ」ウィラが呆然と彼を見つめるばかりだったので、ヒューは告げた。

「いいですって?」ウィラは弱々しく訊き返した。「あなたまさか——この人たちがいるところで——わたし——」

「そうか」ヒューはようやく問題に気づいたらしく、額をぴしゃりと叩くと、男たちに命じた。「うしろを向け」

四人がくるりと向きを変え、ヒューがウィラに使わせようとしている場所に背を向ける格好になると、彼は満足そうにうなずいて、これでいいだろうと言わんばかりにウィラを見た。

ウィラの口からすすり泣きにも似た声が漏れた。とたんにヒューの表情が曇る。

「どうしたんだ？　具合が悪いのか？」ウィラは目を閉じた。彼がその手首を握る。

「ウィラ？」

ぱっとウィラが目を開けた。怒りに燃えている。「あの人たちがいるところで、竜に水をやることなんてできない」

「竜の水を抜くんだ」ヒューは眉間にしわを寄せて訂正した。

「どっちでもいいわよ！」ウィラが叫んだ。「わたしには竜がないんだから。わたしの言いたいことはわかっているはずよ」

あたかも理不尽なことをしているのが彼女であるかのように、ヒューは辛そうにため息をついた。「ウィラ」

「そういう言い方はやめて！　あの人たちがいるところではしないから！」

「どうしてだ？」

「どうして？」夫が底なしの間抜けであることにどうしていままで気づかなかったの

だろうと思いながら、ウィラはまじまじとヒューを見つめた。

「そうだ。どうしてだ？　彼らには見えないんだぞ」ヒューはもっともらしく指摘した。だが彼はウィラの文句の内容よりも、彼女が感情を爆発させたことを気にかけているようだ。

いまさら驚くことではないのだろうとウィラは思った。これまでは従順な妻であろうとしてきたが、それにも限界がある。それとも、ヒューとの距離が縮まって、自分の本質が現れているのかもしれない。落ち着くのよ、とウィラは自分に言い聞かせた。

「でも、聞こえるわ」

「聞こえる？」ヒューが信じられないというように笑いながら言ったので、ウィラは彼をにらみつけた。

「そうよ。聞こえる。それだけで無理よ」

ふたりはしばし黙りこんだ。ウィラはヒューをにらみつけ、ヒューはどうするべきかを考えている。やがて彼は咳払いをすると、男たちに向かって言った。「歌え」一瞬の間があり、男たちはおずおずと振り返ってヒューを見た。ヒューは呆気にとられたような顔をしている彼らに再度命じた。

「そうだ。聞こえただろう。歌え」

男たちは顔を見合わせていたが、やがて元どおりヒューたちに背を向けた。そのうちのひとり――ケリックと呼ばれていた男だとウィラは思った――が咳払いをして尋ねた。「なにを歌えばいいですか？」

「なんでもいい。とにかく歌え」ヒューはいらだったように答え、それから言い添えた。「できるだけ大きな声で」

再びの沈黙のあと、ケリックがしわがれたバリトンで歌い始めた。あまり上品とは言えないその歌に続いて、ルーファスがまったく違う歌を歌いだした。ケリックの歌を知らないらしい。エニオンとアルビンも、最初のふたりとは別の歌を始めた。高さも調も異なる四つの違う歌は、恐ろしい騒音となって木立を満たした。

「いいぞ！」ヒューは満足そうに叫んだ。「これでやつらには聞こえない」

ウィラはつかの間呆然とヒューを見つめていたが、やがて荒々しい足取りで野営地に戻ろうとした。ヒューがその手をつかんで訊いた。「竜の水を抜きたかったんじゃないのか？」

「ええ、そうよ。でも四人の護衛に囲まれたなかでするのはお断り。あなたがそばにいるだけでも恥ずかしいのに」

ヒューは眉間にしわを寄せてウィラの言葉を聞いていたが、すぐに言い返した。

「ウィラ、お腹に子供がいる女性は分別がなくなるという話を聞いたことはあるが、護衛が必要だということは理解できるだろう？　あんなことがあったんだから。恥ずかしいからといって、きみだけでなくわたしたちの赤ん坊の命を危険にさらしたくはないはずだ」

その言葉にウィラは黙りこんだ。ヒューの断固とした表情を眺め、彼が決して譲らないことを悟った。四人の歌う男たちの真ん中で用を足すか、あるいは宮廷に着くまで我慢するかのどちらかしか選択肢はないらしい。宮廷までは二日の旅だ。用を足せるのは明日の夕方になってしまう。とてもそれまで我慢するのは無理だ。いずれだれかに償いはしてもらうと心に決めると、ウィラは四人の護衛たちの中央に立った。まず彼らの背中を眺め、次に励ますようにうなずいているヒューを見る。

恐ろしい歌声が流れるなかで、ウィラは死んでしまいたいと思いながら用を足した。

20

ウィラは部屋を横切って歩き、ベッドを蹴飛ばした。それから元いた場所に戻って、暖炉の前に置かれた二脚の椅子の片方を蹴飛ばした。そして再び一連の動きを繰り返す。

一行はその日の朝、宮廷に到着した……二日ですむ旅に四日もかけて。ウィラは小声で悪態をつきながら、今回は二度ベッドを蹴飛ばした。懸念していたとおり、ヒューの考える〝気をつける〟は、ウィラとは違っていた。この二日半、歌う護衛たちに囲まれて幾度となく用を足さなければならなかったのだ。そのうえヒューは、〝赤ん坊を動揺させないために〟移動の速度を極端に遅くした。〝馬に乗るのは赤ん坊によくない〟ということで、ウィラはのろのろとしか進まない馬車に乗らなければならなかった。さらにヒューはウィラの食事に目を光らせ、〝お腹のなかで赤ん坊がたくましく育つように〟たっぷりと食べさせた。なによりいらついたのが、病気の子供を世話する母親のようにヒューがウィラのそばから離れないことだった。違うわ。ウィラは再びベッドまで歩いていきながら考えた。最悪なのは、〝眠っている赤ん坊を起こしてしまう〟ことを恐れて、ヒューが彼女とベッドを共にしなくなったことだ。なによりそれが寂しかった。愛していると言葉にできないのなら、せめて態度で示してくれてもいいんじゃないの？

ウィラは暖炉のそばの椅子を蹴る代わりに、不機嫌そうに腰をおろした。宮廷に着いて一時間もしないうちに、ヒューは国王に呼ばれて出かけていった。こうしているいまも、リチャードの手紙をジョン国王に見せ、ウィラの父親であるドーランドが彼女を殺そうとしたいきさつを説明しているのだろう。

暖炉の火を見つめるウィラの心のなかは不満でいっぱいだった。過保護なほどの彼の態度や歌う護衛にウィラが文句を言うのは、お腹に子供がいるからだとヒューは決めつけている。そう思うことでウィラの不満を無視しているのだろう。

どうして彼はわたしを愛していると言ってくれないの？ ウィラが自分の思いを彼に告げたのは、同じ言葉が返ってくるのを期待してのことではない。だがそうするのが礼儀だという気がした。そうしてくれればうれしいのに。わたしは彼の妻で、彼の子供を身ごもっているのに。彼はわたしを愛するようになるとイーダは言った。愛してほしかった。どうして愛してくれないの？

寝室のドアが開いて若いメイドが入ってきたので、不満だらけの思考が中断した。ウィラはいらだたしげに彼女を見た。四日間という落ち着かない時間を過ごしたあとだったから、いまはただひとりになりたいだけだ。ヒューが国王に会いに出かけるとすぐに、ヒルクレストでは手に入らないものを探してきてほしいと言ってイーダを市場に行かせた。イーダを追い払うのはそれほど難しいことではなかった。

「なにかご用はありませんか、マイ・レディ？」メイドは気立てのよさそうな子だったが、それがかえってウィラをいらだたせた。

「ないわ」ぶっきらぼうな口調であることはわかっていたが、どうしようもなかった。実際に機嫌が悪い。珍しいことだった。普段のウィラは明るい性格なのに。お腹に子供がいるとなにかと影響があるのかもしれないと思い、あわててその考えを打ち消した。

「よろしいんですか？」

メイドが部屋を出ていきかけたところで、ウィラは不意に背筋を伸ばして尋ねた。

「ドーランド卿はもう着いているのかしら？」

「はい、お着きになっています」メイドは役に立てたことがうれしいらしく、笑顔で答えた。「昨日の朝、いらっしゃいました。ドーランド卿をご存知ですか?」

「いいえ」ウィラは浮かない顔で答えたが、その視線が鋭くなった。「あなたは知っているの?」

「はい」メイドの笑みが満面に広がった。「ジョン国王の優秀な戦士のおひとりです」

「そうなの?」ウィラは興味を引かれた。彼女の計算が正しければ、彼は六十歳に近いはずだ。「まさかいまでも戦場に出ているわけじゃないでしょう?」

「それが、行かれているんです」メイドは悲しそうだった。「辛い思いをされたせいで、ずっと戦場に行かれています」

「辛い思い?」

メイドはうなずいた。「その話はみんな知っています。ドーランド卿はご自分の命より奥さまを愛していらしたんですが、二十年ほど前にお腹の子供といっしょに亡くなってしまわれたんです。それ以来ドーランド卿は、次から次へと戦いに行かれています。奥さまたちのところに行きたがっているんだと言う人もいます。でも神さまがまだお召しにならないんです」メイドは気の毒そうに首を振った。「戦いに行かれていないときは、ドーランドではなくここにいらっしゃることのほうが多いです。お城には思い出がいっぱいあって耐えられないんだと思います。とても親切な方なんです。

使用人はみんな、喜んでドーランド卿のお世話をしています」

「そうなの」ウィラはつぶやいた。メイドはさらに話を続けた。

「従者から聞いた話ですが、ドーランド卿はほとんど眠らないそうです。眠るたびに悪い夢を見て、亡くなった奥さまの名前を呼びながらのたうちまわるんだとか。奥さまに許しを乞うらしいんですが、それがどういう理由なのかは従者も知らないみたいです」

ウィラは知っていたが、黙っていた。メイドが尋ねた。「なにかほかにご用はありますか？」

「ええ、あるわ」ウィラは唐突に立ちあがった。「あなたの服を貸してちょうだい」

メイドは目を丸くしてあとずさったが、一五分後、ウィラはジョアン——それがメイドの名前だった——のドレスを脱がせていた。

「うまくいかないと思います」ジョアンは、何枚ものドレスを山のように重ねてウィラに持たせながら不安げな口調で言った。ドレスの陰にうまい具合に顔が隠れる。

「あら、大丈夫よ」ウィラが請け合った。「わたしが教えたとおりに言って、ドアのうしろにいればいいの。用意はいい？」

メイドはうなずいたが、ウィラのあとについて歩きながらもその顔には疑いの表情が浮かんでいた。ドアまでやってくると、ウィラは足を止めて大きく息を吸った。四人の歌う護衛から逃げるつもりなのだ。

決してウィラから目を離してはいけないとヒューは彼らに命じていた。彼らはその言葉どおり、木立で最初に恥ずかしい思いをしたときからずっと、どこへ行くにも彼女のあとをついてきた。ついてこないのはウィラたちのテントのなかだけで、それはヒューがテントのまわりを見張っているようにと命じたからだ。宮廷に着いたあとは、ふたりの寝室の外に立っている。いまもいるとわかっていた。ほんのしばらく、彼らから逃れてひとりになりたかった。

ウィラは大きな声を張りあげた。「これは洗わないといけないわ！　ここに来る旅の途中で泥がついてしまっているもの！」

「わかりました、マイ・レディ！」ウィラが目配せをすると、ジョアンは同じくらい大きな声で言った。

「さあ、わたしがドアを開けてあげるわ」ウィラはドアに向かって大声で言い、勇気づけるようにジョアンに向かってうなずいた。ジョアンがドアに近づくと、ドレスの山に顔が隠れるように首をすくめ、ドアが開くやいなやするりと廊下に出て、ほとんど走るようにして進んだ。背後でドアが閉まる音がした。護衛たちがなにかに気づいたかどうか振り返って確かめることもせず、最初の角までひたすら歩いていき、曲がったところでほっと息をついた。最初の壁龕《ニッチ》で足を止め、持っていたドレスをそこに置くと、さらに歩いていく。

トリスタン・ドーランドの部屋の場所はジョアンから聞いていた。緊張からか突然お腹が締めつけられる感じがして、胃のあたりに手を当てながらその指示どおりに進んでいく。父親に会おうとすることが正しいのかどうかはわからない。彼がウィラの死を望んでいるという可能性はあった。だがジョアンから聞いた傷心の男の様子は、これまでたびたび彼女の命を狙ってきた冷酷な人間とは違うように思えた。父親がどういう男なのか、自分の目で確かめたかった。

にぎやかな笑い声がしたのでそちらに顔を向けると、前方の部屋からふたりの男が出てくるところだった。彼らに追いつかないように足取りを緩め、次の角を曲がった。トリスタン・ドーランドの部屋があるのはこの廊下だ。左から三番目だとジョアンは言った。ウィラはドアを数えながら進んだ。三番目のドアの前で足を止め、なにか物音はしないかと耳を押し当てた。なにも聞こえない。それを言い訳にして引き返そうかとも考えたが、思いとどまった。自分が臆病風に吹かれていることはわかっていた。

ひとつ深呼吸をすると、ノックをするつもりで手をあげたが、結局しないままドアを開けてなかに入った。初めはだれもいないのかと思った。暖炉前の椅子は空だし、ベッドに寝ている人もいない。だが、なにか動くものが見えた気がして窓のほうに目を向けると、そこに立っていた男性がゆっくりと振り返った。

ウィラが想像していた人物像とは違っていた。ドーランドはリチャードとほぼ同年代だ。だがリチャード卿は晩年の十年間、戦いは若者に任せ、戦場に赴くことはなかった。そのせいで、筋肉は衰え、体には脂肪がついていた。年齢相応に見えた。だが目の前の男性は違う。髪こそ真っ白で、娘が受け継いだ炎のような金髪ではないものの、二十歳若い男性のように引き締まった体をしていた。長身で肩幅は広く、腕にもしっかりと筋肉がついていたし、姿勢も身のこなしもいかにも戦士らしい。肌は日に焼け、鋭く輝く瞳はウィラと同じ青みがかった灰色だ。ひとことで言えば、戦士そのものだった。

「メイドは呼んでいない。なんの――」ウィラを見つめる彼のまなざしがさらに鋭くなった。頭のてっぺんから爪先まで無言のまましげしげと眺めたあと、ようやく口を開いた。その声にはさっきほどの力がなかった。「きみの名前は?」

「ウィラ」ウィラはしばらく父親の反応を待ったが、やがてその名前が彼にはなんの意味も持たないことに気づいた。ウィラと名付けたのはリチャードだ。ウィラはドアを開けたまま、部屋の奥へと足を踏み入れた。「わたしを育ててくれた人がつけてくれたんです。わたしを託されたから。母が死ぬ間際に、わたしを守ってほしいと言い残したそうです。わたしが生きていることを知ったら、本当の父親に殺されるかもしれないと母は恐れていました」

「本当の父親？」ドーランドは弱々しい声で繰り返した。

「はい」ウィラは期待と恐怖の入り交じった複雑な彼の表情を見ていられなくなり、視線を逸らして暖炉に近づいた。「わたしの髪と目は父親譲りだそうです。でもそれ以外は母にそっくりだと聞いています」

「ジュリアナ」ドーランドがあえぐようにつぶやくのが聞こえた。

ウィラは彼の顔が見たくなるのを必死でこらえ、そのまま暖炉に向かって歩き続けた。「父は母のことを深く愛していたけれど、ひどく嫉妬深かったそうです。母には兄弟のように親しい友人がいたんですが、父はふたりのあいだに友情以上のものがあるのではないかと疑っていました。嫉妬のあまり父はお酒を飲むようになり、そのせいで事態はいっそう悪くなるばかりでした。愛しているのは父だけで、友人とのあいだにはなにもないといくら母が言っても、父は信じてくれなかったそうです。それで――」

がしゃんという音がして、ウィラはおずおずと父のほうに目を向けた。彼女が部屋に入ってきたとき、彼は剣を手にしていた。剣を磨きながら、窓の外を眺めていたらしい。いまその剣はたくさんのリンゴと共に床に転がっている。傍らの収納箱の上の籠に入っていたものが落ちたのだろう。父が動いた拍子に収納箱にぶつかったのか、あるいは取り落とした剣が籠に当たったのかはわからない。ともあれドーランドは膝をついて、落ちたリンゴを拾おうとしている。だがどうしてもつかむことができないようだ。ひとつ拾うたびに、最初に拾ったリンゴが手からこぼれ落ちていた。

ウィラはしばしためらってから、彼に近づいてしゃがみこんだ。ふたりは黙ってリンゴを拾ったが、そのあいだもウィラは彼の視線を感じていた。すべてのリンゴを集め終えると、ウィラは籠を持って立ちあがった。

ドーランドも立ちあがり、収納箱の上に籠を戻そうとしたウィラの手をつかんだ。驚いたウィラは籠を落としてしまい、リンゴが再び床の上に転がった。ウィラはもう一度拾おうとしたが、ドーランドがそうさせなかった。

「リンゴなどどうでもいい。その男の名前を教えてくれ。きみに名前をつけ、きみを育て、本当の父親から隠していた男の名前を」彼は険しい声で言った。

ウィラは彼の目を見つめ、真面目な顔で答えた。「ご存知だと思いますけれど」

「教えてくれ」

「リチャード・ヒル――」

「ヒルクレスト」ドーランドが悪態をつくような口調で、あとを引き取って言った。辛そうに目を閉じたかと思うと、その体がわずかに揺れた。やがて彼は目を開けた。

「あの男はわたしからきみを奪った。それからずっと彼は――」

「あなたからわたしを守ってくれたんです」ウィラは静かに告げた。「わたしの存在を知れば、あなたがわたしを殺そうとすることがわかっていましたから」

「あの男はわたしをそんな怪物に仕立てていたのか！」ドーランドは悲鳴のような声をあげた。「わたしは決して我が子を傷つけたりはしない。いや、だれの子供であろうと」

「母があなたから逃げた夜、あなたは母の寝室に押しかけようとしませんでしたか？母のお腹にいるのはほかの男の子供だと思って、わたしの命を奪うつもりだったんじゃないですか？」

「まさか！　絶対に違う！」

ウィラはそれを聞いて眉間にしわを寄せ、自信なさげに訊いた。「あなたはひどく怒っていましたよね？」

「それはそのとおりだ」ドーランドは認めた。「ジュリアナはトーマスのところに行くつもりだと彼女のメイドが言っていたと、あの夜ガロッドから聞いたのだ。確かに大声でわめいた。彼女がわたしから去るつもりだと聞いて、激怒した。彼女を止めようとしたが、わたしが部屋に行ったときにはすでに出ていったあとだった」彼の顔が後悔の念に歪んだ。「間に合わなかった。彼女は愛人のところへ行ってしまった。わたしがもう少し早く行動を起こしていれば、彼女はいまでも生きていたかもしれない。もう少し――」

「母はトーマスといっしょになるためにあなたから逃げたのではありません。母が愛していたのはトーマスではなく、あなたでした。母が逃げたのは、あなたがわたしの命を奪おうとしているとメイドが言ったからです。父親のはっきりしない赤ん坊は始末して、また別の子供を作ればいいと考えていると」

「嘘だ！」ドーランドはぞっとしたように顔を歪め、よろめきながらあとずさった。「メイドはなぜそんなことを――？　わたしがそんなことをするなどと、どうしてジュリアナは信じたのだ？」

「母があなたを裏切ったとどうしてあなたは信じたんですか？」ウィラが言い返すと、ドーランドは収納箱にがっくりと座りこんだ。

「彼女は——美しかった」ドーランドは力なく首を振った。「彼女の笑い声は鳥のさえずりのようだった。彼女が笑うと、心臓をつかまれる思いがした。男という男はひと目で彼女に夢中になることがわかっていた。だが彼女は自分を追いかける男には目もくれなかった。トーマス以外には」ドーランドの顔が不愉快そうに曇った。「彼女は、トーマスとは何時間でも話したり、笑ったりしていた。わたしと知り合うはるか以前の出来事を話題にしていた。彼がいると、わたしは自分が不要な人間になった気がした。馬車の五番目の車輪のように。気にするなと自分に言い聞かせたが、トーマスは頻繁にやってきたし、いつもそこにいるようだった。彼はまるで尻にできた腫物のようだった」

ウィラは思わず顔をしかめた。その言葉を聞いてヒューを思い出したからだ。彼女が護衛の目をごまかして部屋を抜け出し、彼女を殺そうとしていると考えている男に会いに来たことを知ったら、どれほど怒ることか。

ドーランドが落ち着かない様子で身じろぎしたので、ウィラは彼の言葉に意識を集中させた。「ガロッドはわたしの疑念をなだめようとした。だがわたしが口に出してもいないのに疑念に気づいたということは、彼もまたふたりのあいだに友情以上のものがあると疑っていたということでもある」

「トーマスはお父さまに──ヒルクレスト卿に」ウィラはあわてて言い直した。その言葉を聞いてドーランドが顔をしかめるのを見て、ちくりと心が痛んだ。「わたしの母はあなたを愛していると、トーマスはヒルクレスト卿に言ったそうです。子供のころクレイモーガンにやってきたときから、母とトーマスは親しい友人同士でした。ふたりのあいだには友情以上のものはなかったんです」

ドーランドはウィラの顔立ちを確かめるようにじっと見つめた。その瞳には深い痛みとわずかな戸惑いが浮かんでいる。彼は立ちあがり、ウィラに一歩近づいた。彼女の顎に手を当てて、感心したようにつぶやく。「きみは彼女にそっくりだ。その髪と目の色がなければ、彼女が幽霊になって愚かなわたしのところに現れたのだと思っただろう」ウィラと目が合うと、ドーランドは弱々しく微笑んだ。「どうしてわたしがきみのお母さんと結婚しようと思ったのか、知っているかね？」

ウィラはかすかに首を振った。

「初めてきみのお母さんを見たのは、彼女がまだ六歳のときだった。わたしが参加していた競技会に両親に連れられて来ていたのだ。かわいらしい子だった。そのときですら、さぞ美しくなるだろうと思えたが、わたしが惹《ひ》かれたのはそこではない。当時わたしには騎士の見習いがいた。彼女と同じくらいの年の痩せた少年だったが、まだ来たばかりでおどおどしていた。わたしが怒鳴りつけるたびに漏らしてしまう残念な癖があった。彼女と両親はたまたまそんなときに、わたしのテントの脇を通りかかったのだ。わたしは怒鳴り、彼は例によって漏らした。わたしは慰めるどころか、赤ん坊みたいだと言って彼を叱りつけた。きみのお母さんは立ちどまったが、両親は彼女がいないことに気づかずそのまま歩き続けた。彼女は黙ってそこに立ち、じっとわたしをにらみつけた。やがてわたしが彼女に気づいて顔をしかめると、意地が悪いと言ってわたしを非難したんだ」

当時のことを思い出して、ドーランドの顔が愛しげに輝いた。「彼女は少しもわたしを怖がることなく、見習いをかばってわたしを叱りつけた。彼女はやがて見習いの肩を叩きながら、怖がることはないと言い聞かせ、それから両親のところに駆け戻っていった。勇気のある少女だった」彼の目に涙が浮かんだ。「わたしは猛々《たけだけ》しい戦士だった。大人の男たちはわたしがそこにいるだけで震えあがったというのに、あの幼い少女はわたしに立ち向かう気概を持っていた。競技会のあいだじゅう、気がつけばわたしは彼女を眺めていた。そのたびに、いずれ彼女が勇敢で高潔で愛情あふれる女性になると確信した。わたしは彼女の父親と話をし、一六歳の誕生日の二週間後に結婚する約束を取りつけた。そしてそのとおりに結婚した」彼はウィラの顎から手を離し、苦々しい口調で言葉を継いだ。「そして嫉妬のあまり、彼女を殺してしまった」

ドーランドの苦痛と後悔がひしひしと伝わってきて、ウィラの胸は痛んだ。この二十年というもの、彼が辛い思いをしてきたことがよくわかった。「あなたの嫉妬をあえてかきたてた人がいたような気がします」

「そうかもしれない。だがそれは言い訳にはならない」そのあとの言葉を聞いて、ウィラは彼が誤解していることを悟った。「彼女のメイドがなにをしたかったのか、わたしには理解できない。どうしてわたしたちに嘘をついたのだ？ いや、ジュリアナとガロッドに？」

メイドのことを言っているわけではないとどうやって説明すればいいだろうと考えながら、ウィラは唇を噛んだ。するとドーランドはぱっと顔を輝かせて言った。「ガロッド！ またきみを見つけたことを彼に話すのが待ちきれない思いだ。こうして会えたことをどれほど喜んでくれることか」

「そうは思えませんけれど」ウィラは反論した。

「いや、もちろん喜んでくれるに決まっている。きみのお母さんが死んだ日、わたしは彼女を失った悲しみで頭がいっぱいだった。だが地所に近づいたところで、彼女といっしょにきみを葬るべきだと思い始めた。ヒルクレストがきみの遺体を見せてくれなかったことに気づいたのはそのときだ。ひょっとしたら、彼はああ言ったがきみは本当は死んでいないのかもしれないと思った。そうガロッドに話すと、彼は実際はどうなのかを確かめると言って、何週間もクレイモーガン近くにとどまり、あれこれ話を聞いたり調べたりした。だがわかったことはどれも、きみの死が事実であることを示していた。ガロッドはひどく落胆して戻ってきた。きみを抱いて意気揚々と帰ってくるつもりだったんだろう。きみの死を知って、とても落ちこんでいた」

ウィラは彼をがっかりさせたくなくて、静かに顔を背けた。「ガロッドのことですけれど――」

「なんとも感動的な場面じゃないか?」

皮肉めいた言葉にさっと振り返ると、そこに立っていたのは背の高い赤毛の男だった。ひどく感じの悪い顔つきだ。ガロッドだとすぐにわかった。「やあ、ガロッド。ちょうどきみの話をしていたところだ」

「そのようですね。かわいいウィラは、あなたにあれこれと話をするのが待ちきれないようだ」ガロッドは嫌みっぽい笑みを浮かべるとドアを閉め、部屋の中央に歩いた。

「きみは長年のあいだ、目の上のたんこぶだったよ、ウィラ」冷ややかなまなざしを彼女に向ける。「ああ、確かにジュリアナと同じくらい美しい。間違いなく彼女はきみの母親だ。だれが父親なのかも、同じくらいわかりきったことだけれどね」

ウィラは用心深く父親に一歩近づいた。ガロッド――幾度となく彼女を殺そうとした男だという確信があった――に、蛇を眺めるようなまなざしを向ける。

「きみがここに来るまでに殺したかったんだけれどね。そうすれば、自分の伯父を殺さずにすむ」ガロッドはそう言って、どうでもよさそうに肩をすくめた。「だがこれが一番いいのかもしれないな。トリスタン伯父はなかなか死んでくれないからね。おれは喜んで手を貸したかったんだが、どうにもチャンスがなくて困っていた。伯父は戦場に行っていないときには宮廷にいて、そのあいだおれは地所を管理していなきゃいけない。おかげでもっともらしい事故を作り出すのが難しくてね。そのうち戦いで命を落とすに違いないと自分を慰めていたんだ。だれに訊いても、伯父は無謀なことばかりしていたようだから。だがまったく悪運の強い男だよ。きみも、髪と目の色だけじゃなくてそれを受け継いだみたいだね。何度試みても、うまい具合に逃げられる」

「ガロッド? いったいなにを言っているんだ?」ドーランドは困惑して尋ねた。動揺しているようだ。

「わたしが生まれてからずっと、彼はわたしを殺そうとしていたと言っているんです」ウィラは静かに説明した。

「なんだって？」ドーランドはぞっとした顔でウィラを見た。

「ガロッドがクレイモーガンに戻ったのは、わたしが生きていることを確かめるためではなくて、殺すためだったんです。わたしは死産だったらしいと彼が言ったのは嘘です。彼はそれを望んでいただけなんです。あなたがわたしを見て、あなたの髪と目の色を受け継いでいることを知り、自分の娘であることを認める前に、彼はわたしを殺すつもりでした。そして、こっそりクレイモーガンに忍びこんで、わたしと間違えて乳母の子供を窒息死させました。その十年後には、たまたまわたしのドレスを着ていたわたしの親友の首の骨を折って殺しました。最近ではわたしを殺すためにある男を雇い、その男がわたしの夫に殺されると、また別の男を雇い、その男も夫のいとこに殺されると、今度は自ら手をくだそうとしました。夫とわたしは崖に追いつめられて、川に飛びこんだんです。幸い、岸に泳ぎつくことができましたけれど」

「本当か？」ドーランドは厳しい口調で甥を問いつめた。

「ええ、本当ですよ。まったく手のかかる娘っ子だ。死ぬべきときに死なない女は最悪だと思いませんか？　彼女の母親ですが、べつに殺すつもりはなかった。あなたのガキを産む前に、追い出せればそれでよかったんですよ。そうなるように、おれはあなたの嫉妬をかきたてた。だがジュリアナはありがたいことに死んでくれた。あなたの妻は本当に素晴らしい女性でしたよ、伯父さん。だが娘のほうは、あなたのいまいましい悪運を受け継いだようだ」

ドーランドは首を振った。「だがおまえは、ジュリアナはわたしに忠実だと言い続けていたではないか。おまえは彼女を信じているといつも言っていた」

「おれがそう言うたびに、あなたの疑念は大きくなっていったでしょう?」ガロッドは面白そうに指摘したあと、真面目な顔になって言った。「怪しく見えたはずだ。トーマスはここに来るたびにジュリアナとふたりきりで過ごしていた。だが彼女があなたを裏切ったことは一度もありませんよ。ふたりは確かに親しかった。でも友情以上のものじゃなかったことは間違いない」その言葉にはどこか疑念をかきたてるような響きがあって、自分がどうやって操られていたかを悟ったドーランドの顔が青ざめた。

「彼女はわたしを裏切っていなかった」力ない声でつぶやく。

「もちろんですよ」ガロッドはからかうように言った。「ジュリアナはあなたを愛していましたからね。おれにだってそれくらいわかった。彼女はトーマスを兄のように慕っていた。それだけのことです。彼女がベッドを共にしたかったのは、あなただけですよ」

ガロッドはうんざりしたように首を振った。「伯父さん、おれはあなたたちをチェスの駒のように操っていたんです。あなたは嫉妬していたから、おれはその嫉妬に油を注いだ。ジュリアナは嫉妬にかられたあなたの怒りを怖がっていた。あなたが酔っているときには特に。そこでおれは、酔ったあなたがどれほど乱暴になるかを彼女に聞かせて、恐怖をあおった。即興で話を作りましたけれど、自分でも驚くほどのできばえでしたよ」

ガロッドはそう言って笑った。

「そしてトーマスのことも操った。彼と親しくなって、ちょくちょくここを訪れ、長いあいだ滞在するように仕向けたんです。そうしておいてあなたには、彼はあなたの親切心を利用していると吹きこんだ。彼がジュリアナと長い時間を過ごしているのはなんでもないことだとわかっていましたけれどね」ガロッドは首を振った。「そしてあの夜、おれはジュリアナのメイドに、あなたが彼女のお腹の赤ん坊を殺そうとしていると教えた。あなたには、ジュリアナがここを出ていくつもりだとメイドが言っていると伝えた」ガロッドは自分の頭のよさを称えるかのように、短い口笛を吹いた。

「期待していた以上にうまくいきましたよ。彼女は逃げだし、早産になってクレイモーガンで死んだ。すべてが完璧だった――」ガロッドはウィラに視線を向けた。

「おまえが死ななかったこと以外は」

不満そうな表情が彼の顔をよぎった。「おれはその小さなひびを修復しようとした。何度も。だがおまえは父親同様――まわりの人間がことごとく死んでいくのに、いつもひとりだけ無傷で帰ってくる――悪魔のような運を持っていた」

「それとも、あなたが単に無能だっただけかもしれないわね」ウィラは言った。

挑発するようなウィラの言葉にむっとしているガロッドに、ドーランドが尋ねた。

「なぜだ？　おまえのためにあれだけのことをしてやったのに、なぜだ、ガロッド？」

ウィラは父親の顔を眺め、傷ついたようなその表情に胸が痛むのを感じた。

「おれのためにあれだけのことをした？」ガロッドの怒りに満ちた声に、ウィラは用心深いまなざしを彼に向けた。ガロッドは両手を握りしめている。「なにひとつしてくれていないだろうが！　なにひとつ！　おれはあんたの執事だ。ただの召使いだ。おれはあんたの地所を繁栄させ、守り、地代を回収し……そしてなにを手に入れた？　食べるものと、寝る場所と、わずかな硬貨だ！　あんたが戦場で手柄を立てているあいだ、おれはあんたのために働いてきた。いつか、おれがあんたのあとを継ぐんだと思っていた。夢見ていた。そうだろう？　あんたは結婚していなくて、後継ぎはいなかった。死んだあとは、全部おれに遺してくれるつもりなんだとばかり思っていた」

ガロッドは唇を結び、食いしばった歯のあいだから声を絞り出した。「結婚相手が決まっているなどと、一度もあんたから聞いたことはなかった。それがある日突然戻ってきたあんたは、花嫁を迎えに行くと言いだしたんだ」

ガロッドは傲慢そうなポーズを取って、伯父の真似をした。

「やあ、ガロッド。調子はどうだ？　わたしはこれから花嫁を迎えに行く。ここで家族と暮らすんだ」

ガロッドが怒りに任せて一気に鞘から剣を引き抜いたので、ウィラは体をこわばらせた。ガロッドは剣を握りしめたまま、言葉を継いだ。

「いつかはこの地所が自分のものになると思いながら、おれはせっせと働いていた。それなのにあんたは、突然結婚すると宣言した。あとを継がせる息子ができることを願っていた。おれはあの場であんたを殺すこともできたんだ！　だがそれではなにも手に入れられない。もっと賢くなる必要があった。そしておれは賢かった」

「それほどじゃなかったわね」ウィラはそう指摘しながら、父親がじりじりと彼女の前に移動していることに気づいていた。丸腰であるにもかかわらず、彼女を守ろうとしているのだ。またひとつ命が自分のために失われるのかと思うと、ウィラは心臓を突き刺される思いがした。床に目をやった。剣は、さっきドーランドが落としたところに転がっている。あそこに手が届けば……

「どうするつもりだ？」さらに一歩ウィラに近づきながら、ドーランドが訊いた。

「わたしたちを殺しても、なにも手に入らないぞ」

「もちろん入るさ。あんたも耄碌《もうろく》したな。おかげでおれは縛り首から逃げられるし、あんたの地所もおれのものになる」

「ばかな真似はやめるんだ、ガロッド。こんな愚かなことが成功するわけがない」

ガロッドは急に落ち着き払った態度になり、にやりと笑った。怒っていたときよりずっと恐ろしいとウィラは思った。

「いずれわかるさ。ウィラをひと目見たあんたが激怒したという筋書きはどうだろうと考えているところだ。あんたの憎しみと嫉妬が、気の毒な亡き妻から娘に向けられた。それとも、おいぼれたあんたは、彼女をジュリアナと思いこんだというのでもいいかもしれない。そして彼女を殺し、悲嘆に暮れたあんたは自らも命を絶つ」ガロッドはうなずいた。「いいね、それでいこう。すでに根回しはできているんだ。あんたの頭が少々おかしくなっていると、国王の耳に入れてある。さてと……」ガロッドは剣を振りかぶった。「これまでのよしみで苦しまないようにしてやるよ、伯父さん」

その後は一瞬だった。ガロッドが突進してくると、ドーランドはじりじりと移動するのをやめて、ひと息でウィラの前に立った。彼が身構えるのを見ながら、ウィラは身を屈めて落ちていた剣を手に取った。すぐに体を起こし、ドーランドの前に出る。剣を持ちあげ、ドーランドの体に届く寸前でガロッドの一撃をかろうじて受け止めた。だがガロッドは強かった。衝撃で腕がしびれ、ウィラは痛みに悲鳴をあげた。じりじりと押しこまれ、合わせた剣が彼女のほうに迫ってくる。そのとき、背中からかぶさるようにして父親の手が伸びてきて、ウィラの手の上から柄を握った。ふたりしてガロッドに対抗する。三人の力が拮抗《きっこう》して動きが止まったそのときだった。ドアが勢いよく開いた。咆哮が部屋にとどろく。

ガロッドの肩越しにヒューが突進してくるのが見えて、ウィラの全身を安堵が満たした。ヒューが激怒しているのがわかったので、つかの間ガロッドが気の毒になったほどだ。ガロッドは剣を引き、ヒューに向き直って彼の攻撃を受け止めようとしたが、間に合わなかった。剣を振りかぶる間もなく、ヒューの刃の前にガロッドは倒れた。

ヒューは、その血がイグサを赤く染めている男を見おろし、それからウィラとドーランドに視線を向けた。

ウィラは、彼の顔を見てこんなにうれしかったのは初めてだった。たとえ彼が愛していると言ってくれないとしても。剣から手を離し、ドーランドの腕の下をすり抜けると、ヒューに飛びついた。

「あなた！」喜びのあまりウィラは爪先立ちになると、ヒューのこわばった顔に何度もキスをした。やがて、ヒューが険しい表情を崩すことなくその場にじっと立っているだけであることに気づいて顔を見ると、用心深いまなざしでドーランドを見つめているのがわかった。「どうしたの？　あら、紹介するわ。ヒュー、こちらはわたしの父よ。父はガロッドのしていることを知らなかったの。わたしの命を狙ったりしていなかったのよ。お父さま、彼はわたしの夫のヒュー」

ドーランドはガロッドの攻撃から身を守るために使った剣をおろした。ウィラは彼に微笑みかけたが、その顔に浮かんだ表情を見ていぶかしげに首を傾げた。ドーランドは当惑したように彼女を見つめている。

「きみはわたしを助けてくれた」感嘆したようにつぶやく。

ウィラは顔が熱くなるのを感じながら、首を振った。「違います。夫がわたしたちを助けてくれたんです」

「それはそうだが、その前にきみはわたしを助けた」ドーランドはあくまでも言い張った。

「ええ、助けようとはしましたけれど、でもガロッドはとても強かったわ」ウィラは顔をしかめ、ヒューに向かって言った。「訓練のときのルーカンは全力ではなかったのね。わたしはガロッドの攻撃を受け止めることができなかったの。父が力添えしてくれたおかげで助かったのよ」

「それは違う。きみがわたしを助けたんだ」ドーランドは譲らない。

「あなたもわたしを助けてくれたんです。そしてヒューがわたしたちふたりを助けた」

「だが最初はきみだ」

「でも最後はヒューがみんなを助けたの」

「いいかげんにしろ！　だれがだれを助けたのかなど、いまさらどうでもいい！」

ウィラはぎくりとして、その言葉を発した無作法な男を苦々しい顔で振り返った。男は開いたドア口に立ち、そのうしろでは大勢の見物人が部屋のなかの様子をぽかんとして眺めている。男はウィラが見たこともないほど立派な装いをしていた。宮廷でも高い地位にいる人間なのだろう。だが彼のマナーはその地位に見合っていないようだ。ウィラはヒューを振り返り、彼の腹をつついた。

「この無作法な人があなたの妻にこんな失礼なことを言うのを黙って見ているつも

り?」

ヒューはぎょっとして思わず目を見開いた。「その……ウィラ……こちらは……えーと……ジョン国王だ」

「あら」ウィラの表情は怒りから不満に変わった。「そういうことなら無作法なことをしても許されるわね。でもあまりほめられた態度とは言えないと思うわ」

ヒューは思わず目を閉じ、一方の国王は目を細くしてウィラをにらんだ。国王はやがて気を取り直し、いらだちを抑えて言った。「きみは辛い経験をしてきたと聞いている、レディ・ヒルクレスト。だから今回は、無礼な言葉を大目に見よう。ヒュー、妻によく言い聞かせるように。それからきみとドーランド卿に話を聞きたい。この件は今日じゅうに解決しよう」

「これは――」ヒューがウィラの口に手を当てて、彼女を黙らせた。ジョン国王に向かって笑顔でうなずく。国王は愉快そうに唇をひくつかせたかと思うと、きびすを返して部屋を出ていった。見物人たちは国王が通れるように道を空け、その後彼のあとを追っていった。

「もう解決したって言おうとしたのよ」ヒューが手を離したところでウィラが言った。

ヒューは小さく笑い、彼女の額に自分の額を押し当てた。「ウィラ?」

「なに?」ウィラは用心して尋ねた。

「愛している」

ウィラは一瞬体をこわばらせたが、すぐに一歩あとずさって彼の顔を見た。「本当に?」

「ああ。きみはしばしばわたしを怒らせるし、わたしが知るだれよりも手のかかる女性だが――神よ、わたしを守りたまえ――きみを愛している」

「ああ、ヒュー」ウィラは息を呑み、そして満面に笑みを浮かべた。「わたしも愛しているわ」

ウィラはヒューの首に腕をからめ、顔を寄せた。重ねた唇はじきに熱烈なキスに変わった。彼の手が胸に伸びてきたのを感じたところで咳払いが聞こえ、父親がそこにいることを思い出して、ウィラは真っ赤な顔であわててヒューから離れた。

「その……ウィラを部屋に連れて帰って、わたしたちは国王に会いに行くとしようか」ドーランドはヒューに言った。「ジョン国王はあまり辛抱強い人ではないのでね」

21

「なにをしているんだ？　そんなふうに脚を組んではだめだ。脚を開いて、いきまなくてはいけない。いきむんだ、ウィラ」

トリスタン・ドーランドが指示した。ぼさぼさに乱れた髪にガウン一枚という格好だ。

宮廷での再会以来、彼はしばしばヒルクレストを訪れている。彼とヒューは親しい友人となり、狩りに行ったり、戦場での昔話を語り合ったりして楽しい時間を過ごしていた。ウィラもまた父との距離を縮めていて、愛情をこめてお父さまと呼ぶようになっていた。リチャード・ヒルクレストが父のような存在であることに変わりはないが、父がふたりいて困ることは少しもない。

「いきんではだめだ！」ウィラがうめきながら体を起こすと、ヒューが叫んだ。彼がベッドから飛び出るときにシーツと毛皮をいっしょに持っていってしまったので、ベッドの上のウィラはシュミーズだけだ。ヒューはシーツを彼女にかけてやりながら言った。「イーダを待つんだ。彼女なら――」

「待てと言っても無理だ！」ドーランドが遮った。「赤ん坊はもう出てこようとしている」

「赤ん坊たちよ」ウィラが荒い息をつきながら改めて告げると、ふたりの男は青ざめた。

最初の痛みがやってきたのは眠っているときだった。ウィラは悲鳴と共に目を覚ました。その声にヒューは飛び起き、ドーランドもまた眠りから引きずり出された。ヒューがズボンをはき終えるより早く、ドーランドはふたりの部屋に駆けこんできた。そしていまふたりはどうやって出産を迎えるべきかを議論していた。

「そうだった。双子だということを忘れていた」ドーランドがあえぐように言った。「聞いてはいたが――脚を組んで、イーダを待つんだ、ウィラ」きっぱりした口調で命じる。ウィラが言われたとおりにしないのを見ると、ベッドに近づき、シーツの上から彼女の足首をつかんで交差させた。偉大なる戦士トリスタン・ドーランドは、赤ん坊がひとりであればどうにかなると思っていたようだが、ふたりと聞いておじけづいたらしかった。

ウィラは面白そうに微笑んだが、再び陣痛がやってくるとその笑みは消えた。きつく目を閉じ、苦痛に顔をしかめる。

「そんなに痛いのか？」ヒューが心配そうに訊いた。

ウィラはぱっと目を開け、痛みのせいで湧き起こった怒りを夫に向けた。「ええ、あなた」食いしばった歯のあいだから答える。「どれくらい痛いか、教えてあげましょうか？」

「いや……いい」ヒューは、股間に伸ばされた彼女の手が届かない位置にまで移動した。

「そんなことを言ってはいけない、ヒュー。ウィラが動揺しているではないか」ドーランドは義理の息子をたしなめると、勇気づけるように娘に微笑みかけた。「落ち着くんだ。イーダはすぐに来るから」いらいらしたまなざしを戸口に向ける。「イーダはどこにいるんだ？」

「ベッドのなかだと思うわ。だれも呼びに行っていないから」ウィラは指摘した。

そのとおりであることに気づき、ヒューとドーランドはぞっとしたような顔になった。

「いったいなんの騒ぎだ？」開いたドアから入ってきたのは眠たそうなジョリヴェ

だった。三人の視線が一斉に彼に向けられた。

「イーダだ！」ドーランドが叫んだ。「イーダを呼んできてくれ！」

その言葉で眠気が一気に吹き飛んだらしく、ヒューのいとこはぴたりと足を止めた。

「赤ん坊か？」

「そうだ、赤ん坊だ」ヒューが答えた。「イーダを連れてきてくれ！」

ジョリヴェはくるりときびすを返し、廊下を歩いてきたルーカンと危うくぶつかりそうになった。ルーカンは駆けていくジョリヴェを見つめていたが、やがてあくびをかみ殺しながら部屋に入ってきた。

「ジョリヴェはあんなに急いでどこへ行ったんだ？」ルーカンが尋ねた。

「イーダを呼びに行った。赤ん坊が生まれるんだ」

ルーカンは思わず口を閉じ、さっとウィラに視線を向けた。「いま？　真夜中じゃないか！」

「赤ちゃんたちは気にしていないみたいよ」陣痛の波が過ぎ、ウィラはぐったりとベッドにもたれながら弱々しい声で言った。目を閉じ、狩猟パーティーをしようなどと言いだしたのはだれだったのだろうと考えた。そう、わたしだ。心配のあまりヒューが彼女にまとわりついて離れないので、我慢できなくなってどうにかして彼の注意を逸らそうとして思いついたことだった。だが結局は、ほぼ全員の注目を集める結果になったらしい。

ほぼ、じゃなくて全員だわ、戸口から聞こえる物音に期待をこめてそちらに目を向けたものの、ヴィネケン卿をすぐうしろに従えたバルダルフが駆けこんでくるのが見えて、ウィラは心のなかで訂正した。

「赤ん坊が生まれるとジョリヴェが言っていた」バルダルフが言った。

ヒューとドーランドが心配そうにうなずき、ヴィネケンはあわててバルダルフの前にまわった。彼も狩猟パーティーに参加するためにやってきたのだ。リチャードのもっとも古い友人もまた、ウィラの父親と友情を育み始めていた。ふたりは同世代だったから、ドーランドがウィラを殺そうとしていたという誤解が解けたいま、仲良くなるのに時間はかからなかった。

「どうして脚を組んでいるんだ？」ヴィネケンが声を荒らげた。「これじゃあ赤ん坊が出てこられないじゃないか！」

彼はあわててベッドに駆け寄ると、シーツ越しにウィラの足首をつかんで、組んでいた脚をほどいた。そのあとで自分がなにをしたかに気づいたらしく、真っ赤な顔で飛びのくようにしてベッドから離れた。

「そう、このほうがいい」ひどく恥ずかしそうにつぶやくと、再びベッドに近づいてシーツ越しにウィラの足を叩いた。「いきむべきではないだろうか」

「だめだ！」ヒューとドーランドが声をそろえて叫んだ。

「いきまなきゃいけないに決まっているよ！」ジョリヴェを従えたイーダが足早に部屋に入ってきた。「出ておいき！　あんたたちみんなだよ。ここは男のいる場所じゃない」

イーダがやってくるやいなや、男たちがそそくさと部屋をあとにしたことにウィラは気づいていた。ドアが閉まると、ほっとして息をついた。

「男の人って！」

「まったくだ」イーダはヒューがウィラにかけたシーツをはずした。「だが、みんなあんたを愛しているよ」

「そうね」ウィラはイーダを眺めつつ、笑みを浮かべた。たったいま部屋を出ていった男たち全員と、この世に生まれようとしている赤ん坊たちを迎える準備をしている女性が自分を愛してくれていることは間違いなかった。いまの自分にはたくさんの愛がある。失ったものを埋め合わせてくれる家族。死んだ人間の代わりになることはできないが、彼らの存在は失った痛みを和らげてくれた。彼らの愛が体いっぱいに満ちて、喜びのあまり爆発しそうな気持ちになることが時折あった。

「なにを笑っているんだ？」

驚いてドアに目を向けると、ヒューがベッドに近づいてくるところだった。「あなたもほかの人たちといっしょに下におりていったんだと思っていたわ」

「産みの苦しみを味わっているきみをひとりにしてはおかないよ。それで、いったいなにを笑っているんだ？」

ウィラは再び顔いっぱいの笑みを浮かべた。「わたしはなんて幸せなんだろうって思っていたの。そしてイーダは……例によって正しかったって」

ヒューは不満そうではあったが、うなずいた。「そうだな。わたしがすぐにきみを愛するようになると彼女は言った。大勢の子供に恵まれ、幸せになり、長生きすると。わたしはきみを愛しているし、幸せだし、こうして子供が生まれようとしている」ヒューはウィラのお腹に手を置いた。「長生きするという彼女の言葉も正しいことを祈っているよ。わたしがどれほどきみを愛しているかを証明するには、一生かかるだろうからね」

「まあ、ヒュー」ウィラは目に涙を浮かべ、ヒューの手を強く握りしめた。「あなたから聞いたなかで一番長くて、一番素敵な言葉だわ。ジョリヴェの影響ね」

それを聞いたヒューはぞっとしたように言った。「とんでもない。お断りだ」

本気でないことはわかっていたから、ウィラはくすくす笑った。彼の手を口元に持っていきキスをする。

「愛しているわ、あなた」

ヒューはその手で彼女の手を握り、甲に唇を押し当てた。

「わたしも愛しているよ」

あとがき

リンゼイ・サンズの『今宵の誘惑は気まぐれに』をお届けできることをうれしく思います。

舞台は十二世紀のイングランド。伯父の死によって、ヒューが伯爵の称号と地所を受け継ぐところから幕を開けます。貧しい騎士だったヒューにとっては願ってもないことでしたが、相続するためにはひとつ条件がありました。それはある女性と結婚すること。ウィラというその女性は、伯父がどこかの村娘に産ませた婚外子だと思いこんだヒューは、憤然として彼女に会いに行きます。いくら伯父の遺言とはいえ、貴族である自分がただの農婦と結婚なんてとんでもない！　ウィラには持参金を持たせて、だれかほかの男との結婚を世話してやればいい。そう考えたヒューは、ウィラと言葉を交わすうちについ口を滑らせ、〝私生児〟というひどい言葉で彼女を侮辱してしまいます。戦いに明け暮れていたため、女性と接した経験に乏しく、口下手なヒューですが、本来は優しい男だったので、意図したことではないとはいえウィラを傷つけてしまったことにひどく落ち込んで、悄然としながら地所に戻っていきました。けれどそこではさらなる衝撃が彼を待っていました。実はウィラは伯父がどこかで産ませた子供などではなく、だれかから預かって育てていた貴族の娘だというのです。そのうえ、莫大な資産はウィラが相続することになっていました。つまりヒューはウィラと結婚しないかぎり、無一文で地所を管理していかなければならないことになります。

なんとしてもウィラの怒りを解いて、自分との結婚を承諾してもらわなければならなくなったヒューは、親友ルーカンといとこのジョリヴェのアドバイスを受けてあれこれと試みるのですが、このあたりはいかにもリンゼイ・サンズらしいところ。くすくす笑いながらお読みいただければと思います。

さて、その後ふたりは無事に結婚にこぎつけますが、もちろんそれでめでたし、めでたしとなるわけもなく、ウィラはいく度となく命を狙われることになります。実は彼女は幼いときにも何度か殺されかけたことがあったのです。伯父が彼女を引き取って育てていたのは、そのためでした。いったいだれが、なんのためにウィラを殺そうとしているのか、ヒューはいつしか愛するようになっていた彼女を守るために、その謎を探ろうとするのですが……

サンズの物語の特徴のひとつが、読後感がとてもいいことでしょう。前述のとおり、ユーモア感覚に優れていることもありますが、主人公たちが魅力的なのはもちろんのこと、彼らを取り巻く脇役たちがいきいきと描かれていることがその理由のひとつにあげられます。とりわけウィラのまわりの人たちが彼女を心から愛し、慈しんでいることがよくわかるので、読んでいてとても温かい気持ちになれます。そんな人たちに囲まれながら、いくつものトラブルを乗り越えて少しずつ距離を縮めていくヒューとウィラ。そんなふたりの物語をどうぞお楽しみください。

二〇一八年六月

ザ・ミステリ・コレクション

今宵《こよい》の誘惑《ゆうわく》は気《き》まぐれに

著者 リンゼイ・サンズ

訳者 田辺千幸《たなべちゆき》

発行所 株式会社 二見書房
東京都千代田区神田三崎町2-18-11
電話 03(3515)2311［営業］
03(3515)2313［編集］
振替 00170-4-2639

印刷 株式会社 堀内印刷所
製本 株式会社 村上製本所

落丁・乱丁本はお取り替えいたします。
定価は、カバーに表示してあります。

ISBN978-4-576-18087-8
http://www.futami.co.jp/

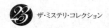